茅盾文学奖
获奖作品全集
典藏版
The Mao Dun Literature Prize

东方

中

魏巍 著

人民文学出版社

东 方　第三部

风雪

第一章　寂寞

自从在柳叶黄落的村头,送走了女儿,送走了郭祥,杨大妈心里就空落落的不好受。是担心儿女们的远行么？不是。是想把孩子拴在自己的身边么？更不是。大妈不是这样的母亲。当战争与革命的风暴在这块土地上旋卷的时候,孩子们也有来有去,有时候,连丢到锅里的鸡蛋没煮熟就匆匆走了,大妈却从来没有这样的心境。

可是,自从轰轰烈烈的土改斗争平息下来之后,尤其是自从她心爱的"八路"离开她远征他方,就好像把她的心,把她的生命带走了一多半。此后,随着革命的发展,一批又一批的老干部、老伙伴,也随军南下,更使她觉得村子空旷冷落了许多,生出了一种深深的寂寞之感,仿佛人们把她生命中最繁华的年月也带走了。这次女儿和郭祥的离去,只不过使她这种寂寞的心情更加难挨罢了。

此外,村子里的工作状况,也是她心情不愉快的一个原因。按理说,全国解放了,强大的敌人打倒了,事情应当更为顺手;但情况恰恰相反,有许多事情是叫人不满意的。例如,地主谢清斋利用美军出兵朝鲜的时机,大造谣言,反攻倒算,如果放在过去,支部一定会立即召开紧急会议,商讨果断的对策;可是大妈找到村长兼代理支部书记李能的门上,得到的却是漠不关心的回答。这个村子里的"大能人",更关心的却是个人的发家致富。大妈觉得同志们过去半宿半宿地坐在一起,热情地、亲密地研究问题的情景,仿佛已经很遥远了。这一切,究竟在起着一种什么变化?这一切变化,究竟说明了什么问题?大妈虽然说不清楚,但这种景象带给她的却是忧虑和不安。她仿佛觉得在村子里的什么地方,生长起一片黑森森的暗影,在威胁着人们。

每逢大妈心情不好的时候,跟小契谈谈,就觉得畅快一些。可是最近几天小契也不来了,不知道他家里发生了什么变故。按照历年情况,秋后庄稼一倒,小契最快活的节气就算到来了。他常常不等庄稼打完,就擦好了火枪,准备了足够的火药。这时候,你们谁也不能再责备小契懒散了。天还不亮,他就从炕上一骨碌爬起来,在黑影里摸着饽饽篮子,抓两块干饽饽掖在怀里,然后就背起火枪走了。窗户纸似明不明的时候,就可以听见他那充满情致的枪声。平原上,林不密,草不深,庄稼一倒,狐狸、野兔只有钻到菜畦里躲藏。小契,这位热情的业余猎人,对这个规律抓得很紧。顺手的时候,一天能够打到二十几只。如果拿到集上,能换不少钱,可是,小契有小契的看法:"人对东西不能看得那么值重。"在他闪着快乐的红眼睛,哼着梆子腔回来的路上,不等到家,他的收获物就剩不下多少了。因为一路上,总是会碰到赞美他枪法的人,或是赞美野兔肥美的人。剩下一两只,他就拿到卖卤煮鸡的老头那儿代煮,然后同他的朋友"下酒"。从凤凰堡到梅花渡,三里五乡,有多少人尝过小契的野味啊!尝过野味的人,免不了要热烈地称赞;越称赞就引出小契越多的诺言。这种循环法就不断促进了这种"不取分文"的业务的发展。这样,他一天比一天出去得早,一天比一天回来得迟。并且常常怀着未能按期完成的遗憾心情,把猎获物送到别人家里,向人致以深深的歉意。由于我们的治安员这种热情非凡的性格,用他的话说,从县区干部一直到剃头的、修脚的、劁猪的、镶驴蹄子的,都有他的朋友。谈起这一切,小契是多么的惬意啊！……可是,今年当这个快活的季节来临的时候,却不仅没有听见他的枪声,连面也没有露。

这天中午,大妈耩完麦子回来,忽然想起,早些时,小契叫给他留几升麦种儿,想必他的秋播还没有插手呢。匆匆吃过午饭,就让大乱撑着口袋挖麦种儿。大伯连着摆手说:

"不用喽！"

"为什么?"

"看！我说不用喽就是不用喽！"大伯长长地叹了口气。

大妈觉得话中有因,就停住手追问。大伯只是咂巴着小烟管,不言声儿。急得大妈把口袋一摔:

"你这个老家伙！倒是说呀还是不说?"

大伯这才吞吞吐吐,神色凄然地说:

"他又卖了地了！……"

大妈顿时心里一惊:"你干吗不告诉我?"

"他怕你再批评他,叫我千万别对你说。"

大妈脸色发黄,无力地坐在炕上,低垂着头,心中十分难过。这小契家几辈儿都是房无一间、地无一垄的贫农,他本人曾经同大伯一起在谢家扛活。自从八路军来了以后,手里才有了七八亩地。可是他今天卖去一亩,明天卖去二亩,已经卖了三次,只剩下不到四亩地了。他分的三间房子也卖给了别人。要不是他哥哥参军在外没有回来,他搬到他哥哥分的房子里暂住,连个遮蔽风雨的地方也没有了。小契每次卖地,大妈的心都像刀割一般的疼,曾经含着眼泪对他进行过多次的批评。小契也发誓照大妈的话做,可是现在又第四次卖地了。眼瞅着他又回到从前赤贫的境地。他同他的孩子今后可怎样生活呢！……想到这里,一向坚强的大妈,不由得飘下一点泪来。

"我一定要去问问他,看他倒是怎么想的!"

大妈拾起她那个蓝褂子的前襟拭拭泪水,走出门外。大伯在后面说:

"你可别净跟人家吵啊!"

大妈理也不理,走出院子去了。

她脚步沉重,觉得走了很久,才望见小契那个你走遍天下也难得遇见的大门——没有任何院墙的大门。大妈每逢看见这个大门,没有一次不叹气的。

她正要进屋,听见小契仿佛给什么人劝酒:

"来,来,再喝一盅!"

"不,够啦,够啦!"

"你想想,咱们多少日子不见面了?"

"好好,再添一丁点儿!"

"真没治了!"大妈懊恼地想,"刚刚卖过地,就又同人们喝起来了!"

大妈进了当屋,正想冲进去呲打他几句,揭开门帘,见小契陪着的是两个生人,正围着小炕桌兴致勃勃地喝着。小契的儿子小旦儿也守着一个桌子角,两只手抱着一个猪蹄儿正在啃呢。小契见大妈进来,急忙抓起酒壶斟酒,满脸堆笑地叫:

"快上来坐,嫂子!没有外人!"

大妈勉强压住火,打量了两位来客一眼。一个二十多岁,乡村干部打扮,穿着紫花布的庄稼小褂,戴着顶蓝色的解放帽儿;另一个却是六七十岁的白胡子老头儿。真奇怪,这么不同年龄的朋友,不知道他是怎么弄到一个炕桌上来的。

小契见大妈不动,又跳下炕来,端起酒盅劝说:

"嫂子,快上去!我说没有外人就是没有外人,这位是——"他指了指那位乡村干部模样的青年,"这位是大楼底的治安员,我的同行。我们认识好几年了。"他又指了指那个白胡子老头儿,"这一位大伯是,是……"他显然忘记了老人的名字和村名,卡住壳了。

"我是河那边小王庄的。"那个老头挺有精神地接上去说。

"对对,他是小王庄的王大伯,织铜箩的。"小契说到这儿,又对那老者一笑,"我们认识也快有一年了吧?"

"可不是,我今年春天过你这儿……"老头也哈哈一笑,"这才叫'有缘千里来相会'哩!"

大妈一听,这大楼底,这小王庄,一南一北,都在三十里以外。心里又急又气,当着人不好细问,又不好发作,勉强笑一笑,然后对小契说:"今儿晚上,你到我那儿去一下。"说过,就回身走了。

傍黑时候,小契来了。他头发长长的,穿了件破黑褂子,少了两三个扣门儿。他往炕上的被摞子上一仰,懒懒散散地说:

"嫂子,你喊我什么事啊?"

大妈把头一扭,没好气地说:

"你出了这么大事,都不告我一声儿!"

"没什么大事呀!"他眨巴眨巴眼。

气得大妈用烟袋锅冲他一指:

"我问你,又卖地了没有?"

"哦,是这事儿呀!"他像儿童一般赧赧地笑了一下,然后满不在乎地说,"是,又去了他娘的二亩!"

"小契!"大妈沉痛地说,"你今天'去了他娘的二亩',明天'去了他娘的二亩',你有几个二亩?我问你现时还剩下多少?"

"还有亩半。"

"是村北那一亩半不是?"

"是。"

"那地紧傍着大路,还有一条小道儿,一亩半也不够了。"大妈叹了口气,"你就没想想,你就是不吃不喝,孩子还要吃呢!你让他跟着你喝西北风么?"

"这有么法儿!"小契神色凄然地说。

"你就非卖地不行?"

"你说可有么法儿!"小契又苦笑了一下,"前年你弟妹得了那么一场大病,请先生吃药,欠了好几十万。临死,用了一个材,又欠了好几十万。最近一天价堵住门要账,弄得我门都出不去了,还怎么搞工作呀!气得我一咬牙就把地卖了……唉,车到山前必有路,像咱们这种主儿,也就是走一时说一时吧!……"

小契的嗓子像被什么堵住了。大妈也难过起来,沉了沉说:

"这事儿,你怎么就不事先告我一声儿?"

"你一家紧抓紧挠,还不够吃哩,"小契叹了口气,"告诉你,不是叫你白替我难受么!"

大妈半晌不语,把小烟笸箩推到小契面前,声音比刚才柔和了一些,又劝说道:

"我知道你有你的难处;可是,小契,你也忒价的没志气了。你那胡吃胡喝,怎么就不改改?你刚卖了地,就又请人吃喝去了,我要不是亲眼碰见,你敢许还不承认哩!"

"嫂子,这你可就误会了。"小契从被摞子上抬起身来,一边卷着烟一边说,"这两个人,都是好几年的老朋友了。人家大远来瞧我,我能让人家饿着肚子回去?我小契宁肯自己挨饿,也不能把财帛看得那么值重!"

大妈把烟袋锅子一磕,说:

"兄弟,你别这么说,我并不是劝你小气。有人把一个钱看得比磨盘还大,那种人我最看不上眼。可是你那朋友多得像满天星,你想想,你一天到晚,还有干活的工夫没有?……再瞧瞧你那认识'好几年的老朋友',连人家的名字都不知道!我问你,那一老一少你是怎么认识他们的?"

说到这儿,小契禁不住笑了:

"要说也简单。前年有一回出门,刚出村一上堤坡儿,就碰见一个人守住辆破自行车子叹气。我本来已经走过去了,心里忽然咕容了一下子:'他想必是车子坏了,人家走到咱这地方儿,不帮忙也得出个主意。'回转身一问,果然是车子上丢了个螺丝。我一瞅车上驮了一小捆烟叶,车把上挂着一个小手巾包儿,兜着四五个小窝窝头。我一想,这绝不是跑买卖的,那些投机倒把的家伙,在集上大吃二喝,用不着带这个。一问,果然是个村干部,生活有了难处,驮一点家里的烟叶到县城里去卖。家里孩子还等着吃哩。我就由不得自己,转来转去帮他找那个丢了的螺丝。找了一阵,没有找见。我就给他出主意,到马店集上去修。怕他走岔了道儿,就领了他一截儿,离咱这家门口就不远了。这时候,我这心由不得又咕容了一下子:'我一天价玩车子,车子兜里,或许那个破抽屉里,说不定有这么个螺丝,要能找到,就省得人家到集上去了。'这样,我就把他让到家里。东翻西找,找了好半天,也就算是巧,把那种螺丝找出来了。也就到了吃饭的时候。他立刻推车子要走,我这心就由不得又咕容了一下子:'他耽搁了这么长时间,集也散了,烟叶还没有卖,那几个小窝窝头哪里够吃?晚上回不到家,准得挨饿。何况这是同志们哩!'我就不管他怎么推辞,吃了饭才让他走了。"

大妈笑着说:

"这时候,你那心眼里就不咕容了,是不?"

小契也笑了一笑,又接着说:

"说起认识那个老头儿,那更简单。今年春上,有一天,我正在屋里吃饭,见一个人,老向我院子里张望,我当是坏人,就立刻放下饭碗,从小玻璃镜里仔细看他。原来是一个白胡子白眉毛老头,像个老仙翁似的,挑着一副担儿站着,脸上笑眯眯地正望我那月季花哩。看那样儿都出了神了。像他那样爱花的人,我还是第一次遇见。我就想,既是劳动人,请他进来看看何妨。我在屋子里招呼了一声,他竟没有听见。我就赶到院子里说:'老大伯,进来看吧!'老头儿也不客气,就进来了,说他平生就是爱花,还夸这花千好万好。到这时候,你就不能那么小气,一共两棵月季,就挖给了他一棵。可就是忘了问他的名字,今天给你一介绍,就出了笑话:光知道他是织铜箩的。"

屋子里的空气和缓了许多。小契想必是喝酒口渴,从缸里舀起半瓢凉水,咕咚咕咚一喝,就立在当屋发表他的论点:

"人一穷,就有人戳脊梁骨。说我小契是好交朋友穷的。嫂子,你可别信这话。人交朋友怎么会穷?我交朋友是工作需要。我以前做情报工作,现在做治安工作,两个眼黑达糊的还行?言谈笑语间,情况就掌握了。再说,朋友们也没有亏待我。就说大楼底的治安员,人家听说我卖了地,怕我不痛快,走了三四十里来瞧我,这是你花钱也买不到的。那织铜箩的老头,养了菊花,就赶快给我送来了两盆:一盆紫的,一盆黄的,可喜欢人哩。要说我的朋友多,嘿嘿,是不少!说句逗笑的话,我在集上理发都不用花钱……"说到这儿,他的脸上走过一道自豪的笑纹。接着又说:"有人说我懒派。是,是有一点懒派,有缺点,你不承认还行?可不能说我全是懒派。一年到头,不管五冬六夏,为了防止出事儿,整个后半夜,我都在村里村外转悠。大白天,你不让我多少睡一会儿,我这身子骨能不能顶住?……"

大妈心如明镜,知道小契说的全是事实,不能屈他。就说:

"小契,你说的这些,别人不知道,你嫂子我还不知道?你心眼好,工作积极,对党,对群众,都是一百成,没有半点虚假。数九寒天,全村人都在被窝里睡得暖和和的,你穿着个小薄棉袄儿,挟着个单打一,大半夜大半夜地转悠,饿急了,就回去啃块凉饽饽。到底是谁在村里支持着工作,你嫂子嘴里不说,心儿里明白。"

几句贴心话,说得小契黑胡茬子都充满了笑意,连声说:

"嫂子,你也别净夸我。"

"不是夸你,这都是实事儿。"大妈接着说,"可是,小契呀,有一件事儿,我不知道你经心了没有。你想想,闹土改那时候,咱村分了地的贫雇农,这几年有多少户又卖地了?"

"总有个一二十户。"小契说,"反正头一份是我。"

"一二十户?三十户也出头了!"大妈说,"那天,我让你大哥帮我算了一下,全村三百二十三户贫雇农已经有三十三户卖了地,有卖一亩二亩的,也有卖三分五分的。你想想,咱们那'八路'打了多少年的仗,死了多少人,才分到手里几亩地,每一亩一分地,都是用血换来的。可是没有几年工夫,那地又转到别人手里了,转到老中农、暴发户手里了。我一听说有人卖地,脑瓜仁儿就疼,就像割我的肉似的。要是听说党员卖地,不光难受,还加上有气。翻身,翻身,好不容易翻过来了,这不是又往人家磨盘底下钻么?年上秋里发大水,今年春上闹春荒,听说咱那贫农,东家卖地,西家卖庄窝,我这心就像地陷似的往下沉。这可怎么着啊?这样下去,不是要咱政府实行第二次土改么?小契,这些情况,你就不想一想?……今天,我一听说你卖地,我这气就大了,真恨不得把你抓过来,劈头揍你两个耳刮子!"

"嫂子,"小契在黑影里难受地说,"你当这卖地的滋味儿好受?前些时,我听说吕黑棍想要地,就托人去说,你猜这个老中农说什么?他说:'那"翻身地"再好我也不要,我要就要正南巴北的"祖业地"!'我一听就火了,难受得我好几天吃不下饭。要不是怕犯政策,我,我……后来,听说咱们的村长'大能人'想要地,又托人去说,你猜他说什么?他说:'我本来不想要地,可是同志们有了困难,我也不能瞪着眼瞅着,就算帮把手吧!'他买了我的地,给我最便宜的价钱,还算是帮我!要不是卖棺材的堵着门口要账,我就是把地白送了人,也不给他……"

"哦!他又买了你的地啦?"大妈精神震动,手指哆嗦着,半响没有言语。停了一刻,才气愤地说,"党员买党员的地,你说说这叫什么!……我看他现在是变了,你跟他说句话,他哼哼哈哈,都不想睬你,会他也不想参加,你说怎么办?连个支委会都开不成!"

"他瞧不上我,我还瞧不上他咧!"小契把腿一拍,"他是'大能人',我也不是实疙瘩傻子。可是,人跟人思想不一样,我就是饿死,也不走他那条道儿……人不能叫财帛迷了心窍!"

天黑下来了,只有靠近窗口的地方,有一点微弱的光亮。大妈难受地低垂着头。

"算啦!算啦!"小契从炕上跳下来,"嫂子,你别难受。用不着费那么多脑子,车到山前必有路!什么事情到时候就有办法!"

"你倒心宽!"大妈抬起头看了他一眼,"又是'车到山前必有路'!你父儿俩靠这亩半地真够吃么?现在车已经到了山前啦,你那路在哪儿呢?"

"我说有办法就有办法。"小契嘿嘿一笑。

"什么办法?"

"我去找周政委去。让他给我谋个事儿,给公家看仓库也行。"

"你是要离开这里?"大妈吃了一惊。

"实说吧,这乡村工作我也觉得没意思了。过去虽说残酷一点儿,干着倒挺有劲儿,这会儿种二亩地,交十斤八斤公粮就叫革命?"

大妈一听急了,身向前倾,点着小契说:

"哈哈,怪不得!你是想把地卖了,远走高飞呀!我问你,这村儿里的贫下中农怎么办?军烈属怎么办?让他们都去找周政委么?你工作还管不管?地主还管不管?"

小契闷着头不言语了。

大妈正要说服他,只听墙外一个女人的声音喊道:

"小契叔在这里吗?"

小契走到屋门口,冲着墙外答道:"在哩。"

"快家去吧,你家小旦儿正哭着找爹哩!"

小契叹了口气说:"我回去看看。等安置小旦儿睡了,我还得查夜哩!"说过,跨出门去。

大妈急忙下炕,追到院子里说:

"小契!反正你不能走!"

小契没有回答,走出大门去了,脚步声愈来愈远。

一种无可言状的孤寂之感涌上心头,大妈悄悄地哭了。她哭,不是因为她不坚强,是因为她没有找出眼前的路。

第二章 取经

大妈怀着彷徨苦闷的心情,到县里找张书记谈了很长时间,就像一阵清风那样,吹散了眼前的迷雾。她匆匆忙忙吃了两块红山药,喝了一碗菜白粥,就跑到小契家来。

小契父儿俩正蹲在当屋小炕桌旁边吃饭。炕桌上堆着七八个白面卷子,还有一盘紫乌乌的熟猪肉。小旦儿那孩子一只手攥着个大白面卷子,一只手抓着肥猪肉片子,吃得正香着呢。大妈一看就知道这是用粮食在街上换的,不由得叹了口气:

"小契呀,别人的话,你怎么一句也不听啊?像你这样个吃法,还能吃几天哪?"

小契把头一摆,用下巴颏朝屋角盛粮食的瓦罐一指,说:"嫂子,你瞅瞅!我们父儿俩就是变成小家雀儿,也吃不了几天了。"

大妈走过去一看,灰瓦罐里只剩下小半罐棒子糁儿;再往盛粮食的大缸探了探手,最多也不过几十斤红高粱。大妈把手缩回来,神色有些凄然。

小契看看大妈的脸色,宽解地笑了一笑,说:

"这也没啥!……过一时说一时!反正我也不打算在这儿待多少天了。"

"你就当真要走?"

"这还有假?!"小契又笑了一笑,"把这点粮食吃完就走!人常说:'人逢喜事精神爽,闷来愁肠瞌睡多',一点不假!我今儿个往炕上一仰就睡误了。一听,门口有敲梆子的,孩子跑来说,卖白面卷子的来了,说着口水都流出来。看着真叫人可怜!我想,反正快走了,还给谁细着!就挓了两升高粱,换了两斤卷子。这时候,正好又来了个卖熟猪肉的,一问,是条瘟猪,也不贵,我就一不做,二不休,让孩子吃了再说。早吃完早走!"

"依我看,你走不了。"大妈说。

"你看我离不开孩子,是不?"小契看了旦子一眼,凄然地说,"我准备送他到姥姥家去。"

"不,不,我说的不是这个,"大妈摆摆手,凑到小契耳边,悄声地说,"上面下来任务了!"

"什么任务?"

"党的任务。"大妈严肃而有点神秘地说,"社会往前走了。上级叫咱们先试验办农业合作社哩!"

"什么合作社?"

"也就是集体农庄,把地统统伙在一起,搞社会主义。"

"你别诳人了吧!"小契不相信地笑了一笑。

"怎么诳你?"大妈镇着脸说,"自从那天你一说要走,我就到县里找大老张去了……"

"你见着他了?"

"我们直谈了大半宿哩。"

小契眨巴着眼问:

"他提我了没有?"

"他还能忘了你?"大妈说,"我一见他,还没说上三句话,他就问:'我的老伙伴呢,他现时生活怎么样?'我就照实说了,我说,'他生活可是不强,房也去了,地也卖了!'……"

"唉唉,"小契立刻打断她的话,"你看你说这个干什么!他批评我了没有?"

"没有。"大妈摇了摇头,"他只是叹了口气,半天才说:'这也是难免哪!像小契这样的干部,一心扑革命,扑工作,饭也顾不上吃,觉也顾不得睡,地里打粮食自然就没有别人多,遇见三灾两难,不卖地怎么办?'……"

"还是他,他……了解我。"小契的红眼睛里闪着隐约可见的泪光。

大妈沉了沉,又接着说:

"我把这村困难户的情况都跟他谈了,他说,不光咱这个村,别的村,全县也都是这样。没有想到土改以后,阶级分化这么快。他还说,要不办合作社,过不了几年,连小契这样的人都得端人家的饭碗,给人家当长工去。"

小契的手指头像风里的小树叶子似的颤抖着,低下头去,没有说话。沉了半晌,站起来说:

"照我看,咱们老区就是该迈这一步了。咱们辛辛苦苦闹革命为了什么?死了这么多人为了什么?你看,现在有些人,一心发财致富,捣腾买卖,连个会都不愿开,这革命就是为了他们革的吧?"

小契气呼呼地,掇了半瓢凉水咕咚咕咚一喝,把那个空瓢乓地往缸里一丢:"叫我看,咱们干脆把地,把东西都伙伙在一块儿,吃饭干活最好。"

大妈见小契情绪有些起来了,心中暗暗高兴,就乘势说:

"我听大老张一说,心花都开了。我就对他说,樱桃好吃树难栽呀,这样的好事,没有人领头去办,也是枉然。说到这儿,大老张就说:'小契呢,你不会叫他领着头干么?'我说,嗐,你别提小契了,人家正慌着到外头找工作哩!你去亲自跟他谈谈吧,我说下大天来也是不行……"

"看看，"小契把手一甩，"你在那儿老提这干什么！他骂我了没有？"

"大老张听我这么一说，就哈哈一笑，说：'你别听他，那是故意给你说着玩的。只要你把这件大事跟他一提，你就是用大棍子抡他他也不走。'他还说：'你想想，嫂子，八路乍来那时候，很多庄稼人想出头又不敢出头，在凤凰堡头一个站出来的是谁？抗日，土改，站在最前面的是谁？不都是我那个老伙伴么？你这次跟他一说，他要不冲到前头那才怪哩！'"

"这，这大老张……"小契的嘴唇颤抖着，一颗圆大的热泪珠，跌到他粗糙的大手上。沉了半晌，才抬起头来，说："嫂子，别提那些事了，你看该怎么办，就分派我吧！"

"你不走了？"

"不走啦！"小契把腿一拍。

"那就好。……"大妈的眼角里也像有一颗明亮的露珠闪落下来，笑了。她说："你是不知道我这心哪，自从那天你一说要走，我这心就像吊到半天云里，没着没落的。咱村的复杂情况，你也不是不知道哇！"

小契长长地叹了口气，说："我要有一点办法，也不会想到走这一步。"

两个人谈话的工夫，小旦这孩子竟吃了两三个卷子，一盘紫乌乌的瘟猪肉，剩得也不多了。吃完，也像他父亲似的，抓起大瓢咕咚咕咚喝了一气凉水，然后把大瓢乓地扔到水缸里。接着，就跑到院子里玩起来，不是学他父亲追小牲口，就是两腿劈开，摆出架势学撒网打鱼，还在外面喊：

"爹，咱到河边去吧，再撒它一网！"

"你瞅瞅，"大妈笑着说，"长大了，又是一个小契！"

小契站起来,冲着门外喊:"你给我滚到一边去!"一面又回过头嘿嘿一笑,"不知道什么时候,我这作风都叫他学上了。"

大妈听说小契不走了,像千斤重担落地,多日来的抑郁孤寂之感,为之一扫。由于心情愉快,她把到城里去同张书记谈的话,都同小契谈了。小契也像饮了一杯浓酒似的,精神振奋起来。共同的新任务,又一次锤炼着他们的友谊,使他们彼此都觉得心头热烘烘的,像听到新的冲锋号音,渴望着继续奋发前进。

小契从他的口袋里翻了半天,翻出一个烟头抽着说:

"嫂子,这办社好是好,可是咱们一点经验都没有,真是狗咬刺猬,不知道从哪儿下嘴。"

"我也不知道两条腿该先迈哪一步。"大妈面带愁容地说,"咱们是不是先在支委会上研究一下?"

"跟谁研究?"小契气呼呼地说,"七个支委:两个南下了;一个不在家;王老好工作没找着,在北京他女婿那儿享福;大能人不照面,你耽误他一分钟,就像挖他二两肉似的。前几天,他刚从天津捣腾洋布回来,今天天不明又去北京,不知道捣腾什么。我查完夜,刚往回走,影影绰绰看见一个人往村外奔,我当是坏人呢,扑到跟前一看,原来是他……"

"反正咱们不能等着!"大妈决断地说,"听大老张说,饶阳县有个耿长锁,办了一个'土地合伙组',到现在已经七年了。我真想去看看,可又一想,离咱这儿好几百里,要走着去,来回得半个月,咱们俩手头都紧,连个盘缠钱也没有……"

听到这里,小契忽然眼睛一亮,说:

"嫂子,你可认得姚长腿么?"

"咋不认得?"大妈说,"那年他扒上火车,砍死了两个日本兵,还撒了好多传单,以后选上民兵英雄,我们还一道去边区参加过群英会哩!"

"对对,就是他!"小契说,"我上个月在集上听人说,他到耿长锁那儿去过,回来净讲耿长锁的事儿。咱们是不是去找找他?"

大妈兴奋地把两手一拍,说:

"这倒好!"

"可也不近哪,小二百里子哩!"

"那算什么!"大妈把头一摆,"我当年跟着八路行军,还不是一样地走!"

"嫂子,年纪不饶人哪!"小契笑了一笑,指着外间屋放的一辆破车子说,"我到集上找点零件,抓紧时间把它修修。然后把你带上,要是顺利,有大半天也就到了。你看行不?"

大妈把手一挥:"好,就这么办!"

事情就这么定了。大妈心情愉快,脚步轻松地回到家里,对待老大伯的态度也颇与平时不同。第二天一早,天还不甚明,就推老大伯起来,到集上去卖烟叶。小契饭都吃不上了,当然不能让他准备盘缠。小契这边也忙碌起来。他的这辆破车,还是抗日末期部队送给他的胜利品,由于零件缺损太多,好几年没有骑了。当然也正因为过于破旧,没有被他的主人卖掉。大妈刚走,小契就跑到镇子上,东找一个零件,西找一个零件,因为那些人都尝过他那"小牲口"的美味,也都热情地帮助他。小契又经过整整一天的时间,才勉勉强强修理上了。第三天一早,就把那辆破车子推到大妈门口。大妈早已准备好干粮,并且换了一身干净衣服。大伯把他们送到村口上路。

那小契由于这些日子情绪不佳,头也没剃,脸也没刮,头发胡子都长得很长。不知临时从哪里扯出一件小破棉袄披着,看去很不像样。但却精神抖擞,就像过去执行战斗任务似的,有说有笑,

推着那辆破车子,一直走在前面。刚到村口,他就停住车,指指车座后的行李架说:

"上车吧,嫂子,这就是你的宝座。"

"小契,"大伯瞅着那辆破车不放心地说,"到底行不行啊?"

"没问题!"小契把头一扬。

"我这还是大姑娘坐轿——头一回哩!"大妈笑了笑,侧着身子,坐在车座后面,一只手还提着盛干粮的手巾包儿。

小契等大妈坐好,紧推几步,就飞身上车。刚一上去,那车就吱吱呀呀地响起来。没有走出多远,遇到一个水垄沟,由于没有前后闸,小契一时来不及,就把大妈翻到水垄沟里去了。

大伯急忙跑过去,大妈已经站起来,幸好垄沟里没水,大妈拍了拍土。

"小契呀,你,你……"大伯结结巴巴地,"我说你骑慢一点!你嫂子这身子骨可不算强!"

"快回去吧!"大妈呲打着大伯,笑了一笑,又上了车,"这么大年纪了,说这话叫人听着多寒碜哪!"

"到底是老夫老妻哟!"

小契也笑了一笑。这次他手握双把,聚精会神地蹬起来。这一对亲密的战友,这一对贫农出身的共产党员,在晨风里踏上了正南的土路。破车吱吱呀呀地响着,在早晨布满白霜的大野上,留下一道清晰的印痕。

从凤凰堡到徐水的姚家庄有一百七八十里,小契鼓着劲想一天赶到。开头也还算顺利。谁知五六十里以后,由于齿轮过于老旧,链子就不断脱落。三里一停,五里一站,还不到一百里路,天就黑了。只好在一个村庄里借宿。为了省钱,两个人没进饭铺,吃了点携带的干粮,喝了点凉水。小契又连夜修车,很晚才安歇。不料第二天车子的里带又出了毛病,漏了气,只好步行,天黑也没有赶到。第三天早晨,将车子推到一个镇店地方,把带补好,这才在上午十时左右赶到了姚家庄;不巧姚长腿刚刚出门,到十五里以外赶集去了。

大妈一向性急,自然不愿久等,两个人又赶到集上来找老姚。幸而集不大,只转了半趟街,大妈就停住脚步,往前一指,说:"你看,那不是老姚是谁?"小契一看,路旁人丛里有一个出奇的高个子,三十几岁年纪,小头,长腿,穿着一件褪了色的日本人的破军大衣,只搭到膝盖那里。他正同人高谈阔论,不时地嘎嘎笑着。集上人多声杂,大妈连着喊了好几声,长腿姚才转过脸来,惊讶地说:

"是你呀,杨大妈!"

说着分开众人,迈开大长腿,三脚两步就赶了过来,双手捧住大妈的手摇晃着说:

"大妈,你是从天上掉下来的,还是从地下钻出来的?"

"我是叫人家背了来的!"大妈指指小契的破车子,微微一笑。接着给他们两个做了介绍。

"大妈,"长腿姚满脸是笑地说,"自从那年咱们到边区开会,眨眼好几年了,老想去看你,总也不得空。"

"别说漂亮话了!"大妈说,"你大妈要不来,谁也不去看我。"

"哈哈,大妈还是这个脾气。"长腿姚嘎嘎笑了一阵,"这回来,怕有什么重要的事儿吧?"

"就是找你!"大妈用指头点着他说。

"走,到我家去!"

长腿姚拉着大妈。大妈告诉他已经去过了,要找个清静地方谈谈。长腿姚拗不过,只好跟大妈来到村外,小契推着破车子跟在后面,三个人避开人多的地方,在一个打麦场里靠着麦秸垛坐下来。

老姚掏出半盒纸烟,大家抽着。大妈开门见山地说:

"老姚,听说你这个大长腿到耿长锁那儿去过?"

老姚笑着说:"你是不是想成立合作社呀?"

"嘻,我这么大年纪了,还能办合作社?"大妈笑了一笑,"是别人托我问的。我问你,你到他那儿去过吗?"

"去是没有去过,他的事儿我还是听到不少。"老姚说,"我老想见见他,跟他谈谈,可总是没有机会。前两个月,我从北京开战斗英雄大会回来,路过保定,住在招待所里,碰到一个庄稼老头儿,穿个小白粗布褂儿,蒙着块白手巾,留着稀零零两撇小胡子,非常和善,说话也细声细气的,说实话,我当时没有怎么注意他,后来才知道他就是咱冀中鼎鼎大名的耿长锁!真是把人后悔死了!"

"我问你,他那社办得怎么样?"

"听说,势派大极了!"老姚兴奋地说,"过去咱们这里的财主,一说家里拴几套马车,轿车,槽上有十几匹大牲口,就算了不起了;可耿长锁那社,早晨钟一响,人欢马叫,花轱辘大马车能摆出大半道街,干起活来,你说是小伙老头儿,你说是闺女媳妇,都是唱着歌往前冲。"

大妈笑了,眼睛瞅着老姚,笑得动人极啦。

"不说别人,我就纳闷儿,"大妈说,"这一家一户还吵包子闹分家哩,这么多户合到一块儿能行么?"

"分的粮食多呀!"老姚说,"他们每户比起单干那阵儿能多分好几百斤,他怎么不干?真是拆都拆不开。听说,他村里有一个富裕中农,是个种地把式,又是个土圣人,一直不服气,跟他们竞赛了好几年,看谁的产量高,到底还是输了!再说,再说……"长腿姚又点起一支烟,带着无限敬佩的神情说道,"人家耿长锁那真可以说是大公无私,公家的便宜硬是一丝不沾,这就把大家团结住了。他在村里还当着支部书记,土改时候分房子,他自己不分,让贫雇农多分;临到扩兵,先把自己的小子送出去;社里要盖油坊,没有砖瓦木料,就把自己准备的砖瓦木料借出来。这耿长锁年纪也不小了,身子骨不算强,常到这里那里开会,又不会骑车子,社里人怜惜他,说给咱们长锁买个小毛驴吧,让他骑着也省点劲。可是耿长锁笑着说:'这可使不得!你们想想,过去地主催租子,就是骑着个小毛驴儿,背着个算盘,这儿串串,那儿串串,我也骑上这个,成了什么啦?'所以这会儿,他不管到哪儿开会,还是蔫不唧地在地下走。开完会回来,哪怕还有一个钟头,也得到地里去,跟大伙一块劳动。夏天耪地,又热又累,到地头上谁也不愿动了,这时候,他总是蔫不唧地提起水罐子,到井台上拔了水来,说:'同志们,喝水!喝水!'……"

"真不赖呆!"小契眨巴着红红的眼睛,羡慕地问,"他是什么时候入党的?"

"入党嘛,跟咱们也差不许多。"老姚说,"可是人家心里有路数呀!什么问题,都想得远,想得宽。你比如说,他们村有四个孤儿,大的十一二,小的六七岁,托给本家管,到时候给那么一点粮食,饿得孩子直啼哭。孩子的姥姥来了,一手拉着一个,哭哭啼啼地要入社。这时候,社才办起四年,只有十五户,家底也确实很薄,有人就说:'多来了两个长嘴物,咱们的社就办好咧?'有的说:'多来些这样的人,大伙再拿上棍子要饭吧!破篮子和打狗棍还在棚子底下放着哩!'可是耿长锁还是耐心说服啊,说服啊,把孩子收下了。冬天有棉,夏天有单,柴米油盐样样都得结记。长锁在县里开会,一下大雨就坐不住了,怕房子不结实,砸住了孩子们……"

"这人思想就是好!"小契点头赞叹着。

"思想好,这是一方面;另一方面,也是成社的优越性。"老姚纠正说,"要不是成社,这些没爹没娘的苦孩子,就是想安插也没法安插呀!"

大妈沉在思索里,想起小契、金丝、郭祥他娘、瞎老齐……这些凤凰堡的穷户们。

长腿姚看看太阳,已是正午时分,就立起身来,把沾到他那件日本军大衣上的麦秸拍打了拍打,说:

"大妈,也就是这些材料了。"

"怎么,你要走?"大妈抬起头问。

"我下午还有事儿哩!"

"不行!"大妈果断地摆摆手,要他坐在原来的地方,"我还有好多问题没问哩。我问你,他这个社倒是怎么办起来的?"

老姚又坐下来说:

"一九四三年腊月天,毛主席让咱们组织起来闹生产这件事,你还记得不?"

大妈手扶额头,思索了一阵,说:

"仿佛谁在地道里给我念叨过。"

"对,就是这个时候。"老姚说,"他那地方,虽然不像咱们这里残酷,也是三里二里一个炮楼,加上闹灾荒,卖儿卖女的,无其数。耿长锁还饿死了一次,又被救过来,他的老婆也带着孩子讨吃去了。这时候,党根据毛主席的指示,在这里组织了个隐蔽经济组,拨给他们二百斤小米,让他组织几户打绳卖,好救个活命。开头只有四户人家,白天黑夜在一块打绳,赚一点钱饷口。可是等到开春种地,问题来了:各家回去种地,就顾不上打绳,打绳组就得散;打绳组散了,又没得吃。他们就干脆把地合起来,成了一个土地合伙组,一班种地,一班打绳。这耿长锁,你别看他绵绵软软的,他是一条道走到黑。他这社也经过几起几落,变大又变小,变小又变大,可是一直坚持下来。嘿嘿,没想到,这就是咱冀中的第一个农业合作社!转眼间,人家早跑到咱们前头去了。"

大妈笑着说:"你这个长腿,也没人家跑得快呀!"

"可不,"老姚说,"那时候,我专门研究怎么扒火车了!"

长腿姚说到这里,又立起身子,赔笑说:

"大妈,我可真该走了。"

"你到底有什么急事啊?"

"大妈,我给你实说吧,"老姚显出一副神秘的样子,弯着腰,附在大妈耳边,悄悄地说,"我也结记着成社哩。今天区干部来,我们商量开头一次会。"

"好好,那我不留你。"大妈说着,朝小契丢了个眼色,仰起脸望望太阳说,"到吃饭时候了吧?"

小契立刻会意,跳起来双手拉住老姚:

"对对,这饭可不能不吃呀!走,咱们在集上喝两盅去!"

"下一次,下一次……"老姚想挣脱身子。

"你听我说,老姚,"小契紧紧抓住他的肩膀,"你同我这老嫂子是熟人了;可咱们俩是头一回见面呀,是不?你要不去,那就是瞧不起我。"

大妈也站起身,拍拍土,从旁挖苦说:

"老姚,你是不是怕花钱哪?嗯?"

几句话说得老姚没了主意。大妈又使了一个眼色,小契一手推起破车子,一手拉着老姚,往集市中心走去。街道旁边,搭了一溜布棚,都是卖小吃的,有卖烧饼馃子的,卖熟猪肉的,还有卖大碗面、豆腐脑儿的。热闹的叫卖声,使那些食物,增添了格外诱人的香味。小契支起车子,选了一处有卖酒的地方坐下,用他那在客人面前素有的慷慨豪爽的风度喊道:

"先打半斤！"

两个人热热闹闹地喝起来。大妈量不大，心思又不在酒上，只喝了小半盅儿，就问：

"老姚，你还没有说，那入社的人，有的劳力多，有的劳力少，有的地多，有的地少，打下粮食，可怎么个分法？"

"先搞地五劳五！"

"什么叫地五劳五？"

"你干吗问这么细呀？"老姚擎起酒盅笑着，"你是不是也想成立社呀？"

"这个你就不用问了！"大妈也笑着说。

"你呀，心眼就是多！"

"这可是一贯的了。"小契附和着说。

三个人都嘎嘎地笑了。

第三章　待月儿圆时（一）

当凤凰堡的贫农们，在古老的土地上探索一条新路时，朝鲜战场正酝酿着一个震动世界的战役。

朝鲜的十一月，已经弥漫着漫天风雪。整个朝鲜地势，东部高，西部低，愈往东风雪愈大，长津湖已经封冻，成了一片白茫茫的雪原。西部战线，虽然较为和暖，但清川江和大同江靠边岸的地方，也都结了一层薄冰。

经过第一次战役，中国人民志愿军已经站定脚跟，清川江以北的朝鲜人民在陆续返回自己的家园。但是，在弥漫着风雪的大路上，仍旧不时可以看到背着孩子的妇女和无家可归的孤儿。他们还穿着单薄的衣服，在战线的附近徘徊彷徨，等候着战线的推进，等候着去找失散的亲人，等候着回到清川江南，大同江南，临津江南。

社会秩序依然相当混乱。地主、富农分子，乘机猖狂活动。志愿军初战的声威，并没有也不可能熄灭他们复辟的渴望。不论白天夜晚，他们都在暗处给敌机指示目标。尤其一到夜晚，在部队集结的地方，在车队行动的地方，在指挥部，在临时仓库的周围，只要敌机一来，就会有暗红色的信号弹，从丛林里，从山背后，接二连三纷纷飞起。只要稍有疏忽，他们就会在志愿军汽车的车厢下，偷偷地塞上燃烧物，使汽车在开动以后燃烧起来。他们还在朝鲜人民中拼命地散布谣言，说"中国人是待不住的"。但是与此同时，必胜的信念,革命与复仇的烈火,也在朝鲜人民的心中熊熊燃烧着。公路上开始出现了修路的人群,其中绝大多数是朝鲜妇女,有的还背着孩子。他们在呼啸的寒风里穿着单薄的衣裙,拿着铁锹大镐,填补着炸弹坑,好让志愿军的车队能在黄昏以后通过。黄昏一来,公路上就更加热闹了。在志愿军车队的两侧,还有一列列"牛爬犁"的长队,帮助志愿军把粮食弹药运送到前方。赶车的也多半是老人们和妇女们。朝鲜的青壮年大多数到前方打仗去了,他们就把生产和战争勤务的重担,英勇地担承起来。从中国来的战士们,看到这种种情景,看到他们那单薄的衣裙,英勇的姿态,心里热烘烘的,真说不出是怜惜,是钦佩,还是感动!通过这一切,都使人感觉出一个英勇的党,正在进行着坚忍不拔的活动。

激烈的战争迅速冶炼着两国人民的友谊,正像严冬孕育着春天最美好的花蕾。志愿军出国还不到一个月,就同朝鲜人民无比亲密地生活在一起了。在一个月以前,这些生活在中国茅屋里的农家子弟们,对朝鲜是多么陌生啊,而现在他们同朝鲜父老是那么亲近,到处都可以听到"阿妈妮"、"吉文衮东木"[①]的亲切呼唤,到处都可以看到志愿军战士给朝鲜农家劈柴,朝鲜姐妹到清泉边为志愿军顶水,就好像他们本来就是一个和睦的家庭。他们都很快学会了彼此语言中最需要的词汇。他们彼此讲的既不是朝语,又不是汉语,而是被混合起来的第三种语言。他们就用这种语言,配合眼神和手势来倾谈当前的斗争。"米国撒拉米","李承晚","嘟嘟嘟","统统地死掉",这就是他们共同的心愿。

雪在飘落。轻盈的雪花盖住了森林,盖住了山峦,盖住了被燃烧弹烧成的灰烬,也盖住了被残杀者的新坟。似乎这土地上的一

---

① 朝语:志愿军同志。

切,都被那单纯美丽的颜色掩盖住了。但是,在风雪迷茫的旷野,在要路口,在大道边,却竖立着一支支令人注目的标语牌。它钉在一支支木棍上,插在混着焦土的雪地里。上面用粗黑的毛笔字写着:"欢迎中国人民志愿军!""朝中人民友谊万岁!"……北风一阵阵卷过,木牌摆动起来,就仿佛有人拿着它、摇着它呼喊似的,就仿佛要让人懂得它更深刻的含义似的。志愿军战士们,每当他们披着风雪走过,心头该是如何激动! 他们懂得朝鲜人民的愿望,这是要胜利者继续胜利,前进者继续前进!

这时,为了巩固与发展胜利,在长江南岸组成的志愿军部队继续渡江入朝。这些南国的儿女们,穿着只适合于他们故乡的薄薄的棉衣,戴着大檐帽,正顶着棉花桃一般大的雪片,向东线急进。西线也调整了部署。第五军由博川调到西部战线的左翼——德川、宁远地区。现在郭祥所在的这个团,正同李承晚的第八师对抗在德川以南。

一次战役结束后的这段时间内,敌我双方都只限于争夺有利的前进阵地。从敌人方面来说,半个月以前,中国人民志愿军在朝鲜战场上极其隐蔽极其突然地出现,是完全出乎他们意料之外的。他们颇像是一群准备就餐的食客,杯盘已经摆好,饭菜已经端来,正要系上餐巾,举起刀叉,却从窗外突然飞进一块砖头,把桌上的一切砸得粉碎。又好像一个将要跑到终点的人,突然挨了一闷棍,而昏倒在地。因为从他们资产阶级的思维方法看来,一个刚刚诞生一年的新中国,满身战伤,满眼困难,自己尚且没有站稳脚跟,怎么能又怎么敢站起来支援他人呢? 尽管周恩来总理发出了"不能置之不理"的庄严警告,在他们看来,不过是做做样子虚张声势而已。他们不懂得,大概也永远不会懂得,中国共产党人,在枪林弹雨中成长起来的中国的战略家们,尤其是在惊涛骇浪中掌舵的英明的舵手,是不会依据他们那种卑鄙又愚蠢的思维方法办事的。这就使得杜鲁门、麦克阿瑟这些蠢家伙犯了一个绝大的错误。但是犯了错误不等于即刻认识到这一错误。他们把部队撤到清川江南,稍作整顿,就又企图抢占有利阵地,积极准备下一步的行动。

郭祥的连队在德川以南的阵地上,连续进行了几天的战斗。这里有一座苍鹰岭,是附近的制高点,敌我反复争夺数次,终于被我夺取到手。此处山势陡峭,地高风寒,时令又正值秋末冬初,开始是连绵的秋雨,转眼间就变成了漫天的雪花。由于敌机日夜狂轰滥炸,给运输工作造成极大困难。虽然丹东、辑安等处物资堆积如山,却不能按时运到阵地上来。炊事员能够送来一些煮熟的棒子粒儿和冰冻的山药蛋,就算很不错了。郭祥见战士们体力不足,唯恐挖工事犯"形式主义",就到各个班的阵地上串,用他那"鼓动工作和模范作用相结合"的老办法干起来了。大家有圆锹的用圆锹,没有圆锹的用刺刀,从冻得邦硬的山头上,挖出了一些掩体来。郭祥满心高兴,准备给敌人一个重重的打击。谁知道第二天早晨,敌人攻上来,只打了个把小时,就传来了撤下苍鹰岭的命令。郭祥满心眼的不舒服,不知发生了什么变故。

部队撤回到比苍鹰岭矮得多的一块高地上。排长疙瘩李这位全连有名的急性子,急冲冲地说:

"连长,这到底是怎么搞的?"

郭祥还没回答,他就又说:

"一天讲苍鹰岭这么重要,那么重要,怎么刚抓到手,就放弃啦?"

"叫我说呀,谁也别问。"调皮骡子王大发坐在他的掩体里,擦着枪,慢条斯理地说,"当兵的说当兵的事儿:叫你攻,你就攻,叫你撤,你就撤。攻有攻的理由,撤有撤的理由。"

人们笑起来。郭祥说：

"调皮骡子，你出国好长时间不讲怪话啦，现在大概又憋不住了！"

"这怎么也叫怪话？"调皮骡子神色自若，继续擦枪，"比如说，要让你攻，那当然就要讲：苍鹰岭是战略要地喽，是通熙川的要道喽，是通江界的要道喽；要让你撤呢，那当然也有一大堆理由。"

"照你看，撤退的理由是什么呢？"有人发问。

"我？我是什么水平儿？"调皮骡子笑了一笑，"现时恐怕咱们连首长还不知道哩！"

调皮骡子的话一点不错，郭祥也在歪着脑袋纳闷。

下午，占领苍鹰岭的敌人，继续向我进攻。这次抗击的时间稍微长了一点，就又接到命令，让撤退了。

"说不定，有点名堂哩！"郭祥暗暗地想。"这次我得好好地掌握掌握上级的意图！"

第二天，敌人进攻时，郭祥这个连打得噼噼啪啪、稀稀拉拉的，敌人虽然占领了阵地，但是不前进了。

时间不大，团里来了电话：

"你是郭祥吗？"电话里传来团长威严的声音。

"嗯嗯，我是郭祥。"

"你是怎么搞的？"团长发脾气了，"为什么打得这么稀泥软蛋？你的作风到哪里去了？"

郭祥正要回答，立刻又传过来严厉的声音：

"今天晚上，你把阵地给我夺回来！"

说过，不容回话，只听耳机"卡嘟儿"一声就挂上了。

这天晚上，郭祥的连队打得很猛，一个反击就把上午失去的阵地夺回来了。第三天早晨，敌人继续前进。郭祥正在周密地组织

火力,准备硬顶,团长又来了电话:

"你是郭祥吗?"电话里又传来团长威严的声音。

"嗯嗯,我是郭祥。"

"你是怎么搞的?"团长质问道,"我看打消耗战你倒是个能手。你的灵活性到哪里去了?"

郭祥刚要回话,对方"卡嘟儿"一声又挂上了。

郭祥放下耳机,缩了缩脖儿:

"怪怪!软又说忒软了,硬又说忒硬了,这个劲儿可真难拿呀!"

由于郭祥所在的第一营,过于疲劳,第三营接换了他们,继续抗击。在郭祥看来,已经到了十分有利的阵地,但是仍旧看不出我方有任何动静,心里不免焦躁起来。

这天黄昏,西天上刚刚露出一弯小金月牙儿,团部通讯员来传郭祥,叫他即刻到团部去。郭祥自然十分高兴。按照已往的经验,只要到了团部,他就可以对当前的行动,猜出七成八成。

团部设在一个很狭窄的小山沟里,只有一户人家。郭祥沿着小径,踏着月色,哼哼着小曲儿,不一时就来到小屋门前。小玲子同小迷糊正在洗碗,顺手指了指屋后的山坡,说团长政委刚刚吃过晚饭,到那边散步去了。

郭祥举头一望,山坡上有三五株高大的古松,松树下抽烟的火星一闪一闪。郭祥沿着小径向山坡上走,看见两个人披着军大衣,在两块大石头上坐着,正在那儿举头赏月呢。

郭祥刚要走上前去,只听两个人在悄悄谈话。

"老周,你看,上钩了吗?"

"怕是上钩了……不过还要攻一两下。"

"太猛又不行!"

"那当然。"

"彭总对情况的估计,就是准得很哪!"

"当然……我看妙就妙在这一次极其成功地利用了敌人的错觉。我记得在《论持久战》里,主席就专门讲到过这个问题。"

"是的,直到现在,敌人还认为我们是'象征性的出兵'呢!"

"蠢家伙!一开始,他们就估计我们不敢出兵,后来又猜测我们是保卫鸭绿江水电站。"

"怪!这些反动派都是主观主义者。"

"这是由他们反动的立场决定的。第一,他们瞧不起刚刚站起来的中国人民;第二,把我们也看成是民族利己主义者,怕打烂自己的坛坛罐罐。"

"可是,他这个弱点给抓住了……从军事上说,这一步退得实在好,敌人会更觉着他的估计是正确的。"

"老邓,这才叫指挥艺术咧。退一步可以进两步哟!"

接着是轻微的笑声。停了片刻,谈话又继续着。

"今天旧历几号了,老周?"

"看它的样子,可能初四五吧。"

"不不,初二三,月牙儿尖。我小时候放牛,每天都回来得很迟;看惯了的,这我知道。"

说到这儿,只见团长用手指头点着月亮说:"这家伙!你要不理会它呀,快得很,几天就圆了;你要盼它圆哪,它就硬是不圆!"

郭祥仰头看看月亮,果然还缺大半边呢。

政委嘎嘎地笑了起来,接着说:

"老邓啊,路还没有走到,光圆也不行啊!"

郭祥也偷偷地笑了。他猛然觉得偷听首长讲话不大好,就故意把脚步弄得很响,然后又喊了一声"报告"。

"是嘎子吗？你什么时候来的？"邓军瞪了他一眼。

"我刚到呀。"郭祥笑着，打了一个敬礼。

"怎么一点声音也没听到？"周仆问。

"刚才我看首长正在这儿赏月哩，就没敢大声惊动你们。"

"是呀，我们正在这儿赏月哩！"周仆急忙接上去，笑着说，"团长想家喽！叫我陪他看看月亮。"接着又问："你喜欢月亮吗，嘎子？"

"我呀，"郭祥笑了一笑，"我喜欢月亮圆了的时候。像大银盘似的，往天上一挂，多喜欢人哪！"

听到这个，周仆不笑了，和邓军对看了一眼。郭祥赶忙改口说：

"不过，月亮太圆了我也不喜欢。那年打松林店，月亮真圆，敌人的火力又稠，打了好几个冲锋，都没有打上去。当时我抬起头看看它，真想一枪把它揍下来！"

"是呀，太圆了，对作战也很不利。"周仆说着，放心地笑了。

"走，到房子里谈正事去吧！"邓军说，"上级要材料，让我们写一写李伪军的作战特点，咱们凑凑去！"

"行行，"郭祥高兴地说，"这些家伙，是有些特点儿。"

他们一起走下山坡，到屋子里去了。

郭祥回到连里的时候，战士们纷纷围过来问：

"连长，带回来什么好消息呀？"

"好消息可真不少。"郭祥嘻嘻笑着，高兴地说。

"快给我们讲讲。"

"头一件，"郭祥一板一眼地说，"各民主党派发表了联合宣言，拥护咱们志愿军抗美援朝。"

战士们吵嚷道：

"我们早就知道了!"

"连长,你别给我们打喜诨了!"

"好,你再听第二件,"郭祥又绷着脸说,"咱们祖国成立了抗美援朝总会,专门来支援咱们。"

战士们吵嚷得更厉害了:

"哎呀,这消息更老得没了牙了!"

"别逗了,连长,说真的!"

"说说咱们现在的行动!"

"到底撤到哪里才算完哪!"

"噢,你们问的这个?"郭祥装作醒悟过来的样子,接着摇了摇头,"团里是纹丝没露。"

可是他说到这儿,不由自主地仰起脸,对着月亮笑了一笑。

"你就连一句半句也没听到吗?"

"没有。"

"连长,那你就判断判断!"

"我的好同志!"郭祥把两只手一摊,"团里纹丝不露,叫我可怎么判断哪!"郭祥说到这儿,又情不自禁地仰望着弯弯的月牙儿笑了。

"连长,"小钢炮诧异地问,"你老望着月亮笑什么哪?"

"我呀,"郭祥蓦地一惊,随口说,"各人有各人的心事呗!"

"那,你有什么心事呀,连长?"

"我呀,"郭祥说,"咱们这些天净吃煮棒子粒儿了。我一看见月亮,就觉着它像一张大白面饼似的,要是一钢炮轰下来,咱们全连也够吃几天的。"

人们笑起来,情知再也挖不出东西,也就带着惋惜的神情散了。

第四章　待月儿圆时（二）

一弯偃月，像把金色的镰刀，照着这座停产的矿山，照着半山间的木屋。木屋前的几棵古松，把树影投了一地，就像浓墨泼洒的水墨画一般。彭总披着军大衣，在松树下走来走去。他不时地抬起头望望月亮，似乎在思索着什么。清冷的山风一阵阵传过来山谷间小河的水声。

警卫员小张，常常是从他的脸色上来判断前线情况的。刚刚入朝时，他那脸绷得像铁板似的，充满着一种无畏和刚毅之气。直到一次战役结束，才显得轻松了些，脸上有时露出笑容。现在呢？小张不好判断了。因为他既不显得高兴，也绝不是忧愁，似乎是一种不安在袭扰着他，饭也吃得不多。

中国志愿军在朝鲜的出现，引起了全世界的纷纷议论。对这支部队的实力，人们尤其注意猜测。尽管志愿军已经进行了第一次战役，但在美军的统帅部里，却认为这只不过是一支"象征性的部队"。当彭总最初听到这个消息时，不禁喜形于色，就像我们的诗人捕捉住了灵感一般。当时，在作战室里，参谋长正端着蜡烛同彭总一起看地图，从烛光里看见他的脸色非常动人。对于敌人暂时撤退之后重新发起的攻势，他本来说还要再看一看，现在他却用有力的手指向图上的清川江南一指，决断地说：

"那就放他们进来吧！"

"放他们进来？"夏文不禁一惊，端蜡烛的手也停住了。

"嗯。"彭总点点头,又指了指地图上清川江北浓密得几乎成了黑色的线团,说,"他要飞虎山也送给他。"

"飞虎山也送给他?"

"对,"彭总用手指一扫,指了指纳清亭、安心洞、新兴洞、牛岘洞、凤德山一线说,"可以一直让他们进到这里。"

"噢!原来是利用敌人的错觉,诱敌深入啊!"聪明的夏文没有言语,望着彭总含有深意地一笑。这时一串灼热的蜡液,滴落在他的手上,他似乎也不觉得,连连地点头说:"好,后面这个战场我们比较熟悉,供应线也可以缩短一点。"

彭总眼角一扫,见夏文的手上落了许多蜡油,就轻轻地接过蜡烛放在桌案上。接着在地图下来回踱着步子,一面沉思着说:

"但是,诱敌部队一定要注意动作适度。既不能死顶,也不能一触即退。特别要告诉他们,不能使用重火器!"

夏文坐在桌子旁边,仔细地倾听着,记在一个小本上。

"还有,绝对不能丢一个伤员,也不能有一个人被俘。如果哪个部队发生这种事,部队首长就要负完全责任!"

彭总说到这里,声调显得有些严厉。

最后,彭总同夏文一起走出作战室,西面山顶正悬着一弯细眉般的新月。彭总停住脚步,指指那弯新月轻松地说:

"大概等到它圆了的时候,我们就可以动手了!"

彭总的计划,得到志愿军几位领导人的一致赞同,而且很快得到毛主席的批准。彭总本人的雄心就更足了。他把整整两个军——第一军和第五军隐蔽地摆在左翼,就像两只时刻可以扑出的猛虎,准备随时向敌后猛插迂回;而正面却故意向敌人示弱,进行着有一搭没一搭的抗击。但是这计划实施以来的一周内,却发现敌人异常谨慎,每天只前进两三公里。特别是自我撤出飞虎山阵地之后,敌人没有前进多远就停住了。在一连三天里,敌人每天出动五六百架以至一千架各种类型的飞机轰炸鸭绿江口的公路桥梁,海军的"空中袭击者"和"空中海盗",以每枚重两千磅至三千磅的炸弹轰炸新义州至惠山镇,但地面部队却没有什么动静。这就不能不使彭总产生疑问:为什么敌人不前进了?就好像一条大鱼,刚刚接近钓钩却忽然停住,似乎要游开的样子。这又是为什么呢?

彭总抽烟一向不算太多,现在却抽了好几支了。他抽烟很猛,几口就抽下小半截子,烟蒂的火光不断在月阴里明明灭灭。天上,那把金色的镰刀,离山岗只有几丈高了。

他终于停住脚步,把林青叫过来说:

"马上请参谋长来,把敌情资料也带着。"

不一时,夏文就披着大衣从山坡下急匆匆走来,彭总同他一起回到木屋里。

这座木屋经过小张的反复整顿,已较前整洁。但变化却不多,桌椅还是原来矿上的,只不过添了彭总的一张行军床,墙上挂满了作战地图罢了。

彭总让参谋长在椅子上坐下来,然后自己坐在行军床上。

"为什么这几天敌人不前进了?"他问。

"我也很纳闷。"夏文说,"几个副司令也很着急。"

"是不是我们的企图暴露了?"

"不会,现在还没有这种迹象。"

"伤员呢,有没有丢?还是个别人被俘虏了?"

"这个,各部队都执行得很严格。同时战斗很从容,也不会发生这种事情。"

"那么,是不是有人用了重火器,顶得太厉害了?"

"各部队连迫击炮都不准使用,我还落了不少的埋怨呢!"

彭总默然。他沉思了一会儿,又问:

"那么,敌人究竟是怎样估计我们的呢?"

"到现在为止,敌人仍然估计我们不过六七万人。"夏文说,"不过我们的撤退把敌人搞迷糊了。各通讯社都说,共军的撤退使联合国的统帅部莫测高深。他们对我们为什么要撤退猜测很多。一家通讯社综合为五条:第一,估计我们可能在等待政治解决;第二,估计我们在聚集供应品;第三,估计我们可能在等待援军;第四,估计我们可能转移到另一条战线;最后一条估计说,也许是他们完全不知道的一回事……"

彭总听到最后一条,几乎要笑起来。他问:

"有军队方面的资料吗?"

"这里有一份美军第八集团军发言人的估计。"

夏文说着,找出那份材料递给彭总。彭总戴上老花镜看起来:

"中国军队在其高级领导人没有采取对战争进程有影响的行动以前,可能与联军避免发生战斗。四天来,我们很少与敌军接触,甚至不知中共军的所在地,这是一个非常令人迷惘的局势。"

彭总看到这里停了一会儿,又接着看下去:

"中共军几乎和他们的出现一样出人意料地撤退了。他们在联军采取守势的时候,没有受到压力就自行撤退,从他们撤退的范围之大来看,他们的撤退仿佛是有意的。"

彭总的心猛地跳动了一下,把"仿佛是有意的"那一句,又重复看了一次。然后把那篇电讯放在行军床上,沉吟了一会儿,说:

"可见战术上还有毛病。为了示弱,没有掌握住分寸,撤退得快了,面也大了。"

夏文的脸不易察觉地红了一红,没有做声。

彭总又问:

"还有其他的材料吗？"

"今天的电讯正在翻译，可能快送来了。"夏文说，"路透社的消息讲，英军认为当前的局势是一种'假'局势。'假'局势的形成有三条：第一，由于中共的干涉已经挽回了他们的面子感到满意；第二，由于他们想建立一条缓冲地带；第三，或许是由于寒冬的降临，他们企图借严冬的帮助，使联合国军遭到拿破仑式的大溃败。"

彭总听到最后一句，感到兴趣了。他摸了一下自己的嘴角，微微一笑：

"只有这个估计还差不多！"

但紧接着他的脸色又严肃起来：

"可见一个秘密想长久保持不容易噢！"

这时，一个参谋送材料来了。彭总抬头一看，却是毛岸英。此刻他身着人民军的绿呢子军服，已经是姿态英挺的青年军官了。他恭恭敬敬地行了一个军礼，然后笑微微地递过材料来，说：

"彭叔叔，现在全世界都在猜测我们的行动呢！"

彭总接过材料，让他坐在身边，亲切地问：

"你的目的达到了吧，现在习惯不习惯？"

"彭叔叔，"毛岸英说，"我在晋西北农村还是吃过一点苦的，在陕北也种过地，这里不过飞机多一些就是了。"

"他小时候在上海流浪，也吃了不少苦头。"夏文插上说。

"彭叔叔，你看过《三毛流浪记》吧？"毛岸英说，"我除了没偷人东西，没给有钱人当干儿子，别的都跟三毛一样。睡马路呀，给人拖地板呀，擦皮鞋呀，从垃圾箱里找破烂呀，全干了。上海有个外白渡桥，黄包车拉上去很费力，我跟弟弟岸青就在后面帮着推，推上去人家给几个钱……"

"那时候，你多大？"彭总问。

"我十岁,岸青八岁,还有个小弟弟才三岁。"

"不是组织上把你们送去的吗?"

"是的,可是后来组织被破坏了,经济来源断绝了,那家房东就翻了脸,叫我们出去给他挣钱,挣不来就劈头盖脸打我们。有一次,把我弟弟的头都打破了,我就背起弟弟去流浪……"

"你那个小弟弟,到底哪里去了?"

"不知道。"毛岸英痛苦地说,"有一天,我跟岸青出去讨饭,回来一看,没有他了,直到现在也不知道他在哪里。"

彭总听到这里,凄然无语。毛岸英也就把话收住。

他望了望墙上的作战地图,作为敌军标志的小蓝旗,又插到了清川江以北,就冲口问道:

"彭叔叔,为什么还要向后退呀?"

"你觉得退一下不好吗?"彭总笑着反问。

"不好!"毛岸英说,"我觉得,开始出国没有底,慎重还是对的;但是第一次战役已经打赢了,敌人很恐慌,为什么反而撤退呢?"

"那么,你的看法?……"

"我的意见就是乘胜发起进攻,从清川江打过去。"

这个年轻人,在统帅面前如此唐突,无异班门弄斧,夏文确实吃了一惊。他偷眼望了望彭总,见彭总的脸色并没有变化,还眯着眼笑眯眯地问:

"听说你参加过苏德战争?"

"是的,那时我是苏军的坦克中尉,曾经乘着坦克一直打到波兰。"

"听说斯大林还奖了你一支小手枪,是吗?"夏文插了一句。

"是的。"毛岸英略显腼腆地一笑。

彭总眯着眼睛又问:

"你觉得那个战争,和这里的味道一样吗?"

"不一样!大不一样!"毛岸英说,"那里是飞机对飞机,大炮对大炮,坦克对坦克,现在咱们同敌人的装备相比太悬殊了。"

"这就对啰!"彭总说,"条件不同,战术也就不同。现在敌人是高度现代化的装备,我们呢,武器倒很齐全,什么日本的,德国的,美国的,甚至还有北洋军阀时代的,简直像个历史兵器展览会了。你拿这样的装备,去进行阵地战,展开粗鲁的进攻,正是以我之短击敌之长,你觉得有胜利的把握吗?"

夏文也望着毛岸英,和气地解释道:

"这次撤退,是有深意的。彭总利用敌人的狂妄心理,故意示弱,是将计就计。这一着是很高明的!"

"什么高明不高明哟!"彭总笑道,"这都是我们在长期革命战争中形成的一套,也可以说是中国独特的战术。现在我们就是要用这套战术,使美国人吃点苦头!"说到这里,他望着毛岸英亲切地说,"《中国革命战争的战略问题》你看过吗?"

毛岸英笑着点了点头。彭总说:

"不过,还要深刻地领会哟!"

毛岸英用钦敬的眼光望着彭总,说:

"我确实需要很好学习,我父亲就说我还不懂中国的东西。"

"彭叔叔,夏叔叔,你们商议军机大事吧,我走了。"

他走到门口时,又回过身来说:

"材料里有一个麦克阿瑟总部发言人的谈话,比较重要,请叔叔们看看。"

说过,又打了一个敬礼,径自去了。

彭总没儿没女,特别喜欢孩子和年轻人,一到了他们面前,他那铁板一样的脸,就立刻明朗生动起来。同毛岸英的几次接触,觉得他和那些娇生惯养的孩子颇不相同。他泼辣大胆,有斗争勇气,不怕吃苦,而且谦恭有礼。所以心里很喜欢他。等毛岸英走出很远,他还望着门外笑眯眯的,自言自语地说:

"这孩子不错!"

"我看这孩子很有出息。"夏文也说,"他一天同参谋们滚在一起,一点都不特殊。晚上睡在地铺上,就铺那么一点点草,盖一床薄薄的毯子,还说,这比我在上海流浪时睡马路强多了。"

"真是苦难折磨人也锻炼人!"彭总深有感触地说,"毛岸英八岁就跟他母亲一起蹲监狱,据说,把杨开慧绑赴刑场的时候,他还抱住妈妈的腿不让走,被国民党兵一枪托就打开了。我想这些他是不会忘记的。"

这时,夏文已经把那份麦克阿瑟总部发言人谈话的报道找了出来。

"我还是念一下吧!"说过,他凑到蜡烛下念道:

"发言人说:总部仍然弄不明白,在通往鸭绿江的路上,敌人究竟是想进行防御战,还是准备新的攻势。发言人意味深长地说,除非了解敌军的实力,对于这问题是不能答复的。又说,过去敌人在进攻之前先行撤退,这种撤退与近十天来在西北前线上的撤退一样,但也不能断定,敌人已经决心退到他们事先选定的防御阵地。这个声明也许部分地解释了联合国军在西北前线采取谨慎态度的原因。"

彭总眯着眼聚精会神地听着,念完以后,他又要过那份材料反反复复地看过,然后点起一支烟,在屋子里来来回回地踱着步子。

"也许敌人有一半猜中了我们的意图。"夏文满脸忧色,叹了口气,"也许这个鱼钓不成了!"

彭总没有立刻回话,又转了好多来回,才又坐到行军床上,声调缓缓地说:

"还不能那样认为。"他习惯地摸了摸嘴角,"敌人基本上还是处在迷惑不解的状态。他们对我们的企图虽有猜测,但有几个基本方面没有改变。第一,由于第一次战役并没有打疼他,敌人至今仍然估计我们不过六七万人,仍然过高地估计他们自己。前几天还有个美国将军说,在当前的战线上,没有任何东西可以阻止他们。如果中国共产党要一个十五英里的缓冲地带,就让他们在鸭绿江的那边来建立吧。至于说,他们的统帅麦克阿瑟,自从仁川登陆之后,尾巴已经翘到天上去了。根本不把中国人放在眼里。他们的狂妄心理,到现在并没有改变;第二,他们的战略方针是速决战,随着严冬降临,他们急欲摊牌的心理,只会越来越迫切;现在他们很谨慎,只不过是暂时的现象,很快就会改变的。"

说到这里,他注视着夏文说:

"一个决心下定,就不要轻易改变。就说钓鱼,也要有耐心噢!"

夏文吟味着彭总的分析,点了点头,眼睛里流露出一种敬佩之情。他望望地图上彭总那披着军大衣的身影,背微微地弓着,一霎时觉得他真像是一个老渔翁,沉着而又坚忍地坐在波涛汹涌的岸上。

"当然,战术上也要采取一点措施。抗击不要太稀拉了,有时还可以适当地反击。这样前一个时候的缺点就弥补了。你还可以同几位副司令研究一下。"

蜡烛将尽。木屋中已觉寒气袭人。彭总送夏文走出门外时,那弯偃月,已经将要落山。彭总在那几棵古松下停住脚步,举头望了望月亮,带有鼓励、安慰的意味说:

"不会待几天了,你看她不是快圆了吗!"

夏文含笑点头,把大衣裹紧,走到山坡下面去了。

第五章　待月儿圆时（三）

每逢吃饭,常常是志愿军首长们议事的时候。但是今天吃早饭,彭总一直心事重重,沉默无语,而且匆匆喝了两小碗稀粥就回去了。

自从那天晚上他同参谋长研究军情以来,又是一周过去了。其间诱敌部队虽然进行了局部反击,迷惑了敌人,但敌人仅前进了几公里,就又止步观望。彭总心里也不禁忧烦起来。几位副司令员知道他的心事,也不怪他。

彭总一走,人们就活跃了。首先是那位第一副司令员秦鹏。他大约半个月没有刮胡子,在那张赤红的脸膛上,黑乎乎的络腮胡子,已经斐然可观。他一向爱同女同志和年轻战士开玩笑,这里没有女同志,那几个警卫员就成了他开玩笑的主要对象。

"小鬼,我提个意见行不行啊?"他对值班警卫员说。

"首长对伙食有意见,你就多指示吧!"警卫员含着笑说。

"什么手掌脚掌!"他把头一摆,"我是说,往后开饭,能不能早通知我一声?"

"怎么,先通知你一声?"

"对,先通知我,我先吃个半饱,不然司令员吃得快,我们吃得慢,显得我们都是大肚儿汉了。"

因为他同警卫员玩笑惯了,警卫员也开玩笑说:

"你本来吃得就不少嘛!"

大家笑起来。

第二副司令员滕云汉,是南方人中典型的小个子。他黑而瘦,两眼炯炯发光。他看了秦鹏一眼,也开玩笑说:

"刚才,司令员在这里,你怎么不提意见哪!"

那个高个子一说话就笑的冯副司令,像忽地想起了什么,笑眯眯地问:

"咱们军队里都传说,你是天不怕地不怕,在毛主席家里也很随便,就是有点怕彭总,这话可是真的?"

秦鹏仰起下巴颏哈哈一笑:

"也不能说是怕。只能说,在别人面前,我都放得开,就是到了他那儿,我就有点拘住了!"

"那是为什么呢?"其余的人也都有兴趣地问。

"说起来,也是从吃饭上起的。"他边吃边说,"我总觉得他是个怪人,又是个苦命人。打了一辈子的仗,苦差事都是他,享受的事从不沾边儿。红军时候,别人到下面去,都是加一个菜,他下去就没有了。不是不给他,是一加菜他就骂人,谁愿讨这个没趣!抗战开始那一两年,还不算困难,他同国民党一个将军谈判回来,经过我那个地区。那地方出鳜鱼,我就想招待招待他。可是,我不敢哟,我想起他那怪脾气,就不免顾虑重重。而不招待呢,又确实于心不忍。于是,我还真是从他的随行人员那里做了一点调查研究,并且再三说明只是一点鳜鱼而已。等到吃饭时候,先上了一大盘鳜鱼,我特意观察了一下他的神色,仿佛颇为高兴的样子,我这心就放下来了。心想,老总到外面跑了一趟,可能见了世面,也开通了。谁晓得第二道菜——一只清炖鸡刚端上来,还没有放稳,他那脸色就起了变化,从春天冷孤丁一下变成了秋天。大家刚才还是欢声笑语,这时候气氛一下变了。我那心就嘣嘣地打起鼓来。彭总也像在极力克制着,没有立刻说出什么。但沉默了一两分钟,他还是说出来了:'秦鹏,你不是说请我吃鳜鱼吗?'我知道,这是一个讯号,说明什么事情要发生了。管理员也傻了眼,神色慌乱,不知所措。他站在我对面,一个劲给我使眼色,意思是下面还有两个菜,究竟还上不上呢? 我心里七上八下。一面想,算了算了,别给自己找麻烦了;一面又想,我那苦命的副总司令! 多么可怜! 他享受过什么呢,什么也没有。他当团长后的第一道命令,讲的就是两件事:第一件是军官不许拿鞭子,不许打骂士兵;第二就是取消连排长的小伙房,同士兵一起吃饭。平江起义以后,他对自己就约束得更严格了。论功劳是功勋盖世,论享受是两袖清风! 一身破军衣,再加一双破草鞋! 说实话,世界上哪有这样的将军! 想到这儿,我就下了决心:上! 豁出来挨批吧! 我就向管理员悄悄地把头一摆,那道鳜鱼丸子就冒着热气端上来了。果然,不出所料,彭总的眉头立刻拧成了一个疙瘩,两个嘴角也搭拉下来,鼻子里哼了一声,说:'你们是向延安看齐呀,还是向西安看齐?'我连忙赔笑说:'彭副总司令,这也是鳜鱼,不过做成丸子罢了。'彭总听也不听,为了给我一点面子,不至于把我弄得太难堪,勉强扒了两口饭,把碗一推,就下席去了。"

"好厉害的家伙!"冯副司令笑眯眯地说。

"嘿,在这一类事情上,他对我还算是客气的哩。"秦鹏颇为得意地说,"不过,从此以后,我在他面前也就再也不敢随随便便。有什么办法,我天生是一匹野马,他天生是一个拿笼头的,我见他自然也就有点……"

人们又笑起来。那个警卫员也笑眯眯的,仿佛说,谁不让你戴上笼头呢!

人们刚要离开饭桌,防空号就响起来,接着传来敌机沉重的隆

隆声。参谋长夏文向门外探头一看,说:

"快出来吧,阵势好大哟!"

几个人全走出来,站在一棵大核桃树下抬头观望。只见大队的流星型喷气式敌机,正编着整整齐齐的队形向北飞行。过去一批,又是一批,像是没完没了的样子。

"看起来,敌人的攻势要开始了!"秦鹏望了望众人说。

"恐怕已经开始了。"滕云汉闪动着一双小而明亮的眼睛。

说着,从南方飞来一架大型座机,显出一副慢悠悠的不慌不忙的样子,上下左右都有战斗机护卫着,向北飞来。由于早晨高空的寒气,喷气式战斗机划过一道道白烟,这些白烟把那架大型座机严严实实地包裹住了。大家惊奇地注视着这架座机,它向北飞了一程,就回过头兜起圈子来。接着,飞机上放出一阵广播喇叭声,一个粗嘎的男低音在说着什么。那声音时高时低,飘忽不定,一时听不清楚。

"你听,用英语广播呢。"秦鹏说,一面又招呼参谋长,"老夏,你注意听听吧,这里都是土包子,就你还学过几天洋文,我学过几句早就忘光了。"

"我也不行。"夏文谦虚地笑了一笑,一面支起耳朵谛听着。

说话间,飞机又从南面转过来,飞得近了,声音也更清楚了一些。

"是麦克阿瑟这老家伙在广播。"夏文扫了大家一眼。

"什么,是他?"人们惊奇地问。

夏文挥挥手,叫大家不要说话,又继续谛听着。

直到飞机远远地飞到东面,夏文才转过身来,为大家翻译:

"麦克阿瑟说,这个战争本来在感恩节就可以结束。后来由于不明国籍的军队的出现,使形势复杂化了。但是他认为,在联合国军面前,并没有什么不可克服的障碍。从本日起发动的攻势,是圣诞节结束朝鲜战争的总攻势。也就是说,这场战争将在圣诞节之前结束,他的士兵们就可以回到家里和家人一起过圣诞节了……"

"哈哈,到底还是来了。"秦鹏笑着说,"那就请他们到天堂过圣诞节吧!"

正说话间,山那边嗵嗵几声巨响,接着有四架敌机,一架跟着一架窜过来,飞得很低。秦鹏机警地用眼一扫,然后对参谋长说:

"恐怕要对我们打主意了。你快点去把彭总请出来吧!"

"我上次就没有完成任务……"夏文有点儿为难地说。

冯副司令眯眯一笑,说:

"我去。"

"好,好,"秦鹏说,"你是他的棋友,你去合适。"

所谓"合适"者,一来他是彭总亲密的棋友,两人于楚河汉界之间,厮杀与和谈交织,笑语共棋子齐飞,自然颇不拘谨;二来这位副司令肚子大,脾气好,平时与别人笑骂中应付自如,无论别人开多大玩笑,也从不气恼。有了这两条,执行这个特殊任务,自然最合适不过的了。

这冯慧个子高,步子大,一面仰着脸观望低飞的敌机,一面快步上了山坡。等他穿过那几棵古松,踏进那座木屋时,看见彭总站在地图下,手里拿着他那个象牙包边的放大镜,正凝思默想地看地图呢。桌案上电报稿纸铺得平平的,墨盒已经打开,一支七紫三羊毫的毛笔,也脱去笔帽,搁在墨盒沿上,就像他刚刚离开桌案。林青和小张正立在门口愁眉苦脸,彷徨无主。冯慧一看这里还若无其事,就急了,忙说:

"彭老总,敌人的攻势开始了,今天飞机很多,你知道吗?"

"知道了。"彭总显出一脸轻松的神色,说,"总算把他们盼来了。"

冯慧见彭总不动声色,仍然拿着放大镜看地图,就轮了林青和小张一眼,假意训斥说:

"飞机快下蛋了,你们也不着急,对首长的安全怎么这样不负责呀!快,搀司令员到洞里去!"

冯慧又是说又是挤眉弄眼。林青和小张心里明白,正迟迟疑疑地动手来搀彭总,彭总已经走到桌案前坐下来。他搁下放大镜,慢吞吞地拿起那管毛笔,说:

"去去,你们先走,我写个电报马上就来。"

冯慧一听外面满山满谷都震荡着隆隆的飞机声,不容再迟疑了;就笑眯眯地走上前去,夺过了毛笔,盖上了墨盒,一并交给了小张,说:

"司令员,你还是到洞里写吧!"

"冯麻子!你这是干什么?"彭总瞪着冯慧。

"我这是配合你防空嘛!"冯慧嘻嘻一笑。

"你太不沉着!"

"对对,我太不沉着。"

"你这是怕死!"

"对对,不光我怕死,我还怕你死哩!"

冯慧嬉皮笑脸,不容分说就把彭总的膀子架起来;林青也趁势上来搀着;一齐拥出了木屋。

这时,第一架敌机已经开始俯冲扫射。等到彭总几个人走到松树下时,第二架敌机又俯冲下来。冯慧一看不好,连忙把彭总摁在地上。"咕咕咕"一阵机关炮,打得前后左右都是烟尘,松枝纷纷落地。冯慧看看彭总没事,就喊了一声"快跑!"连忙搀起彭总跑进防空洞去了。

大家刚定了定神,小张在后面一手拿着电报纸、铜墨盒,一手提着暖瓶,也气喘吁吁地跑进来。彭总见他脸色苍白,一点血色也没有了,就说:

"小鬼,怎么把你吓成这个样子?"

"谁知道为什么!"小张噘着嘴,满脸不高兴地说,"你刚离开屋子,你那行军床就让机关炮穿了四个大洞;我看着那几个大洞,越想越后怕,腿都软了。以后再这样我就调动工作。"

"你看连警卫员也提意见了不是!"冯慧笑着说,"还说我怕死哩,要不是我采取果断措施,恐怕咱们俩就下不成棋了。"

彭总双手抚在胸前,笑着说:

"感谢马克思在天之灵!"

说过,又拍了拍小张的肩膀说:

"小鬼,我就向你道个歉吧!"

小张这才笑了。

这时,洞外急火火地跑来一个年轻参谋,站在洞口说:

"彭司令员,参谋长让我向您报告:毛岸英和高参谋没有跑出来!"

"为什么不出来呀?"彭总着急地问。

"他们正在作战室值班,一步也没有离开。"

彭总默然,知道这两个年轻人,为了忠于职守,在铁与火的瀑布中,仍镇定地坚守在自己的岗位。

"去,快把他们救出来!"彭总说。

"已经去人了。"

彭总的脸绷得像铁板似的。林青挤过来,望了望彭总:

"还是我去一趟吧!"

"好,快,你去一趟!"彭总把手一挥。

林青略停了停,趁一架敌机刚刚过去,就蹿出了洞口,向山坡下跑去。彭总站在洞口,向村中一望,只见几架敌机正此伏彼起,得意洋洋地进行轰炸扫射。其中一架敌机向下俯冲投弹时,没有声响,却立刻腾起一大片火光,随着滚滚的浓烟蔓延开来。附近一片声喊:"投汽油弹了!投汽油弹了!"接着敌机又投下不少汽油弹,火光愈来愈大,黑烟也愈来愈浓,整个村子烟尘弥漫,浓烈的汽油味已经飘到洞口。小张几次劝彭总到里面去,彭总仿佛没有听见的样子,只呆呆地望着村中的烟火一动不动。

　　半小时后,林青从烟雾中跑回来,浑身上下都是灰尘泥土。他站在洞口外拍了拍帽子,喘着气低声说:

　　"他们俩都不行了!"

　　"还能抢救吗?"彭总急迫地问。

　　"不,已经烧得不像样子。"

　　"尸体还有吗?"

　　"不要问了。"

　　林青说到这里,从口袋里取出一块手表,抖抖索索地递给彭总,说:

　　"这是毛岸英的,我从地上捡起来了。"

　　彭总接在手里,面色顿时变得苍白。他垂下眼睛,望着这块已经破旧的罗马牌手表,久久不动。他不禁想起中南海的那个月冷风寒之夜,这个年轻人追着他要求出国的情态,是多么诚挚,多么动人。而且事后才知道,他那时还正处在新婚未久的甜蜜之中。出国以后,尽管艰苦不同一般,他还颇有一点革命乐观主义的精神,就在前几天的晚上,他还热情地提出自己的建议。这是一个多么可爱的年轻人啊!可是出国刚刚一个月,他就为这个伟大的斗争献出了生命,怎不令人难过!何况他还是中国人民领袖的爱子呢！彭总想到这里，觉得热泪将要涌出，就急忙背过脸去，向洞子的暗影里走了几步。

"将来回国，把表交给他的妻子吧。"彭总把表交给了林青。

敌机已去。几个小时后，在一个僻静的小山坡上，举行了两位烈士的简单的安葬仪式。彭总到场，在墓前脱帽致礼，默立甚久。其他志愿军首长也都来了。在他们走到山坡下时，参谋长夏文问道：

"这件事，要向毛主席报告吗？"

彭总沉吟半晌，未曾回答。几位副司令员纷纷建议，此事可暂时不报主席。理由是，朝鲜战争爆发以来，主席焦心苦虑，每日休息甚少，听说已经瘦了。在这种情况下，如果听到此不幸消息，精神上将会受到很大打击。不如以后情况缓和时再说。

彭总一时无语，在那个小山洼里往返走了好几趟，才站下来：

"不，还是要告诉他。他是个伟大的政治家，不会受不住的……他把孩子送到这里，自然会有精神准备。"

既然彭总说了，大家也就不再坚持。夏文又问：

"高参谋呢，通知他家里吗？"

彭总又沉思了一会儿，说道：

"那就先不要说，因为他的妻子再过三个月就要生孩子，听了这消息，年轻人怎么受得了哟！"

大家点头称是。彭总又补充说：

"打听一下，最近有谁回国，可以买几件小孩儿衣服，给她捎去……"

下午，彭总在作战室召开会议，专门研究当前作战问题。第二次战役的方案早已作过研究，现在又根据新的情况加以调整。战役的中心环节，是将进攻之敌诱到预定战场以后，在西线左翼首先歼灭几个伪军师取得突破,然后以大力实施迂回,切断西线美军退路,加以歼灭。在迂回的兵力上,原定是两个军,毛主席来电认为不够,提出要三个军。彭总和其他将领都认为这是一个异常卓越的意见,但是由于后勤保障有问题,如左翼再增加一个军,存在着很大困难。大家决定再次向上请示。会议临近结束时,又研究了成立西线前线指挥所的问题,副司令员滕云汉提出愿担负此项任务。彭总深知他实战经验极为丰富,常常能使危急的战线趋于稳定,也就欣然同意。

晚饭后,滕云汉准备乘车登程。彭总和其他几位首长一面散步,一面送行。他们来到公路边,一辆插着伪装的吉普车正整装待发。

滕云汉行动敏捷,快步走到车旁,回过身来说:

"彭总,你还有什么指示吗?"

"什么指示哟!"彭总微微一笑,"本来是我的差使,都让你抢了!"

滕云汉一笑,登车而去。很快就消失在淡淡的月色中。

大家回转身来,猛一抬头,一轮饱饱满满的黄铜色的圆月,已从山岗上涌起,犹如巨大的车轮一般。秦鹏不禁失声叫道:

"好圆的月亮啊!"

彭总停住脚步,默默地望着那轮圆月,自言自语地说:

"等到这一天,好不容易啊!"

第六章　大炮与手榴弹

当敌人正向前推进的时候,完全没有料到,隐蔽得很好的我军,突然发起了强大而猛烈的反击。这一反击,首先是我西线集团的左翼第三军和第五军开始的。当面的敌人李伪军第七师和第八师支持不住,连夜向德川、宁远方向后退。但是被毛泽东军事思想所武装的中国部队,是不会以击溃敌人为满足的,他们一方面从正面紧紧地抓住敌人,一方面迅速地大胆地从侧翼迂回包围。

郭祥所在的第十三师,正向德川、宁远之间急进,准备迅速插到德川以南,完成对伪七师的包围。

但是,在部队将要到达大同江边的时候,敌人的侦察部队提前发觉了我军的行动。时间不长,敌人便把浓密的炮火转移过来,封锁了我军前进的道路。邓军和周仆所率领的前卫团,便被阻止住了。

那炮声像滚雷一般,"轰隆隆隆","轰隆隆隆"响得简直不分个儿。邓军和周仆登高一望,见山口外火光闪闪,把山谷照得通红,像砌起了一道火墙一般。为了避免无益伤亡,指令部队停止前进。但是等了好长时间,炮火仍然没有间歇。看来,敌人是用许多门炮组成了交互射击。邓军和周仆怕这样等下去延误时间,影响全军行动,就命令前卫营的孙亮,利用敌人炮火的短小间隙,猛突过去。

时间不大,孙亮就派人报告,说一个排还没有突过去就伤亡了一半。

邓军和周仆焦虑不安,看看表,已经过半夜了。师里两次派人来催,说决不能影响全军的行动。邓军猛然站起来说:"老周,我到前面看看。"

"怎么,你要带部队去冲?"周仆问。

"过不去,我就不信!"

说着邓军要走,周仆拦住他,说:

"你先等等。你能听出炮弹的出口声有多远么?"

"多不过十多里路。"

"那就好。"周仆说,"看咱们能不能找到他的位置。"

说着,他邀邓军一起爬上山去,作战参谋和小玲子跟在后面。

到了山顶,周仆和邓军站定脚步,向前方凝神观察。这里弥漫的硝烟已经不能遮住他们的视线。凭着明亮的月色,望见两三道错错落落的山岭外,是一道宽阔的大川,升腾着白茫茫的雾气。就在正前方那一带雾气里,一片火光,一明一暗,就同打闪一般。周仆用手一指:

"你瞧,就在那里……就是看不出是在江南是在江北。"

"在江对岸的可能性较大。"邓军寻思着说。

"我看,先把这些鬼家伙干掉!"周仆瞧着他的伙伴,"可以派一支小部队,向东绕十几里路偷渡过江,然后插到他们的后面……老伙计,你看行不行啊?"

邓军沉思了一会儿,把手一挥:

"行!就这么办。"

"你看叫谁去呀?"

"叫三连去。我看嘎子还灵活一点。"

决心一定,他们立刻下山。

"老伙计!"邓军在路上说,"你这家伙,脑袋里还真有些点子。"

"你们听,团长表扬我啰。"周仆笑了一笑,接着说,"确实,我总在想,我们在政治上是处于绝对优势,可是在装备上却处于劣势。敌人正好相反。这就是敌我双方的基本情况。这样我就考虑:以劣势装备怎样来战胜优势装备呢?这里面的规律就需要找一找。"

"嗯,你把你考虑的结果讲讲。"

"嗐,现在还只是一种想法。"周仆笑了一笑,"不过我觉得,我们既然拥有政治上的绝对优势,就应该把这个优势充分发挥出来。用我们的长处来弥补我们的短处,来抵消敌人的长处。我们在战术上也需要多从这方面着眼。"

邓军和周仆下得山来,立时派参谋把任务传达给一营。郭祥接到任务,真是高兴万分,用他的话说,这是"天上掉下来的好差事","团部这一次还表现得慷慨大方"。这里到东南江边,完全是高山大岭,没有正经道路,他们就凭着北极星,在山腰里摸索前进。

他们爬过一座高山,沿着狭窄的小沟走了很长时间,还没走到江边。正在焦急时,听到花正芳说:

"连长,你听,这不是水声吗?"

郭祥仔细谛听,山那边好像起了大风似的。急忙登上山头,往下一望,几乎惊喜得叫了起来。偏南一轮圆月照着江水,白茫茫一片,像一条白色巨蟒,蜷曲在山谷里。敌人的炮兵阵地,就在江对岸偏西十数里处,那里不断腾起一片红色的火光和一阵阵炮弹的出口声。那闪光一时把江水照得通红,随着又暗淡下去,变成白色,好像这条巨蟒不断变换着颜色似的。看来敌人正聚精会神地用炮火拦阻我正面部队的前进,而对于这支小部队的到来并未察觉。郭祥喜不自胜,即刻带领部队下山,来到江岸。

部队伏卧在冰冷的沙滩上,静等着渡江的号令。但郭祥却不动声色,一时望望敌人的炮兵阵地,一时抬起头望望月亮,仿佛并

不着急的样子。跟在他旁边的花正芳,不免心中纳闷:"怎么这时候连长还有心赏月呀?"就忍不住说:

"连长,快过去吧!"

郭祥没有理他,仍旧抬头望着那轮明月。花正芳又说:

"可千万别把时间误了。"

"稍等一等。"郭祥用肩膀碰了碰他,并且顺手指了指月亮旁边的一大块黑云,那块黑云正向着月亮飞驰。花正芳才会心地笑了。果然几分钟工夫,那轮明月已被黑云遮住,地上昏蒙一片。郭祥陡然立起身来,把手一挥,压低嗓音说:

"快,过江!"

说着,抢先跳进冰冷的江水里。随着战士们的脚步,江边的薄冰发出一片碎裂的响声。

到了中流,江水已经齐了人们的腰部。激流卷起的波浪,溅到人们的脖子里,棉裤成了千斤重的水袋,坠得迈不开脚步。冰冷的江水就像刀割一般。但是战士们高高地举着枪支,互相搀扶着,顽强地向对岸前进。郭祥不断地压低嗓音喊着:"把步子放稳一点!""不要掉队!""小钢炮! 把小罗搀起来!""快到江边啦!"他的语声,有力地驱散着寒冷,鼓舞着人们。

过了江,郭祥立即指挥部队向敌人炮兵阵地的后侧斜插过去。没有走出多远,在呼啸的北风里,棉裤就冻得硬邦邦的,打不过弯来。郭祥往地下猛然一蹲,噼噼啪啪,碎裂的冰块立时落了一地。战士们也都学着他们连长的样子,走一阵,就往下蹲一蹲。不一时,就从侧后接近了敌人。

这时,在炮火的闪光里,清清楚楚看见敌人的牵引车,在公路上摆了一大溜,前面是大炮,约有十五六门。眼看离敌人一二百公尺了,敌人还没有辨清他们是谁,仍然一个劲儿地向我正面部队发射。多么有利的战机！如果来一个突然开火该有多好。可是人们这时才发现,枪栓已经冻得拉不动了,手榴弹盖子也拧不开了。"怎么办哪?""班长,怎么办哪?"人们纷纷悄声地问。这时候,敌人已经发觉了他们,好几挺机枪一齐横扫过来。调皮骡子大声喊道:

"嚷什么！还不快往枪栓上尿尿！"

一句话提醒了人们。这办法果然很灵,枪栓拉开了,手榴弹盖也拧开了。郭祥扬起驳壳枪朝前"啪啪"地打了三枪,接着高声喊道:"同志们,立功的时候到了！冲啊！"人们跟着郭祥呐喊着,一顿手榴弹盖过去,敌人的炮兵阵地顿时烟雾弥漫。还没有拉开枪栓的战士,就挺着结着冰花的刺刀冲了上去,也有人抓起石头猛投过去,砸得大炮的钢板丁当乱响。敌人的炮兵哪见过这个阵势,吓得扔下炮弹乱钻乱跑。警戒炮阵地的步兵,还企图抵抗,也都被战士们用刺刀、枪托打翻在地。不到几分钟的工夫,敌人的炮兵和他们的十五六门大炮,已经做了俘虏了。

郭祥心中高兴,坐在大炮上,像一位威严的将军一样在那儿发号施令,指挥战士们看管俘虏,清查缴获。时间不大,我正面部队就突破了敌人的阵地,压了过来。团长、政委也随后赶到,他们显得特别高兴。周仆笑微微地,用慰问的口气说:

"同志们,今天够冷了吧?"

"不冷！！！"大家愉快地说。

"不冷?"周仆笑着说,"刚才过江,连我的马都叫冰水扎得一蹦一蹦的,差点儿把我翻到江里……"

"可是人不是马呀！"

战士们豪迈地笑着。郭祥也笑嘻嘻地说:

"首长,这次我算尝到了甜头儿,找到了窍门儿。"

"什么窍门儿?"邓军问。

"以后,我希望上级专门组织小部队摸敌人的炮兵。这些笨家伙,只要摸到它跟前,还不如咱们的手榴弹顶事哩!"

邓军含笑点头。接着命令郭祥立即整理部队,向德川以南的公路猛进。

后续部队也都赶上来了。拂晓以前,在德川西南的一带高地上,完成了对李伪军第七师的包围。使郭祥感到遗憾的是,他们这个连没有参加最后的围歼,只不过是在远远的一带山林里担任警戒罢了。

天已经亮了。这时大家才发现,棉衣外结着白花花的一层薄冰,像是冰甲似的,上面还疙疙瘩瘩粘着许多沙子和石子儿。战士们抽出刺刀往下刮着。飕飕的西北风一阵阵吹来,这时候人们才觉得彻骨的寒冷。

"冰棍儿!冰棍儿!大同江的冰棍儿!"小钢炮在地上蹦跳着,笑谑地喊。

调皮骡子见他背上还粘着两三颗鸭蛋大的鹅卵石,就笑他说:"我看,你去卖冰糖葫芦去吧!"

人们笑起来。

"调皮骡子这回可表现得不错!"小钢炮说,"一泡尿就把问题解决了!"

"赶评功的时候,我提议给他记上一功!"小罗也凑热闹说。

"这算什么?"调皮骡子把脖子一扭,老味十足地说,"革命战士嘛!有一分热,发一分光嘛!"

人们又笑起来。

刚刚过午,就传来了胜利消息:友邻第三军已将包围在宁远城的李伪军第八师全部消灭。下午,太阳偏西时候,这里战场上的枪炮声,也突然激烈起来。看样子我军已经发动了总攻。人们站在山头上远望着,突然看见敌人阵地上,有一个像大蜻蜓似的黑东西,慢慢地离开地面,愈升愈高。

"看,那是什么?"

"直升飞机!"

人们纷纷嚷吵着。说话间,那架直升飞机像醉汉一般地飞过来,郭祥刚要组织对空射击,直升飞机已经噗噗啦啦地向南飞过去了。半个小时以后,传来了消息:被包围的伪七师,除一小股溃散外,已被全部歼灭,还抓了七个美国顾问。只有伪七师师长灵活,抛下他的部队和美国顾问,抢上了那架直升飞机。郭祥直抓脑瓜子,觉得刚才没有打掉它,可惜得不行。

郭祥接到命令:立刻到苍鹰岭以南的大山里去搜剿一股溃散的敌人。

第七章　课本

郭祥的连队,立即同兄弟连队插到了苍鹰岭以南,封锁了大小道路,第二天拂晓以前开始搜山。果然在树丛里,雪窝里抓到了好几十名又冻又饿的俘虏。郭祥派人把俘虏送往营部,随即整队下山。山脚下有一座较大的村镇,这就是他们被指定休息的地方。

天色阴暗,乌云低垂,仿佛又要下雪的样子。远远向山下望去,那座村镇有好几十缕升起的黑烟,一时高,一时低,正在断断续续地飘散着。

"那里怕还有敌人吧?"花正芳提醒郭祥。

郭祥没有回答,加快了脚步。

背坡的雪很深,阳坡的雪却将要化尽。山径已经清楚地显露出来,人们走得更快了。将要下到山脚,郭祥让部队停止下来,在山坡上观察了一会儿。这所村庄就像死了的一样,看不见一个人影,听不见一点人声。

为了防止万一,一向机警的郭祥,把小鬼班派到前面搜索,随后带队下山,向村庄前进。在快要赶到村边的时候,只见小鬼班站住了,并且有人吃惊地叫了一声。

接着小罗跑回来报告,说村外发现了两具朝鲜人民的尸体。

郭祥赶过去一看,只见路边一株松树下,躺着一个浑身都是泥土的朝鲜姑娘的尸体。她的短小的白上衣被撕破了,两个乳房已被割去,血肉模糊的胸膛露在外面,鲜血已经凝成紫黑色,头发散乱,嘴半张着,眼睛瞪得怕人。在离她十几步远的地方,是一个防空洞,防空洞门口倒着一个三十多岁朝鲜男子的尸体,紧握着拳头,从侧面也能看出他狂怒的脸形。他的头被打破了,鲜血流了一地,旁边丢着一根沾满血迹的铁棍。……

围过来的战士们,禁不住打了一个寒战,有的人眼泪立刻模糊了眼睛。郭祥脸色铁青,命令战士们把姑娘的尸体移到僻静处,自己折了两枝很大的松枝遮住了她的身子。然后向村子里继续搜索。

刚刚走到村口,一幅骇人的景象,又把人们惊呆了。这里有一株高大的白杨,杨树上用铁丝捆绑着一个赤身裸体的老人。面前是一大堆柴火的灰烬。他的全身都成了赤红色,上身前倾,早被烧成弓形。连白色的树干,也被熏黑了一截。最刺眼的,在他的小腹上,还用长钉子钉着一张四四方方的印刷品,上面盖着朱红色的大印。郭祥以为是敌人贴的什么传单,凑近一看,原来是一张朝鲜民主主义人民共和国的土地证。

郭祥不禁打了一个寒战,猛可地想起自己的父亲被"还乡团"开肠破肚,把血淋淋的心肝挂在树上的情景,心里一阵剧痛,就好像那根钉子是钉在自己身上似的。他让战士把老人从树上解下来,自己伸手把那根钉子拔掉,把沾着血迹的土地证仔细折好,压在死者的身体下面,然后忍痛继续向村子里搜索。

他们穿过几条街,满街都是鸡毛、猪毛。除了一些狼藉的尸体以外,仍然看不见一个人影,听不见一点人声。这是连一点哭声也听不见的村庄!

郭祥在村南口停住脚步,正要吩咐战士们去掩埋死者,猛然瞅见村南洼地里有一个穿着白衣白裙的朝鲜女人,正弯着腰在那里挖掘什么。那个女人一抬头,看见郭祥他们在村口出现,突然惊叫一声,连忙丢下她挖掘的东西,向近处的一片松林里飞跑。

"快喊住她!"郭祥吩咐人们。

"噢包! 噢包哕①!"花正芳用他尖尖的声音喊着。

"阿姊孆妮②!"郭祥也喊。

那位朝鲜妇女听见喊声,反而跑得更快了。花正芳见她不肯站住,一边喊一边追了上去。

郭祥正要喊住小花子,叫他不要追;只见那个朝鲜妇女猛然停住脚步,转过身来,显出十分英勇果敢的样子,一挥手,狠狠地扔过来一个圆圆的小东西,接着"轰"的一声,在树林边上霎时腾起了一片蓝烟。

郭祥知道她误会了,连忙对联络员小李说:

"快告诉她,我们是志愿军!"

"噢包哕! 我们是中国人民志愿军!"小李用朝语一连喊了几声。

"我们是中国人民志愿军!!!"大伙也跟着喊。

对方没有答话,躲在一棵松树后面,沉着地窥视着。

待了好半晌,她试探着在松树后面露出身子。等她完全看清出现在她面前的这支部队时,她才走出树林,向花正芳连跑了几步,喊了一声"吉文衮东木"就抱着花正芳的臂膀哭了。

郭祥他们立刻赶上前去。看样子这是一个二十七八岁的十分强壮的劳动妇女,手里握着一个小甜瓜手榴弹,身上沾满了泥土。她紧紧地拉着花正芳,哭个不住。

"阿姊孆妮! 别哭! 阿姊孆妮!"郭祥心里火辣辣的,连声

---

① 朝语:喂,喂。"噢包哕"更客气些。
② 朝语:大嫂。

地说。

联络员小李把郭祥的话翻过去,朝鲜妇女拾起胸前的飘带拭着眼泪,待了好半晌才说:

"我的男人和孩子全叫治安队杀死了!……我一颗泪也没掉;可是见了你们,就再也忍不住了!"

"治安队跑远了么?"郭祥急问。

"早晨跑的。"女人收住泪说,"我在大山上看见他们向南跑了,就下山来刨我的孩子。孩子叫他们活活摔死,扔到那边大坑里啦!"

"在哪里?"

"就在那里。"她顺手一指刚才刨土的地方,"他们摔死了五十多个劳动党员的孩子,都丢到那个大坑里了。我想把我的孩子挖出来,再看他一眼,给他另埋一个地方。可是刨出来一个看看不是,再刨出一个看看又不是……"

说着,她把手榴弹系在腰际,领着大家来到大坑旁边。这是一个两丈见方的新挖的土坑,上面只盖了一层薄薄的新土。一个地方露出了半个孩子头,一个地方露出一只肥胖的小脚丫儿。在一个角里,扒开了一个坑,湿土上显露着深深的指印。大概就是这个朝鲜女人刚才伏在那里扒土的地方。

同志们再也忍不住了,许多人背过脸,眼泪洒在土坑旁边的湿土上……

"阿姊嬷妮!"郭祥声音喑哑地说,"我看你就别再找了;既然都是党员的孩子,就让他们在一起吧!"

"可也是……"朝鲜女人点了点头,"你们不知道,他爸爸多喜欢他!我总觉得把他们父子俩埋在一处,也是对他的一点安慰似的。他临死也没有见这孩子一面……"

"他爸爸是怎么死的呢？"

"被活埋的。"女人说，"那还是敌人第一次打到这里的时候，他在山上当游击队。有一夜下山侦察，被治安队抓住了。这些坏蛋，在村西挖了一个大坑，把党员和群众活埋了二百多个。他们把我的男人也绑到那里，叫他对着大坑站着，然后对他说：'你的死就临头了！快认错吧，你为什么分我家的土地？'我男人就说：'认错？我当初留下你一条狗命，这就是我最大的错。'那些家伙就往坑里推他，他瞪着眼说：'滚开！你们瞅着，我下去站着死，不能眨一眨眼！'他高声喊着'朝鲜劳动党万岁！金日成万岁！'就跳下去了。志愿军打过来，敌人逃走了，我才把他挖出来，他真是站着死的！……"

朝鲜妇女的脸上，这时候流露出一种庄严、自豪的神情。沉了沉，她又说：

"敌人害了我的男人，这回又来害我的孩子。治安队说：'孩子虽然不是党员，可他是党员的孩子，也不能留！'"

"孩子几岁了？"一个战士问。

"才刚刚四岁呀！"女人说。她目光直直地望着土坑，"同志，你不知道，我这孩子长大多不容易……解放以前，我们一家一坪土地也没有，是给日本人看坟地的，生活苦得不用提了。解放以后，我们家分了九百坪水田，八百坪旱田。看见生活有指望了，心里一痛快，这劲儿就像用不完似的。我们两口就不分白天黑夜没命地干活。我白天下地，夜间织布；我男人白天种地，夜间开会，没有一点空闲。我怕孩子耽误干活，种地、打场就把他放在家，拴在柱子上，下面用东西垫着，让他觉着像背在妈妈背上似的。我就是这么哄他。晚上织布，我把大枕头竖起来，把他拴上，一边织布，一边逗着他笑。小孩长大了，不能拴他了，我一下地，他就追到地里吃奶，我就又吓唬他：'你要吃奶，我就叫内务署把你抓去。'我的孩子，就是这么长大的……这孩子,谁都夸他好!还不到四岁,你把钱放到小筐里,他就能端着小筐去买东西。村里人都喜欢他,不是这家把他藏起来,就是那家把他藏起来,故意让我着急。把我急得快要哭了,他们才把他放出来……他爸爸死了,我没有让他知道。别的小孩说:'你爸爸叫治安队抓去打死了!'他说:'我爸爸没有死,我爸爸到平壤去了,金日成将军叫他赶大车呢!'说到这儿,他还把小拳头一伸:'我叫我爸爸回来,把治安队统统杀死!'就是这话,也传到治安队耳朵里去了,他们就下狠心要害我这个四岁的孩子……"

大家静静地听着。朝鲜女人又接着说:

"治安队一来,就把我和孩子抓去,关在村西仓库里。那里陆陆续续抓来了三百多人。孩子不懂事,看见这里又黑又闷,就哭着说:'妈妈呀,妈妈呀,把我放出去吧,放出去吧,我以后再不碍你干活了!'叫得许多人滴了眼泪。头一天,治安队没有动手,谁知道他们正在挖坑呢。第二天一早,仓库门刷啦一声打开,进来三四个狗东西,治安队长就指着我说:'朴贞淑!你们一家过去有点太高兴了吧。你们分了我几坪地,把孩子绑在柱子上干活,我看你高兴得着了迷了。今天,我来替你照看照看这个孩子,让你往后干活也清静清静!'我一看,他们要抢我的孩子,就急了,我就说:'你们这群没有人性的狗东西!你们杀了他的爹还不够,连这个不懂事的孩子也要毁掉么?告诉你,你们在这里是待不长的!'这个坏蛋,嘿嘿冷笑了一声,说:'朴贞淑!我也告诉你:日本人在这里待了五十年;这次美国人进来,要待上一千万年!'说着就来夺我的孩子。孩子哇哇地哭着,朝我的怀里钻,两只小手紧紧地拉住我的裙子不放。这时候,我的心都要炸了,可是全身捆绑着动转不了,我就用脚踢他们,用牙咬他们。他们一枪把就将我打昏过去。等我醒过来,孩子已经没有了。整个屋子的人都哭个不住。他们告诉我,孩子临被抢走的时候,那些狗东西还在后面哗啦哗啦地拉着枪栓吓唬他,孩子一个劲地哭喊着:'我不敢啦,我不淘气啦,我再不吃奶啦!'时间不大,治安队就进来说:'你们别哭啰!你们的孩子已经埋起来了,到明年春天让他发芽!'……"

土坑周围的战士们,起初是悄悄地抹泪,这时已经有人抽抽搭搭地哭出了声。

"是谁在哭?!"只听郭祥大声喊道。他目光炯炯地扫视着自己的连队,"今天,朝鲜老百姓,需要的是报仇,是敌人的血,不是我们的眼泪!"

他的喊声立刻止住了哭声。

"他们让我们的孩子发芽!"郭祥咬着牙说,"让他们瞧着吧,我们先要这群狗杂种在地下发芽!"

同志们静静地凝视着郭祥,只见他的嘴唇咬出了一排血印。……

"阿姊嬷妮!"郭祥转过脸问,"关着的三百多人呢?"

"已经烧死啦!"朴贞淑说。

"全烧死了么?"人们惊问。

"统统烧死了。"朴贞淑说。"治安队把我的孩子摔死以后,又逼着我们去给他摘棉花,我就偷跑了。我一个人坐在大山顶上,想哭,又哭不出一滴眼泪,就是把我的心割开,也出不了这口恶气。我想,古话说,仇要以血来报。我们是独木桥上遇到的对头,有你无我,有我无你,我真恨不得把敌人抓过来,把他们咬死,吃了他们的肉。我就跑到深山里找到了游击队,恳求他们给我两颗手榴弹,准备下来报仇。天亮以后,我在大山头上,望见仓库起火了,接着治安队向南逃跑。游击队去追敌人,我才回到村里,一看关在仓库里的乡亲们全烧死了。……我就跑到这里来刨我的孩子……"

"同志们!"郭祥用他那燃烧得成了玫瑰色的眼睛扫了大家一眼,庄严地喊道,"大家看看这些阶级敌人,这些反革命,残忍到什么程度!他们不是人,他们是两条腿的野兽!他们想用血洗来镇压革命,想用斩草除根把人民吓倒;但是人民是斩不尽杀不绝的,是吓不倒的!这里被惨杀的,都是我们的阶级兄弟,他们的仇就是我们的仇!他们的恨,就是我们的恨!我们出国,就是要坚决为朝鲜人民报仇,让那些狗杂种多付出几倍的血!"

"坚决为朝鲜人民报仇!!!"

"坚决消灭敌人!!!"

大家掀起怒涛般的口号声。

郭祥又继续大声讲道:

"现在,我们马上行动,到街上去,到仓库那里去掩埋朝鲜同志的尸体。不要让他们的尸体暴露在外面……"

"不要动!"有人突然打断郭祥的讲话,在人群后面喊了一声。

郭祥回头一望,见政委周仆,披着他那件半旧的军大衣站在那里。原来他已经来了多时,由于人们精神过于集中,没有发现。

人们静静地注视着他。他的脸上似乎也有几滴泪痕。他走向前来,同朴贞淑握了握手,然后转向大家。

"同志们,关于掩埋尸体的事,其他连正在做,你们不必去了。我建议你们立刻展开一个讨论。"他提高声音说,"今天,你们看到的事情,听到的事情,就是咱们出国以来最重要的一课。这是敌人用人民的鲜血给我们上的一课。他们既然给我们上课,我们就要好好讨论。我希望每个同志都好好想想:这些反动家伙们为什么这样的残暴?他们是依靠什么势力竟敢这样疯狂?根据同志们的体会,中国的地主同朝鲜的地主有什么不同?如果美帝国主义打到我们的祖国,会不会出现这样的情况?甚至更严重的情况?我认为,要多想想这些问题,对提高我们的觉悟是有好处的……"

"现在就讨论么?"郭祥问。

"马上讨论。把部队带到那片树林子里去。"

郭祥从一个战士的背包上,抽出一把圆锹,铲了几锹土,把露出来的半个孩子头和一只小孩腿盖上,然后就带着他的连队往小树林子里去了。

周仆让联络员小李留下来,陪同自己安慰朴贞淑,同时动员她到别的连队讲述自己的经历,来教育部队。朴贞淑点头答应,随着小李向别的连队走去。

周仆来到松树林的时候,战士们已经开始了讨论。他们坐在自己的背包上,枪靠右肩,深深地低垂着头。他们每一个人都在思索着自己的经历,自己的一生。这些在中国苦难的大地上生活过来战斗过来的人们,每个人都不缺少苦难的过去。这些苦难,就像地下深厚的炭层一般埋藏在他们内心深处。没有人能够说出这些炭层的储量和它的深度。刚才政委提示的问题,正像一把深入地层的大火一样,把这一切又重新照亮,重新燃烧起来。

阴沉的天空,不知什么时候飘起了雪花。它静静地落上战士们的栽绒帽,落上战士们的肩头,很快就积了薄薄一层。但是战士们仍然低头沉思,仿佛没有觉察似的。

在初战中,以刺死三名美国兵而闻名全团的花正芳也站起来发言了。这个平时温和腼腆的青年,一向说话不多,今天却攥着斜挂在胸前的冲锋枪,气昂昂的。一开始他的声音又尖又亮,但是一提过去,就说不下去了。

"我是在老解放区长大的,俺爹是贫农团长……"他断断续续地说,"自从实行土地改革,地主就把我们恨死了。国民党拿着美国武器一过来,他们就组织了'还乡团',跟在后面。就同这里的

'治安队'一模一样。他们专门做了一块很大的钉板,上面是一排排的长钉子,走到哪里就抬到哪里。俺爹被抓住以后,他们就把他浑身上下扒个精光,然后就指着俺爹说:'你不是领着头闹翻身吗?今儿个,我们就叫你来个大翻身!'说着,就把俺爹推倒,逼着在钉板上滚。他们还举着鞭子叫:'翻哪!再翻!给我翻个够!'没有多大工夫,俺爹就半死不活,全身上下连一块好地方也没有了……最后,这些狗东西又把俺爹扔到大河里,还恶狠狠地说:'共产党不是叫你们吐苦水吗?今儿个我叫你给我统统喝进去!'……"

花正芳哽咽着说不下去,停了好半晌,才握紧冲锋枪大声说道:

"看了今天的事情,我更清楚了,天底下的穷苦人是一家呀!我一定要坚决为朝鲜人民报仇,把那些披着人皮的豺狼统统消灭!……"

花正芳的话音未落,调皮骡子王大发就挺身而起。他的眼睛不知什么时候哭得红红的,但神态仍然十分矜持,不愿意叫人看出他是很悲伤的样子。

"要诉苦,我的苦比谁也不算少;要讲地主的反攻倒算,我也不是见过一次两次。"他竭力使自己的发言,保持着平静的语调。"我不记事的时候,就被卖到别人家里,刚脱了开裆裤就给地主放猪。你们再苦,恐怕还是跟爹娘一块睡觉的吧,糠糠菜菜总还有得吃吧,我呢,大冬天,冻得我和猪一块睡觉,饿得我从石槽里抓猪食吃……"他倔强地把头一摆,"这全不说。再说,你们再苦,总是有父母的吧,受了冤屈,总是可以找父母去哭一场吧,我呢,直到八路军来了,父母才把我找回。以后国民党又来了,就因为分了几亩地,狗地主把我父亲捆上,从高房上往下面摔,一次不行,两次,三次,直到把我父亲摔得七窍出血……狗地主说:'这就叫彻底大翻身！'……"他咬着牙控制着自己的感情,终于没掉下一滴眼泪。停了一会儿,又接着说,"今天,我不想多谈这一方面的问题。我想谈的主要是我自己的检讨。现在回想起来,自从全国解放,蒋介石王八蛋逃到台湾,我就对形势的认识发生了错误。我觉得反动派的八百万军队全消灭了,他们再成不了大气候了。人民的江山已经坐牢稳了,我可以歇歇气去鼓捣鼓捣我那个穷家了。可我就没有想到,天底下还有受苦的人们,就在离我们不远的地方就有人受苦。特别是还有帝国主义,反动派兴妖作乱,时时刻刻都想推翻我们,让我们把吐出来的苦水再喝进去。现在想起来,我完全不符合革命战士的水平！我觉得我对不起党,对不起祖国人民,也对不起这些被杀害的朝鲜人,对不起那个朝鲜大嫂,更对不起埋在大坑里的五十多个三四岁的孩子……"

说到这里,他再也克制不住自己,抱着枪,坐在背包上,哭了。

这时,只听后面"扑通"一声,一个战士歪倒在地上,接着几个人围上去喊：

"刘大顺！刘大顺！"

"他怎么啦？"郭祥忙问。

"他晕倒了！"六班长一面把刘大顺托在肘弯里,一面回答。

郭祥抢过去一看,只见刘大顺满脸泪痕,脸色煞白。他急忙招呼卫生员打针,六班长摇摇头说：

"不要紧,他这人有个气迷心症,待一会儿就过来了。"

讨论会行将结束,周仆正准备给战士们讲讲话,这时,只听树林外传来一阵急雨般的踏踏的马蹄声。他往林外看,只见两个骑兵通讯员带着他的枣红马飞奔而来,到了面前,跳下马打了个敬礼。

"报告政委,团长说有紧急任务,请你马上回去。越快越好。

诉苦教育也马上停止进行,叫部队赶快准备干粮。"

周仆点点头,立即翻身上马,随着通讯员,向团部驰去。

雪在不停地飘落着,越下越大了。鹅毛般的雪片,顷刻间已经盖住了森林,盖住了山峦,也盖住了还在冒烟的灰烬,和那一处处被残害者的新坟。白雪啊,飘扬的白雪,你是惯于用你那单纯美丽的颜色,来掩饰这人间的一切的;纵然你暂时遮掩住这块土地上的斑斑血迹,但是你怎能掩盖住人民心头的伤痛,平息人们燃烧的仇恨呢!医治这伤痛的,平息这怒火的,在这世界上只有一种东西,这就是这伤痛和仇恨制造者的血。

第八章　闸门（一）

周仆飞马赶回团部，在山沟沟门的一家茅屋前翻身下马。

他一面扑打着雪花，朝屋里一望，只见邓军正迎着门口的光亮，伏在炕上看地图呢。他手里拿着一根火柴棒，在地图上聚精会神地量着。直到周仆走到门口，开始脱鞋，他才抬起头来，把火柴棒往地图上一丢，说：

"哎呀，老周，你跑到哪里去啦？"

他没等周仆回答，就从口袋里掏出一封电报，说：

"快瞧瞧吧，大买卖来啰！"

周仆接过来，坐下一看，这是一封志司转发军委的特急电报：

庆祝你们歼灭伪二军团主力的大胜利。

这一胜利，已经造成战役迂回的有利条件。望我左翼第五军迅速迂回缚龙里一带，第四军迂回肃川、顺川一带，坚决截断美二师、二十五师及骑一师自价川至平壤的逃路。以上部队应该不怕一切疲劳，排除万难，勇猛前进。

周仆一连读了几遍，一时挺挺腰板，咳嗽几声，一时又摘下帽子，搔搔头发。他的头发上冒着热气，脸色红通通的，显得格外兴奋。

"能轮上咱们团吗？"他问。

"这你就不用操心啰！"邓军冲他一笑，"咱们团的前卫。"

"是你争取的吧?"

"当然。"邓军又笑了一笑,"不过,命令很严,限我们明天早晨八点以前必须赶到。"

"这缚龙里到底有多远哪?"周仆一边问,一边伏下身子望着地图。

邓军拾起火柴棒,指指德川,然后顺着大同江弯弯曲曲的黑线,一直指到价川下面的缚龙里,说:

"我量了好几遍了,一百四十多里,不会再少。"

"敌人离缚龙里呢?"

"比我们近多了,最多五十多里。"

"唔,这就是说,我们在远两倍的路程上,用两条腿同摩托车赛跑。"

"对啰。"

周仆沉吟了片刻,说:

"你看能不能提前出发?"

"你说是白天出发吗?"邓军抬起头问。

周仆点了点头。

"这恐怕不行。"邓军说,"如果暴露了企图,敌人跑得更快,就更难抓住它了。"

"要是把伪装搞得好一点呢?"周仆寻思着说,"今天正好下雪,大家把棉衣翻穿,飞机不大容易发现目标,这样就争取了时间……不过要经过师里的同意。"

邓军立刻抓起耳机同师里通话,竟得到了批准。

半个小时以后,邓军和周仆率领的前卫团,已经出现在风雪弥漫的大道上。这支部队的每个成员,都按照严格的规定,把棉衣棉裤的白里冲外穿着,绿色的栽绒帽也蒙上白毛巾,小白包袱皮系在脖子里，像斗篷一样披在身后。霎时间变成了一支白盔白甲的队伍，在白色的山峦间向前急进。

为了免得动员工作延误时间，周仆把大部机关干部分插在各个连队，一边走，一边向战士们说明任务的重要。邓军和周仆把自己的乘马留在后面，收容病号。他们俩在队伍里串来串去，同战士们亲热地打着招呼，给大家鼓劲。

有两批敌机在上空出现，部队就隐伏在路边的雪地里，一点也没有暴露目标。天黑以前已经走出二十余里。随后就拐上了一条通向西南的山间小公路。虽然上空乌云沉沉，但毕竟是月黑夜，再加上白雪的反光，道路并不算太黑，这支部队就放开脚步奔驰起来。在静静的山谷里，只听见一片唰唰的脚步声。这支军队，在井冈山以来的几十年的革命战争中，练就了一种罕见的行军力。它既不是一般地走，又不是跑，而是介于走与跑之间的飞速地坚韧地移动。在朦胧的夜色里，有时你觉得它轻悄得竟仿佛像离开地面似的，远远望去，真如同一条长蛇向前飞行。

午夜时分，已经赶了八十多里。疲劳和困倦开始袭扰着人们，速度慢下来了。而且这时，部队已经离开小公路来到大同江边，走的是蜿蜒曲折的江边小路。这里一边是山，一边是水，山势陡峻，路径窄小，那些习惯于一边行军一边睡觉的老兵们，在这里也不能充分发挥他们的特长了。不断地有人跌下山坡，接着又爬上来，跑几步跟上部队。尤其在黎明之前的这段时刻，人们的困倦达到顶点，整个部队就像喝醉了烧酒一般，歪歪斜斜，简直是在睡梦中行进。前面如果有一个人停下来，后面马上就会有一连串"车厢"顶撞上去。

郭祥的连队，同样被这恼人的困倦袭扰着。但那些老兵们，例如调皮骡子这样的人，自有其一贯地对付这种困倦的方针。他们不但善于在行进中睡觉,尤其能利用三五分钟的小休息。一般人唯恐掉队,是不敢在这短暂的时间里放胆熟睡的;他却不然。他同他的背包一起拦路躺着,大模大样地像睡在自家的热炕上似的。只要部队一走,就会有人把他踩醒。虽然挨上一脚,却能够睡上甜甜的一觉。得失相较,还是比较合算的。

天亮时,已经赶出了一百二十里路。人们的精神振奋起来。再加早晨的冷风一吹,顿时清爽了许多。这时雪早停了,但大家被汗水浸透的棉衣棉帽,却结了很厚一层霜雪,连眉毛、胡须都成了白的,简直像从喜马拉雅山来的"雪人"。大家彼此谑笑着,也使一夜的困倦为之一扫。

离缚龙里越来越近了。朝鲜向导说,再过一道山就是缚龙里了。人们的心情越发不安起来,不知敌人是否跑掉。大家不由自主地加快了脚步,最后的十几里路,简直是跑步前进。

郭祥率领着自己的连队,滋滋地往前直钻。因为他们是前卫连,生怕误事,他那栽绒帽的帽耳朵,早在几十里以外就翻起来;可是又没有系好,一走就呼扇呼扇的。驳壳枪在身后拨浪拨浪的,他嫌碍事,把它插在背后的皮带上。他一边往山上爬,一对黑眼珠咕噜咕噜地观察着周围的动静。还没有爬上山顶,就听见一阵嗡隆嗡隆的摩托声。开头他还当是敌人的飞机,正要招呼部队注意防空,跑到山顶的花正芳喊:

"连长,快快,敌人的汽车过来了!"

郭祥三脚两步嗖嗖地爬上去,往山下一看,只见贴着对面山脚一条公路,有十多辆十轮大卡车正一辆接着一辆由北向南疾驰。"好,兔崽子,到底赶到我们前边来了!"郭祥在肚子里咕噜了一句,立时喊:

"六〇炮快上!快给我堵住!"

六〇炮手赶上来,没有使用炮盘就发射了。顿时在卡车中间升起了几团灰黑色的浓烟。前面的卡车飞快地跑过去了,后面的三辆犹豫了一下,慢下来。郭祥立时命令三排冲了下去。

坐在车上的敌人,为数不多,他们仓皇地还击着,时间不大,就结束了战斗。三排的战士们欢腾地吵嚷着,说笑着走上山来。郭祥一看,前面押着的是十多名惊慌的俘虏;战士们走在后面,每个人怀里都抱着一大抱饼干、罐头、香烟和酒。小鬼班的小鬼们,一个个笑嘻嘻的。有的说:"我还没打过这样的仗哩,一开头就先来个慰劳!"有的说:"他知道咱们赶路辛苦了嘛!"有的说:"过去是蒋介石当运输队,现在是他们亲自来搞运输了!"还有人说:"什么运输队,这是不折不扣的慰劳队!"

他们一上来,抢着把东西放在连长面前。还有人当场把成条的纸烟打开,十分大方地一盒一盒往人的怀里扔。整个连队都沉在欢腾的气氛里。可是郭祥的脸色却显得不太高兴。小钢炮说:

"连长,你怎么啦,打了胜仗你还不高兴呀?"

"我的傻同志!"郭祥说,"你看我们跑了一百四十多里路只咬着敌人一个尾巴,大队人马怕是过去了吧?"

他立时把文化教员李风找来审讯俘虏。原来这是美二师的后勤部队,准备先把物资运往平壤。整个美二师、二十五师和骑一师的主力都还在后面呢。郭祥一听,立刻神采飞扬,如果不是在俘虏面前,他真会跳起来,翻几个斤斗,才能发泄他那股高兴劲儿。

刚把俘虏押送下去,营长陆希荣和邓军、周仆已经赶上来了。郭祥报告了情况,邓军的黑脸上露出极其动人的笑容。他聚精会神地察看了周围的地形。北面不远处就是缚龙里,骑着公路,错错落落地约有几百户人家,南面不远处是大同江,一条正南正北的公路正穿过这道长长的峡谷。在峡谷最狭窄的地方,有一座六七十米高的小山,像一只大拳头似的正好卡住公路。邓军和周仆、陆希荣商量了一会儿,确定把这里作为防御的重点,由郭祥带领三连扼守。二连作预备队。陆希荣带领营部和一连伸到大同江边,打击南面可能增援的敌人。其他两个营也分别布置在公路东西两侧较后面的山岭上作为机动。团指挥所和迫击炮连设在后面的高山上。部署完毕,邓军命令部队立刻带开,尽快地挖掘工事,准备死守,坚决不能放过一个敌人。

郭祥兴冲冲地把部队带到指定的小山上。他知道敌人的炮火会比较猛烈,阵地上不宜布置过多的兵力,正面只放了两个排,把一个排隐避在侧翼,为了突击方便,还把一个班伸到山脚贴近公路的地方。郭祥深知即将到来的将是一场恶战,对工事的要求分外严格。为了给大家鼓劲,他把棉衣一脱,撂得远远的,露出他在运动会上赛跑得奖的背心,挖掘起来。整个阵地上,发出一片小锹小镐和冻土搏战的丁丁当当的响声。

八时许,太阳已经升起老高了,望望北方,静悄悄的公路上还不见一个人影。人们焦躁起来,纷纷问道:

"连长,敌人怎么还不来呀?"

"许是俘虏撒谎了吧?"

正在这时候,由远而近,传来轰隆轰隆的摩托声。郭祥往远处一望,公路尽头,出现了几辆汽车,红色的霞光照得挡风玻璃明晃晃的。接着又出现了坦克,随后又是无数的汽车和坦克疾驰而来。顷刻间,汽车和坦克连成的长队,一眼看不到头,看去总有七八百辆、千把辆的样子。汽车上满载着戴着钢盔的步兵,车后拖着大炮,气势汹汹地涌了过来。

"准备战斗!"郭祥无限威严地大喊了一声。

在第一声枪响之前,即使老战士也不免处于一刹那的紧张状态。何况敌人今天是这样的阵势!虽然郭祥明明看到战士们的手指已经贴近了扳机,仍然习惯地大喊了一声,来给同志们助威壮胆。

敌人越来越近。现在已经清楚看到:前面是四辆吉普,后面是十多辆卡车,再后是十多辆坦克,再后又是数不尽的汽车和坦克。沉重的摩托声和坦克嘎啦嘎啦的怪响,响成一片,就像发了大水似的,整个山谷都震动起来。

"关键问题,是先打坏前面的汽车,来堵住坦克,这仗就好打了。"郭祥冷静地想。

"听我的口令!"郭祥又喊道,"集中火力,先打汽车!"

直到汽车开近山脚,郭祥才把驳壳枪举起来,"乓乓乓"一连打了三枪。

三枪过后,轻重机枪和六〇炮突然猛烈地开火了。顿时,卡车上的美国兵,恐怖地怪叫着,纷纷跳下车来,乱藏乱躲。有的钻到汽车下,有的往坦克的后面拥,鬼哭狼嚎,乱成一片。六〇炮很快地修正了偏差,准确地打在卡车上,有几辆卡车立时冒烟起火,有两辆小吉普,本来已经开过去了,这时又蒙头转向地掉过头来,翻在路旁的车沟里。有一辆通讯车,由于它的突然刹车,后面的车辆仰着两个前轮,好像一匹马扬起前蹄,搭在它的车身上面去了。

"好哇!打得好哇!"

战士们在战壕里跳起脚高喊着,各个山头上都传过来雷动的欢呼声。

团里的迫击炮和重机枪也开火了,他们集中轰击和扫射着后面卡车上的步兵和跳下车向后逃命的步兵。那些步兵成堆地死在汽车下和离开汽车不远的地方。有的还没跳下车就被打死,头冲下从车厢上倒挂下来。

郭祥为了彻底把公路堵死,吩咐前沿班立刻出击,把前面的十几辆卡车统统击毁。在一片手榴弹的火光中,汽车纷纷冒起几丈高的黑烟。滚滚的黑烟立时布满了山谷的上空。

"好哇,到底把狗日的堵起来啦!"郭祥微微一笑。

被打蒙了的敌人,逐渐清醒过来。他们开始明白,如果不夺出一条路来,全军覆灭就在眼前。于是,卡车后面的那辆坦克嘎啦嘎啦地向前爬着,像猪拱地一般,把前面冒烟起火的卡车一辆一辆地都拱翻到公路下面的深沟里。

郭祥一看急了,正要派人去打坦克,这时候,只见从前沿小鬼班的散兵坑里跃出一个人来,提着手榴弹向坦克追去。坦克一边跑,他一边追,向坦克滚动的履带里插手榴弹。连插了两次都滚落下来。这个战士见不成功,抓住坦克上的铁环,一腾身就攀了上去。他拼命地去掀坦克上面的盖子,但是怎么也掀不开。坦克已经驮着他走出老远了。只听小鬼班班长陈三粗喉咙大嗓地喊:

"小钢炮下来!小钢炮快下来!"

"下来啵!别让敌人把你驮走啰!"小鬼班的小鬼们也用他们尖尖的声音喊着。

眼看坦克开出有一里多路,小钢炮才无可奈何地跳下来了。

第二辆坦克也开动了。一边跑一边示威性地连续开了几炮。郭祥一看第一辆坦克跑了,第二辆眼看又要跑脱,急得额头上的汗珠乓乓直掉,马上大声喊道:

"谁去打第二辆坦克?"

阵地上忽地站出三十多个人来,一片声嚷:

"我去!"

"我去!"

花正芳扯扯连长的袖子,无限诚恳地几乎是用哀求的语调说:

"连长,你不是早就答应过我啦?"

"我就不行吗?"调皮骡子王大发在那边喊,"什么任务也挑不上我!"

"还是花正芳有把握些。"郭祥心里咕哝了一句,立即说道,"花正芳,你去!"

郭祥的话还没有落音,花正芳已经放下冲锋枪,提着一支从别人手里抢过来的爆破筒,冲下去了。他的动作极其敏捷,很快地就追上了第二辆坦克。他巧妙地避开坦克上机枪的射击,把那支爆破筒牢牢插进履带里。为了不使爆破筒滚落下来,拉了火以后,还扶着它走了几步,直到快爆炸时,才跳到路旁的车沟里。只听轰隆一声巨响,坦克的履带哗里哗啦碎断在地上,不动了。阵地上顿时掀起一阵欢呼声。

这时候,第三辆坦克惊惶地焦急地开动起来,一面用机枪疯狂地扫射,一面向前疾驰。花正芳早已从路沟里露出头来,等到这辆坦克开到身边,一腾身就攀上去了。他这时的棉衣还是白里冲外,在硝烟弥漫之中,远远望去,就宛如一只白鹤,高高地站在乌龟背上。这小伙子真沉着得惊人,他慢慢地坐下来,就仿佛坐在自己的车上,不慌不忙地揭去手榴弹的盖子,把导火索用舌尖舐出来,套在手指上,然后向前探着身子,就像一个有经验的捉蝈蝈的孩子一样,悄悄地把手榴弹向坦克的瞭望孔伸近。不料此刻,盖子突然打开,一个美国兵的头露出来,花正芳急忙转身去抓美国兵的头发,已经迟了,只听"砰砰"两声枪响,花正芳身子一歪从坦克上滚了下来……

郭祥眼都红了。正要找人打这辆坦克,不知什么时候,调皮骡子早已站到面前,怀里抱着一捆集束手榴弹,腰里还插着两个飞雷。他用一种哀求的眼光望着郭祥,激动地说:

"连长,我一辈子不说软话,现在非说不可了!……不管我多么落后,咱们也是老战友了……咱们俩有意见是另外一个问题,可你不该不给我任务……"

"你是要炸这辆坦克吗?"

"这还用说!……连长,人家都打坦克立功,你就不许给我一个机会,叫我补补过吗?"

调皮骡子说着,眼泪都快要掉下来了。郭祥把手一挥:

"好好,你去。"

"你瞅着吧。"调皮骡子喊了一声,顺着山坡扑了下去。

王大发刚要接近坦克,坦克上的机枪向他疯狂地扫射着,逼得他抬不起头来。这时,只见这个饱有战斗经验的老兵,一扬手投过去一颗手榴弹,倏地腾起一团浓烟,接着就钻进浓烟里逼近了坦克。他把一捆集束手榴弹放在履带下拉了火。只听"轰隆"一声巨响,坦克不动了。

"这家伙倒是有战斗经验!"

阵地上的人们赞叹着,正为他的成功高兴,哪知这辆坦克仅仅受了伤,履带并未炸断,待会儿又呼隆呼隆地响起来。它向前爬了几步,想从那辆被击毁的坦克旁边硬挤过去。试了几试没有成功,为了离开这个危险地带,就倒着向北开去。调皮骡子看见坦克要跑,就飞也似的追上去,攀上了坦克。为了接受刚才花正芳的教训,就干脆坐在顶盖上,一边冷静地寻找窍门。坦克向北越开越快,眼看接近了大队汽车,隐伏在道沟里的敌人一齐向他开枪射击。阵地上的人们都替他捏了一把汗,纷纷喊着:

"快下来,调皮骡子!"

"不要大意呀!"

但调皮骡子并没有跳下来,而是在密集的弹雨中,不慌不忙地把他那个瘦身子贴在坦克上。他的一只手似乎在油箱处摸索着什么。突然一个腾身滚下来,接着火光一闪,顷刻腾起一大团浓烟和沉重的雷声,那辆坦克已经不动了。

"好哇!起火了!起火了!"人们欢腾地喊着。

这时,花正芳已经被救起,背到山后。

郭祥连忙走过去,看见花正芳静静地躺在山坡上,肩胛上流出了一大片鲜血,把棉衣的白里染得通红。他那俊秀的脸,越发显得苍白,眼睛微微闭着,就像睡着了一般。卫生员正剪开他的袖子,匆忙地包扎着。

"小花子!怎么样啊?"郭祥伏下身子轻声地问。

他微微睁开眼睛,望着郭祥。

"我大意了……"他抱歉地并且有几分羞涩地笑了一笑。

"伤口很疼吧?"

"几天就好了……"他又温和地一笑。

郭祥仔细看看负伤的部位,不像伤了肺,才放了心。叫卫生员赶快把他送到绑扎所去。卫生员刚背起他走了几步,他又叫卫生员停下,回过头,低低地叫了一声:

"连长……"

郭祥看他有话要说,连忙赶上去。

"连长,你的两双袜子已经补好……打在我的背包里了,你叫他们取出来吧!……"

"好,好。"郭祥连声答应着,心里热烘烘的。

"我很快就会回来的!"花正芳又笑了一下,把头搭在卫生员的肩头上,走下山坡去了。

郭祥回到原来的位置,见调皮骡子喘吁吁地飞跑上来。他的帽子不知什么时候掉了,满头满脸的土,就像土地爷似的。

"刚才打住你了没有?"人们问。

"枪子儿什么时候也不找我。"他傲慢地一笑。

"好好,"郭祥上前握住他的手说,"打完仗马上给你评功!"

"什么功不功的……"调皮骡子满不在乎地把手一摆,"连长,先别说这,我要马上向你报告一个非常重要的情况!"

"什么情况?"

"你来看,"调皮骡子转过身,往北一指,"在那辆破坦克后面,第三辆和第四辆都是弹药车。"

"看准了吗?"

"我刚才在坦克上看得真真的。"

郭祥兴奋地把手一挥,高声叫道:

"乔大夯!"

"有。"乔大夯在机枪阵地上用粗憨的声音应了一声。

"准备燃烧弹!"

乔大夯把燃烧弹推上了枪膛。

郭祥发出射击口令,只打了半梭,第三辆和第四辆卡车的车头已经扑出火来。不一时,就听见"轰轰"几声巨响,接着震天动地的爆炸声不分个儿地响起来。隐避在路沟里的步兵,又是一阵鬼哭狼嚎,乱跑乱钻。附近的坦克、汽车也争着向后倒退,搅成一团。顷刻间,烟雾弥漫,充塞了整个山谷,炮弹皮和被炸起来的汽车碎片在阵地上"日日"地飞落着。连我们的战士也不得不暂时躲在战壕里。

战士们纷纷嚷着:

"连长,你也快蹲下来吧!"

"好好。"郭祥连声答应,取出一支美国纸烟点着,脸上出现了得意的孩子式的微笑。

第九章 闸门（二）

弹药车的爆炸，给人们带来了一种特有的欢乐气氛。尽管山谷里硝烟弥漫，乱飞的弹片和土块，在阵地上噼啪乱掉，人们还是从工事里伸出头来探视着，那种兴致，真好似正月十五看红火热闹一般。直等爆炸声渐渐稀落，浓烈的硝烟渐渐飘散，才看见公路一旁的稻田里，尸体狼藉，像是秋收时节的谷个子，一个个地横倒在那里。那些没有炸死的美国兵，发出一阵阵呼天唤地的哭叫。有人吃力地想爬到比较隐蔽的地方，有人把头伸到泥沟里喝水。公路旁边的五六株白杨树，只剩下了一棵，其他几株都被炸断，连同树脑袋歪到地上去了。附近的汽车被炸得东倒西歪，残缺不全地匍匐在公路上，冒着一缕缕的烟火在燃烧着。还有一辆，四轮朝天仰在路边，很像是向后抢路逃走的时候滚下去的。公路已经严严实实地堵起来了。

这时候，敌人大概已经明白，如果不摧毁卡在公路上的这个小小的支点，单凭坦克、汽车猛闯过去是办不到的。郭祥偏着脑瓜冷静地观察着战场上的动静。只见缚龙里以北的敌人纷纷跳下汽车，在路旁集结。车队里夹着的坦克，也一辆接一辆地离开车队，在缚龙里以南一字儿排开。汽车牵引的大炮，也在公路上掉过头来，把炮口对准我军的阵地。郭祥意识到，一场恶战即将到来，在阵地上巡行了一遭，命令大家充分地做好准备。

果然时间不大，有十几发炮弹在阵地前后左右爆炸了。郭祥根据经验,知道敌人开始了试射,随即命令部队迅速隐蔽。接着,一发烟幕弹打在山坡上,腾起一团乳白色的烟雾。随后,就是成排的坦克炮弹和榴弹炮弹如疾风骤雨一般猛袭过来。这座五十多公尺长、十多公尺宽的山脊,顿时像惊涛骇浪中的船只那样颠簸着,郭祥坐在小土洞里,身子不断地被掀动起来,冰冷的泥沙不住地灌进脖领里,硝烟呛得喘不过气。他把鼻子用袖筒笼着,肚子里狠狠地骂道:"好狗日的,反正有你露面的时候!"

这场疯狂的轰击,大约进行了二十分钟左右。轰击刚停,郭祥就从工事里露出头来。一看,敌人约有一个连的兵力,已经像羊群一般接近山脚。这些装备齐全的戴着钢盔的美国武士们,正弓着身子,伸着大长脖子,好像鹳鸟一样地迈着大长腿,小心翼翼地向前移动。

"同志们!为朝鲜人民报仇的时候到了!"

郭祥大喊了一声,想来鼓舞大家的情绪。但自己却听见这声音出乎意外的微小,才知道自己的耳朵被炮弹震得有些不好使了。

阵地上的工事,有的已被炸坍,战士们纷纷地从泥土里钻出来。幸好他们事先塞住了枪口,包住了枪机,立即把泥土抖掉,摆好了射击姿势。乔大夯刚才脱去了棉衣,把机枪包着像婴儿一般地搂在怀里,现在又把它摆在射台上。

郭祥本来想把敌人放得近近的,却没有料到前沿的小鬼班已经开火了。主阵地上的两个排接着也开了火。敌人被打死二十几名,其余的跟头趔趄地蹿了回去。

郭祥很有气,立时跑到小鬼班那里,大声地问:

"是谁叫你们先开枪的?"

小鬼们本来情绪很高,喊喊喳喳地议论着什么,现在你瞅我,我瞅你,傻眼了。班长陈三这个温和的中年人也涨得满脸通红。

"这事怨我。"陈三急忙承担责任说,"是我一时没有制止住他们。"

郭祥不理他的回答,继续质问说:

"你们是从哪里学来的'赶鸭子'战术?"

说着,他往前一指:

"你们瞅瞅!你们打死了多少?跑了多少?……对敌人,我们不是要赶跑它,是要消灭它!你把它赶跑,他会第二次来进攻你。你们说合算不合算?"

"当然不合算。"小罗回答说,"是刚才那阵炮把我们打恼了,一瞅见敌人就忍不住了。"

"忍不住也要忍!"郭祥使劲把臂一挥,"要咬着牙忍着,把敌人放得近近地打!光把敌人赶跑,我们对得起昨天那位朝鲜大嫂吗?对得起一大坑被惨杀的孩子吗?"

大家默然无语,仇恨的火再一次燃烧着人们的心。陈三咬着牙说:

"连长,你就瞧下一次的!"

郭祥又跑到几个排长那里,一一吩咐他们:

"如果谁再把敌人远远地赶跑,要受到严格的处分!"

郭祥刚刚布置完毕,敌人的第二次炮击开始了。接着又是一个连的步兵开始冲锋。大家眼看着敌人爬上了山坡,郭祥还没有发出射击信号。

山坡上寂静得可怕。连美国兵爬山呼哧呼哧的喘气声都听得真真的。

小司号员的心怦怦地跳着,他把号嘴儿贴在嘴唇上,悄声地问:

"该吹了吧?"

郭祥没有言声,目不转睛地盯着敌人。

敌人以为经过如此猛烈的炮击,山上已经没有人了,就大着胆子爬到山洼里。这里距我阵地只有二十五米左右。此刻,只听山头上吹响了"嘟—嘟—嘟—"三声长号音,接着,手榴弹像一片黑乌鸦一般纷纷盖下来,事前早已测好距离的几门六〇炮,也一个劲地向敌群里猛砸。山洼里,顷刻腾起一片蓝色的烟海。敌人四散奔逃。战士们纷纷跃出工事,居高临下地用机枪、冲锋枪猛扫着,就好像围猎一群乱冲乱窜的野兽一般。等到这股伤亡过半的敌人狼狈回窜的时候,隐伏在山侧的机动排早已迂回到山脚等候,又是一阵猛打。敌人纵有坦克、大炮也无法支援这批可怜的家伙。时间不大,他们就横躺竖卧在这片小小的洼地里。能够最后逃出这围歼的,已经没有多少了。

战士们打得兴致高极了。机动排的战士们穷追不舍地痛打着逃下阵地的敌人。为防止敌炮杀伤,郭祥赶忙让司号员发出信号把他们撤回。

"对,对,就是这么个打法!"郭祥连声称赞着,鼓励着他的连队。

战士们迅速地从敌人的尸体上搜集着武器弹药。这一切还没做完,阵地上空,接连不断地出现了敌机。总有三十多架,围着这一带山峰盘旋起来。敌人的坦克炮又打过来一发烟幕弹,白烟缓缓地上升着。郭祥知道,这是地面火力在为它的飞机指示目标。果然时间不大,为首的一架敌机俯冲下来,向阵地轰炸扫射。有几颗炸弹落到山后去了。

郭祥见来势不善,正在思谋新的对策,调皮骡子跑过来说:

"连长,我这个小兵子提个建议行不?"

郭祥瞪了他一眼:

"这是什么时候,你还说俏皮话咧?"

"嘻,我这穷嘴,成了习惯!"调皮骡子抱歉地一笑,"连长,你看先把主力撤到山侧面行不?……等一会儿专门来揍敌人的步兵。"

郭祥一向重视军事民主,见他说得有理,立即采纳,把一个多排撤到山侧面去了。

这三十多架敌机的轮番轰炸,以后再加上坦克炮和榴弹炮的集中轰击,简直像要把这块狭小的山头翻转过来。整个一座山陷于烟笼火罩之中。等到敌人的步兵接近阵地,炮火和轰炸暂时停止的时候,郭祥率领部队立即冲上阵地。山头和山坡,全是大炸弹坑套小炸弹坑,焦煳煳的一片。所有的工事,几乎全被摧平。

这一次郭祥的连队打得更猛了,像前次一样,又把敌人的一个连大部歼灭在山洼里。一堆一堆的死尸,堆满了山洼,连脚都插不进去;一摊一摊的血,涂红了山岗,低洼处,已经积起了血水……

这时,团部的通讯员捎来了团首长的慰问信,说要给全连立功,还询问有什么困难。郭祥指着山坡上敌人的尸体,对通讯员说:

"你回去告诉首长,叫他们放心吧,就说我们情况很好,没有困难。你还要对政委说:昨天的事,我们绝不会忘记,今天就是为朝鲜人民讨还血债的时候!我们准备把这个小山变成一座闸门,不管敌人来多少,都要让他们碰死,一个也过不去!"

通讯员把话带回团部,邓军和周仆听了都非常感动。

"这样的干部,放到什么地方,就是叫人放心。"周仆满脸是笑,赞赏地说。

"今天打得还可以啰!"邓军也微微一笑。

按照这位身经百战的团长的习惯,能够称上"打得可以",这已经就是了不起的评价了。

"这样的干部,"周仆显然兴犹未尽地说,"你就是把他放在水里火里,他也硬是顶得住,一点也不叫苦。你看,他还懂得给我们做工作,来鼓励上级的情绪!"

"哼,"邓军嘲笑说,"像这样的人你还不愿要哪!"

"你说什么,我不愿要?"

"你忘啰,政治委员!"邓军说,"人家参军的时候,又黄又瘦,你还说,小鬼呀,你走得动啊?"

周仆想起当时的情景,也笑起来了。

他们的指挥所设在高山尖稍稍下面一点的地方,在山坡背面挖了一个简陋的土洞。但他们并没有躲在土洞里,而是在山尖上观察着整个战场。他们刚才是多么担心哪,生怕敌人从公路上闯过去,尤其是在三十多架飞机和几十门火炮集中轰击三连阵地的时候,这座小山已经被飞腾的烟火完全吞没。看到这种危险情况,邓军一方面组织火力来支援他们,组织对空射击来减少敌机对他们的威胁,一方面也做了阵地万一失守的准备。谁知烟火散去,这个经过洪涛冲击的闸门,仍旧顽强地屹立在那里。那一眼望不到尽头的千把辆汽车和坦克组成的长队,仍旧像一条长蛇似的僵卧着不能移动一步。看到这种情景,怎么会不叫人高兴呢!

邓军和周仆正在商量下一步如何支援三连,忽然上空响起炮弹的啸声,接着在缚龙里村南的稻田里爆炸了。有几团蓝烟缓缓地上升着。

小玲子急匆匆地走过来说:

"报告首长,这炮打得很奇怪呀!"

"怎么回事?"邓军回过头问。因为他正同政委商量问题没有在意。

"你看,要是敌人打的,怎么会落在那个地方?要是我们打的,我们又没有这样的大炮！"

邓军和周仆凝视着那团缓缓腾起的蓝烟，沉吟间，又是连续两发，在原来的地方爆炸了。

"莫不是从南边打过来的？"邓军机警的眼睛闪了一闪。

"我百分之九十可以肯定。"小玲子说，"我仿佛听见出口声是从南边传过来的。"

"很可能，是增援的敌人。"邓军沉思着说。

他立即命令山尖下面的步行机员，通知一营营长注意观察南面的情况。时间不大，就来了报告：远方公路上已经发现了敌人的坦克。

"听见了没有，你们一定要把南面的敌人坚决顶住！"邓军对着步行机喊。

"请首长放心吧，"耳机里回答，"只要有我陆希荣在，阵地就不会丢掉。"

邓军带着微笑取下了耳机。

他急忙返回山尖向南观察。终于在大同江南的公路上，看见敌人的坦克像绿色的小甲虫一样一辆一辆地出现了。他急忙举起望远镜，在十几辆坦克的后面，已可看见满载步兵的汽车，正沿着公路向江边疾驰。

一直等到看见敌人的后尾，邓军才放下望远镜，轻蔑地一笑：

"最多不超过一个团的兵力……看样子，我们防御的重点还是北面。转移了注意力可就要上当啰！"

周仆点点头，同意团长的看法。

不一时，敌人的坦克已经开到大同江南岸。他们发现江桥已被我军炸断，随即展开战斗队形涉水渡江。一面开进，一面向北岸我军阵地疯狂地打炮。步兵也都下了汽车，躲躲藏藏地挤在坦克后面跟进。一连阵地上的轻重机枪和六〇炮也开了火,有不少的美国兵被打死在大同江的冰水里。

天空中盘旋的敌机,开始在一连和一营营部的阵地上扫射轰炸,顷刻间腾起了一片滚滚的烟火。

南面增援部队的到来,和那突然激烈的枪炮声,使北面被阻的敌人得到极大的鼓舞。显然他们认为最后突破围困的时刻已经来临。缚龙里村南的坦克和北面公路上的榴弹炮群,以空前猛烈的火力,又盖住了三连的阵地。飞机在拼命地狂炸着。敌人的步兵也在缚龙里以北迅速集结,准备作最后的猛攻。

邓军预料到这会是规模最大的一次猛攻,如果不给三连以强大的支援,阵地就会有突破的可能。他立刻想到,必须更周密地组织火力,特别是充分发挥迫击炮的威力,在敌人步兵冲击的开始,就给以大量的杀伤,这样才能帮助郭祥守住这个狂涛冲击中的闸门。

想到这里,他立刻跑下山尖与迫击炮连通话。可是当他抓住电话耳机,还没说完,就看见小玲子从山尖上跑下来,脸色也变了,一连声急迫地叫:

"团长!团长!阵地被突破了!"

邓军蓦地一惊;但脸上神色不露,仍旧把话说完,然后放下耳机,上了山头。

"老邓呀,你看这是怎么搞的?"

周仆向南面一指。邓军一看,敌人的坦克已经过了江到达北岸,前面几辆已经爬上了公路,正向前呜噜呜噜地开进。在一连和一营营部的阵地上,人们正纷纷向下撤退。

邓军登时气得脸都黄了。

他把驳壳枪从小玲子身上抽出来,话也没有交代一句,就气昂昂地大步跨下山尖。过去在情况危急的时刻,他临到前边去还说一句:"老周,这一摊你掌握吧!"现在连这句话也没有,就向山下飞步走去。

"老邓!老邓!你等一等!"

周仆在后面喊。邓军理也不理,顺着山坡向南去了。

小玲子知道拦阻无用,就紧紧跟上。周仆对两个通讯员使使眼色,让他们也跟着去了。

他们在山腰里穿行着,在一个山垭口碰上了撤退的人们。

"站住!"邓军威严地用驳壳枪一指,"谁叫你们撤退?"

"是营长叫我们撤退的。"人们纷纷说。

"我们本来打得很好,忽然传下命令叫我们撤退。"其中一个说。

"你们的连长、指导员呢?"邓军问。

"都牺牲了。"

"营长呢?"

"我们也不知道。"

邓军立刻命令他们占领阵地,射击敌人的步兵。

小玲子眼尖,在山梁上发现了陆希荣。他正弯着他那细长漂亮的身材向北奔跑。

"截住他!"邓军大声喊道。

通讯员飞步跑上山梁,把陆希荣截回来了。

他脸色苍白,强作镇静地站在邓军面前。

"说!你为什么撤退?"邓军用驳壳枪一指。

"团……团长,你别生气……"陆希荣口吃地说。

"我问你,你为什么撤退?"

"不……不是我要撤退,是坦克冲到我们后面去了。"

"怕死鬼!"邓军斥骂着,"冲到后面就不能打啦?"

邓军当着战士的怒骂,显然刺痛了他。

"我希望上级不要随便污辱一个同志。"他抗议地说,"我陆希荣绝不是担心自己的生命,我是顾惜一二百个战士的生命。留在那里,是让他们白白送死!别人可以对他们的生命不负责任,我是营长,我不能不对他们负责!……"

"好个狗娘养的,我算认识你了!"

邓军那只独臂把驳壳枪一挥,照着陆希荣哗哗哗哗地打了一梭子。

小玲子是个有心眼的人,唯恐首长一时激怒,处理问题发生偏差,早把团长的臂膀轻轻一碰,一梭子弹从陆希荣的头顶上飞了过去。

小玲子接着解劝了几句,让人把陆希荣押往团部。

前面传来一片"哈罗、哈罗"的怪叫声。邓军抬头一看,原来一连丢掉的山头,敌人已经爬上去了。这座山比附近几个山头都高,如果让敌人占去,对于三连和其他阵地都将处于不利地位。邓军迅速下定决心,必须乘敌人立足未稳之际,立刻把阵地夺回。然后再进一步消灭公路上的步兵和坦克。

他迅速整理了部队,指定了代理连长,指示了反击的道路;然后走到一架重机关枪面前,用他那洪钟一般的声音喊道:

"同志们!共产党员们!现在我们已经把几万敌人包围住了,北面的部队很快就要压过来了,敌人马上就要完蛋了。我们放走一个敌人,就是对祖国人民对朝鲜人民犯罪。现在我命令你们,马上夺回自己的阵地!……你们都知道,我是掩护十七勇士强渡大渡河的机枪射手,今天,我要亲自掩护你们夺回阵地!……"

说过,他立刻在重机枪后面卧倒。重机枪立刻发出激烈而又匀称的哒哒哒哒的点射声。其他的轻重机关枪也随着发射了。对面山头上的敌人纷纷倒下。战士们勇气百倍,哇的一声冲了上去。

已经进入沟口的坦克,显然发现了目标。"吭、吭、吭"几发坦克炮弹打过来,落在附近。飞起的弹片和土块噼里啪啦地落了他们一身。

"团长!团长!快转移一下。"小玲子在旁边叫。

邓军不理,一个劲地射击着。他刚才的满腔怒气,仿佛都要倾注到这个重机枪筒里喷发出来。他脸颊上的那条伤痕,越发像一条红色的蚕趴在那里。

"吭!吭!"又是几发坦克炮打在附近。

小玲子见情况十分危险,连忙上去扯邓军的衣服,邓军把眼一瞪:

"什么事你都拦我,你看这是什么时候?"

话没落音,"吭、吭、吭"几发炮弹在眼前爆炸了。

小玲子急忙把团长扑倒,用身体来掩护他,已经来不及了。硝烟飞散,看见他的裤腿上,炸开很大一团棉花,血从裤管里汩汩地流出来。小玲子急忙把他背到背坡石崖底下,掏出救急包施行急救。由于失血过多,他一时陷于昏厥状态。小玲子怕发生危险,一面找通讯员回团报告,一面背负团长下山向绑扎所走去。此时小玲子非常懊悔,他想如果刚才自己再坚决一点,把团长硬拖下阵地,或者自己的动作再快当一些,就不会使这个老红军战士再负第九次伤了。自己跟他多年,熟悉他的一切脾性,而今天竟连这一点也没有做到,这是多么严重的失职啊!想到这里,他的泪水随同他的汗水一起洒落在地上。其实他自己的腿上也负了轻伤,一面走一面洒着血滴,却一点也没有察觉……

一连已经顺利地恢复了失去的阵地,把敌人打下去了。周仆正自高兴,却没有想到传来团长再次负伤的消息。在战场上负伤,这是常事,但是这个负伤过多,带着未愈的战伤赶到鸭绿江边的老红军战士,仅仅在一个月后又负了伤,却使他深为难过。他一面埋怨自己没有拦住他,一面又痛恨陆希荣由于动摇招致了严重后果。想到这里,他的牙咬得紧绷绷的。

但是,当前紧张的情况,却不允许他去想这方面的问题。他看到一连虽然恢复了阵地,而敌人的坦克和步兵却从公路上拥了过来。先头一辆坦克,已经将要接近三连的阵地,快要同原先被三连击毁的坦克碰头了。南北两方的敌人虽然中间隔着一些被击毁的坦克和汽车,但他们都已经彼此看到了。这使双方的情绪顿时都高涨起来,"哈罗、哈罗"的吵嚷声,嘘嘘的怪叫声,响成一片。情况是这样的危急:现在三连要应付的,不是一方面的坦克而是两方面的坦克,不是一方面的炮击而是两方面的炮击,不是一方面的步兵而是两方面的步兵……

沉着!沉着!绝对不要慌乱!这对指挥员是最重要的。在这危急的时刻,周仆再一次提醒自己。这也是邓军平常谈到战斗经验时对自己一再说过的话。

"当今之计,是如何给三连以强大的支援。"周仆心中想道。他准备一方面继续采纳邓军的方案,在北面,以集中的迫击炮火,来杀伤进攻的步兵;在南面,他准备以孙亮的三营,突击敌人的后尾,减轻对三连的威胁。

决定之后,他立即在步行机里对孙亮作了布置。话还没有说完,南北两个方面的敌军,已经对三连的阵地同时发起了进攻。

两方面的坦克和榴弹炮的轰击,加上飞机的狂炸,使三连的阵地又笼罩在浓烈的烟火中,瞅不见了。两个方面的步兵也开始了行动。这次北面的敌人,大约出动了一个营左右的兵力。按这个狭窄的地形来说,本来是展不开的,但是敌人为了拼命争夺最后的出路,已经不顾一切。密密麻麻的戴着钢盔的美国兵,拥挤在狭窄的公路上向前蠕动着。依照周仆的命令,具有高度素养的迫击炮手们,大大发挥了他们的威力,打得敌人一片一片地倒下去,相当有效地迟滞了敌人的前进。而南面的敌人,却由于我军火力的薄弱,很快地攻上了三连的阵地。

可是在三连烟笼火绕的阵地上,不仅看不见一个人影,也听不见一声还击的枪声。直等敌人爬到半山,还不见一点动静。周仆捏着一把汗,心中也狐疑起来。正在着急,只听烟雾里发出一片杀声,接着手榴弹在山坡上开了一片蓝花,敌人跌跌爬爬地滚了下去。

南面的敌人刚打下去,空中的敌机一架接一架地向三连的阵地俯冲,凝固汽油弹一个接一个地投掷下来。每投下一个,噗的一声闷响,阵地上就立刻腾起一大团赤红色的烈火。顷刻间,整个阵地都陷入赤红色的火焰之中,就像一座火焰山一般。此时,北面的敌人乘势拥到山脚,很快地向山上冲去。在这最紧急的时刻,周仆的心陡然间就像地陷似的往下一沉。他嘴里没说,心里却意识到三连的阵地怕是保不住了。正要命令其他的连队前去接应,突然间,从蒸腾的大火中飞出二三十个火人,头上身上冒着呼呼的火苗,发出惊人的杀声向敌人扑去。他们有的人挺着明晃晃的刺刀,有的端着黑乌乌的机枪,有的人提着手榴弹,有的人高高地举着枪把,一齐狂喊着向敌人扑过去了。在这一刹那间,正在向上拥的敌人,发出一片惊慌的惨叫,正要掉头逃窜时,英勇的战士们已经赶上去同他们扭在一处,拼在一处……

就在这时,在北面敌人的后方,有许多支灿烂的绿色的信号弹,已经在朦胧的暮色里一支接一支地飞起来了。

阵地上立刻欢腾起来。

周仆吁了一口气,在步行机里对孙亮说:

"行动吧,你们要立刻插断南面敌人的后路,让他们一个也跑不掉!"

第十章　闸门（三）

随着黄昏的降临，一场大围歼战开始了。

我正面各军的到来，使周仆大大出了一口长气。看来本团所担负的最沉重的任务，已经接近完成。但是紧接着师里就来了电话，让他们提高警惕，防止敌人在受到正面的压力时继续向南突围。

周仆重新做了一番布置，把全团的指挥交给副团长，然后向三连走去。他要亲自去慰问这个经过残酷战斗的连队，并设法加强三连的阵地。

周仆一生经历过无数次的战斗，但今天在三连阵地上发生的一切却使他毕生难忘。这样一支仅仅持着轻火器的连队，竟然在要冲上阻住了数万现代化的敌军。他们不仅抗住了地面的敌人，而且抗住了天上成千上万吨钢铁与烈火的倾泻；不仅抗拒了一面的敌人，而且抗拒了两面敌人的夹击。他们真像是一座不可动摇的闸门，硬是阻住了铁的狂涛与火的洪流。尤其当阵地就要失守的最危急的时刻，从滚滚的烈火里，竟然跃出几十个火人来，这种壮烈景象，连他自己都惊呆了。就像一个栽培花木的匠人，反而为那些绮丽非凡的花朵感到惊异一样，他真为自己的部队骄傲，为自己的战士骄傲。他觉得一种更强大的信心油然而生。在日常工作中，他把党的意志辛勤地灌输到部队中去，而这种意志现在反以更强大的力量像经过变压器的电流一般倾注到自己的心田。

在整整一天的鏖战中,他随着这块阵地的安危心潮起伏。时而焦急,时而担心,时而兴奋。当成吨的炸弹、炮弹和燃烧弹落在三连阵地的时候,就像砸在自己心上似的。他真恨不得飞上这块阵地,同战士们一起把敌人推下去。中午时分,他就知道郭祥的连队有了很大伤亡。经过刚才那场惊心动魄的激战,他们的伤亡如何,郭祥的安危如何,不能不使他更加系念。

他下了山,脚步愈走愈快,连小迷糊和通讯员都有点跟不上了。在接近三连所占的小山时,望见山坡上焦煳煳的弹坑愈来愈密,战斗开始前的积雪,已经无影无踪,剩下来的枯黄的草丛已经染成了黑色。他们爬上山坡,深一脚浅一脚地向上走,接近山顶的地方,完全是炮火翻犁了好几遍的虚土。山上的工事已经看不到了,变得凸凸凹凹奇形怪状。这就是他的勇士们据守的地方。

山上静寂无声。周仆大声问道:

"三连在哪里?"

没有回应。

"三连连长!"小迷糊也跟着喊。

还是没人应声。

两个通讯员看见这般情景,就抢到周仆前面,嗖嗖嗖往山顶跑去。刚跑出几步,迎面霍地从炸弹坑里跳出一个人,大喝了一声,挺着刺刀猛扑过来。等他看清是自己人时,才收住脚步。

这个战士身躯高大,浑身上下的棉衣烧得一片一片的,露出焦煳煳的棉花。他脸上被硝烟熏成了黑色,两眼通红。周仆赶过去一看,才认出是乔大夯。他的机枪想必打坏了,此刻握着一支步枪,上着明晃晃的刺刀。

周仆没有等他敬礼,就用两只手紧紧攥着他那只被硝烟熏黑的大手,感动地说:

"大夯同志！你辛苦了！"

"俺们红三连要坚决守住阵地！"他大声说。

"你们的连长呢？"

"俺们红三连，就是剩下一个人，也要守住阵地！"他又宣誓一般地说。

小迷糊以为他没有听清，忙说：

"政委问你，连长在哪儿？"

"请首长放心！"他舐了舐干裂的嘴唇。"俺们红三连还有二十三名战士，五个共产党员，二十三支步枪！"

大家才知道他的耳朵被震聋了。

小迷糊就蹲下来，用手指头在虚土上写了一个"郭"字。

"他，他负了重伤，抬下去了……"乔大夯嗓音嘎哑地说，"刚才敌人往下撂汽油弹，噗的一个，噗的一个，俺们身上都烧着了。他就领着俺们在地下滚。火没弄灭，敌人就上来了。他就跳起来，大喊了一声：'同志们，为朝鲜人民报仇的时候到啦！为祖国为毛主席增光的时候到啦！一三排掩护，二排的同志跟我冲啊！'说着，他顺手拎起一把小圆锹，就冲下去了……"

大家睁大眼睛听着，乔大夯又接着说：

"这时候，同志们就跳起来，跟着他冲下去。炮班的人，急得抱着六〇炮弹，也冲下去了。伤员们还没有绑扎好，把卫生员一推，就拖着白绷带冲下去了，卫生员也举着夹板冲下去了。我看见他们身上还呼呼地冒着红火苗，我就拼命地喊：'脱棉衣呀！脱棉衣呀！'他们也顾不得，就带着火扑到敌人群里。连长用小圆锹劈死了好几个敌人，最后负了重伤。我赶忙跑上去，把他的棉衣扒下来，他已经不省人事。我摸摸他的心口，还有热气，就把他背下来。指导员和副连长也牺牲了，我就喊：'同志们！不要慌，现在我代理连长！'……你看,这就是他劈死敌人的铁锹！"他指了指烧黑的地面上,一把沾满血迹的圆锹。

郭祥的负伤,使周仆的心头感到异常沉重。

接着,乔大夯告诉周仆:他已经把剩下来的战士们编成了两个班,一个班隐蔽在小山的侧后,一个班到前面山坡上抢运烈士的遗体去了。

周仆又握了握乔大夯硝烟染黑的大手,转向了小山的侧后。他们在炸弹坑里爬进爬出地走了一阵,看见陡峭的山壁上,挖了一排小洞。许多炸弹和炮弹不是落上山顶就是落在山下的大沟里,小洞并没有炸塌。他暗暗赞叹郭祥的精细。这里的十几个战士正在洞口擦枪,不知谁喊了一声"政委来了",就都纷纷跑过来。周仆看见他们每一个人的棉衣,都被烧得焦一片糊一片的,不少人的头上、臂上、腿上扎着绷带。他怀着无限的感动同他们一一握手。激战以后同志们、上下级的相聚,是多么令人激动啊！他们觉得面前的政委,就是他们在这世界上亲人中的亲人,或者说是一切亲人的化身。他们仿佛多少年没有见到政委,眼泪直在眼眶里打转。

终于有人忍不住了,那是小罗。

班长陈三斜了他一眼,意思是提醒他注意上下级之间的礼仪。

"怎么样,小罗？"周仆抚摩着他肩头上一块被燃烧弹烧过的地方,亲切地问,"还顶得住吗？"

"小罗这次可打得不错！"陈三夸奖说,"在节骨眼上,人家还提口号哩。南面的敌人上来的时候,有人慌了,他就立刻喊:'同志们,沉住气！不要忘记昨天那个朝鲜大嫂,不要忘记被活埋的孩子！'他这口号可真起了作用,同志们的火头子呼地又上来了,一个反冲锋,就把敌人砸下去了……看起来,不怕战斗经验少,就怕没有锻炼的勇气！"

周仆微笑地看了陈三一眼,心里说:"怪不得人家说陈三会做工作,你瞧他又抓紧我在这儿的机会,给他的战士打气哩!"

那小罗见班长当着上级表扬他,又感动又不好意思,挺挺腰板,严肃地说:

"请上级瞅着吧,我小罗一定要锻炼成红三连合格的战士!"

"好好。"周仆连声称赞说,"你的业余文艺工作是全团都知道的,你还要锻炼得能文能武!"

周仆又望着虎头虎脑的"小钢炮",见他头上缠着绷带,就笑着问:

"小钢炮,你怎么样?伤重不重?"

"不重不重!"小钢炮显出不屑一提的样子,"这伤简直没有一点价值!"

"怎么没有价值?"

"你看,我满心眼想打一辆坦克,急得满脑瓜子汗,也没找到下嘴的地方,还叫敌人推下来摔了一家伙!"

"小钢炮后来打死敌人不少!"陈三又见缝插针地鼓励他。

"到底打死多少敌人,我也记不得了。"小钢炮说,"我是个没心人。开头儿,我还记着数,准备给我妈写信,一打到热闹工夫,就统统忘了!"

周仆看同志们情绪很高,鼓励了大家几句,就转到了小山的前面。

走下山顶不远,他突然停住脚步。眼前出现的是一幅多么惊心动魄的景象啊!这就是刚才烈士们带着满身的火焰同敌人进行壮烈搏斗的地方!

在浅淡的暮色里,周仆看到烈士身上的棉衣,有一些余烬还在燃烧,断断续续地冒着<u>丝丝缕缕</u>的青烟。他们有人掐着敌人的脖子把敌人捺倒在地上;有人同敌人死死地抱着烧死在一起;有人紧紧地握着手榴弹,弹体上沾满了敌人的脑浆;有人的嘴里还衔着敌人的半块耳朵。附近还有几个六〇炮的弹坑,弹坑边躺着烈士,成堆的美国人倒在烈士的周围……

周仆再往下一望,从山腰到山脚,美国人遗弃的尸体,乱糟糟地盖住了整整一面山坡。尤其在那个山洼,那些戴着钢盔、穿着皮靴的长大而笨拙的尸体,密集得一个压着一个,一堆连着一堆。他们以各种各样的姿势,横七竖八地躺在积了很深的血水里。其中许多尸体,头冲北,脚朝南,看得出他们是遭到突然的反击惊慌后退中被击毙的。郭祥的"闸门",就是这样把那些远渡重洋的恶狼一批一批地砸死在这里,碰死在这里。看见这种情形,周仆真想大喊一声:杀人犯们!那些以侵略别人的国家、破坏别人的幸福为职业的杀人犯们,那些在手无寸铁的人民面前无比残忍而在战士面前胆小如鼠的卑劣的野兽们,你们认真地瞧瞧吧,这才是你们迟迟早早必然会得到的下场!

周仆站在山坡上,热血上涌,思绪翻腾。眼前仿佛又飞出火人的巨大身影,耳朵里仿佛又听到他们震天动地的呐喊。这些火人们,这些不知恐惧为何物的人们,他们究竟是一种什么样的部队,什么样的战士啊!他们是下凡的天神吗?不,他们不是天神,他们就是那些朴素得不能再朴素的战士,是同自己朝夕相处的战友和同志。然而,他们却的的确确像无畏的天神,也可以说他们就是为劳苦大众复仇的天神。世界上有任何一种反动力量,可以打败这样的部队吗?没有,过去没有,今后就更不会有,而是相反,它们终究要被这样的战士所打败!

周仆沉吟间,只听有人"哎"了一声。

他转眼巡视,只见一个抢运烈士遗体的战士,抱着烈士的头坐在地上,好像在低声哭泣的样子。他赶过去一看,是刘大顺,他低着头,眼泪像小泉水似的涌流下来。

"你,你怎么啦?"周仆忙问。

调皮骡子和其他战士也赶过来问:"你怎么啦,刘大顺?"

"断了……"他指了指烈士的手指,难受地说。

周仆一看,那位烈士紧紧地抱着敌人,嘴里衔着敌人半块耳朵。由于双手抱得过紧,分都分不开,以至于烈士的手指被掰断了。

周仆的心,不禁引起一阵酸辣辣的疼痛。在场的人,也都十分难过。停了一会儿,周仆才说:

"别难过啦,同志们。我们应该很好地向烈士学习。你看他们对敌人多么仇恨。对敌人不仇恨,或是恨得不够,就不会有真正的勇敢!……"

话是对大伙说的,可是刘大顺却觉得,政委仿佛是针对自己讲的。

"政委……"他并没有抬起头,"我,我想找你谈一次话。"

周仆亲切地说:

"我也早就想找你谈谈,可惜没有抓紧时间。……昨天在诉苦会上,我见你昏倒了,我知道你心里是很难过的。"

"我,我……政委,"他被政委的话所激动,流下了眼泪,话也说不成句了,"我越想越不该犯那样的错误;看看同志们,我觉得我够不上一个红三连的战士……"

周仆上前握着他的手,安慰他说:

"大顺同志,我们绝不会根据一时的表现,来断定一个同志的……大家还是快把烈士的遗体运到后边去吧,免得待会儿炮火再伤着他们。"

刘大顺恋恋不舍地撒开手,望望政委,眼睛里流露出一种坚决的与感激的神情。

周仆亲自用手理了理烈士的遗体,由刘大顺他们抬往后面去了。

随着夜色的降临,北面的战斗越发激烈起来。炮火的闪光,有如打闪一般,照得山谷一明一暗。红色的曳光弹在夜空里纵横交叉,来往飞驰。不一时,敌人的照明弹也打起来了,越打越多,照得山谷如同白昼一般明亮。夜航机也轰隆轰隆地出现在阵地的上空。

周仆回到山顶的时候,二连已经按照命令前来接防。三连的代理连长乔大夯,班长陈三和代理班长调皮骡子围着政委,要求把他们继续留在阵地上。

"让我们打到底吧,俺们红三连能坚决守住阵地!"乔大夯说。

周仆摆摆手说:

"你们已经很辛苦了,下去休息一下再说。"

"战斗还没结束呀,政委,我们怎么能下去哪?"陈三说,"这不是我个人的意见,我个人倒没什么,这是战士们的意见哪!"

"我们人少,顶一个排还不行吗?"调皮骡子也接上说。

"不行,这是命令!"周仆决断地说。

"俺们红三连……"乔大夯又要说他的红三连了。

小迷糊打断他的话,附在他耳朵上使劲地喊:

"政委说啰,这是命令!"

大家看政委脸色严峻,才不言语了。乔大夯慢腾腾地卸下刺刀,插在皮鞘里;又从地上拣起他们连长那把带血的圆锹,扛在肩上;迅速地整理了部队,带着二十二名战士,走下凸凹不平的阵地。

"真不愧是井冈山下来的连队!"

周仆自言自语地说,在炮火的闪光里,望着他们坚强的背影。

第十一章　追击

　　周仆向新上来的连队介绍了三连的经验,帮助做了动员,然后就回到指挥所里。

　　这次到三连去,一方面,使他受到强烈的感动,对自己的部队增强了高度的自信;一方面,也使他对陆希荣的可耻行为愈加愤慨。这个动摇怕死的家伙!几几乎使整个的战役行动落空,几几乎使数万的杀人犯从眼前溜掉。局面虽然挽救过来了,但却使部队遭到了多大的损失!带着未愈的战伤赶到鸭绿江边的团长,又再次负伤;遭受两面夹击的郭祥,至今生死未知;还有许许多多人,为他的行径付出生命和鲜血。想到这里,他真想把陆希荣叫来,痛骂他一顿,叫这个怕死鬼明白他犯下的是什么罪。

　　但是,他不能这样做,他是政治委员,他没有任性行事的权利,同时,紧张的战斗情况也不允许。他只好抑制住满腔的怒火,来策划当前的战斗。

　　这一夜,围歼战打得十分热闹。陷入包围的美军第九军的主力,包括美二师、美二十五师、骑一师一部和土耳其旅,拼命地抢夺有利阵地,企图混过这个难挨的长夜;而出现在公路两侧的我第二军和第三军,却利用这个难得的黑夜,大施身手,向敌人展开了猛烈的进攻。枪炮声,喊杀声,以及令敌人丧魂落魄的呜呜哇哇的小铜号,此起彼落,有如阵阵狂潮,在几十里长的山谷里回旋激荡。越来越多的汽车、坦克被击中起火,仿佛一条长长的火龙。周仆利用这个有利时机,命令本团的第二营、第三营立刻发起突击,集中力量歼灭由南向北增援的敌人。

至拂晓时,这部分增援的敌人,已被周仆的团队消灭在山谷里。整个的围歼战又打了一天一夜,已经歼灭了敌军的大部。枪声逐渐稀落下来。十一月三十日傍明,师长来了电话,说一部残敌正向西面安州方向逃窜,命令部队即刻转入追击。

周仆的团队即刻撤离阵地,沿着山沟小道向西北方向插过去了。

三连这时只有二十三个战斗力,加上司务长老模范所率领的八名炊事员,一名运输员,总共只有三十二人。但他们这支短短的小行列,在整个大队里,情绪仍然十分高涨。暂时代理连长的乔大夯,扛着一支步枪,一个劲地在前面传话:"三连,跟上!跟上!"

刘大顺今天特别显得与众不同。别的战士们穿的是焦一片煳一片的棉衣,他却在棉衣上套上了崭新的单军衣,脖子上围一条崭新的白毛巾,脚上也换上了崭新的球鞋。这双球鞋,同志们只在过年的时候看见他穿过一次,以后就收到小包袱里去了。他背上的背包也不见了,只背着一个炒面袋,一个水壶,一双新鞋。他的这身穿戴,无疑引起了同志们的注意。

"刘大顺,你的背包呢?"走在他后面的小罗问他。

"出发时候,我,我……找不到了。"他含含糊糊地说。

"你干吗穿这么新哪?"小钢炮也问。

"我,我……"他没有回答出来。

"说呀,大顺,"小钢炮开玩笑地说,"你是不是走亲戚去呀!"

刘大顺被大家问急了,板起脸,愣乎乎地说:

"我,我冷得慌!"

大家看他话音里露出不满,也就不往下问了。

调皮骡子瞪了小罗和小钢炮一眼,用教训口吻说:

"嗜,你们这些新兵蛋子!见什么都觉着稀罕。像这么简单的问题,你们动动脑筋不就明白了吗!"

在薄明的山路上,部队飞快地行进着。大约走出二十多里,就听见前面闹吵吵的,说有的连队已经抓到俘虏了。乔大夯怕他的"红三连"落后,带着人们一个劲地朝前钻。前面是一座四五百公尺高的大山,山头正罩在旭日的玫瑰色红光里。大家喘着粗气,拼命地向山顶上爬着。

快爬到山顶的时候,乔大夯让大家隐蔽在下面,自己先爬上山顶进行观察。太阳虽然出来了,但是早雾很大,山谷里白茫茫一片,背坡的积雪也有些晃眼,看了好大一阵子,才看见山脚下小树林附近有三个敌人,好像是坐在那里吃东西的样子。乔大夯叹了口气,咕咕哝哝自言自语地说:"追了半天,还不够塞牙缝子!……唉,抓几个就算几个吧!"

小罗、小钢炮和其他战士都纷纷嚷着说:

"我去!"

"我去!"

刘大顺看见这么多人来争,急得满脸通红,话也说不成句了:

"同……同志们!同……同志们!……"

一个将近三十岁的人了,因为嘴头笨,说不出来,竟急得像要哭出来的样子。

调皮骡子把头一歪,不满地说:

"哎,你们这些人,就不看看人家是什么心情!"

说着,他对乔大夯使了个眼色,把头向刘大顺一摆。

乔大夯会意,接着说:

"同志们别争了,还是把这个任务给了刘大顺吧!"

刘大顺用感激的眼光,望了调皮骡子和他们的代理连长一眼。

乔大夯对刘大顺说:

"大顺同志,我们在山上掩护你,你可要一定完成任务。"

说着,又派了两个新下班的炊事员跟上他。

刘大顺早已看好了接近敌人的道路,就带着两个新战士悄悄地钻进树林里。

这片松树林一直延伸到敌人左边。他们迅速隐蔽地穿行着,踏着积雪下了山坡。看看到了树林尽头,才发现离那三个敌人还有一段距离。那三个敌人正在那里坐着吃东西。有一个人仿佛吃完了,手一挥,把一个罐头盒子当啷啷地扔到旁边。刘大顺提着枪沉吟了一下。他想,如果贸然钻出树林,敌人发现,势必拼命逃跑,也就难得抓住活的。他再一看,敌人后面有一块一丈多高的大红石头。如果绕到大石头后面,从那儿突然出现,这几个家伙就跑不掉了。想到这里,他就吩咐那两个新战士就地停止,瞄好敌人;然后就向旁边悄悄地绕了过去。

他是一个老兵,利用地形地物异常熟练,一切坡坎、灌木丛、小坑小洼都成了他隐身的地方。不一时,就来到大石头后面。由于即将到手的胜利,使他的心兴奋得怦怦直跳。他想,即使你插上翅膀,也逃不出我的手心了。想到这里,他紧握着冲锋枪跃身而起,从大石头后边猛然跳了出去……

啊哈!哪知就在这一瞬间,面前出现了完全意想不到的情况。原来山坡上坐着二三百美国兵正在匆匆忙忙地用饭,一见他,发出一片惊喊声,乱哄哄地都站了起来。刘大顺一愣,正要开枪射击,他的枪口已经被一个满脸黄胡茬子的美国兵紧紧抓住。接着慌乱的敌人趋于镇定。他们发现,这个中国志愿兵只不过是一个人,于是发出一阵狂叫,拿着卡宾枪成扇面队形包围过来。

即将陷入重围的刘大顺,一看敌人要来捉他活的,心想,"我是共产党的兵,决不能当俘虏。今天就是死了,也要找几个垫背的!"说话间,他抽出手猛力地向敌人脸上挥了一拳,接着飞快地从腰里掏出一颗飞雷,一拉导火索就投在地上。他的意思本来是要与敌人同归于尽,没想到脚下是一面斜坡,那颗飞雷咕咕噜噜地滚了下去。接着"轰通"一声巨响,就像落下一颗大炮弹似的。黑烟起处,正在扑过来的敌人和那个满脸胡楂的家伙,不知道他使的是什么武器,掉过头乱吼乱叫地跑开了。

飞雷的浓烟一散,刘大顺看见敌人没命地乱哄哄地向前逃去,精神为之一振。心想:"今天我非削倒你几个不行!"就端着冲锋枪猛扫起来。那两个新战士也赶了上来,他们一面扫,一面追,一面喊:"兔崽子们!哪里跑!"紧紧跟着混乱的敌群,打得十分痛快。山上的同志们也纷纷开枪射击。这时敌人只嫌跑得慢,把身上的东西纷纷丢掉,卡宾枪也扔了。其中一个军官,皮带不知何时丢掉,用一根绳子串着手枪束在腰里。现在他也感到不便,一面跑一面将绳子解开,把手枪丢在地上。这时满地都是卡宾枪,刘大顺干脆把自己的冲锋枪往身后一背,随手捡起一支卡宾枪就打。子弹打完,往旁边一丢再换一支。打得真是万分高兴!心想:"哈哈,连子弹都替我压好啦!今天我就打个便宜枪吧!"

这些魂不附体的美国兵,虽然个大腿长,拼命猛跑,但他们平常都是坐汽车的,又穿着笨重的大皮靴,哪里有我们的战士行动迅速?不一时,刘大顺就插在了敌群中间。前面一股,后面一股,夹着刘大顺向前猛跑。刘大顺忽然一转念头:如果像这样追下去,还是难得抓住多少活的;说不定敌人还有跑掉的可能,不如先抓住一股再说。于是他陡然反过身来,大喝了一声:"站住!"接着朝天空"哗哗哗哗哗哗"地横扫了半梭子。后面那股敌人就纷纷地举起手来,在稻田里"噗通"、"噗通"地全跪倒了。有些人不知什么时候把皮靴也脱下扔了,光着两只脚。一个一个用充满恐惧的蓝眼睛,望着刘大顺,哆哆嗦嗦像筛糠一般抖个不住。

刘大顺巡视了一遍,见没有一个带枪的,就命令他们放下手来,跟他一起到山上去。但是他的话那些人一句也听不懂,还是高举着手跪在那里发抖。刘大顺没有办法,就走到俘虏身边,一个一个地往起拉,谁知拉起一个,他马上"噗通"一声又跪下了,两只手举得更高更规矩了。刘大顺忽然想起,挎包里还带着一沓子英语传单,也许能解决这个问题,就立刻掏出来往人群里一撒。那些俘虏唯恐发生误会,一只手捡起传单抖抖索索地看,另一只手还照样举着不放。看完传单,他们高兴了,恐惧情绪有了很大缓和,但是那些人仍然没有放下手站起来的样子。

"老天,这可怎么办哪!"刘大顺在肚子里咕哝了一句。如果这样下去,说不定还会出现什么意外。他左思右想,忽然灵机一动,想起自己还会一句朝鲜话,说一说看灵不灵。想到这里,他就比了一个投降动作,把帽檐冲后一歪,向东面山上一指,然后大喊了一声:

"巴利巴利卡①!"

谁知这句朝语倒收到了意外的效果,俘虏里有一个懂朝鲜话的,他向人们咕哝了几句,接着就跟着刘大顺喊起来:

"巴利巴利卡!巴利巴利卡!"

眼看着俘虏们呼噜呼噜地全站起来了。刘大顺心里真是惊喜莫名,想不到自己学会的一句朝鲜话,今天竟发挥了这样大的作用。于是他又兴奋地挥着手喊:"巴利巴利卡!"那位会朝语的美国

---

① 朝语:快快走。

兵,像特别表示友好似的,跟着刘大顺喊。刘大顺喊一句,他喊两句:"巴利巴利卡! 巴利巴利卡!"俘虏们就一个跟一个爬上了山坡。

刘大顺和两个新战士在旁边押着他们。他们一只手抓住灌木丛的枝条,另一只手还照旧举着。刘大顺虽然看着别扭,但又无可奈何。俘虏们一面向山上爬,一面偷偷瞅刘大顺,指指他腰里的飞雷,咕咕哝哝地议论着,意思是:好厉害的家伙! 他带的究竟是什么武器?

刘大顺注视着那个帮他喊"巴利巴利卡"的美国兵。他苍白而瘦弱,穿着破烂的呢子服,两只赤脚已经在石头上碰破了。刘大顺就把自己背着的一双新布鞋取出来,一挥手扔给了他。他用感激的眼光望了望刘大顺,穿上了新鞋,"巴利巴利卡"喊得更卖劲了,简直像俘虏群里的指挥官一般。俘虏们也走得更快了。

刘大顺在山顶上受到了人生难得的欢迎。同志们像是多少天没有见过他似的,都跑过来跳过来抢着跟他握手。这个说:"大顺同志,你这次可打得不错!"那个说:"大顺同志,你辛苦了!"刘大顺黑乎乎的方脸盘充满了笑意,连嘴也合不拢了,一连声地说:"没啥! 没啥! 好打! 好打! 这一回我算彻底摸着纸老虎的底了!"

同志们哄笑着。小钢炮本来吵嚷得最凶,可是他却敞着嗓子,制止别人:

"同志们! 我说同志们! 你们别嚷行不行啊? 你们让大顺同志多少歇一会儿行不行啊?"

小罗不知从哪里找来一件大衣,连忙铺在地上,不由分说地就把刘大顺捺到大衣上坐下了。

调皮骡子的脸上充满得意之色,他以刘大顺积极支持者的身份说:

"看,我这点预见性怎么样!"

乔大夯笑眯眯的,立刻把俘虏清点了一下,然后对两个战士说:

"快把俘虏送到营部,就说刘大顺同志活捉美国鬼子六十四名!"

"不不,"刘大顺急忙站起来,指着行列里一个黄脸皮高鼻梁的土耳其兵说,"我看这个不准是正牌的,咱还是向上报六十三吧!"

人们又哄笑起来。

这一天,各个连都抓到不少俘虏,只有极少数敌人逃到安州。

由清川江北撤回安州的所谓"联合国军"第一军,包括美军第二十四师、英军第二十七旅,以及李伪军第一师,也正由安州向平壤狼狈溃退。因此,周仆的团队没有得到休息,就继续向南追击。

这支敌军害怕遭到与美第九军同样的命运,逃跑得异常狼狈。他们抛弃了一切辎重,焚毁了自己的粮食仓库和军火仓库;汽油用完的汽车,引擎发生故障的坦克,都立即炸毁在路边;他们把大量的将要在圣诞节分发的包裹、邮件,也都投到火堆里。由于他们不断遭到我军的打击,不少汽车被打坏了,他们不得不一部分人乘车,一部分人步行。那些步行的士兵们,一见汽车、坦克,就狂喊乱叫地去追,想爬到汽车、坦克上去,不少人被轧死在公路上。还有许多人,为了走得快些,扔掉了自己的皮靴,随后,北朝鲜的严寒,又逼得他们不得不用破布片缠着他们的脚,这样反而使他们在冰冻的公路上走得更加艰难。他们之中,许许多多的人得了"吃惊病",只要有一声枪响,就会把他们吓得乱嚷乱叫,呜呜地大哭,发狂地乱跑。当他们被我军俘虏以后,还神志不清,只要有一点响动,就又哭喊起来:"共军! 共军!""中国军队! 中国军队!""我要回东京去!""我要回美国去!""我要回檀香山去!""我不要待在这可怕的地方！"

这就是美国人自称的，美国历史上空前未有的"黑暗时代"，或者叫做"黑暗的十二月"。

然而，就在这个"黑暗的十二月"里，他们对朝鲜人民残忍的烧杀，不仅没有放松，并且创造了"辉煌"的记录。他们为了把不得不退出的地方变成荒漠无人的地带，他们逼迫一切居民离开自己的房子，先把房子放火焚烧，然后把年轻的妇女运走，把其余的居民，用机关枪和卡宾枪杀死在田野里。那些为虎作伥的地主武装治安队们，还编出谎言恐吓人们："你们退不退？美国人就要往这里丢原子弹了！你们快到三八线以南过自由幸福的生活去吧！"当人们被逼着走出村庄不远，就死在猝不及防的枪声里。有谁能够计算出他们在这次撤退中究竟屠杀了多少善良的人民！在公路两侧，到处是尸体和鲜血，到处是灰烬和大火，向南追击的中国人民志愿军部队，就是这样踏着血泊，穿过大火向前疾进。

这天傍晚，三连路过一个较大的村镇，想找一个向导，可是一个人影也看不见。出得村来，看见前面一个小山头上白花花的，大家当做是一片没有融化的积雪，也不以为意。当前面的部队刚刚接近山头，霍地黑压压的一大片乌鸦飞了起来。大家心里蓦地一惊。走近一看，原来是被残杀的朝鲜人民的尸体，有老人，有妇女，有孩子，一个挨着一个，约有八九百人。不知道有多少战士在这里洒下了他们的眼泪。可是他们不能停下来，他们没有时间去掩埋他们。等部队一过，那一大片乌鸦在天空中打了几个旋子又黑压压地落在那个小山头上去了。战士们回头远望，看见这种情景，心里真像是刀绞一样。有不少的战士哭出声来。他们一面擦着眼泪，一面加快脚步，踏着敌人的坦克、汽车留下的印痕飞速前进。

可是，当大家正着急向前赶路的时候，三连发生了一件相当意外的事情:炊事班的傻五十躺下来不走了。他背着一口很大的行军锅,正正地横躺在公路上。

乔大夯来到他跟前说:

"傻五十,你怎么啦?"

傻五十闷着头不说话,还把脖子往旁边一扭。

"五十,有话你可说呀!"老模范说。

傻五十照旧一声不吭。

乔大夯感到急躁解决不了问题,亲切地说:

"你是不是病了,五十?"他有意去掉了那个"傻"字。

"我没有病!"他硬橛橛地冲出了一句。

"那你为啥不往前走哇?"

傻五十把脚子又扭到另一边去了。

"我知道啦,"老模范和颜悦色地说,"人家五十每天行军,一步也不掉队;到地方还要挑水做饭,也真够累的。来,这行军锅让我背着!"

老模范本来已经替别人背了两个背包,像个小驮子似的,现在他又来抓行军锅上的背带,傻五十把他一推:

"我自个儿会背嘛!"

调皮骡子赶过来说:

"你们怎么忘啦,一把钥匙开一把锁呀!看我来帮助你们动员动员,保准一说就灵!"

这傻五十,从小爹娘就去世了,一直在地主家里当小做活的。土地改革以后,分了地,还分了三间大北屋。就是因为缺个心眼儿,闺女们都不愿嫁他。可是傻五十着实地忠诚憨厚。村里动员参军,他第一个报名。他对这一点也很自豪,动不动就说:"我是翻身来的!"他一贯工作很好。但凡有什么不顺心的事儿,只要说给

他找个对象,就立刻乐得眉开眼笑,一天愁云都不见了。现在调皮骡子又想起这个办法,就往傻五十面前一蹲,有眉有眼地说:

"五十儿!依我看,他们说的都不对你的心坎儿。你一不是病,二不是累,就是有一桩不顺心的事儿。你干脆放心好了,俺们村有一个闺女,也是孤苦伶仃,从小就没了爹妈,托我给她说个婆家,说非要嫁个解放军不行。等打败美国鬼子,咱们回国的时候,我给你介绍介绍,你说行不?"

调皮骡子自料他的这番贴心话,其成功是毫无疑问的;哪知傻五十把眼一瞪:

"去!你这个臭调皮骡子!"

说过,他的脖子扭得更厉害了。

事情不单没有成功,调皮骡子上面还加上了一个"臭"字,这真是完全出人意料之外。

大家真不知道怎样才好。

直属队过来了。政委周仆从队伍里走出来问:

"什么事呀?"

人们纷纷说:

"五十,首长来了,你还不起来?"

傻五十欠欠身子,又不动了。

周仆带着笑弯下腰来,说:

"李五十同志!你心里有什么不痛快的事,给我说说,我来给你解决。"

"你诓我不?"他把脖子扭过来问。

周仆扑哧一声笑了,说:

"我是政委,诓人还行么?"

"我对乔大个有意见!"傻五十把脖子一梗。

"有什么意见哪?"

"我对老模范也有意见!"他又说。

乔大夯和老模范都愣了,想不到扣儿结在自己身上。

周仆连声说:

"好,好,对什么人有意见都可以提。"

傻五十把头仰起来,望着乔大夯质问:

"为啥你们有俘虏不让我抓?为啥你们不让我给朝鲜人民报仇?"

乔大夯解释道:

"这是你没有机会嘛!"

"五十,咱们在伙房也是为了革命啊!"老模范说。

傻五十挺挺腰板,坐起来:

"为啥让别的炊事员下班?就是不让俺去?俺是不是翻身来的?"

问题明白了:原来今天早上,乔大夯找老模范商量,为了加强战斗班,把伙房四个比较年轻的炊事员都调到班里。他直憋了一天气没有吭声,刚才看见被残杀的朝鲜人,就再也憋不住了。

至于说为什么没有要他去,自然因为他"缺个心眼儿",而这是无论如何也不能作为正面理由来解释的。因此大家都默然了。

周仆略微沉吟了一下,问了问炊事班确实不需要那样多的人,就说:

"好吧,李五十同志,你就到战斗班里去吧。你是'翻身来的',可要好好干哪!"

傻五十笑了,像成熟的石榴那样自自然然地咧开了嘴儿。

"刘大顺是解放来的,还抓了俘虏哩!我,我是翻身来的!"

他说着一跃而起,向政委打了一个敬礼。

"五十同志，"周仆又嘱咐说，"什么时候伙房需要调你回来，你可得服从组织分配呀！"

"行！行！"他慌慌张张地答应了一声，也不管众人，就背起大行军锅飞也似的追赶队伍去了。

周仆出神地望着傻五十背着大行军锅的背影，溶没在苍茫的暮色里。

周仆耳边，是一片欻欻的脚步声，有如横扫的急雨一般，向平壤方向急进。

第十二章　会师

一九五〇年十二月五日,周仆率领的团队进入了烟火弥漫的平壤城。

美国军队是在十月二十一日侵占这座城市的。在这一个半月的短短的时间里,他们做尽了一切坏事。他们抢走了这里的一切珍奇之物,作为出征的"纪念";他们在"接收"的一座大酿酒厂里大喝特喝,然后任意闯进住宅里去强奸妇女,行凶杀人;他们把朝鲜人拴在吉普车上活活地拖死,用开水把人活活地烫死,作为自己行乐的手段;他们用细长的卡宾枪子弹,使整个的城市泡在血水里……然后在他们撤离的时候,又纵火焚毁了这座闻名的东方古城。

整个城市都在燃烧。一栋栋的平房,在烈火里轰轰地倒塌着,楼房的窗口喷着长长的火舌。升腾的黑烟遮没了太阳。在街上追击的部队,灰烬在肩头上顷刻就落了一层。枪声还没有停下来,在燃烧的街道上,已经出现了一伙一伙欢迎的人群。市民们有的抬着木桶,有的顶着饭罐、菜盆,一面挥着热泪,一面向中国战士们欢呼致敬。

然而,战士们一步也不肯停,他们挥挥手来表示心中的谢意,又飞步追赶敌人去了。

大同江桥,也在烈火中燃烧着,战士们不顾一切地在钢架上爬行。

第二天薄暮时分,周仆率领的追击部队进抵沙里院附近。听

到前面十余里处的山谷里枪声大作,周仆心中诧异,急忙问团参谋长雷华:

"老雷,是不是别的部队插到咱们前面去了?"

"不大可能。"雷华边走边说,"咱们是全军的先头团,走得又不慢,谁的腿那么长呀!"

"那么,这枪声是怎么回事?"

"据我看,很可能是敌人自己发生了误会。"

周仆沉吟了一会儿,摇摇头说:

"也不大可能:第一,天还没黑,第二,敌人的通讯联络是很方便的……会不会是朝鲜的游击队同敌人接触?"

"游击队?战斗规模不会这样大。"雷华又说。

周仆点点头,承认雷华说的也有道理。他笑了一笑:

"不管怎么说,只要敌人肯把他的胶皮轮停上一停,就是好事。"

于是,他命令部队加快速度,向枪声响的地方驰进。

但是部队向前走了半个小时左右,前面的枪声渐渐疏落下来,又听不到了。

周仆实在纳闷。走在先头的二营来人报告,说在前面的公路上,发现了大批敌人,已经掉过头来,看来要对我军的追击行动进行反扑。

"这太好了!"周仆高兴得几乎喊出声来。心想,"你只要让我黏住,再跑就没有那么容易了。"随即命令部队就地停止,吩咐二营迅速抢占左近一座高山。自己同参谋长也急忙登山,准备仔细观察情况。

他们刚刚爬上山顶,前面已经接火,发出断断续续的枪声。

周仆在暮色苍茫中向前眺望,看见二营的一个连已经爬上那座较高的山头上去了；从公路上上来的敌人，也在抢同一座山头，由于朝鲜地势北高南低，才刚刚爬到半山。山顶上的火力哗哗地向下面倾泻着，阻挡着他们的前进。但是这股敌人显得很不寻常，他们在倾泻的弹雨里，丝毫没有害怕的样子，照旧沉着地勇敢地向山上猛扑过来。周仆越看越觉得不对劲儿，碰了碰雷华说：

"老雷，我看恐怕不是敌人吧？敌人哪有这样勇敢哪！"

"噢，不像，不像！"参谋长说。

周仆急忙向小迷糊要过望远镜，在朦胧的暮色里，看了好一会子，说：

"敌人怎么没有戴钢盔呀？"

雷华在望远镜里看了一会儿，也说：

"转盘枪！背的是转盘枪！"

"看准了吗？"

"看准了，看准了。"

周仆兴奋地说：

"老雷，你看是不是从南朝鲜撤回来的人民军哪？"

"唔，很有可能。"

于是，周仆立即命令司号员发出停止射击的号音，然后让旗手把团队的军旗在高山尖上竖立起来。

先头连的枪声停下来了。旗手站在山尖上高高地举着军旗。红色的军旗，好像一只将要展翅飞腾的红色的大鸟一般，翻舞在晚风里。

时间不大，对方的山头上，也出现了一支镶着蓝边的红旗，接着枪声也停止了。

"同志们！走！快看看他们去吧！"

周仆兴奋地喊了一声，带领人们飞快下山，赶到前面去了。

前面公路上一片欢腾。两支无产阶级的军队已经不分彼此不分行列地拥在一起。周仆看见人民军的战士们,还穿着夏季服装,由于长途跋涉,许多人鞋子破了,还有人打着赤脚。但是他们佩着肩章,背着转盘枪,依然是那么精神抖擞。他们狂热地拥抱着志愿军的战士;那些一向不习惯于拥抱的中国战士,也紧紧地拥抱着他们的战友们。"同志,你们辛苦啦!辛苦啦!""冬木,苏格哈斯米达!苏格哈斯米达!"①人群里传出无限深情的语声。由于他们彼此心情激动,语言不通,他们只能以自己的热泪来补充自己的语言。

周仆还没有走到人群里面,就有一个年轻的人民军战士紧紧地把他搂抱住了,嘴里说着他听不懂的话。周仆抱着他,看着他那年轻的脸,看着他那单薄的在山林里刮破的夏季服装,是多么的激动啊!他想对他说:亲爱的朝鲜同志!你们打了多少仗,吃了多少苦,走了多远的路啊!你们是多么勇敢啊!全世界都称赞你们是英雄的人民,你们的确是受之无愧的。你们遭受的一切艰难困苦,难道仅仅是为了自己的祖国吗?不,你们是为了整个东方,为了全世界进步人类的革命事业。周仆的眼泪也悄悄地流到那个年轻战士的肩头上去了。

正在这时,不知哪个人民军战士领着头喊了一句:

"中国共产党满塞!毛泽东满塞!"

人民军的战士们跟着大声呼喊起来。

周仆的心震动得更加厉害,他从那个战士的肩头上,举起手臂高呼着:

"朝鲜劳动党万岁!金日成将军万岁!"

---

① 朝语:辛苦。

他的战士们也跟着他喊起来了。

口号声此伏彼起,震动着山谷。两支语言不通的军队,在这两句口号里倾泻着自己的感情。

这时,人群里传来一阵纷乱的低语声,接着自动地闪开一条通路,有几个朝鲜人民军的军官挤了过来。联络员碰了碰周仆,低声地说:"人民军的师长过来了!"周仆抬头一望,为首的一位中年人,身材高大魁伟,红脸膛,褪色的呢制服上,佩着将军的军衔。周仆立刻迎上去,打了一个敬礼。

"是你呀,老周!"

将军握着他的手,惊喜地用汉语喊了一声。

周仆端详了一下,也惊喜地喊着:

"你!你是崔俊同志!"

两个人紧紧地拥抱起来。崔俊轻轻地拍着周仆的肩膀,充满激动地说:

"我的老战友!我的好同志!现在你们可来到啦!"

周仆也紧紧握着崔俊的手,激动地说:

"自从敌人在仁川登陆,同志们的心里都像着了火似的,恨不得飞到朝鲜战场……"

"周仆同志,这我是能够想象到的。"崔俊说,"从大邱、釜山北撤的时候,我就对同志们说:中国同志是会来的!他们不可能不来,不可能不动。果然时间不长,就听到了你们出国的消息。同志们都从内心里感谢你们,在最困难的时候,给了我们这样大的援助……"

"快别说这样的话了,崔俊同志。"周仆说,"你和许多朝鲜同志过去在中国,同我们一道吃苦菜,吃黑豆,难道是为了你们自己?我还记得你负伤的时候……"

"老周,别提这些旧事了。"崔俊打断他的话说,"事实会证明我们两国人民的友谊,是最深厚,最纯洁的友谊。让历史学家们去评价它们吧!"

战士们也都纷纷地围拢过来,来看这一对老战友的会面。

周仆转了话题说:

"崔俊同志,前面的情况怎么样?敌人跑出很远了么?"

"不远,刚才被我敲掉了一股。"

崔俊指了指远处的一大堆美国俘虏,豪迈地一笑。接着又用手指头敲着旁边一个人民军战士枪上的转盘,轻轻叹了口气,"可惜这个空了;不然的话,我看他们是跑不掉的……"

周仆命令参谋长通知部队准备继续前进。又紧握着崔俊的手说:

"你们这次北撤,恐怕遇见了不少困难!"

"困难?隔断在敌人后方,自然会有一些困难;"崔俊淡淡一笑,"可是敌人要想把我们吃掉,也不那么容易……我们已经在敌人后方,打了两个多月的游击,什么野草都吃遍了。就是缺乏子弹。这枪饿肚子比人饿肚子还叫人难受。只要补充些弹药,我们就可以立即投入大规模作战。"说到这里,他又微笑了一下,说:"周仆同志,要说困难,难道你们到这里作战会没有困难?不,不能没有困难,但现在不是谈困难的时候。"

周仆团队的战士们,这时纷纷从自己的背包上取下鞋来,还有人把少量的烟末,也倒出来分给人民军的战友们。但是人民军的战士们推让着不接受。志愿军的战士说:"同志,你辛苦啦!"人民军的战士就说:"你的辛苦,我的辛苦的没有。"人民军的战士绕着弯跑,志愿军的战士们就捧着鞋在后面追。周仆和崔俊看见这种情景都深受感动,战士们总是更加能体会到战士的困难。

周仆说：

"崔俊同志，你就让他们收下吧！"

"好，"崔俊欣然点头，转向大家用朝语说，"同志们，这是我们最亲密的战友，既然他们赠送你们，你们就谢谢他们吧！"

周仆乘崔俊讲话的时候，走到了小迷糊旁边，悄声地问：

"皮包里还有几包烟哪？"

"可能还有五包。"

"什么可能，到底还有几包？"

"五包。"

"通通拿出来，交给师长的警卫员。"

被称为"老保守"的小迷糊，这次异常慷慨，把五包"大生产"牌香烟一古脑取了出来。

崔俊眼尖，急忙拦住说：

"你要干什么，老周，烟我早就戒了。"

"不不，你那烟瘾是戒不掉的。"周仆嘻嘻一笑，"你还记得，反扫荡的时候，咱们俩一块在山洞里抽树叶吗？"

"你的记性真好！"崔俊也笑了，转过头对警卫员说，"那就收下来吧。"

周仆这个团的战士们，已经回到他们的行列里，又继续前进了。

周仆再一次紧紧握住崔俊的一双大手，说：

"再见吧，崔俊同志，以后我们见面的机会恐怕是很多的。"

"是的，我们很快就会赶上来的！"

崔俊也使劲握了握周仆的手，让他去了。但是周仆刚刚走出不远，崔俊又赶上去说：

"老周，你等一等。"

周仆停住脚步。崔俊说：

"我忘了问你,我熟悉的老战友,还有哪些来啦？你的老伙计呢,来了没有？"

"你说的是老邓吧？"

"对呀,我们的战斗英雄,他来了没有？"

"他还能不来？原来出国没有他,他伤没好就赶来了,前几天才负伤下去。"

"伤重不重？"崔俊关切地问。

周仆本来想说不轻,但临时又改口说："不……重。"

崔俊半晌不语,接着又问：

"洪川呢？他现在在哪里？"

"现在是我们的师长。"周仆看看表说,"一个小时以后,他就会赶到这里。"

"那太好了,我等着他。"

崔俊又挥挥手,叹口气说：

"老周,你去吧！老战友见面话总是说不完的……"

周仆随着部队走出很远,很远,还看见崔俊和他的衣着单薄的战士们站在那里,向他们不住地招手。他发现连续追击的战士们,不但不感到疲劳,步伐反而更加有力。他知道,一种新的力量,又注入到战士的心中。毫无疑问,两国军队的会师,使得我方的战斗力量更加强大了。

第十三章　另一个"围歼"

　　周仆所在的第五军追到海州郡以东地区,乘着十轮大卡车的敌人已经逃到三八线以南去了。兵团司令部考虑到徒步追击难以收效,遂下令停止追击。
　　东线部队在冰天雪地的长津湖畔的作战,也接近尾声。被围攻的美军第十军,遭受了惨重的伤亡,其残部逃到东海岸的连浦、兴南港地区,在大量的海空军掩护下,正狼狈地从海上逃跑。
　　轰轰烈烈的第二次战役结束了。这次战役,由于志愿军指战员的高度牺牲精神,取得了震撼世界的伟大胜利。东西两线我共歼敌军三万六千余人。其中美军两万四千余人。解放了朝鲜民主主义人民共和国的首都平壤以及北半部的广大土地,迫使敌军全部撤退到三八线以南,从进攻转入防御。特别是被隔断在敌后的朝鲜人民军与志愿军胜利会师,大大增强了我方的力量。战争的主动权,已经转入我方。全军上下都浸沉在极度兴奋的胜利的气氛里。
　　然而,在这胜利的喜悦里,周仆心中却总有一种隐隐约约的不快之感。这种情绪,随着战役的结束而更加明显了。他一遍又一遍地想着在缚龙里发生的事情。为什么在本团一个重要干部身上会发生那样严重的问题?如果当时不是团长和郭祥他们挽救了危局,阵地真的被敌人突破,那造成的会是什么局面哪!想到这里,心里越来越惦记邓军和郭祥的伤势,也越来越憎恶陆希荣,甚至一想起他那长长的个子都觉得可厌。

　　这天早晨,因为菜蔬困难,伙房给他炸了一盘辣椒下饭。本来是一番好意,谁知这盘辣椒往上一端,他的脸色就起了变化,瞅着辣椒半晌没有说话。

　　小迷糊还以为政委不喜欢吃,就解释说:

　　"就这还是找了半个村子才买来的哩!"

　　周仆哼了一声,拾起筷子懒洋洋地吃着。小迷糊哪里知道这盘辣椒触动了政委的心事,使他又想起了他的伙伴邓军。他胡乱吃过早饭,就给军后勤打电话,了解邓军和郭祥的伤势。军后勤回话说,他们的伤势很重,尤其郭祥仍处于昏迷状态。

　　周仆感到一种难忍的痛楚,本来预定明天召开的团党委会议,改在当天下午举行。

　　天又落起了大雪。刚刚过午,党委委员们已经冒雪先后来到。到会的有三营营长孙亮,二营教导员李芳亭,参谋长雷华,政治处主任马骏,组织股长崔国彬。一营教导员陈国发,也被扩大来列席会议。副团长没有到会,他在前几天就已被调往俘虏营管理俘虏去了。最后到来的是一营营长陆希荣,他脸色阴沉地挤在墙角里,装出一副故作镇静的样子。

　　孙亮带来了几包缴获的美国香烟,相当地活跃了会场的气氛。尽管他表现得十分大方,但仍不免最后被同志们"打了土豪"。大家盘着腿围在一起,热烈地谈叙着战役中一切有趣的事情。陆希荣局促不安地坐在一旁,觉得无话可说,即使插上两句话,别人也表现相当冷淡。他突然变得仿佛像一个陌生人一样坐在那里。而他的旁边却是一个热闹的、无比亲热的战斗家庭。

　　周仆竭力使自己的情绪与屋里的气氛相调和,但是他的脸色仍然显得严峻。

"政委谈谈形势吧,"孙亮活泼地说,"东线打得怎么样啊?"

"比我们这里可艰苦多喽!"周仆说,"昨天师长讲,东线部队出国太仓促了,还穿着长江以南的棉衣,戴着大檐帽,就投入了作战。那地方山又高,雪又大,零下三十多度。发生了许多冻伤。粮食也接济不上,大概有几天没有吃上饭。听说有的连队看见敌人逃跑干着急冲不上去,又冻又饿,有些班成散兵队形趴在雪地上起不来……可是就在这种条件下,还是在新兴里歼灭了美七师的一个团零两个营,把柳潭里、下竭隅里的美陆战第一师打成了残废。"

人们纷纷赞叹着。

"听说这陆战一师是敌人的王牌?"孙亮问。

"吹得凶!"周仆说,"美国人吹嘘,说这个师有一百七十五年建军的历史,曾经四次出国,从来没有打过败仗。还说,如果共军能打败这伙人,那么他们就赢得了朝鲜战争,甚至也许全世界的战争!……他们还吹,这个陆战师承认他们也许有一天会被打败,如果那一天太阳从西边出来的话……"

人们笑起来。

"我倒希望下次战役能碰碰它!"孙亮搓了搓手。

"下次战役?恐怕你碰不上它吧,"周仆笑了一笑,"听说它们被运到大邱、釜山休养去了。"

"这些可怜的家伙!"周仆接着说道,"在十几天以前,他们还把麦克阿瑟看做是穿军服的圣诞老人,还相信他的话,准备打到鸭绿江过圣诞节呢!"

"依我看,人家也部分地达到目的了。"孙亮慢条斯理地说,"好多人不是到碧潼俘虏营过圣诞节去了吗?"

人们又是一阵哄笑。

周仆看时间已到,就宣布会议开始。他简略谈了谈当前的形

势和工作,接着就转入正题,略略提高了声音说:

"今天的会议,主要是讨论陆希荣同志严重的右倾错误,和对他的处分问题。"

尽管会议的内容,早已通知了人们,但因为"严重右倾"这个字眼本身的分量,还是产生了一种少有的严肃气氛。顿时屋里一静,连雪花打着细格门窗的轻微的沙沙声,都能听见。

人们斜视着陆希荣,沉静了好几秒钟,眼睛里流露着鄙视、不满和愤怒的神情。

"这是党的会议!"终于陆希荣的脖子梗起来了,"我希望我们的党代表说话公正一些。"

周仆极力控制着自己,不使自己的行动和语言超出一个政治委员的身份。他勉强地笑了一下,放缓语调说:

"有什么不公正的地方,可以讲。"

政委出人意料的平静,使陆希荣感到几分慌乱;也因此更加激怒了他:

"我要求周政委客观地全面地来审查我陆希荣的历史。我陆希荣参加革命,不说身经百战,大小仗也打过几十次了,我要求一次一次地来审查我在战斗上的表现。我要求个别领导人不要急于下结论,不要夹杂任何个人的情绪……"

"好嘛,让我们就来首先研究一下你在缚龙里战斗中的表现。"周仆舍弃开陆希荣设置的重重障碍,平静地说。他好像是领导冲锋的班长,在对方重重的鹿砦、铁丝网的前面发现可以接近目标的地方。

陆希荣的手指不易觉察地抖动了一下。他用激愤的脸色掩饰着自己的慌乱。

"审查任何一次战斗都可以。"他大声地说,"缚龙里战斗,缚龙里以前的任何一次战斗,摩天岭战斗,南天门战斗,大小胡庄战斗,南北齐战斗,太原登城战斗都可以,如果能够说明我右倾怕死,我可以立刻把我的大功功臣的奖状交出来,也可以把它扯掉。"

"好好,大家来讨论吧。"周仆说,"陆希荣同志,据我看,不要说一张立功奖状,就是十张奖状也不能管一辈子……既然你不是右倾怕死,为什么临阵脱逃,把部队撤下来?"

陆希荣像被挤到墙角里似的,不得不面对这个问题。

"我要求上级认真地了解一下具体情况。"他说,"撤退?不错,是撤退了。但是在什么情况下发生的?是在敌人的坦克突破阵地之后,我才同部队一起撤下来的。在这种情况下,这个连不撤下来,就会被敌人消灭,就等于给敌人送礼。我不能不对战士的生命负责。我没有权力使战士的生命遭到无谓的牺牲。"

坐在陆希荣旁边的孙亮咳嗽了一声,这是他发言的信号。

"希荣同志,"他侧过脸瞅着陆希荣,"你说你要对战士的生命负责,那么,你为什么就不对三连,不对郭祥他们的生命负责呢?你说你的阵地被突破,你为什么就不想到全团的阵地被敌人突破?"

陆希荣受到猛力的一击,有些慌张,连声说:

"唉唉,老孙,你不了解实际情况嘛!"

孙亮斜了一营教导员一眼。这位教导员一直神色不安地坐在那里,脑子里像正进行着激烈的斗争。

"还是让陈国发同志讲讲吧,他是很了解具体情况的。"

大家都听得出来,这是孙亮有意将他一军。

"对对,老陈讲讲。"大家也跟着说。

陈国发感受到强大的压力,立时满脸通红,彷徨四顾,不知说什么好。

周仆实在看不下去,瞅着陈国发说:

"陈国发同志,你这自由主义可不是一天半天了!你对他的问题总是包着不讲,问题发展得这样严重,你要负一定的责任!"

"我我……我这不是准备讲嘛!"陈国发摊摊手,又胆怯地瞅了陆希荣一眼,"我也觉得他似乎有一点儿情绪不够太饱满……向缚龙里穿插的时候,路上他就说:'你看我们这些上级!要像这样用兵,不等打仗就拖死了。'到了缚龙里,大家一听说敌人还没有过去,都高兴得嗷嗷叫;可是他那脸色非常难看,我估摸着,他的思想是还不如敌人已经过去,在后面追一追更好一些……"

"老陈!"陆希荣愤怒地叫道,"大家是要你讲事实,并不是叫你来这里讲脸色,讲估摸!你怎么知道我有这种思想?"

"让人家讲下去嘛!"孙亮给陈国发助劲。

"事实?我后面有事实!"陈国发的声音也略略大了一点,显然陆希荣的质问某种程度激怒了他。"到了缚龙里,他虽然不高兴,还是向团里要求把我们营放在正面。我就想,他的战斗责任心究竟还是强的。谁知道团里真的批准了,他的脸色都变了。他悄悄跟我说:'老陈!这一回可是拖不过去了,我这一百多斤肯定要撂到这里了!'还说,还说:'我死了,我的家当都送给你,我的这块表,请你给我保存着,以后替我送给小杨,做一个最后的纪念。'……"

"老陈哪!老陈哪!"陆希荣一连声叫着,"我们可是老战友呀!我们在一块就伴儿可不是一天半天呀!你你你,你把这些开玩笑的话搬到党委会上,是什么意思?……再说,再说,我那些话正是表明我为革命牺牲的决心!我是说,就是扔掉这一百多斤,也要坚决地完成这个重要任务!"

听了陆希荣的一番话,陈国发又有些犹豫不决起来。周仆发现刚刚出现的突破口,眼看又被对方用感情的火网缝合在一处。

立刻说:

"老战友是崇高的称号,但是不能用它来藏垢纳污。越是老战友,就应该更加不讲情面,就应该讲得比别人更加深刻、更加彻底。不然,老战友还有什么意义呀! ……陈国发同志,你说对不对?"

"对,你讲得对。"陈国发低着头说,"我过去领会错了。我总是怕伤了感情,影响双方的关系,工作也不好搞。遇见事,我就想,老战友了,出生入死的不容易,哪里有那么多原则好讲,一天价摆着个政治面孔干啥?凡事不如大事化小,小事化了,你给上级讲了,他还得受批评,弄得双方都不好看。"

"哼,瞧瞧你这思想!"周仆瞅了他一眼,"你接着讲下去。"

一度动摇的战线又趋于稳定,陈国发恢复了勇气说:

"我们把部队带上阵地,我就发现营长把指挥所选得离前面太远了。我说,如果敌人的炮火切断了我们的联系,我们掌握不住部队的情况,是要犯错误的。他就说,'这不是打游击,这是近代化的战争!你还是考虑考虑你的政治工作去吧!'我怕影响两个人的关系,也就没有坚持。后来南边增援的敌人攻上来了,南北两面的炮火都打到我们的阵地上,他就钻在洞里不出来了;还悄悄对我说:'老陈哪,怎么办哪?你看两面的敌人都来夹击我们,就凭这稀稀拉拉几个步兵能顶得住吗?'我说,'守不住也得守,不然要犯严重的错误。'他就不言声了。接着,前面报告,敌人的坦克开始渡河。他又对我说:'老陈哪,你可要认真地考虑一下现在的形势。郭祥那人可是个滑头鬼,如果他要一撤,我们俩会要当俘虏的!'我怕争论起来,弄得双方都不愉快,就没有理他。不一时,又报告敌人的坦克冲过了河。前面的战斗十分激烈。我怕阵地有失,就坐不住了。我对他说,我到前边看看去,亲自去掌握一下。他就说:'那很好,我就在这里掌握全盘。'可是我还没有走到一连的阵地,就看见一连撤下来了,说是营长让他们撤下来的……据我估摸,他开头想让我先说出来后撤的话,好让我跟他一块儿分担责任;我没有同意。后来,他觉着一个人跑下去错误太明显了,就传下了后撤的命令。据我后来了解,前面战士们已经打退了敌人一次冲锋,守得是很好的。"

这时,陆希荣的眼睛里射出一种类似仇恨的凶光,看了陈国发好几秒钟,然后低下头去。

"随你去说!对一个同志的错误任意扩大,是不会有人相信的。"他喃喃地说。

陈国发涨红着脸,不满地说:

"我夸大你的错误了吗?有些事我还没有说哩。一次战役,二连连长不按照预定的路线撤退,也是向你请示过的。"

周仆惊奇地问:

"二连连长不是承认是自己的责任吗?"

"不是这样,政委,"陈国发说,"当时敌人的炮火封锁了山口,二连连长就向他请示,可不可以向旁边撤退,他就点了头。事后政治处下来调查,他怕暴露,就悄悄找到二连连长说:'你先把责任承担起来,我保证不让你受处分!要不咱们俩都得挨批,事情就不好办了。'二连连长受了处分,才知道上了当,跟我偷偷地讲了……"

"通讯员不是说,他下了制止撤退的命令吗?"

"那也是假的,都是他布置的。"

周仆长长地叹了口气,用烟斗冲着陆希荣一指:

"唉!老陆,你瞧瞧你这叫什么作风!"

孙亮挺挺身板儿,瞧着陈国发说:

"有一件怪事儿,我想问问。传说陆希荣同志,一听说出国就缝了一个大白被单子,据说是专门防原子弹用的,到底有没有这样的事儿?"

问题提得令人吃惊,顿时引起一阵轻微的骚动。

"说呀,老陈,有没有这样的事儿?"人们纷纷追问。

"我,我这不是准备说嘛!"陈国发又胆怯地看了陆希荣一眼,低着头说,"是在出国头一天让房东做的。"

屋子里发出一阵沉重的叹息声和嘲笑声。

陆希荣满脸通红,接着像一头狮子似的暴怒了。

"这是造谣!这是诽谤!"他叫喊起来,"不错,我是做了一条白被单;但是,陈国发同志,你怎么能证明我是害怕原子弹呢?"

"你,你你……"陈国发一时急得说不出话来,"你说,这回打仗可跟以前不一样了,美国人是很可能要丢原子弹的……你还劝我也做一条。"

陆希荣几乎要站起来的样子,声音越来越大了:

"陈国发同志!我有什么对不起你的地方?你对我有意见的话,你可以明讲嘛,为什么要起害人之心呢?你的话不是歪曲、扩大,就是你估摸着,你怎么能用自己不很干净的心理来估摸别人呢?你这些估摸的话,有谁相信呢?不要说别人,首先咱们英明的周政委就不会相信,我们的孙营长、李教导员以及在座的每一个同志都是不会相信的……"

"陆希荣!你老实一点!"周仆厉声说,"你不要在党的会议上玩弄旧社会的一套。"他本来并没有准备这时候发言,可是陆希荣刚才的丑相实在引起他深深的厌恶。"依你说,陈国发同志把你估摸错了,照我看,他还没有认清你的本质。依你说,陈国发同志起了害人之心,照我看,有害人之心的是你!一点不错,是你!"他用手向陆希荣一指。

"有什么事实?"陆希荣抗声地说。

"你听我讲。"周仆说,"第一,出国不久,你三番五次地跟我们讲,郭祥同志勾引小杨,要挖你的'墙脚'。要我们开展对郭祥的斗争。我后来问小杨,知道你完全是无中生有,陷害同志;第二,清川江北岸的战斗,你继续在火线上打击报复,企图借刀杀人,来达到你陷害郭祥的目的;第三,就是这次缚龙里战斗,你私自下令后撤,不但是出于你的右倾保命,而且同样有一个不可告人的目的,你想让郭祥腹背受敌,被敌人消灭……我看,你还是把这种丑恶的个人主义思想,右倾怕死的思想,向同志们作个交待吧!"

陆希荣脸色煞白,浑身发抖,连嘴唇都哆嗦起来。

这沉重的打击,激起了他的狂怒。他陡然间站起来,哆哆嗦嗦解着胸前的纽扣,然后猛地把衣襟扯开,露出他的伤疤。

"好哇,你个周仆!"他狂怒地指着自己的伤疤,"我问你,这是不是个人主义?这是不是右倾怕死?"他接着又弯下腰去挽自己的裤腿,指着另一块伤疤,"我再问你,这些伤疤是不是狼叼的?狗啃的?我对人民的贡献,不单全团知道,全师知道,全军都知道,连兵团司令他都知道!今天你朝我的头上倒屎罐子,你想把我陆希荣搞臭,这是办不到的!我再告诉你一句:这是办不到的!"

他气昂昂地大步跨到门口,把门咔的一声拉开,立刻冲进来一股寒气,雪花也飘进来了。他又回过头说:

"我早就把你看透啦!你一不懂军事,二不懂政治,你就是专门靠整人吃饭。你不是组织这批人整那批人,就是组织那批人整这批人。你就用这种手段打击别人,抬高自己,来树立你的威信。你看哪个同志多少露一点头儿,在上级面前比你吃得开,在群众面前比你威信高,你就拼命地打击他,好把你显出来。你一贯居心不良,你唯恐天下不乱,你把我们团整个党的生活搅得乌烟瘴气!我今天对在座的所有同志都没有意见,就是对你周仆有意见!你今天成心打击我,我正式告诉你:我不参加你组织的会议!"

说着,他探身拿起一只棉鞋,扑打着雪花,就要离开会场。

"陆希荣同志!你给我回来!"周仆充满威严地喊道,"你蔑视党的会议是不允许的。"

陆希荣拿着棉鞋刚要穿,迟疑了一下。

周仆继续响亮地说道:

"你退出会场,只能说明你害怕真理,害怕揭露你的问题。如果你还有一点党的观念,如果你对在座的同志还有一点点尊重,你就不应该出现这种行动!"

政治处主任马骏也激怒了:

"陆希荣同志,不管怎么讲,你这种行动是错误的!"

"坐下嘛,有话慢慢讲嘛!"一向老成持重的二营教导员李芳亭说。

"坐下!坐下!"大家纷纷地说。

在陆希荣迟疑的一刹那,孙亮机灵地站起来,咔哒一声,关起了那扇细格窗门。他拍了拍陆希荣的肩膀说:

"老伙计!坐下吧,这可是党的会议呀!"

陆希荣走又不是,回又不是,犹豫片刻,只好尴尬地回到原来的位子坐下来。

"我向同志们郑重声明,"他为了掩饰自己的尴尬,立刻来了个急转弯,放低声音说,"我并不是蔑视党的会议,蔑视在座的同志,也不是害怕揭露我的问题……我确实是对政委个人有意见,当然我刚才的冲动是不对的。"

"这种人,总忘不了耍花招!"周仆心中暗笑,"一个个人主义者,即使是一个有才能的人,也是多么愚蠢哪!"

"好嘛,那很好嘛!"大家纷纷趁坡下驴地说。

陆希荣突然察觉,那只沾着雪花的棉鞋还在手上,一时不知放在哪里才好。陈国发接过来,给他放到门外。

战线总算又趋于稳定。

"我刚才也未免着急了一些。"周仆暗暗检查道,"这种会议,还要耐心,再耐心才是!"

"希荣同志,"他把语调放缓和了许多,"你过去的功绩,同志们是不会否认的;但是你入朝以来的右倾保命,也是事实。我们不能用功绩掩盖错误,用优点抹杀缺点。还要很好地挖出问题的根子:为什么你过去勇敢现在勇敢不起来啦?为什么你的战斗意志衰退了?只有挖出根子,虚心改正,才能解决问题。每个同志都要动动脑子,帮助希荣同志找找这个根子是在什么地方。"

他的语调虽然和缓,事实上是发出了新的战斗号召。就好比一个打开突破口的指挥员,又指挥他的部队进入纵深战斗,向着最强固而又最隐蔽的核心堡垒接近。

"还是让陈国发同志多谈谈吧!"孙亮提议。

"哼,这家伙对我倒抓得紧!"陈国发心里咕哝了一句,不满地看了孙亮一眼。

"对,对。"大家也响应说。

"我,我这不是正准备说嘛!"陈国发带着几分焦躁回答;而心里却想,"唉,说就说吧,反正我们的关系也保持不住了。"

"我思谋着,他的斗志到了解放战争末期就似乎起了变化。"他沉吟了一阵,慢腾腾地试探着说,"眼看全国快胜利了,他的变化就越明显了。有一次,他从医院养伤回来,我说,'你回来得太好啦,新的战役快开始啦,我们又在一起就伴儿啦。'他就叹了口气说:'老陈哪!你算算你是我的第几个教导员哪!第五个啦!我怕陪你陪不到底啦。'我说,'别说泄气话了,你看全国眼看就解放了。'

他就扒开衣服,让我看他过去的伤口。他说:'老陈,你数一数这伤,有多少处了?每一次都是差这么一点儿!下一次,就是打不住致命的地方,我也顶不住了。血流得太多了!我现在一听枪响,脑瓜仁就苏苏地痛。你瞧一个战役要死多少人哪!'我就说,快别说这话了,要是让同志们听见,不开展你的斗争才怪!……"

"你你,这是什么时候的事情?"陆希荣眨眨眼,装出异常惊讶的样子。

"太原战役以前。"陈国发说。

"这就不对了!"陆希荣冷笑了一声,"如果我抱定这种思想,咱们营能够先登城吗?上级给我记的大功是错误的决定吗?我的指挥位置比你靠前得多吧?"

"那你是有自己的企图。"陈国发也有些急了。

"什么企图?"

"你自己知道。"

"我不知道,你说。"

"那时候,团里缺参谋长。你……"

"你这是纯粹的诬蔑!"

"不,是你自己讲的。"

"我?我说什么?"

"你你,你说:'老陈,打完仗,我恐怕要到团里工作去喽!'我说:'有消息吗?'你说:'这还不明显!你把几个营长比一下嘛!'那时候,你的情绪呼噜一下子高涨起来。你还说:'老陈哪!好好干哪!沙锅子捣蒜,一锤子买卖呀!'……"

大家几乎同时冷冷地望了陆希荣一眼。

陆希荣把头往旁边一扭,悻悻地说:

"看,几句玩笑话,今天都成了原则问题!"

周仆示意陈国发,继续讲下去。陈国发说:

"打下太原,他一看提拔的不是他,当团参谋长的是三营长雷华同志,本营的副营长孙亮同志也到三营当了营长,他的情绪就唿噜一下子又下来了。他抱着上级发下来的提升命令发呆了,坐在那里总看了有两个钟头。那天,太原城里锣鼓喧天,大街上的老百姓扭着秧歌欢庆解放;他一个人买了两瓶酒,喝得醺醺大醉,还搂着我的脖子说:'老陈哪! 老陈哪! 我的前途完啦!'我说:'老陆,你看全国的形势多好,革命都快胜利啦,怎么能说没有前途?'他说:'革命有前途,个人没前途哇!……过去打仗,不能说我不勇敢吧;工作方面不能说我不积极吧;这次攻城,第一个打开突破口的是谁? 上次打姚家寨,第一个登上城墙的是谁? 不说别的,单说我缴获的轻重机枪,一个房子也盛不下。可是革命给我的是啥? 我个人得到的是啥? 现在全国快解放了,革命也成功了,农民得到了土地,工人改善了生活,连那些不革命、反革命的人都当起大官来了,我得到了什么呢? 连一个老婆都没捞着! 我得到的就是这么一身伤疤,一身臭汗! 这不成了革命不如不革命,不革命不如反革命么? 这不是革命有前途,个人没前途么?……'我忙说,'快别说了,叫战士听见影响多不好啊! 你这不是从个人主义立场看问题吗?'他把眼一翻:'老陈哪! 你也来给我上政治课了,别说漂亮话打官腔吧,谁能够没有一点儿个人主义? 没有个人打算的人是没有的!'我就说:'算了,算了,等你思想搞通就好了。'他就大声说:'我一辈子也搞不通! 我躺在棺材里也搞不通! 为什么提拔别人不提拔我? 上次没有,这次又没有! 雷华是什么东西,我哪一点比不上他! 你说是德的方面,才的方面,资的方面,大家可以摊开来,逐点逐条地比嘛! 哈哈,他现在爬到我的头上去了。还有孙亮,过去我一直领导他,我当排长的时候,他还在家端着大黑碗喝白粥哩,我当连长的时候,才不过是我们连小鬼班的班长,现在也跟我一般齐了。周仆当排长,比我早不了几天,现在人家是团政委了。某某和我是同一期军校的同学,当时也并不怎么突出,现在是师长了。跟我的几个通讯员,现在都是连级干部了,再打一两仗,说不定还赶过我去哩。老陈哪!我辛辛苦苦地闹革命,打了十年仗,我现在算是个什么呀?我的前途在哪里呀?……'我当时看他情绪很坏,就说,'你这些意见,如果不好意思提,我可以帮你提提。'他马上说:'那可绝对不能提,你只要提一个字,他们就会说你是个人主义!'……"

"陈国发!"陆希荣尖锐地质问道,"一个同志酒后说了几句可能不太妥当的话,能不能拿到党委会上作为批判材料?"

"你平时也说过的。"陈国发说,"你还说过你有一个'十年计划'?"

"什么十年计划?"大家惊奇地问。

"他平时很佩服咱们兵团的齐司令员,说他二十七八岁就当了师长。他说:'按我这份才能,你看我多大岁数上能当师长?'我说我判断不出来,他说:'按我的计划,我不希望超过这个年龄。'"

人们几乎笑出声来,有人嘲弄地说:

"这个计划不是没有完成吗?"

"是呀,"陈国发说,"他自己就讲:'我今年已经快三十岁了,已经超过齐司令做师级干部的年龄两三年了,连团级也不是,还有什么干头?我觉得一点精神劲也提不起来了。我这点革命性就像是用完了似的。'……"

人们忍不住笑起来了。陆希荣又羞又恼,悻悻地说:

"大家可以想想嘛!上级的干部政策是不是没有一点问题?!"

"当然有问题啰!"参谋长雷华涨红着脸说,"上级专门提一些

'不是东西'的人,却不提那些盖世无双的才子!叫我看问题大啦!"

周仆严肃地瞅了雷华一眼,带着批评的意味。意思是:不要在党的会议上讲反话,这会有损于一个党委委员的风度。

他又示意陈国发继续讲下去。陈国发说:

"自从解放大西北,咱们住在杨柳镇,他同一个皮毛商人关系特别亲热。他经常到那个商人家里,同他的女儿、姨太太喝酒、打牌……"

"什么?你说什么?"周仆一惊。

"他经常到商人家里喝酒、打牌。"陈国发又重复说。

"你说清楚一些!"陆希荣愤怒地叫道,"并不是我要去,是人家三番五次地请我。人家对咱解放军那样热情,我们应该冷冷淡淡吗?这是一个军民关系问题,党的影响问题,政策纪律问题。再说,打牌只是随便地玩玩,并没有赌钱。你要向上级谈清楚些!"

"是,我是要谈清楚。"陈国发也强硬地说,"他们还送给他一对绣花枕头,一个上面绣着'甜蜜之梦',一个上面绣着'祝君晚安'。都是商人的女儿亲手绣的。他们还结了干亲……"

"什么?什么干亲?"周仆追问。

"商人有个一个多月的小孙子,拜他作了干爹。他同商人的女儿平常都是哥哥妹妹相称。叫得可热乎着哪!……他准备结婚买的那些东西,钱都是从商人那里借的。"

周仆气得脸都变了,沉了半晌才咬着牙说:

"陈国发,你真可以说是个自由主义的典型了。他同资产阶级发生了这样密切的关系,你都没有讲呀!"

"我看,不能说这个人是一般的资产阶级。"陆希荣立即反驳说,"人家原来也是劳动出身,因为遭了天灾,从山西逃到西北,开头用两个肩膀挑东西,每天挣得还不够吃哩!以后摇拨浪鼓儿,卖布头儿,人家的家产是这么一点一滴积起来的。"

"这浑家伙,立场已经完全变了!"周仆愤怒地咬咬嘴唇,没有冲出口来。

"从这以后,他的思想变得更厉害了。"陈国发继续说道,"有一回,他跟我说:'老陈,我过去太傻了,现在我对一切都看透了。古人说,富贵于我如浮云,弄个一官半职又值得几何!人一辈子归根结底还不是吃一点儿,喝一点儿,痛快一点儿。只要有一个好老婆,一个温暖的小家庭,手头稍许宽裕些,风吹不着,雨打不着,日子过得平平妥妥,不要老是打仗流血,也就很不错了。像人家潘掌柜的,不是照样生活得很快活吗?'此后,他的思想就完全集中到组织小家庭的上头去了。他还说,小杨长得不错,就是太土气了;那个商人的女儿很大方,可又不太漂亮。要是两个人的条件结合起来有多好啊!……"

陈国发说到这儿,又痛切地检讨了自己的自由主义的错误。随后大家展开了批评,几乎每个人都谈到过去对于陆希荣的认识是很不够的。

孙亮对陆希荣的批评特别尖锐、猛烈,最后还说:

"我想对团的领导同志提点意见。"

周仆把一个烟蒂撕碎,装到烟斗里,正要擦火,停住了。

"陆希荣同志的问题发展得这样严重,我看团的领导也要负一定的责任。"孙亮极其坦率地说,"过去团的领导对他是一贯地迁就,只有表扬,很少批评。总认为他特别能干,说他'军事来得,政治也来得';群众也夸他是'才子',是'司令员兼政委的材料儿',他自己也就不知道吃几碗干饭了。实际上,他的工作很漂浮,他能把准备干的工作,汇报是已经做的,说得头头是道,天花乱坠;他也能把已经做过的工作,向你请示做法,来表示对上级的尊重。可是团里也不检查就相信了。我们提出意见还说我们不虚心!我希望领导上以后接受这种教训,别再把干部给惯坏了。"

"这一炮开得好。"周仆心中想道;一面点起烟斗,对着孙亮微微一笑。

随后讨论了对陆希荣的处分问题。孙亮、雷华、马骏都主张开除党籍,李芳亭、崔国彬主张留党察看。最后,周仆做了总结发言。他早已把烟斗灌得满满的,做了充分准备。

"关于陆希荣同志的问题,同志们谈了很多,我不准备多讲了。"他竭力使自己的发言保持平静的语调。"我认为,他的问题是十分严重的。他已经由极端的个人主义发展到了严重的立场动摇。"周仆观察了一下大家的脸色,看对自己的结论有无异议,然后又接着说:"在胜利前夕,在党的七届二中全会上,毛主席曾经指出,我们之中的一些人,会被资产阶级的糖衣炮弹击败。据我看,陆希荣就是第一批被这种糖衣炮弹击中的一个……"他本来想说"一个可怜虫",但话到了嘴边,又觉得不合一个党委书记的身份,就把那个词删略去了。他又用分析的语气说:"为什么呢?为什么他会被击中呢?这就因为他本身具有浓厚的个人主义。"他转脸向着陆希荣说:"陆荣同志,我们并不否认你有一定的才能,也不否认你过去的功绩,但是你有一个最根本的也是最起码的问题没有得到解决,这就是你参加革命究竟是为了什么。是为全世界劳动人民的解放呢,或者是为了把自己造就成一个'伟大人物'?是全心全意为人民服务呢,或者是为了向人民索取优厚的报酬?根据刚才揭发的材料,我看你的动机是不纯的。我们需要告诉你,参加革命不是经商,不是放高利贷,不是把自己放入银行收取利息!假如有谁抱定这样的目的参加革命,那他是肯定达不到目的的……

我希望你要好好地考虑!"

"关于对你的处分……"周仆说到这里沉吟了一阵,脑海里引起了一阵斗争。一个声音说:"开除他!开除他!一个多么令人憎恶的家伙!"另一个声音却说:"要慎重!要按党的精神办事!只要有一线可能,就要给他以自新之路!"这时,他又唯恐人们看出他的犹豫,便划了一根火柴,慢腾腾地燃着熄灭了的烟斗,然后才说:"我看还是留党察看为好。"

周仆的话音未落,就听陆希荣怒冲冲地喊了一声:

"我不同意!我不同意!"

大家一看,陆希荣面孔抽搐着,再一次地狂怒了。他站起身来,大声地说:

"周仆!今天你组织的会议,完全是造谣、诬蔑和打击人的会议!我要到上级党委去控告你!"

他说着,咔的一声把门拉开,蹬上鞋子,头也不回地去了。

屋子里霎时又冲进来一股寒气,雪花在门外已经积起了很厚一层。

"哼,我看还是开除的好!"孙亮愤怒地叫。

"不,还是留党察看。"周仆在地上乓乓地磕着烟灰……

第十四章　在亲人心里

好消息亲人知道得最早,坏消息亲人知道得最迟。

陆希荣犯错误的事,后方医院很快就传开了,杨雪却蒙在鼓里。在一次偶然的机会里,她才知道。

医院设在德川以南几条偏僻狭窄的山沟里。汽车开不进来。她同伙伴们每天夜里到沟口的公路上接收伤员。担架少,伤员多,杨雪自恃体力强健,常常背着伤员向山沟里运送。

那些负伤的战士们,真有一股硬劲。尽管深夜的寒气和卡车的颠簸使他们的伤口疼痛难禁,也不愿一个女同志来背负自己。可是杨雪有杨雪的办法,她的头发一向剪得很短,在执行任务的时候,就通通塞到帽檐里,再加上她的个儿稍高,这样就把许多战士瞒过去了。当别的女护士还在公路上同伤员们争执的时候,杨雪早就走到前面去了。

前方的伤员下来得越来越多,杨雪也就越发挂念陆希荣,挂念前方的战斗。尽管她的性格泼辣大胆,也还是害怕打听消息会受到同伴们的嘲笑。一次,她背着伤员走到半路上,看看前后无人,才问:

"同志,你是哪个单位的?"

伤员听出背他的是个女同志,在她背上不自在地动了一下,说:

"十三师,三十七团的。"

"哪个营的?"

"同志,我下来走吧,我的伤并不重啊!"

"不不,"杨雪继续问,"你是哪个营的?"

"一营红三连的。"

"真巧!"杨雪的心扑通了一下,又问:

"你们……你们连打得不错吧?"

"我们打退了敌人十五次冲锋,生把几万敌人给卡住了。"他的声音充满着兴奋。

"你们……连长打得怎么样?"她本来想说"营长",到了嘴边又改口了。

"嘿,真是难比!"他带着无限敬佩的口气。

"营长呢?"

"一个大熊包!"战士气愤地骂道。

"什么?你说什么?"

"要不是他贪生怕死,我或许不会负伤哩!"

伤员很气愤,把他们受夹击的情形简要地说了一遍。

杨雪像被石子绊了一下似的,打了个趔趄,步子慢下来。

"同志,让我下来走吧!"伤员以为她走不动了。

"不,不。"杨雪艰难地迈着脚步。

听到亲人的丑事,真比自己劈头挨了两记耳光还要难受。但接着她又想:这可能吗?这个一向在战斗上表现很好的人,有可能做出这样丢人的事吗?一个战士在战场上看到的有限,事情未必会是这样。

"刚才说的情况,是你亲眼看到的吗?"

"我到了绑扎所,同志们都这样说。"

"这就对了,"杨雪带有批驳的意味,"自己没有弄清,还是不要乱讲的好。"

"怎么,你认识我们营长吗?"

"我,我……不认识。"她含含糊糊地说。

这个出人意料的消息,给杨雪带来深深的震动。尽管她设想了许多理由来否定它,还是不能驱除心情上的不安。她迫不及待地想证实事情的真相。

拂晓时,她听说郭祥也负伤到医院里来了,就急忙跑去看他。

郭祥被安置在九号病房——山沟最里面的一间农舍里。杨雪轻轻推开房门,看见地下躺着五六个伤号,一个女护士正在厨房间里给他们烧水。那些伤员都是在前方绑扎所临时急救后就抬下来的,血衣也没有换,冻得邦硬。蒙着的小绿被子上结着一层霜花。杨雪看见郭祥闭着眼挨墙躺着,连被子也没有,只盖着一件大衣。头上缠着厚厚的绷带,脸色蜡黄。棉军裤被烧得焦煳一片,露出发黑的棉花。一双黑胶底棉鞋,鞋带系得紧紧的,鞋底上沾满了血泥,好像是在血水里蹚过似的。杨雪轻轻地揭开大衣,看见郭祥只穿着运动员的背心,臂上也裹着伤。下肢又是一片一片的烧伤。杨雪看见自己所熟悉的人,自己少年时的伙伴,伤得这样重,止不住心里难过。她不忍心叫醒他,轻轻地给他盖好,然后帮他去脱沾满血泥的鞋子。

鞋子刚脱下一只,郭祥睁开了眼睛,茫然地望着她,说:

"小牛,你为什么还在这里?"

"嘎子,我是小杨。"杨雪凑近他说。

"我问你,你为什么还在这里?"他的脸色充满怒容,"我要你给团首长报告情况,你为什么还待在这里?说!你是不是害怕?"

旁边烧水的女护士插嘴说:

"郭连长,这是你的老乡看你来了。"

"快去,没什么道理好讲!"他的臂膀动了一动,没有抬得起来,"你快去告诉首长:我们决不能给祖国,给毛主席丢脸!我们红三连的阵地是守得住的!……南面的阵地丢了,敌人要夹击我们,问题不大!据我看,问题不大!让他们来吧,来吧,我有办法对付!来得越多越好,我要让他们通通碰死在这里!你告诉首长,我用党性保证!……"

"嘎子哥,你,你真的不认识我啦?"杨雪的眼里涌出泪水。

"不要开玩笑,快去!"郭祥镇着脸说,"有手榴弹的话抬几筐来!……其他的意见,对营长的意见,以后再提……"

杨雪心中一跳,忙问:

"你对他有什么意见哪?"

"意见?当然有意见!"他满脸怒容地说,"我什么也不提,这不是提意见的时候!……"

其他几个伤员,都被惊醒了,纷纷说:

"以后再谈吧,他的伤很重啊!"

女护士也对杨雪说:

"班长,等会儿换了药再来看他吧,送伤员的说,他头上还有弹片没有取出来呢!"

杨雪不听。等郭祥睡熟,又去给他脱另一只沾满血泥的鞋子。鞋子脱去,袜子却扒不下来,原来郭祥的脚早冻肿了,用手一摸,冰凉冰凉。杨雪坐下来,毫不犹豫地解开怀,把郭祥的两只冻脚紧紧地抱在胸前,用棉衣严严实实地捂住。不知是由于感动,还是由于对少年朋友的怜惜,或者是一种隐隐约约的未经证实的羞愧,她的泪扑簌簌地洒在胸前的棉衣上……

但是,她仍然不能相信,不愿相信,也不敢相信自己的未婚夫真的犯了那种可怕的错误。假若那是一件真实的事情,那是多么可怕呀！她甚至想都不敢想了。

野战医院的工作,是十分繁重和困难的。那些年轻的女孩子们,白天在病房里值班,夜间要到公路上去接收伤员。还要挤出时间,到山上砍柴给伤员烧火取暖,砸开冰冻的溪流给伤员洗绷带和血衣。每天只能轮流睡上三四个小时。杨雪是争强好胜的人,又是一个班长,样样不愿落后,休息的时间就更少了。但即使在这样忙碌和劳累中,这个恼人的问题,还是像黏在脑膜上似的不能驱掉。而且她明显感到,在这以前,但凡提起前方,提起战斗,人们,尤其是她的女伴们,总是少不了提起陆希荣给她开几句玩笑;而现在却表示出明显的冷淡,或者故意从话题中避开。这也不能不使她的心里增添了难受。

几天以后,有人告诉她,邓军团长也负伤到医院里来了,住在另一个所里,只隔着一个山梁。她决定抽空去看看他。

这天,杨雪照顾伤员们吃过午饭,就一路小跑爬过山梁。她踏着积雪一边走一边张望,看见山坳坳里有一座孤独的茅屋,有三两株乌黑的松树盘着屋顶。小玲子正背向着她,猫着腰儿在山坡上劈劈柴呢。

要搁平时,杨雪一定会悄悄地扑上去,给他开个玩笑;可是现在一点这样的心思也没有了。她蔫蔫唧唧地走到小玲子身边。

小玲子的斧头被劈柴夹住了,累得他满头冒着热气,没有转过身就说:

"小杨,你先屋里去吧,我马上就完。"

"你怎么知道是我来啦?"杨雪笑着说。

小玲子直到把那根劈柴挣开,才直起腰来,笑着说:

"嘿,你在山梁上走着,我就看出是你。……怎么啦?你比前些时可瘦多啦!"

杨雪轻轻地叹了口气,向屋子里一指说:

"他……伤重不重?"

"炮弹皮已经取出来了,好多了。"

杨雪脱了黑胶棉鞋,露出一双半旧的绿线袜,轻轻地推开门走了进去。

炕上放着一个火盆。邓军的枕头垫得高高的,正躺在那儿静静地看书。

"小杨来啦!"他掩起书,微微一笑。

杨雪把火盆朝邓军那边移了移,盘着腿坐下来。她打量了邓军一眼,看见他那严峻的黑脸,比以前更加消瘦了。

"又负伤了,出国还不到一个月呢!"她心疼地说。

"这也是件好事,连过去没有取出的炮弹皮子都取出来了!"他满意地笑了一笑,"他们还要把我送回国去!别人在这里能治,我就不能治?我这命比别人就那么值钱?现在还不是治了?……哼,我知道他们的计划!"

"你说的是谁呀?"

"谁?还不是军首长他们!他们老想叫我住院。你别看这条鸭绿江,过去容易,要再过来可就难啰!"

他收住笑,细细地打量了杨雪一眼,说:

"小杨,你怎么瘦得这么厉害?"

"我死我活,你们别管!"杨雪把脖子一扭。

"干吗这么大的气呀?"

"你说说你们对别人的关心表现在什么地方?……我问你,老陆在前方到底怎么样了?他到底是不是犯了错误?"

邓军脸色沉重,半响没有说话。

"有就是有,没有就是没有。我不希望你们瞒我……"杨雪的眼睛含着泪花。

话虽这样说,但杨雪却在内心里希望邓军的回答是否定的。她像等待判决一样睁着大大的眼睛望着邓军。

邓军叹了一口长气,说:

"小杨,我觉得实在对不住你!……过去我看错这个人了!"

杨雪的脸立时变得煞白,手也在火盆上瑟瑟地发抖。

"唉,真正认识一个人,不容易呀!"邓军无限感慨地说,"过去,我只看重了他才的方面。只看重了他能说会道。只看了他一些表面现象……没有想到他是这样一个人,几乎害了我们全军。我不仅对不住你,也对不住党,对不住革命。我回到前方,要向同志们检讨我的错误……"

杨雪最迫切知道的问题,已经得到了回答。杨雪最害怕证实的问题,也终于得到了证实。她再也控制不住自己的感情,她觉得屈辱,难过,她想在这里大哭一场,又怕正在隔壁屋烧火的小玲子嘲笑,就两只手捂着脸,推开房门,匆忙地蹬上鞋子跑出去了……

邓军、小玲子都没有喊住她。她一直向山梁上跑去。她爬过山梁,看看四外无人,才坐在一块石头上嘤嘤地哭泣起来。

世界上那些没有出息的男人,为自己的亲人带来多少这样屈辱的眼泪啊!

杨雪哭了足足有一个小时,心里惦记快到了给伤员打水的时间,就急忙收住眼泪,系好鞋带,站起来向山下走去。她蹲在小溪边,从冰窟窿里掏了两捧水洗了洗脸,拢拢乱发,在水里照了照,才装作没有发生任何事情的样子,回到病房。

杨雪虽然工作照常,但精神上却起了显著的变化。她话说得少了,而且变得不敢看人。她处处怀疑伙伴们在嘲笑自己。三十七团的战友们谈起缚龙里战斗,她也觉得是有意地议论她,讥讽她。她平常那种爱说爱笑爱逗的风度,也像落叶一样不知道被吹向什么地方去了。

几天以后,她终于病倒了,发着高烧。她同陆希荣前前后后的事情,好像演电影片子似的在眼前重现。她几十次几百次地向自己提出同一个问题:为什么自己一向认为很好的人,会发生这样的丑事?在脑子里,一时出现的是一个崇高的、可爱的、聪明能干的形象,一时出现的却是一个卑琐的、可耻的、丑恶的形象,仿佛这两者结合不到一起似的。她开始搜索他们认识以来记忆中的每一件事情,从新的角度上来思索它的含义。她把她平时绝对不愿考虑的甚至带有反感的同志们的反映,也重新思考。思想上渐渐露出一线光亮。陆希荣的个人英雄主义的面貌渐渐地清晰起来了。她觉得一切都是由于自己筑起了一道感情的帐幕,才把那些丑恶的自私的东西掩盖起来。是的,这是一道多么可怕的帐幕啊!有了这道帐幕,自己不但看不出坏的,而且把坏的也看成是美好的。她回想起入朝前夕,陆希荣竟丝毫不考虑自己入朝的热情和心愿,要求在入朝之前的三天时间里结婚,他表现得是多么自私!这件事她本来在当时就不满意,但是接着自己就为他辩护:他是为了爱自己才这样做的。她又想起,她同郭祥一起就伴回队,也引起他很大怀疑,这本来使自己感到不快,但是接着自己也以同样的理由为他找到合理的解释。她还想起今年夏天他从南方回来,笑嘻嘻地送给她一张照片,照片上的陆希荣竟穿着皇帝的龙袍。她当时十分生气,就把这张照片撕了。但过后自己又为他解释,这不过是一时的玩笑。现在平心一想,在陆希荣的内心深处:考虑的是人民的利益么?是无产阶级的利益么?不,不,考虑的是他个人。可是这一切都被个人情感的帐幕掩盖住了。现在才看清楚:在他那堂皇的外表下,掩盖着一个多么卑鄙丑恶的灵魂!想到这里,她深深地痛恨自己……

在翻腾的思绪中,母亲的面容也浮现在自己的面前。她想起回家的第一个夜晚,她曾在母亲的耳边透露了自己的婚事。当时母亲的反应就是冷淡的。母亲曾经明明白白地告诉她:这人不老实。可是她当时是多么的反感哪!母亲老早就告诫过她:"你的婚姻我不管,随你自己。可是我告诉你,我们家是一个革命家庭,你要找一个跟穷人不一心的人,找一个嘎渣子回来,你不要登我这个门!"可是看看现在,自己找的不正是一个跟穷人不一心的嘎渣子吗?我的母亲是一个革命的母亲,英雄的母亲,我是她的女儿,从小就跟着党闹革命,难道我能够同一个资产阶级的个人主义者在一起生活么?我能同这样贪生怕死的家伙在一起白头到老吗?不,不能,不能,不能!我要立刻同他一刀两断!……

她决定立刻给他写信。屋子里墙上挂着一盏小小的油灯,半明半暗。女伴们因为劳累一天,睡得很熟。她看了看那只嘀嘀嗒嗒的马蹄表,已经五点多了,再过一个多小时值夜班的同志就回来了。她鼓了鼓劲,挣扎着身子坐起来,披上衣服。深夜的寒气,从挂着的雨布缝隙里吹进来,使她咳嗽了一阵。她从墙上取下那盏小油灯,放在枕头附近,然后又拿过军用挎包,打算取出几张纸来。她首先一摸,摸出自己保存的一大沓陆希荣的信件,又一摸,摸出一本信笺,也是陆希荣买来送给她的。过去她都是当做珍品保存,今天却使她起了一种深深的厌恶之感。甚至不愿用手指去触动它。她立刻拉开厨房的隔扇门,把那些东西在灯头上点着,投到灶洞里去了。她守住灶洞门直等那些信件烧尽,才从挎包里取出自己用白报纸订的小本子,伏在枕头上写信。……她那支金星钢笔是多么不好用啊,一点点墨水也早已冻住,需要不断地呵气。她写了又撕,撕了又写,扯下了十几张纸来,才把那封信写成。写成以后,想了一想,又在信封后面写了"请军邮同志速送快交"几个大字,然后,小心地用手绢擦去因偶然不慎洒到信封上的两滴眼泪,才装到衣袋里,准备一早寄发。

这时,天色已近拂晓。敌人的夜航机,还在时远时近地嗡嗡着。杨雪正要准备躺下,忽然听见一阵轰轰隆隆的爆炸声,把小小的灯头也震熄了。她揭开雨布推开房门一望,只见南面一片火光。看样子轰炸点正在沟口的公路上。杨雪心里一惊,一定是送伤员的卡车到得晚了,被发现了目标。她急忙穿衣,准备前去抢救。衣服还未穿好,就听外面响起了急促的哨音,随后是看护长的喊声:"集合!集合!快到公路上救人去!"等护士们起身的时候,杨雪已经在厨房里喝了半瓢凉水,把短发通通塞在帽檐里,向着火光冲天的地方跑去……

第十五章　琴声

郭祥施行手术后的第三天,渐渐清醒过来了。

担任特殊护理的小刘,显得格外轻松愉快。早晨一面给郭祥喂饭,一面喋喋不休地数说着他几天来处于昏迷状态中的"笑料"。

"嘎子连长,"她笑吟吟地说,"你知道你把我当成谁啦?"

"当成谁啦?"郭祥笑着问。

"你把我当成你们的团政委啦。"她哧哧地笑着说,"你还举起拳头喊:报告政委,我一定坚决地完成任务!我们红三连是不含糊的!……想想看,你是不是这么说的?"

"你怕是胡编的吧?"

"你问问别人哪!"小刘朝别的伤员扫了一眼,又说,"你再想想,你把小杨当成谁啦?"

"当成谁啦?"

"你呀,你把她当成你的通讯员啦。人家给你脱鞋,你逼着人家去团部报告。人家说,我是小杨,你就说,知道,我知道你是小牛!你要不马上走,我把你毙在这儿!"

郭祥不好意思地笑了一笑。

"咱们所长也来看你了,你想想你把他当成谁啦?"小刘又笑着说,"你把他当成美国鬼儿啦。人家来慰问你,你喊着:你上!你上!我一铁锹劈死你!"

小刘绘声绘色地说着,还举起汤匙猛地朝下一劈,逗得别的伤员也笑起来。郭祥也像孩子一般羞涩地笑了。

小刘把落到眉眼上的一缕短发掠到耳边,又说:

"现在说起来怪逗笑的,可当时就像怀里揣着二十五个小老鼠,真是百爪挠心哪!给你输血的时候,差点儿没把人急死!咱们这个护士班,血型不是 A 型的,就是 B 型的,再不就是 AB 型的,一查你的血型是 O 型的,把人们都快急哭啦。咱们小杨的泪蛋子,一个跟着一个乒乒地掉。她的血型是 AB 型的,她说:'我这没出息的,真是个天生的剥削阶级呀!到真正需要我的时候就没用了。'文工团的一个女同志也来给你献血,一查是 O 型的,就是血管太细,像是跟针头捉迷藏似的,把人家也给急哭啦!……"

"我到底输的是谁的血呀?"郭祥忙问。

"谁的?就是她的呀!"小刘说,"人家给你输了二百 CC。抽到一百 CC,她的脸色就变白了。医生说:'停停吧,你支持得住么?'她满不在乎地把头一摇,笑眯眯地说:'你是看我这血管太保守吧,医生,你别看我这血管细,血并不少。再说,这血是给谁的?是献给一个英雄的。我的血能够流在英雄的血管里,跟英雄的血流在一块儿,真是我最大的愉快!'瞧人家文艺工作者,也真叫会说,咱就是有这个感情,也表达不出来呀!"

"她叫什么?"郭祥深受感动地问。

"她叫徐芳。"小刘说,"人家是个提琴手。歌也唱得好听着呢!乍一听,那嗓门就像广播里的。"

"唉,"郭祥叹了口气,难受地说,"人家是个女同志,怎么能让她输这么多血呢!"

郭祥把手伸在面前,久久地望着,好像要辨认出那个女同志的鲜血,是怎样在他体内流动似的。小刘送到他嘴边的一匙米汤,他也忘记喝了。

"小刘,你能把她找来么?我想看看她。"

"行行,"小刘一口答应着,"你快喝完,我马上去。"

小刘打发伤员们吃完饭,拾掇了屋子,就跑出去了。不一时,就回来说:

"稍待一会儿就来,她正在三病房给同志们拉小提琴呢。"

郭祥只好耐心等着。他觉得等了好长时间,才听门外有一个非常清脆悦耳而又有些稚嫩的声音说:

"小刘,倒是谁找我呀?"

"快进来看看就知道了。"小刘笑着说。

在照满阳光的细格窗门上,出现了一个戴着军帽、身材苗条的女孩子的身影。

接着窗门呱哒一声,随着一股新鲜而凉爽的空气,进来了一个脸色鲜红、眼睛乌亮的女孩子。她梳着双辫,背着一把提琴。蓝色的大头皮靴上,沾了一圈积雪。

她微笑着,用乌亮乌亮的眼睛看了大家一眼。

屋子里出现了一刹那的静寂,这个美丽的女孩子的到来,仿佛使屋子里增添了某种欢悦的可是又不安的气氛。连郭祥这个一向活泼的、无拘无束的洋相鬼,也不知道从哪说起了。

"你,你是徐芳同志吧?"郭祥结结巴巴地说。

"你,你是嘎子连长吧?"徐芳学着他的口吻顽皮地说。一面伸出冻得红红的冰凉的小手去跟他握手。

屋子里的人们都笑起来。

郭祥没有料到,这位姑娘初次乍见,就跟他开了个小小的玩笑。

郭祥等她坐定,又结结巴巴地说:

"我非常感谢你……听说,你给我输血的时候,脸都变白了……我……"

"是谁说的?"她用那乌亮的眼睛翻了小刘一眼,"小刘,准是你说的,我什么时候脸变白了?"

"你,你当时……"

徐芳立刻打断她的话,对郭祥说:

"你别听她胡嘞。我这么大一个人,抽这么一丁点儿血就变色了?……我要是个男的,打仗负了伤,我还要你们给我输血呢!可是……唉,"她长长地叹了口气,"我要是睡了一宿觉,忽然间变成一个男的有多好哇!在那炮火连天的地方,同敌人一枪一刀地干,该多有意思!就是负了伤也多有趣呀!当然,当然,我又想,也别一上战场就打中我最重要的地方……"

人们哄地笑起来。郭祥笑得嘎嘎的,因为震得伤口发疼,皱了皱眉头。

"笑什么!"徐芳认真地说,"坦白嘛,有什么说什么嘛!"

小刘笑得眼泪都流出来了,上气不接下气地说:

"还,还打仗哪!……连臭袜子都不洗,穿脏了就往被子底下一掖;衬衣扣子掉了也不缝,也这么往怀里一掖;鞋穿脏了也不刷,去穿别人的鞋子。你要说她,她就那么对你扑哧一笑……"

"你别揭人家的老底了。"徐芳也不由地笑着说,"人家不是正在改造着嘛!"

屋子里充满了欢愉的活跃的气氛。刚才那种男女之间的拘谨状态,已经被这位天真活泼的姑娘给打破了。

郭祥恢复了常态,说话也不眼望着别处了。

"小徐,"他改变了称呼,"你是咱军文工团的么?"

"是呀!"

"我怎么没见你演过戏呢!"

"我是搞音乐的。"徐芳拍拍搁在腿上的提琴,"有时候,偶尔演一下。要我演姑娘,行;要我演媳妇儿,我就不干!"

"这是为什么呢?"郭祥笑着问。

"反正我就是不干。"她沉着脸儿,用乌亮的眼睛望着大家,"为什么我非得给人家当老婆呢?"

人们又笑起来了。

"小徐,"郭祥带着笑问,"你是什么时候参军的?"

"你瞧我像个新兵蛋子,对吧?"她瞅着郭祥。

"不不,不是这个意思;"郭祥连忙改口说,"我是问你怎么参军的!"

"说起参军,可逗人呢!"她兴致勃勃地说,"我是去年十月一参军的。你知道这是什么日子?"她咪咪一笑,"看,你们猜不到!这还是我十六岁的生日。听说国庆节定在这一天,可把我乐坏了,乐得我一跳八丈高,还在妈妈的床上打了好几个滚儿。你看多巧!多有意思!我们的祖国新生啦,我也新生啦,碰到一块儿啦!上午,我在天安门前面游行,看见毛主席把红旗升起来,许多老同志,许多解放军都兴奋得掉泪啦。我想这新中国的到来,恐怕是非常非常不容易的,我也就跟着哭啦。我拿着一束紫色的西番莲,我的小泪点子就洒在西番莲上。我望着毛主席,高高地举起花跳起脚欢呼着,很想把我的这朵小花举到天安门上,举到他的胸前。我一个劲地喊:'共产党万岁!毛主席万岁!'我的声音非常大,连我自己听起来都觉着奇怪,好像不是我自己的声音似的。下午回到家里,把花裙子脱了,想休息一会儿,一点也睡不着,心情还是那么激动。我想,就在今天,我一定要做一件不平凡的事情,应当是最美好最有意义的。就在这天半夜,我悄悄地离开家,参加了咱们的军队……我的参军经过,要简单说呢,就是这样;如果你们不讨厌,我还可以说详细点儿。"她嘻嘻一笑。

"你说,你说。"郭祥连忙应声。

"说吧!"其他几个伤员也兴致勃勃地说。

"这可从哪儿说起呢,"她低头一笑,望着她的小提琴,"好,就从这儿说起吧……你们猜,我小时候,在这世界上最喜欢的是什么?猜不着吧,我最喜爱的,就是好听的声音。文学我也爱,美术我也爱,一切好看的风景,好看的色彩我都爱,可是比较起来,我最喜欢的,还是好听的声音。各种各样好听的乐器不必说了,就是自然界的声音,也让我特别动心。我爱听春天早晨布谷鸟叫,我爱听黄昏时候小河哗哗哗哗的流水声,晌午的时候,一只蝈蝈在庄稼地里也叫得特别有味,夜里起了大雾,我爱听大杨树上一整夜噗嗒嗒,噗嗒嗒地向下滴水。我还爱听那高空的风声,盛夏的雷声,黄河的波涛声,暴风雨来临以前天空中轰轰隆隆的响声。我觉得它们特别叫人振奋。清明时节孩子们吹起柳哨,呜呜咩咩,乡村过年,用高粱秆儿做成的谷穗,风一吹,劈里劈崩乱响,我都觉着特别迷人。真是的,我觉着没有一种好听的声音,不叫我喜爱的。我听见这些声音,就入了迷,能站在那儿听好半天。我妈总说:'傻孩子,你傻呆呆地站在那里干什么?'她不知道,这些声音已经悄悄地钻到我心里去啦。我总傻想着,如果一个写曲的人,能把这些声音都写进音乐里该有多好。也许我将来能把这些写进去吧。在乐器里面,各种乐器,大鼓,小锣,管子,二胡,各种琴类,我没有一样不爱。要是比较起来,我最喜欢的要算小提琴了。为了买一把小提琴,我哭了三十六次,才到了手。因为我父亲死了以后,家里很不富裕,买一把好提琴,要好多钱哪。我买到小提琴那几天,夜里连觉都不愿睡了,整半夜拉着它,早晨醒来,发觉我还抱着它睡呢。我在学校里简直是混日子,那些乱七八糟的功课,一点儿也听不进去,一天到晚想着我的提琴。这都是解放以前的事情。解放以后,咱们军的文工团到我们学校演出,你不知道我当时瞧着他们多羡慕呀!特别是那些女同志,穿着军衣,梳着双辫,在马路上咔咔一走,多神气呀!她们把我的魂儿都勾了去了。我就三天两头去找她们。她们还听了我的演奏。她们说我拉得不错,很有才能,就是内容不好,只是一派田园牧歌,既没有旧中国人民的苦难,更没有人民的斗争。她们说我还不懂得生活,不懂得革命。她们给我讲了许多英雄故事,许多她们在前线上的活动,还给我抄了许多革命歌曲。一下子给我打开了一个新的世界。我拉着那些革命歌曲,革命英雄们的形象像高高的山峰一样出现在我的面前。我从聂耳、星海的曲子里,像真的听到了黄河的涛声,战斗的炮火和千军万马的呐喊。我想着,什么时候我也像这些女同志一样,在炮火连天的战场上,同我们的英雄们在一起战斗,一起前进啊!这才真正是人生最有价值的事情。那些女同志参军的时候,不正是我这样的年龄吗!我为什么就不能这样呢?这个念头一产生,就再也去不掉了。可是同我妈妈一谈,妈妈却不同意,这样一直拖到我刚才说的十月一这天。这天晚上,我像着了魔似的,再也抑制不住了,我决定用最大的努力来说服妈妈。谁知道跟妈妈一提,妈妈哭啦,她说我爸爸死后,她带我长大是如何如何地不容易。我看不能说服她,灵机一动,就说:'妈妈,你放心吧,我不去也就是了。'她说:'好,这样才是好孩子呢。'到了半夜,我怕她没有完全睡熟,就故意地咳嗽了两声,听听没有一点动静,我这个'好孩子',才轻手轻脚地起来,就像小耗子似的,悄悄地从墙上取下小提琴,背在身上走了。一直走出胡同口,我才回过头来,鞠了一个躬,说了两声:'再见吧,妈妈!再见吧,妈妈!'……"

"不简单!不简单!"郭祥又是赞赏又是鼓励地说。

一个伤员指指她腿上的提琴,插嘴问道:

"这就是你带出来的那把提琴吗?"

"是呀!"她用手抚摸了一下已经破旧了的黑皮琴套,又接着说,"要说决心哪,不能说没有;要说锻炼哪,可就差得太远太远了,简直等于零。这次抗美援朝,我的情绪真是高极了。我坐在鸭绿江边,望着滚滚江水,我想啊,想啊,在那过去的年代,中国的革命英雄们,中国的劳苦大众,创造了多少震天动地的革命业绩!只要一想起这些,我的心就像我的琴弦一样颤动不停。我想,我为什么出生得那么迟呢?为什么我不早几年赶上那轰轰烈烈的战斗呢?我究竟是块钢铁还是一块废渣呢?现在好了,伟大的战斗到来了,一个最好的锻炼考验的机会到来了。我一定要锻炼,要考验,要同英雄们一道前进。我一定要把自己锻炼成为一块钢铁,哪怕不是第一等的优质钢也好,但是绝对不能成为一块废渣。我坐在鸭绿江边,听着对岸的炸弹声,看着对岸的火光,我甚至想到我和我的小提琴一起倒在血泊里,可是小徐芳不是在血泊中悲伤而是在血泊中微笑。唉,唉,你简直不能想象我激动到什么程度!就在这种心情下,我给母亲写了一封信,还附了一首小诗……"

"什么诗呀?"郭祥有兴致地问。

"算啦,算啦,说这干什么!"徐芳低下头哧哧一笑,有点害臊的样子。

"说一说嘛!"伤员们催问。

"你们可不要笑!要笑我就不说了。"

"念一念看!"

"一共也就是那么四句儿。"

徐芳非常不好意思地慢腾腾地念道:

"身为中华女儿,
来到朝鲜战场,
一旦壮烈牺牲,
且莫哀怨悲伤。"

徐芳念过,把头一低,笑着说:
"看你们这些人,多臊人哪!"
"诗写得不错嘛!"大家笑着说。
"什么不错呀,"徐芳说,"倒闯出祸来了。我妈接到信,就哭起来。她老人家不看这个'一旦',只看这个'牺牲',还跑到天桥找到张铁嘴去算了一卦。你看,这完全是没有意料到的。"
"你当时不提什么牺牲不牺牲的,可能好点儿。"郭祥抑制着笑说。
"对呀!对呀!可是当时太激动了呀!"徐芳说,"现在看,首先想到牺牲,不首先想到胜利,这种情感本身就有点儿不太健康,不不,很不健康!你说对吧?"
郭祥笑了一笑。
"你,你这个嘎连长怎么不说话呀?"徐芳说,"你在战斗里是怎么想的?"
"我?"郭祥笑了一笑,"我只有一个字儿:狠!我琢磨的是,怎么能多敲掉它几个!"
"生死问题,你一点儿都不考虑?"徐芳乌亮的眼珠闪也不闪地望着郭祥。
"生死?"郭祥一笑,"我这一百多斤,撂哪儿算哪儿,反正跑不到地球外面去。只要对人民有利,我就干。革命少我一个人,没有什么大了不起的!"
徐芳把乌亮的眼睛睁得大大的,望着郭祥,深思着,显出无限景慕的样子,最后从口袋里掏出一个红皮小本子,把郭祥的话抄在扉页上。

郭祥怪不好意思,把头一偏:

"嘻,你抄这个干吗? 这些平常话!"

"不不,"徐芳咬着下嘴唇儿抄自己的,抄完了才说,"这可不是平常话。很可能,问题的关键就在这里。一个人要是把自己看得太重,是不会有牺牲精神的。你的话是不是这个意思?"

"对,是这个意思。"郭祥兴致勃勃地说,"干革命,豁不出一百多斤儿不行! 集体利益,个人利益,哪头轻哪头重,决不能含糊。人民大众本来是'一万',你看成个'一',自己本来是个'一',你看成'一万',这就非出毛病不可! 一个人如果老想着我多么了不起,我一死地球就不转了,他怎么肯为大众去牺牲呢? 好战士死了千千万,从个人说生命是停止了,可是斗争胜利了,历史前进了,人民大众生活得更好了,革命向前发展了。这就是他们用生命换来的代价。"

"毛主席说:'人应该毫无自私自利之心。'"

"对,对! 就要这样。"

"嘻,"徐芳叹了口气,"看起你们,真叫人惭愧死啦。我这人一会儿骄傲得不行,一会儿又泄气得不行。这次文工团分做两半儿,一半儿到前方,一半儿到后方。没想到把我分到后方,我就怄气,觉得上级瞧不起我。谁知道来这儿一考验哪,我觉得处处不如人家。特别是小杨,人家真是一枝开放在炮火硝烟里的红花,而我不过是一棵可怜的小草儿。人家不管做什么事儿,都毫不犹豫,真是英勇果敢,快马俐当。你就说洗血衣吧,人家砸开冰窟窿,一洗就是几十件,把手冻得像小红萝卜似的,叫冰渣儿划成小血口子,也不喊一声疼,叫一声冷,还哼歌呢。可我呢,一看那么多的血,就不敢正眼去看,就捧着血衣哭啦。小杨说:'小徐,你是不是嫌脏呀?'我说:'我怎么会嫌脏呢?这是革命战士的血,这是世界上最干净的东西……可是他们怎么流了这么多的血呀?'小杨说:'傻妹子,革命是要代价的呀,没有这么多人流血,革命怎么能胜利呢!'我就把我的眼泪和战士们的鲜血一起冲洗在冰水里……你看,这也是一个感情问题。平常我以为自己很聪明,在实际工作里,却不如他们有办法。伤员们乍来,没有大小便器,这可怎么办哪,急得我直想哭。可是人家小杨,仰着下巴颏儿,眼皮翻了两翻,就说:'别犯愁,你跟我到山上去。'我想,山上有大小便器呀?就跟着她去了。我们爬山越岭,到了战斗过的地方,小杨从雪地里扒拉出许多美国兵扔掉的罐头盒子,还有好多死美国兵的钢盔。小杨笑着说:'你看,这不是大小便器!'把我也逗笑了,我说:'小杨姐,你可真有办法。不过当初那些造钢盔的人,可是没想到它还有这样的用处!'我们俩咭咭嘎嘎地在山头上笑了好半天。你们现在用的不就是这些东西吗?恐怕世界上还没有任何一个医院用美国兵的钢盔来做大小便器吧!……"

郭祥他们嘿嘿地笑着。徐芳又讲下去:

"可是叫我给伤员们去接大小便的时候,唉呀,我觉着真个要臊死人了。小杨就对我说:'勇敢一点儿!小徐,勇敢一点儿!这都是咱们的阶级弟兄!这都是咱们的亲哥哥,为什么要这样害臊呢!'她这话果然很灵,我也就不那么害臊了。可是我去接大小便,不是使劲捏着鼻子,就是戴个大口罩。端着大小便往外走,把胳膊伸得直直的,远远的,看也不看就倒出去了。这是为什么?这还不是嫌臭嫌脏吗?人家小杨,就一点儿也不嫌脏,一切干得挺自然。她对我说:'小徐,你慢慢就习惯了。世界上只有脏的思想,没有脏的工作。我们小时候,妈妈给我们擦屎刮尿,没有人说妈妈的工作是下贱的。妈妈也并不嫌我们脏呀!这是为什么呢?就是因为她从心里爱我们。只要我们从心眼里热爱我们的阶级弟兄,也就不嫌脏了。'听小杨一说,哎呀,我觉着我还有许多问题没有解决,我的思想实在太差劲了。想起这,我真惭愧死啦!为什么我就不能跟她一样?"

"这得慢慢来呀!"郭祥笑着说。

"我知道,你这是安慰我呢!"她翻了郭祥一眼,"我去年十六今年十七,比刘胡兰牺牲的时候还大两岁呢。"

"你……你父亲是做什么工作的?"

"你是问我的家庭成分吧?"她机灵地一笑,"小资产阶级呗!干我们这行的,你不用问,十个有八个是小资产阶级。我爸爸当了一辈子中学教员,已经死了,像我这成分还要算好的哪!"

他们正在热烈地谈着,只听厨房间里扑通一声,把人们吓了一跳。一看,原来小刘坐在小凳子上打盹,一下子摔倒在地上去了。人们不由得笑起来。徐芳急忙要去扶她,她已经从地上爬起来,揉着眼说:

"真把人困死了。将来胜利回国,我非睡他个八天八夜不行!"

"我今天替你值夜班吧。"徐芳说。

"你呀!你睡得像个死猪,把你卖了还不知道谁卖的呢!……你在这里净穷扯些什么呀?干吗不把你的宝贝提琴拉一拉呢?"

她的建议立刻得到热烈的响应。

"好好,小徐拉一个吧!"大伙纷纷说。

"拉个什么曲儿好呢?"她歪着头儿。

"来个'雪花满天飘'吧!"郭祥兴高采烈地说,"我最喜欢这个歌儿了。"

"我也喜欢这个曲子。"徐芳说,"我一拉起这个曲子,我自己就好像看见满天飘着雪花,刘胡兰扛着一个竹篮,带着笑,正在那山野路上走呢!"

徐芳说着,把她那不长不短的乌黑的发辫扔到后面,打开黑皮琴套,取出一把擦拭得十分光洁的提琴。她调了调音,就把那鲜红的脸儿微微一偏,轻轻地贴在提琴上演奏起来。

这是多么优美的悦耳的声音哪!郭祥、小刘和那几个伤员的脸色,都不自觉地出现了微微的笑容。开始郭祥还想,这么一个小小的东西,怎么会发出这么好听的声音来呢,究竟是那几根丝弦的奥妙或者是她那奇异的手指呢?接着他就忘了这个念头,随着那乐曲的抑扬,郭祥的面前好像飘起了漫天的雪花,一个英勇果敢的姑娘,正面含笑容,扛着竹篮儿行走在那山野路上,她的身上也像披着一层美丽的雪花似的……

徐芳演奏的第一段,只是乐曲,演奏第二段的时候,就随着乐曲轻声唱了起来。她的音色,真是奇妙无比,也许因为年龄的缘故,略显尖嫩一点儿。大家正沉浸在美的享受中,突然听到门外有一个声音叫:

"徐芳!徐芳!"

叫喊的人,声音里似乎还带着一点不满的意味。

"徐芳!你出来一下!"外面又喊。

"你们文工团的谢同志叫你呢!"小刘说。

"讨厌!"徐芳只好停下来,带着愠怒,蹬上鞋子,走出去了。

门口不远的地方,站着一个个头不高的青年。他穿着军衣,围着花围脖儿,白皙的脸孔上还戴着一副黑边眼镜。

徐芳走到他面前说:

"谢福畴!你叫我干什么?"

"我想跟你谈谈。"他笑着说。

"你没听见我正给伤员演奏么?"

"没有听见哪。"他扬扬眉毛,"要是听见,我怎么能打断你哪!"

"你有话快说。"

"咱们到那边谈好不好?别吵了人家伤员。"

徐芳跟在谢福畴后面,来到离病房稍远的地方。

"你快说吧!"徐芳说。

"小徐!"谢福畴亲切地说,"你看,咱们来到这儿执行任务,时间不短了,也许快回去了。团里规定,叫咱们创作个小歌剧,现在还没有影儿。每天不是上山砍柴,就是端大小便,回去可怎么交账呀?"

"依你说,这大小便就不要端了?"

"不不,我绝不是这个意思。"谢福畴分辩说,"这里都是我们的阶级弟兄,我们能够为他们服务,这是求之不得的,是我们一生莫大的荣幸。你最初还有点儿嫌脏,我连眉头都不皱,这你是知道的。问题是这两项任务都要完成。如果光是照顾伤员,我们文艺工作者同一般的护士还有什么区别呢?现在虽然艰苦,睡眠严重不足,还是要发扬艰苦奋斗的精神,挤出一部分时间来搞创作。而且我们搞出的东西,艺术性还不能太低。你觉得怎么样?"

徐芳垂着头,没有说话。

"徐芳,"谢福畴轻声地唤了一声,走近她,"我觉得,最近你对我的态度是不是有点儿冷淡?"

徐芳仍然不响。

"我觉得,我们之间是否产生了什么误解?"谢福畴望着她,显出一副痛苦的样子,"我觉得,你从前对我并不是这样的。你从前曾经给了我许多崇高的鼓励,也给了我较高的评价。尤其是决定出国的前夕,我在咱们文工团第一个报名,还写了血书。虽然上级不提倡这个,但我确实抑制不住心头的激动。我觉得我必须这么办,才能表达我的决心,表达我对党的热爱!在旧社会,我也是一个穷孩子出身,是贫农成分,我尝够了人们的白眼。我只是靠了一个亲戚的帮助,才上了几年大学。如果不是党解放了我,我有什么出路?我觉得就是粉身碎骨,也难以报答党的恩情。因此,党的号召我必须积极响应,我必须报名参战。你那天晚上看见我写血书,把你感动得哭了,你说我是一个有革命志气的青年。我难以形容内心是多么感激你。我觉得你的鼓励给我增加了巨大的、无比的力量。在我的内心里,对你充满了崇敬。我认为你是一个少见的女子。你有崇高的思想,火一般的热情,和不同寻常的艺术天才!你的提琴有着无限的前途,将来成为第一流的小提琴手,我敢肯定是有希望的。你的……"

"谢福畴!"徐芳涨红着脸打断他,"你倒是想说什么呀,你直爽点儿。"

"我我……"谢福畴的眼珠在眼镜后面转了一转,然后停在眼镜边上望着她,"我这是蕴藏在内心里的感情。如果再不把它说出来,是不对的。真的,我觉得你对我的每一句话都有莫大的价值。我已经发现,我在生活里不能缺少你对我的鼓励、安慰、批评和劝导。假若没有这一切,我就会觉得寂寞和难受。可是,可是我觉得你对我的态度发生了变化。也许我的神经有点儿过敏,而你的态度并没有改变。不过,从我主观上感到,来到这里以后,你对我不那么亲热了,而对那些伤员们,对那些对你毫不了解的人,倒是亲近得多。徐芳!我希望向你说明,我们俩彼此之间还是比别人更了解。从文工团的人说,也没有比我们俩更了解的。我们俩的感情……"

"哈哈,你对我还安着这个心哪!"徐芳冷漠地笑了一声,"要知道你这样,我早离你远远的了。"

徐芳说过,扭头就走。

"徐芳!徐芳!"谢福畴追上来说,"我希望你不要误会,我并没有要求你马上确定什么关系呀!"

徐芳不理,继续走着。

"你等一下!你等一下!"谢福畴着急地说,"咱们那个小歌剧,我已经有个构思,咱们研究一下不好吗?"

"你自己研究去吧。"

徐芳说过,就回到郭祥所在的病房去了。

在她的背后,是一对充满着冷漠而恶毒的眼睛。

第十六章　雪夜

雪夜。在前方,也有动听的锣鼓声。

锣鼓声总是很喜欢人的。一听它那"咚咚锵,咚咚锵"的声音,就立刻带给人一种欢乐的情调。这一点,别的乐器就难以媲美了。这大概是因为,只有欢乐的人才肯去击打欢乐的锣鼓。当然,也有人觉得它太聒噪了一些,可是你在远处听它,尤其在深夜听它,你就不会有这种感觉了。它比笙箫管笛更令人振奋,但却同样的韵调悠扬。

现在周仆正坐在知琴里的一个茅屋里,守着他那盏旧马灯,动情地听着远远近近的锣鼓声。这是各连的战士们,正在赶排节目,准备明天的庆功大会。几天以前,各兄弟军已经从一百公里到一百八十公里的远处,隐蔽地突然地迫近了三八线。一场新的搏战就要开始了。

二次战役结束以来的十多天里,周仆虽然忙碌,但却特别愉快。整个师的穿插成功,受到了志愿军司令部的通报表扬。本团虽然因为陆希荣的事件受到批评,但整个成绩是肯定的。红三连的事迹轰动了全师全军,军党委决定给全连记一大功,并且准备赠"红上加红"的锦旗一面,明天由军政治部主任前来授奖。三连在缚龙里表现出色的干部和战士们,如郭祥、花正芳、王大发、乔大夯等都记了大功。带火扑敌的烈士们追赠了英雄称号。军的油印小报《古田报》专门发表了《学习红三连的战斗作风,做到攻如猛虎守如泰山》的社论。整个部队充满着喜悦和欢腾。周仆是一个敏锐的人,他很懂得抓住当前的有利形势,就像军事上扩大突破口那样,把部队从实战中生长起来的强大信心和战斗意志变得更加坚韧,并且把它注入到下一次战役中去,使它进一步开花结果。

在这期间,陆希荣的问题也得到了处理。师党委根据批判从严、处理从宽的原则,党内给以留党察看的处分,行政上降职,到第六连担任连长,在下一次的战斗里继续考验。

周仆正在准备明天庆功大会的讲话,电话铃丁丁零零地响起来。

他拿起耳机,是师长的声音。

"老周哇!派出的侦察组回来了没有?"

"可能快回来了。"周仆听出师长的声音有些焦急,又添加说,"等他们回来,我立刻向您报告。"

"千万不能大意。"师长说,"如果回不来,要再派一个侦察组去。你知道,这件事关系到全军的行动。"

周仆连声答应,又宽解地说:

"现在雪下得很大,我量了一下,已经有一尺深了。我估计咱们最担心的事情,可能没有问题。"

"靠估计不行!"对方纠正道,"我刚才也到外面走了一下,雪是不小,但是风并不大。现在风比雪重要。能够厉厉害害地刮上半夜才好。"

"请首长放心吧,"周仆说,"如果两个小时内他们回不来,我马上再派一个组去。"

说过,他挂上了耳机。

周仆原来的构思被打断了。他的心飞到了几十里外白茫茫的临津江畔。现在离新的战役发起只有两天时间,而这条江水还没有完全封冻。据昨晚报告,靠近江的两岸倒是结冰了,但江心的激流,却翻滚着黑魆魆的波浪。这正是全军上下所一致关心焦虑的问题。

周仆在屋子里待不住,披上他那件半旧的羊皮大衣正想到外面看看,只听门外喊了一声报告,是陆希荣的声音。

"政委在么?"他在门外低声地说,带着可怜的音调。

"你进来吧。"周仆说。

他在门外扑打了扑打雪花,脱去靴子,弓着腰走了进来,带着从来少有的恭谨打了一个敬礼。

"政委,我想找您谈一件事。"他脸色忧戚地说。

"坐下谈吧。"周仆说。

他拘拘束束地坐在周仆的对面。

"政委,我想向您声明,我对您并没有意见。"他望着周仆,显出十分诚恳的样子,"过去,我总认为您打击我,现在我从内心里觉得我的认识错了。您不但不是打击我,而且是真正的关心我,爱护我。通过这次教育,使我认识到您那坚强的党性。我参军这么多年了,经历过的政委,也不是一个两个了;我不是故意当面奉承您,像您那高度的原则性和爱护干部的精神,的确是很少见的……"

"你究竟要谈什么事呀?"周仆皱皱眉,平静地问。

"我的错误的确是极端严重的。"他停了停,显出十分痛心的样子。"其实我的毛病,政委您早给我敲过警钟了,可是我不自觉,一直沿着错误的道路走。我要早听了政委您的话,也不至于发展得这样严重。现在回想起来,真叫人痛心!"他低下头去,掏出手绢拭了拭眼睛,"就是在这次犯错误以后,您还万分诚恳地耐心地来教育我,挽救我。政委这样对我,真使我说不出来的感动,我一辈子也忘不了政委……"

他说着说着,哭出声音来了。

"快不要这样。"周仆说,"问题不在于犯这样那样的错误,更重要的是对错误的态度。革命的道路还长得很,只要真心改正,还是来得及的。"

"政委,你不要误会呀,政委,我这可是真心改正啊!"他抬起头望望周仆,敏感地分辩着。

"是真心就好。"周仆点了点头,"你找我,还有没有其他的事?"

"有一件事……我想请政委帮助。"他吞吞吐吐地说。一面从口袋里取出一封揉皱了的信,交给周仆。

周仆展开信,就着马灯来看。

"你仔细地看看吧,政委,"他忧伤而又气愤地说,"我真万万没有想到,在我处境最困难的时期,接到小杨这样的来信!你瞧瞧,她把侮辱的字眼,什么'怕死鬼',什么'个人主义',什么'罪恶',都加在我的头上!她说她把我看错了;依我看,我是把她看错了!就是普通的同志关系,应该在这样的时候,来增加我的痛苦么?依我看,她同我脱离关系,原因并不在这里,这不过是一种借口!"

周仆把信交还给他,神情严肃地问:

"那么,依你看,原因在哪里呢?"

"这不是很明显吗!任何人都可以看得出来。"他从鼻子里冷笑了一声,"她是听说我降职了,如果我还是营长,她就不会提出这样的问题!当然,也还有另外的原因……"

"什么原因?"周仆凝视着他。

"这不必再说了,我过去向首长反映过这个问题。"

"你说的是她同郭祥?……"

"就是这么回事。"他气愤地说,"我接到这信,已经三天三夜没合眼了,我翻来覆去地分析这个问题。我敢肯定出不了这两个原因。"

周仆半晌没有说话,抑制住愠怒,冷冷地说:

"那么,你要求我帮助什么呢?"

"她脱离,我不脱离!"

"你对她印象这样坏,为什么要同她保持关系呢?这是什么问题?"

陆希荣没有即刻做出回答。

"你可说呀!"

"我……我……"他嗫嚅了半天,仍然没有能够讲出来。

周仆瞪了他一眼,问道:

"那么,你要我做些什么事呢?"

"我要求政委:以党委的名义给她去一封信,指出她这种思想是要不得的!"

周仆已经按捺不住了,但仍极力用平静的语调说:

"不行!"他把手一挥,"这是个人问题,你不要想利用组织来达到你的目的。"

"组织也应当关怀个人哪,政委!"

"组织应当关怀个人,但是个人任何时候也没有权力把组织当做利用的工具!"周仆望着他说,"陆希荣同志,你参加了这么些年的革命,当了这么长时间的党员,但是你根本不懂什么叫组织。你把一切关系都看成是个人的利害关系,组织在你眼里不过是可供利用的工具!我对你说,你们的关系能否维持,个人可以商量,组织也可以帮助调解,但是想利用组织这是办不到的!"

周仆显然有些激动,又继续说道:

"同时,我还要奉劝你,在党内生活中,还是要老实一些,不要从个人利害出发,在背后随意地诬蔑一个同志。你刚才谈到,你对小杨的印象那样坏,可为什么又抓住她不放呢?问你,你没有回答。你是不是认为她给你增加了痛苦,你也拖住她,来给她增加痛苦你才愉快呢?"

陆希荣突然改变了刚才毕恭毕敬的态度,满脸愠怒地说:

"好吧,那我们就谈到这里。"他立起身来,"我现在才明白,我们俩任何时候都没有共同语言。我还想坦白地告诉你,周仆同志,你虽然可以当政治委员,上级也很重视你,但你并不能理解人,理解人的痛苦,我在你领导下工作是不愉快的。"

他说过这话,哗啦推开屋门,急匆匆地走出去了。

两个小时以后,响起了一阵急促的电话铃声。

二营教导员李芳亭报告说:陆希荣在查哨时被特务打伤,倒在雪地里。

周仆立刻打电话,命令团保卫股长前去搜查。

过了一段时间,电话铃又急促地响起来。保卫股长要求周仆最好能够亲临现场。

周仆喊起了小迷糊,匆匆披起了他那件旧羊皮大衣,出了门,沿着山径向靠近沟口的一簇人家走去。夜色被雪光照得相当明亮,但是雪很深,山径完全被大雪掩盖住了,没有走出几步,雪就灌到靴筒里。大雪仍在继续飘落,大朵大朵的雪片不断地飞到脸颊上。

周仆赶到二营六连的驻地,陆希荣已经被抬到屋子里去了。大门口站着一簇人正在喊喊喳喳地低声议论。周仆赶到跟前一看,这里有二营教导员李芳亭,保卫股长李刚,政治处主任马骏,还有团卫生队的医生和几个担架员。

"特务捉住了没有?"周仆忙问。

"捉个鬼吧!"那个低矮粗胖的保卫股长冷笑了一声,"这是自伤。"

"自伤?"周仆一惊,"确实吗?有根据吗?"

"这种事别想瞒我。"保卫股长摸摸他的少白头,又冷笑了一声,"你去看看,连伤口都是黑的。"

"的确是自伤。"医生也说。

"要搞确实。"周仆说,"这种事可不能马虎。"

"这还有什么不确实的?"保卫股长说,"他还事先伪造了特务的脚印,结果一查是他老先生自己的脚印。……这个怕死鬼还真是煞费心机哪!依我看,他还是没有经验。"

周仆怒火上升,推开院门,大步闯到屋子里。

陆希荣长长的身子蜷曲在地上,正在大声小声地呻吟。一看政委进来,哼得更起劲了。

"政委呀,政委呀,"他带着哭腔喊,"我这个人怎么这样倒霉呀!……眼看新的战役要打响了,我下定决心要进一步地考验自己,洗刷自己的错误,谁承想狗特务一枪就把我打倒在雪地上了!"

周仆弯下腰往他的裤腿一看,果然腿肚子上黑乌乌的一片。

"我,我真倒霉呀,政委,"他还在喊,"我真想不到呀!"

"你真不觉得可耻!"

周仆厉声地说,把门一关,就走了出去。

"把他马上送卫生队!"他吩咐人们,"处分问题以后另外讨论。"

"他们都不愿抬他。"医生指指几个担架员说。

"让他自个儿走吧!"一个担架员说,"我是干革命来的,不是来抬怕死鬼的!"

"我还怕脏了我的担架呢!"另一个说。

"还抬他干什么?"第三个说,"这种人你只要让他到后方去,叫他在地上爬他也干。"

人们止不住哄笑起来。

"快抬走吧!"周仆把手一挥,"他不愿革命,就让他走。这种渣子,什么时候都会有的!"

"叫抬就抬吧!"几个担架员扛起担架,嘟嘟囔囔地朝院里走。

周仆叹了口气,若有所思地说:

"看起来还是估计不足,想不到他会走这一步。"

"这也难怪。"李芳亭说,"他感到他追求的一切都破灭了。前几天,他降了职来到六连,我就赶忙跑去跟他做工作,劝解他,安慰他,他反而说:'老李,你别再给我上政治课了,我一切都完了。你们都是前程远大的人,你们就好好干吧!'……瞧,这是什么话!"

周仆点点头说:

"确实,这是一个个人主义者的毁灭!"

周仆回身向团部走,胸脯里像塞了一团脏东西似的恶心和难受。

走了不远,忽听前面路边有人唤他。是侦察班长老牛的声音。周仆大步赶过去,见雪地里站着三个人,浑身上下都是雪,像三尊白皑皑的石膏像一般。

"你们可回来啦!"周仆抢上去同他们握手。一只只大手,全冻得像冰棍似的。

"没问题啦,政委,没问题啦!"老牛兴奋地说。

"江心也封冻啦?"

"都冻住了!"

"冻得结实不结实啊?"

"结实极了!"老牛说,"我们在冰上爬到江心,江面上的冰咔叽咔叽直响,这里一声,那里一声,我们生怕冰薄,把我们漏下去。后来我们站起来,跺一跺脚,没事儿,跺了好几十脚也没事儿。正好这时候,哧的一声来了一发炮弹,在附近爆炸了。我走过去一看,冰窟窿呼呼地朝外冒水,伸手往下一摸,冰层足有半尺来厚,别说是人,就是大炮也过得去!我们当时真想把这冰背一块回来给首长看!"

周仆高兴得哈哈大笑,从内心里涌起一股强烈的热爱,他真想用双手抱着来亲亲这些可爱的战士们。

"你们到南岸去了没有?"周仆又问。

"去啦,去啦,"老牛说,"我们还怕别的地方冻得不实,一直爬到南岸。身子也冻麻了。这时候,要能站起来跺跺脚,活动一下,搓搓手,那可太美啦!可是我们一动也不敢动。我们要一享这个'福',暴露了秘密可不是玩的。这个滋味,可不如打几个冲锋痛快!"

"好好,我马上把这情况向上级报告。"周仆又亲热地握握他们的手,"你们赶快吃饭休息去吧!"

周仆心中十分愉快,迈开快步向团部走去。敌人的夜航机在云层里时远时近地嗡嗡着,丢着照明弹。在照明弹的亮光里,可以看到大朵大朵的雪片,好像万万千千只白蝴蝶,得意洋洋地翩跹飞舞。各个连队赶排节目的锣鼓声,也显得更加起劲,更加动听了。

第十七章　狂欢声中

　　志愿军总部充满一片欢快的气氛。
　　第三次战役,于一九五〇年的除夕之夜突然发动,迅速突破了敌三八线的防御阵地。中国人民志愿军与朝鲜人民军并肩作战,经过连续七昼夜的进攻,前进了八十至一百一十公里,歼敌一万九千余人,将敌驱赶到北纬三十七度线南北地区,使汉城又重获解放。这一胜利使全世界为之震动,敌人内部吵成了一片,而全世界的进步人士却眉开眼笑。许多人都认为,把敌人赶下海去,解放全朝鲜,已经是指日可待,而坐在志愿军总部的这位五十三岁的光头军人,披着一件旧大衣在雪地上转来转去,经过反复考虑,却下了一道命令,让他指挥下的数十万大军断然停止追击,就地休整。
　　二次战役之后,志愿军总部已经移到平壤附近的君子里了。彭总也就离开了他那个半山坡上的木屋,搬进这里的新居。由于他在个人防空上那种众所周知的不在乎的态度,早有人向军委反映,毛主席和周总理都来过电报,要求指挥所"速建坚固的防空洞,万勿疏忽"。指出"疏忽"已经是一种批评,"万勿疏忽"那就带有足够的严格意味。参谋长拿到这样的电报,自然笑逐颜开,彭总也就失去了最后的抵抗能力。但是也考虑到这位司令员不愿住防空洞的心情,于是聪明的参谋长就想了一个办法,紧紧衔接着石洞口,盖了一间木板房。里面是洞,外面是房,平时就在房内办公,遇到空袭,不用出屋就到了洞内。这无疑是一个绝妙的折中方案,彭总自然乐于接受。于是他就搬到这个新居来了。

由于小张的辛苦经营,室内已经布置得很像样子。四外板壁上糊了旧报纸,挂着军用地图。除了那张遭子弹打穿又经过补缀的行军床外,小张还用空子弹箱垒了一个颇大的写字台,上面铺着黄色军毯,摆着他那个象牙包边的放大镜和大铜墨盒,乍一看相当堂皇。窗外,树木不少,如果是夏天,浓密的绿荫将会严严实实地盖住这座新居;而现在不过是疏枝朗朗,霜花满树而已。

今天,彭总显得特别悠闲。昨晚我驻朝大使来电话说,苏联大使将于今天前来拜访,但不知何时可到。今天又是星期日,没有计划别的事情。小张升起了一大盆木炭火,给彭总沏了杯湖南绿茶。彭总一面喝茶,想起了几乎忘记的前几天吩咐小张的事。原来小张在家里有一个未婚妻,在兰州时彼此通信很勤,前几天,彭总忽然发觉小张很长时间不去信了。彭总问起这事,小张满不在乎地说:

"我已经去过信,跟她吹了。"

"为么事吹了?"

"我嫌她土。"

"噢,你嫌她土?"彭总火了,"我问你,你是从哪里来的?你晓得我是干什么的?告你说,我就是挎扁担出身。没有农民,我们能把天下打下来吗?"

小张挨了一顿猛批,不言声了。沉了半晌,才结结巴巴地说:

"我本来还是挺喜欢她的,就怕将来别人说她土。"

彭总哼了一声,指着他说:

"土?我看就是有点土气好。刚进城几天,你就忘了本。明天赶快给她去封信道歉!"

小张连忙点头答应。但是,因为军务繁忙,彭总却把这件事忘了。今天才又想起来。

"小鬼,我跟你说的那封信,你写了吗?"彭总喝着茶问。

"写了。"小张红着脸说。

"能给我看看吗?"

小张很不好意思地从上衣口袋里把信掏出来。彭总戴上老花镜,接过信看道:

小绵同志:

我狠对不住你,我们的事叫首长知到了,我认识到自己舷误了,我狠难受,我是一个革命战士,这是不应该的,我愿和你好,请你元凉。

张秋囤 一九五一年一月七日

彭总看完信,点点头说:

"这就对头了嘛!就是错别字太多,来,我替你改改。"

说过,他烤了烤手,从桌子上捡了一支粗大的铅笔,把里面的错别字一个个改正了,还指着这些字对小张说:

"知道不能写成这个'到',我跟你说过好几次了。'错'字你也给搬了家,来来,我看着你写一遍。"

小张红着脸,接过铅笔,像拿着几十斤重的东西似的,一笔一画,把几个错字都重新写了一遍。彭总笑着说:

"后面再添个'敬礼'呀!想想还有别的话没得,真是个傻家伙!"

小张嘿嘿一笑,听见外面有脚步声响,就慌慌张张把信收到口袋里。彭总抬头一看,几位副司令员已经说笑着走了进来。冯慧手里还提着一个小白口袋,他在彭总眼前晃了一晃,笑着说:

"今天是个空儿,咱们杀一盘吧!"

"好,杀一盘! 你这个臭棋……"彭总说。

"嘿,先别这么说,咱们三盘两胜,定个名次,由老秦当裁判,往后就别瞎吹了。"

"好好,由秦鹏当裁判。"

冯慧在桌案上把棋盘铺好,然后解开小白口袋,哗哗啦啦就把那又白又大的象牙棋子倒出来。这副象棋,是林青特为彭总从国内带来的。因为彭总没别的嗜好,偶有空闲,也就是看看书下下棋罢了。没有想到这副象棋,倒为他们送走了不少令指挥员担心不安和焦虑难挨的时间。今天彭总看见阵势摆开,非常高兴。第一轮就由他同冯慧对阵,两个人分坐在桌案两侧,秦鹏和滕云汉坐在桌案正中观战。小张给每人沏了一杯湖南绿茶。炭火红得像桃花一般好看,室内真是温暖如春。

彭总与冯慧是老对手,各人都很熟悉对方棋路,所以下起来就像疾风骤雨挟着冰雹,棋盘上一片乒乓之声。很快彭总就胜了一局。那冯慧也不甘落后,接着也赢了一盘。第三盘是关键的一局,双方都慎重起来。最后彭总一步不慎,陷入重围,急得额头上渗出小小的汗珠。那冯慧为人随和,下棋并不特别当真,他平时常笑嘻嘻地来找彭总"杀一盘",无非看他昼夜劳神几无宁时,让其稍舒心胸而已。现在看到这般情景,就走了两次闲步,果然彭总反败为胜,乐得眉开眼笑。

接着,下面是彭总与滕云汉对阵。这滕云汉与冯慧风格不同,就像他真的在打仗一样,每一步每一子都是死打硬拼,寸步不让。两个人都认起真来,这棋就下得有看头了。双方刚刚展开,滕云汉的边炮一个偷袭,就将彭总的一个"车"吃了,而且他眼疾手快,早把那个"车"紧紧捏在手里。彭总尚未出师就折了一员大将,很不甘心,就说:"这个不算!"那滕云汉哪里肯依,连声说:"君子举手无悔！举手无悔！我们住的是君子里,大家都要学君子嘛！老秦,小张,你们都来评判评判。"秦鹏以裁判员的身份笑道:"这个棋也不算怎么高明,不过事先约定不能悔棋,那就给了他吧!"彭总挥挥手说:"好好,那就让你一步!"说过,就皱起眉头想新的步子。果然经过惨淡经营,把滕云汉一个"车"弄成了死车。"这就叫瓮中捉鳖!"彭总笑着说,"有意见吗？没得意见,我要拿起来了。"说着,把那"车"轻轻地捏在手里。

这时,林青拿着几页油墨未干的新闻消息推门进来,脸上堆满笑容,兴冲冲地说:

"都是好消息！解放汉城把全世界都震动了,全国人民高兴极了,天安门前彻夜都在狂欢!"

"什么？天安门前彻夜狂欢？"彭总的眼睛离开棋盘,严肃地问。

"是呀,男女青年们唱歌呀,跳舞呀,闹腾了一夜,跟五一节、国庆节差不多了。"

"噢,你念一念。"

林青带着极其兴奋的情绪念了好几页,果然,国际国内一片赞扬之声。彭总摆摆手,让他停住。他刚刚吃掉的那个"车",也从他手里突噜落到棋盘上,从脸色看已陷入庄严的沉思,似乎吃掉那个"死车"的兴奋也消失了。大家望着彭总,不免有些诧异。

"现在汉城在手里,大家狂欢；如果丢了呢,该怎么办？"

大家一时沉默无语。彭总沉了沉,又说:

"这样不行！我们的宣传有毛病。前些时我就发现,总是把胜利写得那么轻易。有的文章还说,要把敌人赶到大海里去,如果赶不到海里,你怎么办？汉城也保不住,丢了汉城你怎么办？我觉得,越是困难,越要看到有利条件,越要有信心；越是胜利,就越要冷静,越要看到不利方面。这才是指挥战争的辩证法嘛!那个大名鼎鼎的麦克阿瑟,不就吃了这个亏吗?"

人们笑起来。

"这是个真理,也很通俗易懂。"秦鹏笑着说,"就是做起来不容易哟!"

彭总郑重地说:

"今后,不管司令部、政治部,发消息都要特别注意。为这件事,我还要向军委写个电报。"

这时,司令部电话报告,中国驻朝大使已经陪同苏联大使拉古列耶夫来到。大家忙收拾了棋盘。连刚才那个成为斗争焦点的"死车"也收到小白口袋中去了。滕云汉望着自己已经渐居优势的布局被收去,还带着没有征服对方的遗憾心情,静静地喝着绿茶。不一时,山坡下响起了汽车喇叭声。彭总和几位副司令员迎出门外,看见拉古列耶夫同蔡大使已经从山坡下走了上来,后面还各带了一名翻译。那位苏联大使头戴皮帽,身穿貂绒领的藏青色大衣,不过四十多岁,面孔红润,精力充沛,还颇有一点矜持的神气。经蔡大使介绍后,他握着彭总的手既热情而又有节制地说:"今天我能见到中国最有名的将军之一而深感荣幸。"彭总也笑着说:"我非常欢迎您的来访。"然后把他们迎入屋内。

拉古列耶夫脱去大衣,摘掉帽子,由小张挂在门旁。彭总请大家坐下,自己同秦鹏坐在行军床上,小屋子竟挤得满满的了。彭总让小张给大家沏上绿茶,端上一大盘色彩鲜艳的朝鲜苹果,作为待客之礼。

"拉古列耶夫同志来,是想同司令员探讨一下当前朝鲜战局的问题。"蔡大使说。

"很好。"彭总点点头,望着拉古列耶夫等待下文。

"我们得到一个很重要的情报。"拉古列耶夫望着彭总郑重地说,"自从我们收复汉城之后,美国人正准备全面撤退。"

"全面撤退?"彭总等翻译讲完,怀疑地看了拉古列耶夫一眼,摇了摇头,"不知道,也靠不住。"

"即使靠不住,但敌人全线动摇却是不容置辩的事实。"拉古列耶夫立即反驳了一句。他肚子里像早就藏着什么火气,仅仅为外交官某种礼貌的外壳克制着。"我有一个疑问,不知是否可以提出来?"

"请讲吧。"

"现在,敌人已经面临着全面崩溃的总形势,朝鲜战争完全可以一气呵成;我不能理解,为什么志愿军突然停止追击,在三十七度线按兵不动?"

"噢,原来是这样。"彭总望了望这位年少气盛看来并未经过多少磨练的大使,觉得有点啼笑皆非。他苦笑了一下,望了望秦鹏,示意他做番解释。

秦鹏绝顶聪明,立刻会意,略微寻思了一下,从容说道:

"关于停止追击的问题,司令员是同我们慎重研究才决定下来的。我们所以要这样做,有下面几个原因:第一,自志愿军入朝已连续进行了三个战役,没有得到休整补充,部队已经十分疲劳;第二,补给相当困难,大量汽车被炸毁,粮食和弹药都供应不上;第三,也许这是最重要的原因,就是我们如果继续追击,补给线势必延长,供应会更加困难,而敌人却可以利用朝鲜地形狭长的特点和海空优势,随时在我们后方登陆,那是十分危险的……"

彭总听到这里,脸色严峻,缓缓地说:

"再说,敌人绝不是什么全面撤退。这是假象,是在诱我南下。我彭德怀不是麦克阿瑟,我是不会上这个当的!"

"那就要失去一次最有利的时机和一次最难得的机会!"拉古列耶夫两手一摊,耸了耸肩,带有轻蔑意味地笑了一笑,"事实上这也就等于延长了朝鲜战争。在世界战争史上,还从来没有看到过胜利之师不追击的! 这真使人感到奇怪。"

彭总的脸色难看起来了。所有在座的人都为拉古列耶夫这句刺耳的话感到不安。彭总终于站起来说:

"战争不是儿戏! 像你这样搞法,是会把军队和人民都送掉的! 难道你要敌人第二次在我们后面登陆吗?"

彭总说过,只说了一句"我还有事",就转身走出去了。

谁也没想到,今天的会谈是这个结局。蔡大使和几位将领都深为不安。无论如何,也不应使这位大使感到冷落。大家纷纷用"兄弟之间也难免会有分歧"的话来打圆场,尤其是蔡大使和冯慧都发挥了突出的作用。拉古列耶夫也感到自己作为外交官未免失礼,气氛才渐渐缓和下来。但是由于拉古列耶夫的预定目标无法达成,坐了不久也就起身告辞。

当几位副司令员最后离开这个房间的时候,外面已经飘起轻盈的雪花。几个人在山径上一面走,一面还在窃窃私议。

"今天的事会算完吗?"滕云汉轻声地问。

"当然不算完。"秦鹏说,"他还会告状的。"

"向哪里告状?"

"自然是向斯大林。"

"斯大林会听他那些话吗?"冯慧插问。

"我看不会。"秦鹏说,"斯大林同志也是伟大的军事家。"

秦鹏说到这里,不禁回过头去,望着彭总那个防空洞兼木板房的居室,满怀感慨地默默想道:他确实是个难得的统帅! 不管敌人多强大,情况多危急,他都从不畏惧;而漫天的凯歌也不能使他陶醉,在大胜利面前,又是如此冷静。今天,脾气虽然大了一些,但朝鲜战场上可能出现的一场巨大不幸,已经避免了。

他们走到山下时,雪花在地上树上已经落了一层,山径上那些大大小小的树,都显得更加美丽了……

东方 第四部

江声

第一章 征服"死亡地带"（一）

春天,在朝鲜,山阴的积雪还没有化尽,就漫山遍野开起了金达莱花。一丛丛,一片片,放眼望去,真好像一片桃花的海。

它们开得这样早,早得令人惊讶。就仿佛一夜之间相互约齐了突然开放似的。其实这是人们没有在意,它们早在冰雪的严冬就孕育好了自己的花蕾。

郭祥在野战医院整整"窝憋"了一个冬季。照他的话说,这简直是白白地误过了两个战役。在这期间,他听说部队在除夕之夜突过了三八线,一举解放汉城,把"联合国"军的总司令麦克阿瑟也打下了台,心里真是痒痒得难受,有几天几晚没睡好觉。为了争取早日出院,他用了不止一种手段做了重大努力。他总结了过去住院的经验教训,起初用的是非常耐心地、有礼貌地提意见的方式,但结果无效。接着又下定决心,装作安心休养的样子,处处遵守院规,想争取一个"模范休养员"来提高威信,以便说话算数。在这种指导思想下,他确实做了不少事,比如帮助护理员打开水、扫地、收拾病房,帮助别的休养员洗衣服、捉虱子、端大小便,还积极地开展宣传解释工作、文化娱乐活动,主动地说笑话、打扑克,活跃大家的情绪,甚至在小组会上以严肃的态度批判不安心休养而想早日回到前方的同伴等等。这种新方式,确实产生了立竿见影的反应,受到了院方好几次的口头表扬。可是等到真的提出出院请求,却被一笑置之,没有下文。郭祥恼了。"哼,这些人！就是不如前方首长好说话!"他立即下了这样的结论:看起来,好方式还是不行。尤其当他听说新的兵团已经从国内开来,新战士已大批地补入连队,新的战役不久就要开始,他就更沉不住气了。他一天提三次,三天提九回,遇必要时,还拿一点颜色让人看看。如果不是小杨作风严厉,很可能还会出一点小小的纰漏。这样终于把所长吵烦了,在他养得差不多的时候,批准了他。郭祥就这样"熬"到了出院的日子。

徐芳这些日子常找郭祥谈"战斗材料儿",郭祥也常听她的演奏和歌唱。两个人已经很厮熟了。这天,徐芳听说郭祥要走,心里怪留恋的,就瞅个空儿前来看他。谁知病房里、护士班里、所部,都没有他的影子。想问问小杨,发觉小杨也不见了。她心中疑惑,就信步沿着溪水向上走去。走了老长一段,果然见了两个人在几株大松树那边坐着呢。徐芳嘻嘻一笑,就猫着腰儿,蹑着脚儿,悄悄地绕过去,藏到一棵大松树背后,偷偷地看。只见小杨坐在溪边正低着头给战士洗血衣,洗绷带。由于中午的太阳已经有些炎热,她只穿着一件发白的单军衣,高高地挽起袖管,一双赤脚踏在潺潺的溪水里。郭祥随便地披着棉大衣,在一块白石头上坐着。他话也不多,只是凝视着溪水戏弄着白白的绷带,把它牵得老长老长。仿佛他来这里就是为看这条绷带似的。

"这倒是搞什么名堂啊,多逗人哪!"徐芳偷偷笑着,"有什么话可快说呀!"

终于,郭祥开口了。

"我今天晚上就要走了。"他用一支草棍拨着水里那条长长的绷带。

对方黝黑的长臂略停了一停,但是无话。

"你不是讲找我有话说吗?"郭祥抬起眼望望她。

"我又忘了。"她低声一笑。

郭祥叹了口气,把草棍扔到溪水里:

"那,我回去收拾东西去。"他说着站起身来。

"你呀,你慌什么!"她停住手,一条长长的绷带拖到溪水里,"这几个月,这几个月……你帮我做了那么多工作,我,我心里,真不知道该怎么谢你。"

说到这里,她停住了。

"就是这话?"郭祥又问。

"对。"杨雪没有抬头。

"完了?"

"完了。"

"那,那,"郭祥急得涨红着脸说,"那我就收拾东西去了。"

郭祥迈步要走,杨雪带着哭嗓说:

"嘎子!你说我还能说什么呢?……你是块金子,我是块废渣,我瞎了眼了!……我还有什么资格说别的话呢?"

杨雪说到这里,终于忍不住哭出声来。泪珠子乓乓地落在溪水里……

郭祥慌得赶快从口袋里揪出一条脏污的手绢递给她。

徐芳在松树背后,忍不住扑哧一声笑出声来。

郭祥、杨雪一惊,急忙回过头来,徐芳已经一溜烟咭咭嘎嘎地跑了。

"这死丫头!"杨雪从水里跳出来,光着两只脚板儿去追,还捡起小石子投她。

徐芳跑了老远老远,才停住脚步,笑得眼泪都流出来了。她心中暗暗想道:"天哪!这是干什么呀!同志们在一块待着有什么不好,干吗非要闹恋爱呢?"

郭祥提前吃了晚饭,太阳老高就开始上路。

同志们都劝他等到下半夜,乘坐运伤员的回头汽车。可是郭祥有郭祥的计划。他想:我休养了好几个月,身上各种零件怕都不好使了,我得先走出三五十里去,好练练腿劲。

他出了野战医院这道山沟,跨上宽宽的公路。春风吹飘着他的大衣,这时的郭祥真像鸟儿出笼那般畅快,高兴得都要唱出来了。敌机在天上嗡嗡着,他睬也不睬。看看公路上静悄无人,果真忍不住唱起了他最喜欢的一支歌子:"革命人永远是年轻呀……"可惜这支歌太短,很不过瘾。于是又来了一支。这样越唱越快活,把自己参加革命以来学会的那些歌子,《义勇军进行曲》啦,《大刀进行曲》啦,《在太行山上》啦,《红缨枪》啦,凡是想得起来的,几乎唱了一个过儿。不知不觉已经走出几十里路。

天色刚交黄昏,公路上便热闹起来。那些从北方来的满载弹药、粮食、蔬菜以及锣鼓家伙的卡车,便一辆接一辆地出现了;走在公路两侧的是人民军、志愿军的战士们,来自中国东北的扛着担架戴着大皮帽子的民工们,以及赶着牛车运送弹药的朝鲜老乡们;由朝鲜妇女组成的修路队,也扛着铁锹,顶着大筐,从各条山沟里拥到公路上。他们喧嚷着,交谈着,歌唱着。这个充满着生命力的有声有色的大千世界,都仿佛是随着黄昏的降临突然从地底下涌现出来似的。郭祥杂在人群里兴致勃勃地走着。突然听到一声嘹亮激越的汽笛声,原来是一列火车也从白天待避的山洞里爬了出来。这里的火车头可不像国内的那些机车。那些机车一个个被工人们打扮得油光乌亮,就像才从理发店出来的漂亮的"黑小子"。这里的火车头却完全是另外的风采。它的两侧披着钢甲,浑身上下都是厚厚的黄尘,就像经过终年激烈的鏖战从泥土里滚过几百次的战士。从黄昏到黎明,它要同敌机的追击和截击整整搏战一个通夜,直到天亮才藏在洞子里。也许它觉得在洞子里窝憋得太久了,一出洞口就长长地怒吼了几声,喷着滚滚的怒气。然后才"共洞——共洞"地开始迎接新的征程。郭祥觉着它那股劲简直跟自己才出后方医院差不多,看来什么东西老憋着它是不行的呀!

这些战地后方的特有景象,给了他十分新鲜惬意的感觉。郭祥直到走累了,才搭乘了一辆满载弹药的卡车。他高高地坐在弹药箱上。一路看到公路的要道口上,还设有朝鲜的女警察。这些英姿飒爽的女战士们,身着深蓝制服,一律剪短发,后脑上戴着镶有红线的无檐军帽,手里握着红绿小旗。所有的车队都必须听她的号令。不管敌机如何轰炸,她们也不离开自己的岗位。当车队到来时,她把绿旗哗地一抖,车队就可以放胆前进了。一直等你过去很久,脑子里还深深地刻印着她们那严肃、坚毅而又勇敢的姿态。她们给这战地的后方,增添了多少战斗风采啊。

郭祥看着这一切,真觉着心里长劲。人民的力量是更加有组织更加强大了。

但是下半夜,汽车过了三登,开到松街里附近时,公路被堵住了。从模糊的夜色里可以看到,前面停着汽车的长队。

那个从上海来的瘦小而敏捷的司机,跳下车问:

"公路炸坏了吗?"

"那倒好说。"路旁一个正蹲着抽烟的司机回答,"这里是杜鲁门的新名堂:定时炸弹!"

"多不多?"

"听说有一二百个。已经响了大半夜了。"

这个上海司机把袖子一捋:

"能不能冲过去?"

"要能冲,不早就冲过去了?"

这个司机没好气地把烟头一丢,正要说什么,只见远处火光一闪,接着"轰"的一声巨响,把他的话打断了。

"你听,就是这个!"他接着说,"隔几分钟就响这么一次……我要抓住杜鲁门,也不杀他,也不剐他,我就把他捆到定时弹上,叫他尝尝这个滋味儿!"

他的话把人逗得笑起来。

郭祥扒着炮弹箱子跳下车,对那个上海司机说:

"走!咱们到前面看看。"

两个人快步向前走着。沿路多半是弹药车,一台顶着一台,总有一二百辆。走了好大一会儿才走到头。定时弹又"轰"、"轰"地响了两声。

公路上黑压压地围了一大簇人。只听里面乱纷纷地喊道:

"谁有急救包?谁有急救包?"

"先把他抬到车上去吧!"

"不不,先止住血再说。"

郭祥从人群里挤进去。借着星光,看见地上躺着一个人,司机们正在给那人裹伤。

"喂喂!同志!你看清楚了没有?"人们问他。

"我刚过桥洞不远,就碰上了……"那人低声地抱歉地说。

人们又性急地七嘴八舌地问:

"你看能不能冲过去?"

那个上海司机也插进来大声问:

"对呀,把大灯打开,能不能一鼓气冲过去?"

"不,不行。"那个负伤的司机摇摇头说,"我看见前头黑乎乎的,像一个大炸弹坑……"

"绕!能不能从旁边绕过去?"

"不行。"他又摇摇头说,"一边是铁路,一边是河……"

人们纷纷地叹了口长气。

这时,霍地火光一闪,"哐啷"一声巨响,又一颗定时弹爆炸了。这一颗因为离得较近,被炸起来的沙石,在人的头顶上降落着,地面上响起一阵沙沙的声音。

人们的心头又是一紧,一齐举起头来望着前面。前面黑魆魆的一片,更加显得阴森恐怖。那里好像有无数的声音叫喊着:这里是名副其实的死亡地带,你们过得来么?你们过得来么?你们过得来么?

人们的心情越发烦躁。有主张立即冲一下试一试的,有主张等定时弹炸得差不多的时候通过的,有主张先去搬掉定时弹的,也有主张立即派人到几十里外去找工兵的,还有主张先把车辆向后疏散免遭空袭的。彼此互相否决对方的意见,乱纷纷的,不能得到一致的结论。

正在这时,车队后面发出一响清脆而尖厉的枪声。接着,传过来几声急迫的叫喊:

"防空!——防空!——"

"B29 过来喽!"

大家屏神一听,果然从北方的天空传过来沉重的隆隆声。时间不大,一架夜航机头上亮着一盏红灯,屁股上亮着一盏绿灯,由远而近,不紧不慢地飞到了顶空。空气顿时紧张起来。人们最担心的情况终于出现了。

这时,主张冲一下试一试的那一派立刻占了优势。

"冲吧,快冲!"有人焦急地喊。

"要再不冲,丢下照明弹,可就砸了锅啦!"又有人喊。

人们喧嚷着。有几个年轻气盛的司机已经跨上车去,嗡嗡隆隆发动了马达,准备飞机一过头顶就开车前进。

只听一声有力的坚决的喊声止住了人们:

"不行！同志们，沉着一点！"

这是郭祥的声音。他正蹲在地上，眼望着前方，扎紧他的鞋带。他已经把笨重的棉裤脱去，扔到了一边。

"同志们，你们先等等，我去侦察一下。"他说，"哪位同志哥有电棒儿？"

旁边有人递过来一支长长的三节电棒。

郭祥等夜航机转过去，把电棒捏了捏，电很足，显得非常满意。他顺着公路朝前一打，前面是一道隆起的铁路路基，下面是一个桥洞，公路穿过桥洞延伸到前面。被定时弹炸起的碎石头在公路路面和两侧落了一层。桥洞口还有两三个黑乎乎的东西。郭祥把电棒往那里一打，凝神细看，果然是三枚又黑又大的定时炸弹。

"嚆！还有把门的呢！"

郭祥骂了一句，把棉大衣往旁边一甩，正要举步前进，手却被人拉住。郭祥一看，是那个上海司机。

"贺同志！贺同志！这可不行呵！"原来郭祥上车时对他说"姓郭"，他听成"姓贺"了。

"怎么不行？"郭祥笑着问。

"你这个新同志，恐怕没有经验吧！"那个上海司机看他穿的棉军衣很新，把他当成新战士了。

"是呀，这可不是闹着玩儿的！"别的司机也说。

"新同志也可以锻炼锻炼嘛！"郭祥一笑。

话音未落，桥洞那边又是轰的一声巨响。爆炸的红光闪过，前面黑魆魆的，越发显得神秘莫测。

"你听，它们又在欢迎我哪！"

郭祥对大家笑了一笑，甩开那个上海司机的手，以他那久经战阵的敏捷灵活的步伐向前跑去。

第二章 征服"死亡地带"(二)

郭祥的战斗动作一向非常娴熟,在激烈的炮火中,他简直就像敏捷的飞燕一般。今天,他的精神更是高度集中。他一路扫着电棒儿,不一刻,就从那三个定时弹的身边闯进桥洞去了。

过了桥洞,他贴着路基的南半壁稍微定了定神,就又向前走去。走了不远,看见路面上洒了很大一摊鲜血,想必是刚才那个司机负伤的地方。他用电棒儿向公路两旁一照,喝,总有好几十个黑咕隆咚的大家伙,横七竖八地躺在那里。有的侧棱着身子斜插进地面,有的直矗矗地栽到泥土里,有的在地皮上只露出个脑瓜儿。它们好像不是从天上掉下来的,而是从地底下钻出来的一群怪物,一个个露出不同的怪相,恶狠狠地望着郭祥,还仿佛狞笑着说:"来来来,你敢挨近我么?只要你敢在这里停上几秒钟,等着你的就是死亡!"

郭祥从鼻子里冷笑了一声。真正的战士懂得:在通向胜利的路上,不是铺着天鹅绒般的地毯,而是铺着人血和钢铁。他迅速但是毫不慌乱地用手指清点了炸弹的数目,特别是对公路威胁最大的那些黑怪物们。正在这时,只见火光一闪,轰隆一声,郭祥立即往下一蹲,被炸飞的石头,有的像茶壶那么大,向下扑通扑通乱落。郭祥头一偏,一块石头砸到肩头上,好像挨了重重的一拳。他急火火地骂道:"狗东西!你就凭这个想把我吓退么?"

面对死亡,只有沉着和无畏,才能拔掉死亡桩,开拓生命的航线。

郭祥接着又往前走。定时弹再响时,他干脆连蹲也不蹲了。走了一截儿,就看见一个很大的炸弹坑,已经把公路截断。距炸弹坑二十几米处,有一个直橛橛黑糊糊的大家伙,将近一人来高。郭祥走过去,用电棒一照,喝!这个定时弹比别的要大得多,腰里还挂着两个大铁耳环。他不由得激灵了一下子,向后倒退了几步。"唔,这个家伙可要好好对付!"他在肚子里咕哝了一句。

为了彻底查明情况,郭祥又走出半里多路。除了路面上又发现两颗之外,公路两侧,倒是越来越稀少了。他立刻得出结论:只要把那个大炸弹坑填平,把路面上那两颗搬掉,可能的话,再把离公路过近的几颗加以清除,就可以通车。

主意一定,他就连走带跑地向回奔去。

司机们见他飞一般地蹿出桥洞,都纷纷拥上来围住他问:"情况怎么样?贺同志,情况很严重吧?"

"没有问题!没有问题!"他信心十足地说。

"刚才响了好几个,没有炸住你么?"那个上海司机关切地问。

"没有,没有。"他笑了一笑,"就是让小石头子儿碰了一下儿。"

他把刚才的情况讲了一遍,接着提出建议:要组织一个二十人的突击队,选举一个队长,带着绳子,立即去排除炸弹,填平弹坑。

司机们听了都很高兴。一说组织突击队,立时闹嚷嚷地站出了一大片。郭祥只拣身强体壮的挑,不多不少,挑了整整二十个,分成两个班,指定了班长。那个上海司机,虽然个子小一点,因为面子上挨不过,也挑上了。至于队长,大家异口同声,要"贺同志"担任。郭祥笑了笑说:"既是这样,我今天也就不谦虚啦!"

一切准备停当。为了振奋情绪,郭祥在整队时把口令喊得特别响亮,还带着几分杀气。然后把袖子一捋,说:

"同志们！不用问,我也猜个八成九成,你们不是党员儿,就是团员儿。你们是怕者不来,来者不怕！我没有什么可多说的。这些定时弹,纯粹是杜鲁门的吓人战术！你要怕了,他就该咧开他的老嘴笑啦。不行！我们不能叫敌人笑,应该叫敌人哭,叫杜鲁门抱着脑瓜儿哇哇地哭！"

他的话确实给人助劲。人们高高地昂起头来,纷纷说道:

"走吧,快走吧,没有问题！"

"贺同志,我们听你指挥。"

"好。"郭祥应声走到队伍前面,把电棒一打,前面立刻出现了一旁斜插着三颗定时炸弹的桥洞。他指着说:"你们看见那三个把门的没有？大家一定要沉着,动作要快,可别慢吞吞地让它给你打敬礼呵！"

行列里发出一阵笑声。

郭祥见过于紧张的气氛已经消除,随即命令大家以间隔五公尺的距离跑步前进。

他带着头在前面跑,不断地鼓动着、提醒着、告诫着,很顺利地穿过桥洞,到了大炸弹坑旁边。心里正自高兴,忽然铁路路基上"轰""轰"两声巨响,在耀眼的火光里,好像雷电挟着沙石土木乱飞,连一截铁轨也飞到半天空去嗡嗡地响。碎石子劈头盖脸地落了人们一身。

郭祥连忙提醒自己,填炸弹坑一定要快。可是存在着一个问题:要去取石头,必须从二十米外那个大黑怪物附近通过。谁知道它什么时候响呢？万一响了,大家全无准备,会造成多么大的伤亡！

郭祥一瞅大伙,全望着那个大黑家伙发愣。还有人悄悄地指着说:

"那,那是个什么东西,是定时弹么?"

"嚯,好家伙! 总有一人来高。"

"比一个人可粗得多啦!"

郭祥听人们说话的声音不那么高了,好像怕那个定时弹听见似的。这不是一个好的征候。如果情绪一有变化,任务就难完成。郭祥想道:"这是个节骨眼儿。我必须给大家助一助劲,长一长胆。就是牺牲了,只不过我一个人,这样就可以保住大伙。"他想到这儿,立刻从一个司机的手上抢过一支卡宾枪来,迈开大步,走向那个特号的黑森森的定时炸弹。他在离那个黑怪物只有一步远的地方站定,然后回过头大声地说:"快干哪! 同志们,我给你们担任警戒!"

说着,他从容不迫地搬了一块石头,放在一伸手就可以摸到定时弹的地方,坐了下来。又拍拍怀里的卡宾枪说:

"同志们! 你们就放心大胆地搬吧。它只要一有响动,我就打枪,你们就赶快卧倒。"

"那可不行!"那个上海司机大声地说。

"快过来吧!"人们也跟着嚷。

"没有关系!"郭祥笑着说,"它在这儿休息了一天一夜都没有响,偏偏我来了它就响啦?……大伙快干吧,时间要紧,后边还等着我们哪!"

"干哪! 人家一个新同志都不怕,我们怕什么!"

"对! 干哪!"

人们大声喊着,纷纷脱去棉袄,一趟一趟地抱着石头飞跑,把石头扑通扑通地扔到大坑里。

在这个充满着恐怖神秘的地带,不时地从这里或那里突然发出一大团耀眼的火光,接着是一声沉重的轰鸣。一时忽而在南,一时忽而在北,一时忽而在高高的火车路,一时又忽而在低洼的河岸。被炸起的土块碎石,在人头上哗哗地落着。然而人们就好像忘记了这一切,跌倒了爬起来,拼命地奔跑着,去填塞那个弹坑。郭祥抱着卡宾枪,食指不离扳机,不断地借景生情地喊着鼓动口号。

带着红绿灯的夜航机不死不活地哼哼着,在天上出现了,郭祥就及时地喊:

"没有关系!同志们,没有关系。还远着呢,我在这儿给你们看着它哪!"

郭祥在那个大黑怪物旁边坐了一些时候。开始他还觉得没有什么,时间一长,心里就暗暗嘀咕道:"这个黑家伙究竟什么时间响啊?人们传说,它里面装着一个类似钟表的东西,它的秒针不停地向着预定的爆炸时间移动,撞针也不停地向着引火帽推进。而现在它究竟距引火帽多远了呢?也许还有很长时间,也许就在眼前。"这样一想,就仿佛听见定时弹里发出一种"咔哒、咔哒"的声响。这个黑家伙也仿佛更加狰狞和丑陋地瞪着他说:"我马上就响!我立刻就响!你是什么人,胆敢在我的身边逞英雄好汉!快快地滚开去吧,我立刻就叫你粉身碎骨!"郭祥听见这声音,从鼻子里冷笑了一声,也瞪着它说道:"你这个混蛋东西,你这个丑八怪!你不要企图吓我!我不吃你的吓人战术。你要想让我从你身边慌慌张张地逃走,这不过是你的妄想!"那黑怪物也狞笑了一下,又说:"既是这样,那你就蹲在这里。但是,你可不要后悔。我可以马上让你丧失宝贵的生命,丧失你活着可以得到的一切。我可以立刻让你那凤凰堡的母亲,热爱你的小杨,以及你的一切亲人和战友失声痛哭!我可以立刻让他们抛出大把的眼泪!……你瞧着吧,这马上就可以成为现实。"郭祥又瞪了它一眼,轻蔑地笑着:"这种威胁,只能对胆小鬼有用。你把我当成什么人?我是一个共产党员,一个人民的战士。生命是宝贵的,但是我从来不把我的生命看得比革命重要,我从来不把个人的生命看得比人民的生命宝贵。我是一个贫农的孩子,是自愿参加革命来的。我生在苦水里,长在战斗中。我既不怕眼泪,也不怕鲜血。为革命战斗是我光荣的职业,征服敌人是我最大的愉快,为人民献身是我最大的幸福。无论是占领一座城市,攻打一座碉堡,还是夺取一块小小的阵地,我都可以献出生命。因为我的生命正是要用来碰碎旧社会这座大城堡或大或小的一块的。哼,你对我的威胁是全然没有用的。如果有死亡挡住去路,我就要给死亡以死亡!"……

他同那个大黑怪物的对话还没有讲完,那边响起一片欢腾的语声,弹坑已经填平。

郭祥最后瞪了那个大黑怪物一眼,才缓步离开了它。他用电棒一照,大家浑身上下都是泥疙瘩,一个个全变成泥人儿了。但每个人都显得分外高兴,又说又笑。还有一个胖胖的司机给郭祥开玩笑说:

"贺同志,你在那儿蹲着,这滋味可不怎么太好受吧?"

"没啥,没啥。"郭祥笑着说。

"不准!"那个司机摇了摇头说,"你在那儿蹲着,连我这脊梁沟里都直冒冷汗。"

"我也没闲待着,"郭祥又笑着说,"我还跟它进行了一次个别谈话呢。"

大伙情绪很高,和刚进入炸弹区的紧张气氛已经大不相同。郭祥接着领人们去搬路面上的两个定时炸弹。虽然四外仍在不断地爆炸,可是人们却毫不畏惧地大呼小叫地前进着。还有人高声唱起《中国人民志愿军战歌》。一唱百和,胆气越发豪壮。在爆炸声里,在烟尘与火光里,人们带着歌声在这个"死亡地带"行进。

赶到那两个定时弹跟前,那个上海司机抢着去套绳子。一见他去,人们呼噜呼噜全拥上去了。郭祥马上制止人们,只准一个人去套。绳子套好,就像拽死猪似的向着河岸拉去。人们愈走愈快,愈走愈快,到后来就跑起来了。第一个很顺利地拉下河岸,第二个也没出事,人们的瘾头儿来了,又要求去拉距公路最近对车辆威胁最大的炸弹。又拉掉了两个。可是拉到第三个,刚刚送下河岸,还没有解绳子,就"轰隆"一声爆炸了。河岸炸下去很大一块,绳子也炸断了。幸好人们卧倒得快,才没有负伤。

郭祥用他那思索问题的习惯姿势,背着两只手儿,转了两个磨磨儿,一想:不对!这些人都是全国各大城市报名参加抗美援朝的技术人员儿,如果拉的中途炸弹响了,一下子就会伤亡一二十个,车就没人开了。想到这里,就说:

"同志们!你们已经干了老半天,也够累的。任务已经基本上完成,能通车了。要是咱们耽误时间太长,飞机一发现咱们的弹药车,可就不合算啦!大伙还是快回去开车吧!"

司机们心里痒痒的,还想再拉几个。郭祥笑着说:

"我的工人老大哥,你们讲点儿组织性儿嘛!我可是你们自愿选的。"

司机们只好收拾东西,拎起棉衣回去。

郭祥跟着大家向回走,却不知怎的老有一种不舒服的感觉。刚走过那个填起的弹坑,就听见后面有一个声音在叫:"郭祥!你的任务果真完成了么?……"郭祥回头一望,刚才跟他在一起的那个黑森森的大黑怪物,还直蠢蠢地立在那里。它那两个大铁耳朵耷拉得那么长,越发显得凶恶丑陋,满脸都是狞笑。郭祥刚要举步,它又讥讽地叫:"郭祥,今天是你胜利了,还是我胜利了?哈哈,我说你不敢动我,你果然就不敢动我!等一会儿汽车过来,你瞧我毫不费力地就把它崩上天去……"

郭祥的步子挪不动了,终于停住脚步。

"不错,一点不错,我的任务没有完成。"他的脸颊和耳朵都在发烧。"我郭祥跟着党东征西杀多少年了,我经过成百次的战斗,我跟敌人面对面地拼过刺刀,我的刺刀真正饮过敌人的鲜血,我俘虏过成百成千的敌人,今天难道就让一个小小的定时弹给整住了?"他生气地把手一挥,"这定时弹再厉害总是个死家伙。它既是人造的,人就能破!我过去也见过民兵摆弄地雷。它无非有一个活动的撞针,只要想法拆掉,它也就不神气了。我为啥不去试巴试巴?"

这念头一起,就是千钧之力也收它不住。两只脚就像被什么牵引着似的,向着那个大黑家伙走去。

当走到定时弹跟前时,郭祥又觉得脑袋胀得很大,全身发紧,觉得问题并不那么简单。这时仿佛又听见那黑怪物嘲笑说:"哈哈,你既是没有这种胆量,就赶快跑走好啦,干吗又来充英雄好汉?"郭祥立刻镇定下来,他暗暗地对自己说:"别慌,你一定看准门路才能下手。"于是他捏着电棒儿,把这个黑家伙上上下下仔仔细细地打量了一番。它一头大,一头小。郭祥想起,过去装地雷的时候,引火帽和撞针都是藏在大头这边。我就先从这边试试。决心下定,郭祥就狠狠地吐了口唾沫,指着那个大黑家伙骂道:"杜鲁门,我今天要不把你开膛破肚,就算输给了你!"说着,就挽了挽袖子,从地上拣起一块石头,开始动手。他照着定时弹大头的螺丝盖,先轻轻地敲了一下。听听里面没有动静,就接着敲起来。他听听敲敲,敲敲听听。定时弹的螺丝盖在夜色里溅着点点火星。郭祥捏着电棒儿的手都攥出了汗水。终于,螺丝盖松动了,他立刻把它拧开,里面便露出了螺丝扣。郭祥轻轻地按了一按,没有动静,就从里面慢慢地掏出弹簧,拆掉撞针。他把那弹簧和撞针抛得远远的,又使劲地朝着呆立在面前的废铁壳蹬了一脚,长长地吁了口气。

郭祥胆子越来越大,对离公路过近的定时弹,又破了几颗,才向回走去。这时,突然桥洞以北火光冲天,接着"轰"、"轰"两声巨响,像是桥洞那几颗爆炸了。郭祥穿过桥洞一看,三颗定时弹,已经炸了两颗,路基被掀去好大一块。仍有一颗紧紧地把着洞口。原来郭祥前两次穿过桥洞,都没有来得及细看,现在一打量这家伙,比刚才那个黑家伙还粗还大。它大模大样地横躺在那里,足有一千磅不少。而且和前几个也不一样,脑袋上还带着风翅。如果让它爆炸了,整个桥洞都得叫它掀翻,今天晚上就别想通车了。郭祥狠狠心,决定把它拆掉。同时心中暗想:这家伙怪头怪脑的,可要小心对付。

决心一定,郭祥往地上一蹲,就来拧它的风翅。

远处司机们向这边乱打电棒儿,一边喊道:

"那边是贺同志不是?"

"是呀!"郭祥回答。

"你干什么哪?"

"我瞅瞅它!"

"不行! 快回来吧! 快回来吧!"

"我马上就回!"

郭祥照旧拧他的。可是憋出一脑袋汗,那个风翅还是纹丝不动。郭祥火了,想不到好几颗定时弹都卸开了,这家伙这么费劲。他把电棒干脆往地上一放,一下骑在定时弹上,用两只手扳住风翅,使劲地拧起来。

拧了好大一会儿,风翅还是没有松动的样子。

"我还是用石头把它敲开吧!"郭祥心中暗想,但马上又否定了,"不行!要是敲不好,一触动撞针可就糟了……"

郭祥用袖子擦了擦汗,又寻思着:"现在问题在风翅上,不敢惹它,就别想制服它。难道我敢敲别的地方,单单不敢动它?对!敲吧,先轻轻地敲它一下再说。"

想到这里,郭祥随手拣起一块石头,两腿夹着定时弹,聚精会神,向着风翅敲打了一下。这一敲不打紧,只听"嗞——"那风翅突然呜呜地转动起来。愈转愈快。郭祥急忙用手去挡,哪里挡得住,眼瞅着风翅带动撞针,撞针直往后缩。郭祥一看不好,撞针再往后去便要爆炸!赶快跑吗,不行!这里正是桥洞,要是炸塌,今晚就别想再通车了。不能走!不能走!就是粉身碎骨,也不能走!……

一个人,当他把个人的生死丢在一边,就会产生多么大的勇气!郭祥立刻镇定下来,向地下扫了一眼,随手拣起一块被炸碎的枕木的木片,往风翅空隙里猛地一插,死劲地别住,风翅不转了。他乘势使劲抓住撞针,猛地往外一拉,就把它拔了出来。这个躺在这儿假装睡觉的吓人怪物,也就这样完蛋了。

那个上海司机见郭祥老是不来,唯恐出事,就快步跑过来想把他拖走。一看郭祥正骑在定时弹上,手里托着撞针,一下惊呆了。呆了好一会儿,他才向人们大声喊道:

"快来看哪,定时弹完蛋了!"

司机们一窝蜂似的欢呼着拥上来,抢着跟郭祥握手。有的说:"贺同志,你的胆子可真不小哇!"有的说:"贺同志!你的贡献可太大了!"有的说:"贺同志,你八成当过工兵,为什么还保密呀!"有的说:"谁说他是新同志,据我看,他要不是个班长,也起码是好几年的老战士了。"这时的郭祥,也许是由于刚才的紧张,也许是由于过分的劳累,浑身疲乏得不得了,脸上却带着孩子式的恬静的微笑……

"你一定要告诉我,贺同志,"其中一个司机异常激动地说,"你到底叫什么名字?是哪个单位的?我到前方要马上写一封信,叫你们连长给你记功!"

"先别说这,"郭祥笑着说,"哪位同志有烟,先给我一根儿!……"

当满载弹药的卡车,一辆一辆从桥洞穿过的时候,司机们还看见他们的"贺同志",坐在定时弹上静静地抽烟哩。仿佛他愿在那被征服的黑怪物身上多坐一会儿似的。那轻快地呜呜响着的汽车轮声,也像在热情地赞美着:

　　胆敢征服死亡的英雄,
　　永远是生活的开拓者。

第三章 孤儿

春宵夜短。在这一点说,朝鲜的赶路人,不甚喜欢春夜。

在定时弹区域耽搁得太久了。距拂晓已经没有多长时间。司机们都想用速度来弥补误失的路程,卡车一辆接一辆地向前呜呜飞驰。

现在,郭祥已经被那位上海司机待如上宾地请到驾驶楼里。他看到沿途都是向前开进的二线兵团,知道新的战役很快就要打响,自然更怕赶不上时间。他不断地向他的这位熟人提出加快速度的劝告。并且不分彼此地把司机的烟荷包打开,卷起一支又一支的大喇叭筒,还亲自吸着送到司机的嘴巴里,作为他鼓舞司机加快速度的另一种方式。这位上海司机性格沉着,技术高超,口衔纸烟,手扶舵轮,就好像一个出色的骑手,同他的这匹铁马粘在一起似的,简直把这辆小嘎斯开得要飞起来了。

但是司机毕竟更加担心车辆和弹药的安全。当驾驶楼的夜光表将近四时,司机就提出来应该赶快找一个宿营的地方,以便把车辆隐蔽起来,免得遭受敌机的袭击。郭祥不在乎这个。不是说:"再开一小段儿!"就是说:"不要紧,前边还有好地方哪!"这样一程一程地赶,不觉东方的天空出现了淡青色的晨光,敌人的早班飞机已经在远处出现了。

司机急忙刹住车,跳下来。看看前不挨村,后不靠山,一条大公路,躺在空旷开阔的山谷里,连一处可隐蔽车的地方都没有。司

机摊摊手,叹口气说:

"喏,听你的话弗要紧,糟啰!"

郭祥下车,左看右看,前面几十米外,只有一处十分破落的小院,被炸弹震得东倒西歪,还紧紧挨着公路。他走过去一看,里面有几间小房,一间草棚,还有一个门洞,这门洞刚刚能容下一辆卡车,就满脸带笑地走回来说:

"没问题!没问题!"

"那地方行吗?"司机怀疑地问。

"连咱们住的地方都解决啦。"郭祥笑着说,"你别看这个目标儿明显,越明显敌人越不在意!我包你今天没事儿。"

司机到小院里看了看,情绪有点不高。但此刻没有别的办法,只好依了郭祥,把车开到大门洞里。

院子里冷落无人,残破不堪,连门窗也没有,看样子主人逃出去已经不是一时半时。厨房里一口铁锅,也早被敌人砸成碎片。两个人无处做饭,只好随便吃了几把炒面,到附近小河里喝了点冷水。那司机因为过于疲劳,不上几秒钟就呼呼入睡。郭祥披着大衣坐在院里看车,不一时也打起盹来。

这郭祥在长期游击战争的生活里,养成了一种异常警觉的习惯。即便是入睡以后,一种轻微的风吹草动,也能把他惊醒。他刚要入睡,就听见草房屋里的稻草簌簌地响。凝神静听,声音又没有了,以为是晨风吹的,也就没有在意。待了一会儿,稻草又簌簌响动起来,他就半睁着眼睛,观察着草堆的动静。只见稻草向下滚落着,仿佛有人在里面蠕动似的。"莫非藏的有坏人吧?"郭祥心里跳动了一下,就站起来,向着草堆大喝了一声:

"谁?快快出来!"

草堆的簌簌声立刻又停住了。郭祥为了防人暗算,跑到屋里把司机的卡宾枪拿出来,用枪筒一拨,原来是一个朝鲜小姑娘睡在草窝里。也许因为刚才郭祥的声音太大了一点,小姑娘的眼睛睁得大大的,带着惊恐的表情。

郭祥怕惊吓着她,连忙把卡宾枪往墙上一靠,对她笑了一笑:

"小姑娘,巴利巴利!"

小姑娘的恐惧消失了,从草窝里钻出来。郭祥一打量,她约有十一二岁,眼睛又黑又亮,留着齐眉的娃娃头,穿着一个小脏褂儿,褪了色的黑粗布裙子上剐了好几个三尖口子,光着两只小黑脚丫儿,头发上身上粘得都是草棍儿。由于她穿得过于单薄,在早晨的冷风里,冻得瑟瑟发抖。

郭祥连忙脱下棉大衣,给她披在身上,指指房子问:

"这是你的家么?"

小姑娘不懂,郭祥又改用朝鲜话问:

"你的,当辛吉比①?"

小姑娘摇了摇头。

"你的吉比在哪里呢?"

郭祥虽然加上手势,小姑娘还是不懂。她不是这家的人,这一点是肯定了。可是她的家究竟在哪里,她是怎样到这个地方来的,却无法知道。

"阿爸基的有?"郭祥搜索着他有限的几个朝鲜词汇,又问。

小姑娘听懂了,指了指墙上靠着的枪:

"米国撒拉米②的,砰!砰!"

"阿妈妮的有?"郭祥接着问。

---

① 朝语:你的家。
② 朝语:美国人。

小姑娘又用小手指指天空:

"米国边机①的,嗵!嗵!"

说着,她的眼里涌出泪圈;又掀起黑裙,让郭祥看了看她的小腿,小腿上扎着一条脏污的绷带。

这就是说,她的爸爸、妈妈都被美国人杀害了。她也负了伤。原来在他面前站着的是一个朝鲜孤儿。

郭祥心中恓惶,急忙把她搂过来,把她头发上粘的草叶草棍儿,一根一根拣掉。忽然想起,这孩子不知从什么地方流落到这里,这里人也没有,她一定还没有吃饭。就急忙到驾驶楼里去找炒面袋子,一看只剩下一小把了,就把它倒在小姑娘脏乌的掌心里。小姑娘看来很饿,连着吞了两口,就噎得咽不下去。郭祥眼里看着,心里难受,寻思着让小姑娘好好地吃上一顿才好。又想,司机单独执行任务,不会不带粮食,就爬上车顶去翻,果然翻出半袋大米,还有一个被烟火熏黑的军用饭盒。郭祥不由心中高兴,跳下车,把饭盒往地上一放,拍拍米袋,对小姑娘笑了一笑,用中朝混合语说:

"大大的,爬比毛羔②!"

这一来,把愁眉愁眼的小姑娘也逗笑了。

这小姑娘,一眼就可看出是穷人家的孩子。她看见郭祥提着饭盒去河边打水,自己就跑到外面去拣干柴枝子,等郭祥打水回来,她已经拣了好大一抱,用小黑裙子兜着。郭祥把饭盒支好,把火刚刚点着,她就把郭祥推到一边,自己动手烧火。从她的模样动作,都可以看出,她从小小的年纪起就从勤劳的母亲那里承受了劳动的习惯。郭祥看到小姑娘这般勤快,越发觉得她可爱了。

———

① 朝语:美国飞机。
② 朝语:吃饭。

郭祥心想，要让这孩子吃得痛快一些，得多少弄点什么菜才好。可是弄点什么菜呢？他皱着眉头寻思了一阵。一抬头，看见一对乌黑的小燕儿，正在房檐下的泥窝里露着头呢喃低语。心想，我何不出去转转，如能打几只鸟儿，也是蛮不错的。于是，他把司机的卡宾枪往肩上一挂就走了出去。

电线上倒是落着几只麻雀，郭祥嫌它太小，没有动它；树上有几只乌鸦，他又嫌它的肉酸，没有动它；等了好久，才飞来一只喜鹊，人都说这是一种吉祥的鸟儿，又不忍心打它。郭祥放眼一看，不远处，有一片小松树林，就迈开大步向那里走去。真是老天不负苦心人，郭祥在这里发现了好几只野鸽。他的枪法虽准，只打下了一只，其余的就离开树林飞走了。他追出去一二里路才又打下了一只。心里又怕小姑娘等得着急，只好提着两只瓦灰色的野鸽满头大汗赶了回来。

这时候，小姑娘已经把饭做熟。郭祥对于这一套并不生疏，他把两只野鸽拿到泥里滚了两滚，就埋在灶火里。时间不大，就发出一阵阵诱人的香味。小姑娘知道这是款待她的，郭祥一望她，她就对这位叔叔不好意思地一笑。

估摸野鸽快烧好了，郭祥折了树枝儿，给小姑娘用小刀剡嚓了一双筷子；又从驾驶楼里翻出一包咸盐，在饭盒里的小菜盘里沏了一点盐水；然后从火里扒出野鸽，扯去泥皮，让小姑娘蘸盐水吃。小姑娘虽然很饿，却无论如何不肯先吃，还把野鸽蘸了蘸盐水，送到郭祥的嘴边。等郭祥咬了一口，她才不好意思地一小口一小口地吃着。

他们互相劝让着，争执着，把司机给吵醒了。司机从屋里揉着眼打着哈欠走出来，用惊讶的眼光打量了小姑娘一眼，说：

"这是从哪里跑来的小丫头呀？"

小姑娘连忙有礼貌地站起来，文文雅雅地给司机叔叔施了一个鞠躬礼,然后把野鸽用手举着送到司机的嘴边。

"吃吧,你就吃吧,"郭祥满脸是笑地从旁劝说,"你要不吃,小姑娘是不肯吃的。"

司机只好咬了一小口,小姑娘才满意地笑了。

小姑娘吃完饭,已近中午。郭祥同司机因为过于困倦,直睡到下午三四点钟才醒。醒来时,小姑娘已经把饭做好了。满满一盒热饭在火上煨着。小姑娘却坐在大门外,像哨兵一般睁着警惕的眼睛,给他们看守车辆哩。

两个人又感动,又不安。郭祥说:

"你看,我们本来要照顾她的,她倒成了我们的小炊事员儿了。"

"不简单!不简单!"司机也赞不绝口地说,"这样的孩子,将来长大肯定是有出息的。"

三个人正围坐在屋里吃饭,忽的一架敌机贼一般地哇的一声从头顶上飞过去了。

接着,在不远的地方,响起一阵咕咕咕的机关炮声。

小姑娘立时站起来,打着手势,要她的两个叔叔卧倒。

"伊留奥不梭①!"郭祥摇摇头笑了一笑。

小姑娘见他们满不在乎的样子,急得用汉语说:

"叔叔,不行!不行!"

一面说一面用小手想把他们捺倒。

郭祥知道这孩子并不是出于害怕,而是担心两个"叔叔"的安全,就笑着对司机说:

"我看咱们还是乖乖地服从命令吧,别把小姑娘给急坏了。"

说着,他拉了司机一把,两个人就乖乖地躺下来。

---

① 朝语:没关系。

小姑娘点点头,非常满意地望了他们一眼;然后手扶着门框观察着敌机的行动。

敌机在附近盲目地扫射了一阵飞走了。

黄昏,司机刚把卡车开出门洞,小姑娘已经抢先坐到驾驶楼里,满脸笑吟吟地准备上路。

"小姑娘,你要到哪儿去呀?"郭祥手扒着车门问她。

小姑娘没有听懂,仍然微笑地点了点头,招呼郭祥赶快上车。

"不行啊!"郭祥摇摇手,"我们是要到前方去的。"怕她听不懂,又做了一个打枪的手势,说:"砰砰砰砰!"

"砰砰砰砰,顶好!"小姑娘拍着手笑着。

那位上海司机把手一摊,说:

"瞧,糟啰!"

小姑娘看见他为难的神色,先是一怔,接着哇的一声哭起来。一边哭一边说:

"我的吉比的没有,我,叔叔的一块儿!……"

她指指郭祥,指指自己,把两个手捏在一处。

郭祥掏出手绢给她擦着眼泪,心中犹豫不定。

"快决定吧,"司机说,"你把她带到前方去能行么?"

"丢在这里也不行啊!"郭祥皱着眉头说,"她这么小,晚上一个人钻到草窝里,要是碰上坏人可怎么办?"

说着,他跨上车,把车门咔地一关,说:

"走吧!"

小姑娘一下攀住他的脖子,笑着,把温热的眼泪流到他的肩头上去了。

卡车徐徐开出门洞。前面远处,敌机投下的照明弹已经在天空挂起。在苍茫的暮色里,他们又踏上了新的征程。

第四章　家

车到军后勤,已是拂晓时分。郭祥唯恐赶不上执行任务,早饭也不及吃,就同朝鲜小姑娘匆匆上路。早上,春寒袭人,郭祥把军大衣给她披在身上,大衣拖着地,踢里拖落的,赶到连队时,太阳已经老高了。

在市边里附近的一条山沟里,郭祥好不容易打听到自己的连队,哨兵却不许他进去。这位来自四川的新战士,态度十分认真,对他进行了再三的盘查。老模范在屋里探头一望,见是郭祥,慌忙跑出来,把郭祥的两只手都攥住了,说:

"真想不到是你呀,嘎子,你回来啦!"

戴眼镜的文化教员大李和朝语联络员小李,也从屋里跳出来,向郭祥打了一个敬礼,抢着同郭祥握手。一边说:

"连长,我们可把你想坏了!"

老模范转过脸对哨兵说:

"你们不是天天吵着要向郭连长学习么?这就是他!"

哨兵恭恭敬敬向郭祥行了一个持枪礼,用钦慕的眼光注视着他。

老模范拍拍那个四川战士异常厚实的膀臂,对郭祥高兴地说:

"你瞧瞧,咱们这四川兵怎样?他们都是经过剿匪反霸、土地改革来的,觉悟高,能吃苦,一提打仗就嗷嗷叫。别看这些小敦实个子,扛着大木头爬山,你空着手都跟不上!……我保你到时候带得上去!"

"好,好。"郭祥乐得眉开眼笑,又问,"老家伙们都从后方医院回来了没有?"

"差不多全回来了。"

"花正芳呢?"

"回来了,现在是一班班长。"

"大个子呢?"

"乔大夯现在是机枪班长。他们演习去了,等晌午你就全看见他们了。"

文化教员大李插嘴说:

"现在老模范当了咱们的指导员了。疙瘩李也回来了。孙亮营长调到咱们营了。"

郭祥十分高兴,笑着说:

"看这阵势,又可以干个痛快的了!"

小姑娘规规矩矩站在郭祥身后,文雅地微笑着。她见郭祥同这些叔叔握手,也走上去向每个人鞠躬,还温柔地说:"朝斯米达①!""朝斯米达!"

老模范拉着她的手,抚摸着她那乱蓬蓬的头说:

"这小姑娘是从哪儿来的?"

"一个孤儿。"郭祥叹口气说,"她非跟我来打美国鬼子不可。这可怎么办哪?真让我犯了愁了。"

大家走进屋子,老模范拉着小姑娘的手坐在自己身边。

"别犯愁,暂时先把她安插在伙房里。"老模范说,"现在好多连都收养了孤儿,也都是这个办法。"

---

① 朝语:好。

"能照管得好吗?"

"咱们四次战役前就收容了一个。后来托人送回祖国去了。临走,全炊事班都舍不得他。老吕头那么大年纪,哭得像个泪人儿似的。孩子吃喝没问题,衣裳破了,粗针大线的,我也能缝几针。孩子在外面,没人管,饥一顿,饱一顿,夜里连个睡觉地方都没有,如果再碰上坏人,可不是玩的。跟着咱们,凑合着,虽说享不了福,怎么比流浪也强。"

"打起来,可怎么办?"

"现在的事,走一步说一步吧。"老模范叹了口气。

小姑娘非常聪明,她从大家的眼色里看出是在说她,紧紧握着老模范的手说:

"叔叔!这里能收我么?"

小李把她的话翻译过来。老模范连声说:

"收!收!"

小姑娘眼里流着幸福的泪水,一头扎在老模范的怀里。

住在隔壁的炊事班,听说连长回来了,放下切菜刀、擀面杖,一窝蜂似的赶来。他们鞋也没脱就闯到屋里,向郭祥敬礼,握手,把郭祥围了个风雨不透。

炊事班长老吕头,赶迟了一步,钻不进来,在门口挥着两只面手喊:

"这连长就是你们的啦!让我握握手行不?"

郭祥连忙从人头上把手伸过去,同他握手,亲热地说:

"老班长,你身子骨儿还挺好哇,关节炎又犯了没有?"

"不毬咋的!"老吕头神情豪迈地说,"犯了几回,让我一挺就挺过去了。"

"看精神多好!"郭祥伸起大拇指称赞着,"你真成了老来红了。"

老吕头笑得满脸皱纹像开了花似的,说:

"我有什么不乐和的!"他晃晃两只面手,"你算算咱们红三连得了多少面奖旗!临津江边开授奖大会,军政治部主任亲自给咱们发奖,我掰着指头一算,红军时代不说,咱们连已经得了三十二面奖旗!我一听人们说:'这红三连就是不简单哪!'乐得我这心都飞到云彩眼儿里去啦。油担子往肩头上一放,就像没有分量似的!"

"别人越这么说,咱们连可越不能骄傲!"老模范插嘴说。

"指导员,我不过说说我这心里的乐和劲儿。"老吕头笑嘻嘻地分辩着。

老模范说:

"老吕头,有一个任务,你愿意接受哗?"

"什么任务?"

老模范指指朝鲜小姑娘,说:

"这是连长带来的一个孤儿,把她托给你收养着吧?"

老吕头瞅了小姑娘一眼,犹犹豫豫地摇了摇头。

"怎么?"

"不行。"老吕头又摇摇头,"上次你们把小朴那孩子交给我,刚热乎乎的,你们就愣把他弄走了,弄得我心里空落落地难受了好多天,情绪老转不过来。……"

老吕头说着,连眼睛都潮潮的了。

老模范微笑着说:

"要是你不愿意,我就把她交给别的班里。"

"就放在连部吧!我照看她。"联络员小李接上说。

"你?"老吕头斜了小李一眼,"毛手毛脚的,你照看得了?"

说着,老吕头已经磨蹭到小姑娘身边,蹲下来,抚摸着她那乱蓬蓬的头,用朝鲜话心疼地问:

"你几岁了?"

"老爷爷,我十岁了。"

"你叫什么?"

"白英子。"

"你出来多少天了?"

"记不清了,好多好多天了。"

两个人用朝语流利地问答着。然后,老吕头叹息了一声,对大家说:

"这孩子出来至少有个数月了,你看这头上脏的!衣裳挂破了,伤口也没有换药。"

他拉着小姑娘的小手站起来,说:

"走,英子,跟我到伙房先把脸洗洗!"

说着,拉着白英子的小手走出去了。

老模范望着老吕头的背影微笑着。

郭祥惊讶地说:"这老吕头会的朝鲜话还真不少哪!"

"要论说朝鲜话,除了联络员就数他了。"一个炊事员说,"以前小朴那孩子在这里,两个人一天到晚说个没完,可热乎着哪!"

炊事员们渐渐散去,老模范反复地端详着郭祥,带着几分怀疑地问:

"你这伤倒是好了没有?"

"不好,人家就让我出来啦?"郭祥一笑。

"不准!"老模范说,"瞧你脸色黄得厉害。"

"你瞧瞧去,后方医院全是这个脸色。"郭祥说,"在那地方,好人也得给憋坏了。"

老模范碰碰他的肩膀,悄声说:

"你说实的,是不是开的小差儿?"

"小差倒是没开,"郭祥把他那黑眼珠骨碌一转,笑着说,"就是临走时候,没有通知他们。"

"你看你看,我就知道这里头有鬼!"老模范用手一指,然后批评说,"这可是你的老毛病了。要让连里同志知道,这影响够多不好哇!"

"下次,下次一定注意。"郭祥故意低下头说。

"又是下次!我看你这次怎么向上级交待。"

"帮帮忙!你去替我说说。"

"要说,你亲自说去!"

"你这个指导员可真厉害。"

"就是要憋憋你才行!"

老模范神色极其严肃,把头歪在一边。郭祥扑哧一笑,掏出来一个信封,规规矩矩往小炕桌上一放,说:

"这一回,你可憋不住我喽!"

老模范展开一看,又是介绍信,又是出院证,又是鉴定表,就用手指头戳着他说:

"真是嘎家伙!你还找我寻开心哪!"

"别说这,"郭祥洋洋得意地说,"你先瞧瞧我的鉴定!"

老模范展开鉴定表,离得远远地笨笨磕磕地读道:

该同志于一九五〇年十一月入院。在休养初期,一般表现尚好,能安心休养,遵守院规,并能帮助护理重伤员,给重伤同志端大小便,帮助护士打扫病房,尤其突出的是能够在伤病员中开展文化娱乐活动,起到了活跃情绪的作用。曾获得本院多次口头表扬,并准备选为模范休养员。但该同志在后期没有再接再厉,出现了严重的不安心现象。虽经再三说服,仍然固执己见,态度很是主观。该同志回队后,望领导上多多加强教育。

老模范念完鉴定表,笑着说:
"进步肯定是有,就是没有坚持到底。"
"我的老天!"郭祥说,"坦白说,我这一辈子,能抓上这么一张鉴定表回来,已经很不易了!"
两个人都朗声大笑起来。

满满一盆面条汤已经端来。小姑娘也回到连部。郭祥一看,小姑娘像换了另一个人,手脸脚丫洗得干干净净,更显得秀气了。头发也刚刚洗过,还没有干,发出一股肥皂的香味。她的脏污的小裤和裙子已经脱去,穿着一件异常肥大的军衣,挽着袖子,拖落到膝盖上。她满脸是笑,一跳一蹦地走进屋里,坐到郭祥身边。

"刚才,那个老爷爷可太好啦!"她说,"我以后就跟着他吗?"
老模范和郭祥笑着点了点头。
"这就是我们的家吗?"
"对!这就是我们的家!"郭祥笑着说。
"还发给我枪吗?"
"以后打仗,我缴一把小手枪给你。"
郭祥让小李把话翻给她。
小姑娘的脸笑得像一朵花似的,把筷子一放,说:
"叔叔,我给你们唱一支歌儿吧!"
说着,她立起来,用她那极不熟练的汉语唱着:

东方红,太阳升,
中国出了一个毛泽东……

她那细嫩的带着奶腔的声音,唱得老模范和郭祥的心里热烘烘的。

饭后,郭祥站起来,要去团营报到。老模范拦住他说:

"你等一等!咱们连新来了一个同志,天天念叨你,说你们是自小的朋友,已经十多年没见过面了。他说,你一回来,就马上告诉他,他还给你带着一封重要的信哩!"

第五章　新来的老战士

"这倒是谁呀?"郭祥仰着下巴颏儿纳闷。

"你想想看,"老模范笑着,"他一来就说:这个臭嘎子在这儿当连长啦! 嘿,他同我在桃园里偷过桃儿,梨园里偷过梨儿,大洼地里拾过柴,泥坑里摸过鱼儿,大河里打过水仗,庄稼地里捉过蝈蝈儿,秋天扫树叶,春天吹柳笛儿,还钻在草窠里合吃过一个蜜蜜罐儿……你说是谁?"

郭祥笑了,笑得怪迷人的。他说:

"是齐堆吧?"

"对啦。"

"这小子! 他不是复员了吗?"

"是呀,"老模范说,"他说:诸位是盏长明灯,小弟是块烂火石。不用我,把我放到墙旮旯里,我也不埋怨;要用我,敲打几下,我也能点个火儿,冒股烟儿。"

"这小子,怪话连篇!"郭祥笑着说,"他来以后表现得怎么样?"

"不错,着实不错!"老模范满意地说,"来了不多天,人们就奉送了他两个外号,一个叫'大肚皮',一个叫'钻探机'。"

"什么意思?"郭祥有兴趣地问。

"是这么回事,"老模范解释道,"他这人文化程度不算很高,可肚子像个大仓库,玩意儿实在不少。他能给大家说三国,讲西游,说起革命故事,更是没个完。还能说相声,编快板儿,编小剧儿。

各种乐器都能摆弄几下,尤其笛子,吹得忒好。来了不几天,人就选他当了俱乐部主任。走到哪儿,活跃到哪儿。再加上小罗这个'文艺工作者',现在咱们连比起三营还活跃哩!"

"怎么又叫他'钻探机'呢?"郭祥笑着问。

"他这人的钻劲可真不小。"老模范说,"不管遇上什么难题儿,他把眉头一皱,说:'来,研究研究!'你比如,他一听说小钢炮和花正芳打坦克负了伤,他就吃了心儿,非研究出打坦克的办法不行。凡是遇上敌人被打坏的坦克,他就像被粘住了似的,左看看,右瞧瞧,还钻到坦克里,一摆弄就是大半天,连饭都忘了吃……你的钢笔、手表、打火机出了毛病,只要让他瞧见,你别请他,他非给你修好不行。嘿,你去瞧瞧他的挎包,不是钳子,就是镊子,不是螺丝钉,就是螺丝母,说不清从哪儿来的那么多杂七麻八的零件!一到休息时间,他那儿就成了修理铺啦!"

"这小子!他比我从小就有耐性。"郭祥笑着问,"他这会儿在哪儿哪?"

"他领着一个班,正练习打坦克哩!你等着吧,晌午就回来了。"

"不,我马上去看看他!"

郭祥立起身来,问明地点,就沿着山径向沟口走去。

走出二里多路,郭祥看见公路附近停着一辆被击毁的白五星坦克。炮筒和机枪早已经被人拆卸走了,四外长着乱蓬蓬的杂草和几枝盛开的金达莱花。

有一个战士正在草棵里向坦克匍匐前进。其余的七八个人在旁边注视着。

坦克里不时地发出一阵密集的敲小洋铁桶的声音。

当那个战士快接近坦克的时候,坦克里的敲击声更稠密了,紧

接着发出一声威严的喊声:

"停止!"

那个战士还在继续爬行,一扬手,把一个大石块,"当"的一声投在坦克的尾部。

"不行!你阵亡啦。"坦克里说,"你仔细研究一下坦克的死角在什么地方。重来!"

那个战士只好离开坦克,又从新的角度匍匐前进。

郭祥悄悄站在旁边,没有惊动他们。但是一个老战士发现了他,对着坦克兴奋地叫:

"班长!连长回来啦!"

"什么?你说什么?"坦克里问。

"郭连长回来啦!"

只见坦克的顶盖打开,钻出一个身材低矮但十分粗壮的战士。他肩宽背厚,浑身上下一般粗,乍一看,活像一枚大炮弹似的。使人感到,他浑身蕴藏着使不完的精力。

他扑通跳下坦克。望着郭祥,滚圆的脸盘上充满欢乐和惊奇的表情。

"真是你呀,嘎子!"他忘情地喊了一声;又嘿嘿一笑,"这样叫,对首长太不尊敬了吧?"

郭祥在他那厚实的胸脯上一连擂了几拳,才握住他的手说:"你这家伙!旧意识倒不小哩。"

郭祥和战士们一一握手,嘱咐他们继续演习。然后同齐堆坐下,掏出大烟袋荷包,卷起大喇叭筒来。

他一边卷烟,一边歪着脖儿笑着,望着他小时候的伙伴,把一支足有一拃长的大喇叭筒,递给齐堆:

"你这小子,不是复员了吗?"

"又把我给号召来啦!"齐堆点着火,笑了一笑,"我这人只有干'土八路'的命儿。一九四五年大反攻,号召参军,我干了没有几个月,说是和平了,让我复员了。一九四八年,迎接全国革命的新高潮,号召参军,这次还好,我干了一年多,从北方打到南方,又把我选成复员的对象。指导员找着我说:'齐堆!你复员吧!'我说:'干吗让我复员?'指导员说:'现在胜利了,国家要开始建设了,参加建设也是非常光荣的!'我说:'指导员,这身军装,我还想穿几天,把我这份光荣让给别人行不?'指导员说:'这就不太好啰!你是共产党员,应该起带头作用。'好,我只好领了几百斤粮票,卷铺盖卷儿回家。临走那天,敲锣打鼓地欢送,一帮小青年还在我耳朵边喊:'响应号召是光荣的!回去参加建设是光荣的!'我回家把铺盖卷儿一放,还不到三个月,就又动员抗美援朝。杨大妈跑到我家里说:'齐堆!你倒怪沉住气。现在大伙都参军到朝鲜去,打美帝,打国际反动头子。这可不是平常事儿,比过去还光荣哩!'我这就又背上挎包来啦。临走那天,又是骑大骡子大马,敲锣打鼓地欢送,人们还攥着拳头喊:'响应号召是光荣的!参加抗美援朝战争是光荣的!'……你瞧,不到几个月,我就光荣了两次,还白赚了公家几百斤粮票!"

说得郭祥叽叽嘎嘎笑了一阵。

"你别笑!"齐堆说,"你们这当首长的,关心我一点好不好?别到时候又把我'光荣'回去。"

"你别得了便宜卖乖。"郭祥鬼笑,"你的收获也不小哇!"

"什么收获?"

"你怎么明白人装糊涂呀?"

"哦哦,你说的是个人方面吧?"齐堆哈哈一笑,"不错,是找了一个对象。你怎么听说的?"

"不光听说,还见过哩。"

"瞎说!"

"你说,是不是梅花渡的?"

"对呀!"

"你说,是不是叫来凤的?"

"对,对呀!"

"你说,是不是高鼻梁儿,说话像打机关枪似的?"

"对呀!对呀!"齐堆惊奇地说,"你真见过?"

"当然。"郭祥说,"这次家去,我们俩就伴坐车走了一道儿。这姑娘可真不错。前些时大妈来信了,说给你介绍的就是她。"

齐堆立刻笑得嘴都合不住了。

"老实说,我压根儿也没敢想这样好条件儿的。"齐堆说,"你知道,我爹眼又瞎,脾气又倔。家里三间小破北屋,大雨大漏,小雨小漏。我自己本身更没有啥条件儿。我想,不管丑俊,找上一个,能伺候伺候他老人家,做做饭看看家也就行了。哪知道杨大妈心气高,一介绍就介绍了她。我一看这闺女,思想进步,作风朴实,聪明伶俐,人才出众,还外加敢想敢干,别说三里五乡,就是全县也难找。我对大妈说,这可万万不行。在这个问题上别犯主观主义。真是做梦也没想到,人家痛痛快快就答应了。我真是唱了一出《花子拾金》,觉得她简直就像是从天上掉下来似的!……"

"这关系最后定下来了没有?"郭祥笑着问。

"你听我说,"齐堆兴奋地讲下去,"没有这事的时候,我饭也吃得香,觉也睡得甜。她这一答应,倒弄得我坐不定,立不安,老觉着,她非迟早从我手里飞了不行。说话这就到了抗美援朝。有天傍晚,她去找我,一见面,就跟我谈形势。我一瞅,她是来搞包围迂回的战术儿。我就说:'来凤同志,你别绕弯儿啦,你是不是想来个送郎上战场呀？'她扑哧就笑了。我说：'来凤同志，你瞧我这背包带子、小挎包儿、小洋瓷碗儿，还有黄碗套儿，一点儿都没有丢，早就准备着哩。什么时候报名，我拍屁股就走。'她就说：'齐堆同志，看样子，我还是真没看错了你。你有什么顾虑，也跟我谈谈。'她这一问，我就不言语了。我齐堆穿上军装当战士，脱了军装当民兵，从小儿就是从枪子儿里钻出来的。既不怕苦，也不怕死，打美帝更是一件乐和事儿，我有什么可顾虑的！可是别的方面，我确确实实地不放心。第一，她虽说答应了这件婚事，可是并没有过门，我把这孤苦伶仃的瞎爹靠给谁呢？第二，我们俩简直谈不上什么恋爱过程，时间短，感情浅，再加上她人年轻，条件好，这婚事她妈本来就不赞成，我这一走，还不是鸡飞蛋打！……她见我不言语，一个劲儿追问我，我就把头一个顾虑说了。谁知道人家爽快得很。她说：'老大爷的事儿，你就放心。凤凰堡、梅花渡一拃拃远，我腿脚又快，两头照顾着点儿。保证老人不能受制，地也不能给你荒了。'我说：'这怕不行。你娘就你一个闺女，家里地里的活儿都指着你；再说，咱们这儿的风俗还有些落后，一个没过门的闺女跑来跑去，还不叫人把牙给笑掉么？'听到这儿，她把脖子一扭，说：'你走你的，别管这个。前怕狼，后怕虎，什么事也干不成。光听蝲蝲蛄叫唤，你就别种地了！'"

"嘀！这姑娘可真有点儿革命的劲头儿！"郭祥满口称赞地说。

"可是，我把人家的觉悟性给估计低啦！"齐堆满带自我检讨的口气说，"开头儿，我只看她模样儿强，没想到人家的心眼儿更强。我承认这方面又犯了主观主义的错误。她追问我还有什么顾虑，我这第二个顾虑，张了张嘴儿怎么也说不出口。最后还是人家说：'你是不是对我有点儿不放心哪？'我就笑着点了点头儿，说：'也不能说不放心，不过，你这条件儿高，我这条件儿低，我总觉着不那么般配。'人家一听,长叹了一口气,说:'嗐!你这个人哪!我原先怎么答应的你:我一不是图你的房,二不是图你的地,我就是图你那为国为民的一片心!'她还说:'要不是共产党、毛主席领导得好,要不是你们解放军南征北战,我个穷丫头哪会有今天!我不能亲自上前线一枪一刀儿地拼,自己就够难过的了,我还能变心吗?……'说着她就哭啦。几句话胜过开山炮,震得我那心晃晃动,我那不值钱的泪珠子,就呜噜一下子不分个儿地掉了下来……"

"不简单!这姑娘不简单!"郭祥一连声地赞叹着。

齐堆停了好一会儿,才接着说:

"有些话你听了就忘,有些话能叫你记一辈子。来凤同志这几句话,就像是拿刀刻在我这心上似的,什么时候一想起来,就格外叫人长劲。过了不几天,我就戴着大红花骑着大骡子走了,她就在人群里舞着红绸子扭着秧歌送我。我这心轻松得不行,一个劲儿地想:快!早一天赶到前线去!见了美国鬼儿,我要像砍瓜切菜似的干它一场。"

说到这里,他望了望战士们,看是不是在注意他;然后往郭祥身边凑了凑,压低声音说:

"嘎子,我跟你说,我不来是不来,一来就是有决心的……现在,你是我的领导了,可不能忘咱们原来的关系。嗯?你明白我的意思吗?"

"什么意思?"郭祥笑哈哈地问。

"你看你看,你这个人!"齐堆说,"这话就够明白了嘛!"

"你是不是说,以后有什么重要任务,叫我多想着你一点儿?"

"看,这话多丑气!"齐堆把两只手一摊,"你心里有数就行喽,干吗非把话说到这个家业!"

齐堆神情愉快,把烟头一扔,站起来说:

"咱们晚上再聊,我先照顾他们演习去!"

"你不是找我有重要的话么?"

"刚才不是说啦,"齐堆用两个手指头一捏,笑着说,"最重要的,也就是那么一点儿!"

郭祥笑了笑,又问:

"你给我捎的信呢?"

"是这么回事儿。"齐堆又坐下来说,"你妈叫我给你捎个信,说她身子骨挺好,叫你不要结记她。"

"我妈的身体是挺好吗,齐堆?"

"是很好,临来还跟我说了老半天话呢!"

"她的眼不大好使,"郭祥抱愧地说,"临走,我说给她买副老花镜也没有买。"

"杨大妈也叫我给你捎个口信,"齐堆说,"她正在家带头儿组织农业合作社哩。"

"什么,合作社?"

"对,就是咱们过去常说的集体农庄。"齐堆解释道,"自从你们走了以后,大妈可是苦恼了一个时期。她说,孩子们都到前线打仗去了,我这把老骨头可该干点儿什么。以后县委指示她:试办合作社。这可投了她的心思,她就扑着这个目标儿,不顾命地干起来啦。这可是平地起凸堆,要从没有脚印儿的地方踏出一条路来。"

"你看,有门没有?"郭祥兴奋地问。

"难哪!"齐堆叹了口气,"咱村儿的情况,你知道。这事儿一提出来,就有好几个村干部抵抗。尤其是李能那小子。把大妈的头发都快愁白了。依我看,她这工作比打美国鬼儿还困难哩!"

一提起凤凰堡的情况,郭祥顿时神色严肃,夹杂着一些愁容。停了半晌才说:

"临来大妈说什么啦?"

"她怕你分心,叫我不要说这些困难。"齐堆说,"她叫我告诉你:不管怎么样,她要和群众一道把社办成。绝对不能叫村里的贫农、军属、烈属没有饭吃。她还说:孩子们在前线打仗流血,我就在后方办社会主义。我不能等孩子们回来,空着两只手儿去见他们!"

齐堆钻进坦克同他的战士们演习去了。郭祥一边看着战士们向坦克匍匐前进,眼前却不断浮现着杨大妈坚毅的身影。仿佛看见她穿着破旧的蓝布褂儿,披着满身风尘,正精神抖擞地行走在故乡的风沙里……

第六章　家乡早春

当朝鲜的山巅还留着积雪的时候,家乡的平原上,已经透露了早春的信息。

平原上,春天风大。往往黄沙漫天,有时候把窗户纸都刮得成了暗红色。村头上刚刚吐芽的柳树,院墙外结着密密红骨朵的杏花,还有刚刚返青的麦田,全笼在黄黄的风色里。

提起春天,人们会立时想起暖暖的风,细细的雨,红红的花,绿绿的草,平静无波的春水与和煦的太阳。多少年来,人们把春天比做软绵绵、懒洋洋的女神,仿佛她刚刚午睡醒来,带着一脸温柔腼腆的微笑。其实,生长在中国北方的人们,很难有这种体会。他们觉得,春天,倒更像是一个远途跋涉的风尘仆仆的战士。不错,她有着女性的温柔,但是她却更具有着战士的灵魂。

春天,究竟是什么时候来的?这很难讲。可以肯定,并不是柳绿花红的时候,而是比人们的感觉更早。在千里冰封万里雪飘的严冬,她已经在衰草的下面和枯枝的里层孕育着强大的生命;她已经在人们看不见的地方,磨好了辉煌的长剑,束好了绿色的战裙。当人们远远望见河岸的柳丛现出一片若有若无的淡淡的绿烟的时候,她已经不知经过多少次搏战了。至于芳草遍地,繁花似锦,不过是她献给人间的战果,却不是她开始来临的时日。

夺取阵地,要经过勇猛的冲击;巩固阵地,更要作顽强不息的战斗。尤其早春天气,这是春天的暖流同寒冬的余威相互搏战最激烈的季节。因为严冬的余威并不愿退出阵地,而春天却一心要占领人间。这时候,欲暖乍寒,忽晴忽雨,正说明它们的鏖战互有得失,胜负难分。在早春的夜晚,你听那彻夜不停的风声吧,一时高,一时低,一时传出千军万马的呼喊,一时传出鼓角的激鸣,这就是对垒的双方进行着你死我活的反复的搏战。

大风刮了整整一夜。大妈一宿没大合眼。成社的事一直压在她的心头。自从她同小契"取经"回来,就同本村几户贫农和烈属进行了商量,平素比较知近的几家都很赞成。她的心气儿很高。可是同李能一说,他却很不热情。他推脱说:要等支部书记王老好回来,再开支委会讨论。等王老好回来,他又不肯照面。直到昨天晚上,在家里挤着他,才哼哼吱吱地答应今天参加开会。现在连开一个支委会都这么困难,大妈怎么会不难过!加上夜里风大,窗户纸一直呼哒呼哒地响,弄得一夜也没睡成。

早晨起来,大妈一看,窗纸已被风吹破,窗台上,炕上,破旧的被窝上,细白的沙土落了厚厚一层。外屋从门缝里灌进来的沙土更多,整整打扫了大半簸箕。院子里被风吹落的干树枝子,乱纷纷地落了一地。

大伯一起,就披着破大袄挎起粪筐,到外面拾粪去了。大妈把大乱也轰起来,让他到外面捡干棒去。

破旧的风箱呼哒呼哒地响着。大妈一面烧火做饭,一面想着心事。她想,预定今天召开的支委会,无论如何要把它开成。尽管大能人答应得很好,大妈还是很不放心。她匆匆把菜粥做好,也顾不上吃,就到李能家里去了。

大妈每次跨进李能的大黑梢门,都引起一阵不快。因为她发觉,自从李能改建了他那镶着大玻璃窗的房子之后,并不喜欢人们进去。他们一见人来,就匆匆忙忙地迎上来,表面往屋里让,其实是拦住你的去路。好像你的穷气会扑了他似的。因此,大妈一进梢门,就停住脚步。果然,明晃晃的玻璃窗后面人影一闪,李能的媳妇早三脚两步抢出来了。

"婶子,你屋子里歇着吧。"她正正地截住大妈的去路,又说,"你侄子刚走!"

"刚走?"大妈急问,"到哪儿去啦?"

"到飞龙镇集上去啦。"

"不是说好了要开会吗?"

"他说,叫你们先开着。他有急事儿。"

大妈心里十分有气,当着他媳妇的面又不好发作。

"婶子,你不到屋里歇一会儿?!"李能的媳妇虚假地让了一让,就回到那个有大玻璃窗的房里去了。

大妈愣了愣,只好走出那个大黑梢门。

"不开不行!"她愤愤地想,"你就是条泥鳅,我也得把你抓住!"

她决定,立刻到飞龙镇去。

傍明时停息下来的黄风,现在又刮起来了。凤凰堡离飞龙镇虽只有十五里路,中间都是河滩,大风一起,黄沙滚滚,好像遮起一道黄色的帐幕,连几里以外的村庄都看不见。大妈的腿脚一向很好,连年轻人都跟不上她,这是她在游击战争年代,经常随着部队行军转移练出来的。但是,今天一阵阵扑面的风沙,打得她睁不开眼,她不得不走走停停,有时还得背着脸倒着迈步。足足走了两个小时,才听见飞龙镇嘈杂的市声。

这飞龙镇有两千多户,光街道就有二三里长,是方圆几十里有名的大镇;今天又逢大集,人特别众多,大妈一时哪里找得见他。她在人丛里挤拥着,串街过巷,直到傍午时分,还没有找到李能。大妈究竟上了几岁年纪,早上又没吃饭,觉得又累又饿,有点心慌。

想买点东西充饥,身上又没有带钱。只好找到一个有井的去处,扶着人家的桶鋬儿喝了一肚凉水,坐下歇了歇,才觉得心里安定了些。

大妈心中气恼,正想回返,这时遇见凤凰堡一伙乡亲,说李能在牲口市买牲口哩,就立时站起身,向村北走。

大妈走了不远,望见李能牵着一匹明光锃亮的大黑骡子笑嘻嘻地迎面走来。他一走三晃,十分洋洋自得,连脚步都有些轻飘飘的。

"我的婶子,你怎么也赶集来啦?"他愉快地打着招呼。

大妈心里十分不满,反问了一句:

"你说我为什么来啦?"

"唉唉,我的婶子,你就多包涵着点儿!"他嘻嘻地笑着,又回过头去瞅了大黑骡子一眼,"我是实实在在来不及啦。我早就听说庞各庄这匹骡子要出手,要是晚到一步,过了这个村儿可就没有这个店儿啦!"

说着,他把大黑骡子往大妈身边牵了牵,拍了拍它那肥墩墩圆滚滚的屁股蛋子,满脸是笑地说:

"你瞧瞧这身架!这膘!浑身连根杂毛都没有,简直像黑缎子似的!你说咱全凤凰堡有没有这样一匹骡子?……依我看,比当年谢家拉轿车儿的那一匹还显着威势。你估估看,得值多少?"

大妈斜了一眼,没有答言。

"你估不准吧,"他笑了一笑,用手指比了个"八"字,"就这个数儿!我给他七百五十万[①],那小子非要九百万不行。直嚷嚷了这么半天。说心里话,九百五十万也值。要是一块儿套上我那匹大

---

① 当时一万元,相当于币制改革后的一元。

青骡子、小黄骡子,拉一千多斤货,简直就像闹着玩似的。用不了几趟就挣回来了⋯⋯呃,你再看看这口!"

他一边说,一边去掰大骡子的嘴。大骡子高高地仰着脖子抵抗着,回避着。

"娘的,你还不老实哩!"他骂了一句,终于使劲拉住嚼子,用强而有力的手把牲口嘴掰开,指着说,"你看,一点不错,还刚刚五岁口哪!用上个十年八年不成问题。你,你再看⋯⋯"

"李能!"大妈截住他的话头,忍住气说,"咱计划那会,你倒是开不开?"

"开呀!开呀!"李能一连声说,"我再买根鞭梢儿,咱们马上就回。"

大妈只好忍着气跟着他。跑了好几个小摊儿,试验了好半天,才买了一根鞭梢儿,这时已经晌午错了。

大妈催李能快回,李能仰起脸看看太阳,眼珠儿骨碌骨碌转了几转,笑着说:

"婶子,你是不是先走一步,我保证随后赶到。"

"你还要干什么?"

"我跟你实说,你出来得晚,我出来得早,我一早起吃了两张小饼儿就起身啦。我这肚子饿得咕咕直叫。我先随便点补点补去,随后就到。"

大妈怕他再耍什么花招儿,就说:

"你吃去吧,我等着你。"

两人来到饭铺门前,李能在一棵树上拴好骡子。李能虚假地笑笑,用一种既不失礼貌,而又决不是邀请的口吻让了一让:

"婶子,你不进去吃上一点儿?!"

说完这话,不等大妈回言,就走进去了。

大妈带着满头满脸的黄尘,饥肠辘辘地坐在店铺门外的石阶上。里面是锅勺的乒乓乱响,和一片嘈杂的说笑。她从眼角里扫见,李能满面红光高踞在座位上,守着一大盘肉,一锡壶酒,正在细斟慢酌,不慌不忙地吃着,一面津津有味地同一伙熟人谈着他今天再也离不开的关于大黑骡子的话题。大妈不由一阵难过,低下头去。她想起,土改以前一个风雪交加的夜晚,有人来告知说,村里有一个贫农饿倒在炕上不能动弹。那是谁?那就是在店铺里守着酒肉细嚼烂咽的李能。当时大妈立时取下饽饽篮子,兜了一兜红高粱面的饽饽,冒着鹅毛大雪,连夜推开他被大雪封着的屋门,把饽饽递到了他的手里,感动得他流下了一大把眼泪。"婶子,我是一辈子也忘不了你。"这就是他当时说的。土改时,他在村里当民兵,在大妈家里吃喝也从来不分彼此。而到了今天,他连虚假的谦让都不敢多说上一句。大妈忽然意识到,她和许多贫农同李能之间的距离,已经像隔着深远难测的云雾似的变得十分遥远了。

"再来一壶吧,李村长,"一个声音说,"人逢喜事精神爽啊!"

"不不,你们知道我的酒量。"李能说,"再来上半壶就可以了。"

大妈孤零零地坐在门台上,足足等了一个多钟头,李能才酒足饭饱、脚步蹒跚地走出来。已经过午多时。他一面从树上解下骡子,一面打着饱嗝说:

"婶子,劳你久候啦!"

大妈没有说话。她本来是一个性如烈火的女性,要搁平时她早就发作起来。但她一想,这很可能是李能的诡计,故意激起她的愤怒,把事情闹崩,以便使会议不能举行。想到这里,她用最大的克制力忍了下来。

两个人沿着河滩的大路,在黄色的风沙里向回走着。李能看来喝过了量,脚步歪歪斜斜,有些不稳。

"还是走快点吧!"大妈催促着说。

"我看你也忒着急了。"李能还击了一句。

老实说,李能心里也有点儿不大高兴。今天能买到这么出色的大黑骡子,在他看来,这不仅是自己历史上的一件大事,也应该是轰动全凤凰堡的大喜事。今天在饭铺里,连那些伙计,连那些外村人都对他这匹骡子赞不绝口,而大妈,这个平素关系不错的人,却自始至终不赞一辞。哼,谁知道她心里是怎样想的?如果不是眼热那才怪哩!想到这儿,他又想起一连串类似的事情,例如他置买第一匹骡子的时候,他置办大车的时候,他去拉山货回来的时候,他安装大玻璃窗的时候,他去天津、北京、保定买卖货物的时候,他添置土地的时候,他把用不完的钱借给别人的时候,都没有看见她表示出什么热情。甚至从大城市买一两件稀罕的物件回来,她都看着不很顺眼。而且不仅仅是她,连知近的乡亲都是这样。显见的,这些人都在内心里嫉妒他!讨厌他!甚至仇视他!然而,各人走各人的路,各家过各家的生活,谁不满意就让他不满意吧,谁嫉妒、讨厌、仇视,也都由着他们吧。他就是抱的这个态度。可是,最近呢,这个女人却忽然要组织什么农业合作社,究竟是什么企图,这不是明明白白的吗?哼,什么事想瞒过我大能人,这是办不到的!

他带着满脸愠怒,偷偷地横了大妈一眼。

两个人走了一程,李能终于发问道:

"婶子!我就解不开,这办社的事儿,三里五乡都还没有动手,干吗你抓得这么紧哪?"

"这是上级的指示。"大妈说,"走社会主义的道儿,抓紧点儿叫我看没有坏处。"

"没有坏处?"李能冷笑了一声,"你就不想想谁有这个经验!

办社就这么容易？这不是吹糖人儿,吹口气就成。"

"没有经验,我们就照着人家耿长锁的脚印儿走。要是不办,什么时候儿也没有经验。"

李能甩甩手,叹口气说：

"要想说服你可是真难。我再问你,你征求过群众的意见没有？"

"征求过了。"大妈说,"已经有十几户拍着巴掌赞成。只要咱们几户党员干部,拧成一股绳儿,一带就起,我看先成个小社儿没有问题。"

"你说的都是哪几家呀？"

大妈举出老秀、金丝、郭祥他娘、桂金、刘二奶奶,还有瞎老齐和小契等几家。没等大妈说完,李能就打了一个冷战,心里暗想："果然不出我之所料！"接着,他从鼻孔里冷笑了一声,说：

"他们当然赞成。"

大妈瞪了他一眼,说："你这是什么意思？"

"什么意思？"李能把嘴一撇,"你瞧瞧这些户！不是孤儿,就是寡妇；不是瘸腿,就是瞎眼；不是馋鬼,就是懒汉；不是缺车,就是少马,全是两个肩膀扛着一个嘴的货。你要合你跟他们合去,要把我合进去我就不干。我知道他们是什么企图！"

"什么企图？"大妈愤愤地问。

"有人心里清楚。"李能又冷笑了一声。"这不是秃子头上的虱子——明摆着吗？他们就是想吃我这个肉疙瘩户,想从我身上解决困难,想叫我养活他们。干脆说,他们是想共我的产！"李能心里郁积的愤怒,再也抑制不住地迸发出来,"我早知道有人对我不满意了！我刚能吃上两碗饭,就有人看着不顺眼了！连我买双袜子,支个蚊帐,买个暖瓶,都有人看着眼气。我要问问是不是我李能再披上麻包片他们就高兴了？我再问,这革命到底是为了什么？是不是为了改善生活？为什么我的生活刚提高了一点点儿,他们就这么不满意我？你说说,这是不是合乎党的政策？……"

"革命是要改善大家的生活,不是改善你一个人的生活!"大妈打断他的话说,"办社是走共同富裕的道儿,不是谁想共你的产。我们都长着手,用不着靠你养活!"

"对呀!对呀!"李能说,"可是谁不让他们改善呢？那树上明明结着果子,他不去摘；一出门就满地是钱,他不去拣,那能怨谁呢？不错,我的生活是比别人高些,手里是比人们活泛些,可是我既没有偷谁,又没有抢谁,我是辛辛苦苦合理合法挣来的。土改那当儿,大伙一块翻了身,我比谁也没多分,谁比我也没少分。到现在,干吗有的好过,有的不好过了？你就拿小契来说,他跟我地一般多,人口一般多,我下的是什么辛苦,他下的是什么辛苦？他日上三竿不起炕,一天到晚换烧饼麻糖吃。等到他起炕时候,我早走出三四十里路了。我操的那心就别提了,你看看我这头,一年工夫头发就白了一半。到现在小契弄了个屁眼精光,我好不容易积攒了个家业,叫我跟小契合在一块儿,这不是共产是什么？对你明说吧,这办不到!我是贫农成分,我不是地主!"

他的嗓门高极了,还不断挥着手,像发表演说似的。连骡子都被惊得向后倒退了几步。

大妈再也抑制不住愤怒,用手点着李能说：

"李能!我看你也忒价地不知道害臊了。我问你,你还是个党员不是？土改以后,你就像个大皮球撒了气,你那革命性儿不知道跑哪儿去了。大伙的事儿全不在你心上,找你开个会,就像挖你二两肉似的。你跑买卖,投机倒把,放高利贷,倒是很积极。你走的是条剥削的道儿!你说你不是地主、富农,叫我看你是一个劲儿地朝这个道儿上走！村里的贫农，跟你说句话，你都爱答不理，把下巴颏儿翘得高高儿的！谁一进你的院子，你就把人拦住，怕沾上穷气。你哪里还像个党员？你说小契日上三竿不起炕，他为了全村不出事儿，一年到头夜里不敢合眼，别人不知道，你也不知道吗？你们一天大酒大肉吃着，小契买一两次死猪肉，你就在村里散布他的坏话，弄得全村老少都戳他的脊梁骨，说他是个懒汉。他死了老婆，按同志情义，你该借给他几个才是，不，你一个不借，到了把他的几亩地算计到你手里。这小契是一心为公，没有一点私心，倒是你叫鬼迷住了心窍。你说成社是贫农们共你的产，我倒想问问，你这'产'是打哪儿来的？土改以前，你披麻包片那时候，你这大能人干吗不去发家致富？"

"你别动不动就用这话噎我！"李能愤恨地叫，"土改我分了巴掌大一块地，提过来提过去，倒成了我一辈子的短处了？"

"多提一提，叫我看有好处。"大妈驳斥道，"谁要好了疮疤忘了疼，那就该叫他多想一想。这成社就是为了叫咱们的子孙后代不再像你那样披麻包片。这不是要共你的产，这是叫大家走共同富裕的道儿。你说贫农们想靠你养活，想吃你这个肉疙瘩户，你想错了，这用不着！贫农们都长着手，都能土里刨食儿，用不着靠谁！你懂不懂，我们办的是社会主义！这是毛主席给我们指的道儿！"

大妈一派话，说得李能满脸通红。他的手指头索索地抖动着，恶狠狠地望着大妈。

"社会主义！共同富裕！说得好听！"他又从鼻子里冷笑了一声，"哼！叫我看是各人有各人的目的，各人有各人的企图！"

"你说我是什么企图？"

"你自己心里明白。"

"我不明白，你给我指出来！"

"嘿嘿,要叫我说出来,那就不好听了!"他冷笑着,把嘴一撇,"你是想在上级面前讨好,你是想显出你自己能干,你是想保住你的模范!你是觉着,这些年儿,你这模范叫上级扔到一边去了,谁也不提你了,你想把你自己再露出来!"

几句话,像鞭子一样重重地落在大妈心上,噎得她说不出话。

李能的脸上浮起胜利的微笑,又刻毒地加了一句:

"怎么样,婶子,我估摸的差不离儿吧!"

大妈气得浑身发抖,步态有些失常。

"好哇李能,我真没想到你坏到这步家业!我只能怨自己过去对你的认识太不够了!"她沉了一沉,又提高声音说,"你觉着什么话解恨你就说吧。我明白告诉你,这办社的事儿我是铁了心啦,你想用几句话把我打下去,这办不到!你知道,过去日本鬼子也没把我打击下去,国民党、蒋介石、地主、还乡团都没有把我打击下去,凭你李能想把我打下去,我看也不那么容易!……不管怎么样,今天的会是非开不成!"

两个人争辩了一路,一直来到支部书记王老好的门首。

什么时候都是心平气和的王老好,正坐在小黑门楼外面的门墩上晒太阳。他那本来就有些肥胖的身子,自从到北京他女婿那儿回来以后,显得更加肥胖了。

他听见两个人尖锐激烈的争论,显出很不耐烦的样子,懒洋洋地站起来,连连摆着手说:

"唉唉,我的老天爷,你们别争了行不?都是自己人嘛,好说好商量,有什么解决不了的?!你说说,让群众们听见了,显得多不好哇!嗯?"

"老好叔,"大妈指着李能说道,"你说他今天办的这事可对呀不对?"

"唉唉,"王老好叹了口气,"依我看,你们俩说得都在理儿。他大妈,你一心急着成社,是为了把咱村的工作搞好,想叫咱凤凰堡走到前头;村长呢,他是觉着现在条件儿不够,慢走一步,先看看再说,这样稳稳当当。我觉着也挺在理儿。"

"不不,"大妈接口说,"他是说咱们成社是要共他的产,是要吃他的肉疙瘩户!"

"共他的产?"王老好低着头考虑了一阵儿,犹豫地说,"这,这,这个说法恐怕有点儿不妥。可是大乱他妈,你也想想,李能这几年,又是跑里又是跑外,风里来,雨里去,挣起这么个家业,叫我看着实也不容易。你今天叫他跟那些穷户搅到一块儿,他心里也难免委屈得慌。你有你的好心,他有他的难处,我看你们俩都别走极端。"

大妈有些气愤,瞅着王老好严肃地说:

"老好叔!你抹了一辈子的稀泥,今天你还在那儿抹呀!按你说,我们俩都在理儿,有一个不对的没有?他说我成社是为了显显自己,也是对的?"

李能也不满地说:

"是呀,我们俩有一个不对的没有?大叔,她说我走的是资本主义的路,快成了地主、富农,这话也对?"

大妈和李能两边一挤,急得王老好直抓脖子,这是他遇到难题时的惯常表现。

"唉唉,你叫我怎么说?你叫我怎么说?"他显出极其为难的样子,"要说不对,依我看,你们两方面都似乎有那么一点儿不妥当的地方儿。不过,话说回来,谁又能没有一点缺点儿?你们俩都要多多包涵。他多说一句儿,他也长不了一块儿;你少说一句儿,你也少不了一块儿。你要叫我说哪个不对,我不能木匠的斧子——一边砍哪！你们说是不？"

大妈真气急了,指着他说:

"你干脆说,这社还成不成啦？"

"唉唉,你叫我怎么说呢,你叫我怎么说呢,"王老好又抓起脖子,"这事儿我也做不了主哇！嗯？你说是不？"

"今儿的支委会还开不开？"大妈又问。

王老好摊摊手叹了口气：

"这,这,这怎么开法儿？这怎么开法儿？要不再等几天,等大伙气都消了……"

这时远处一片声嚷,不一时,金丝一只手拿着鞋底气喘喘地跑来,对大妈说：

"大妈,快走！瞎老齐跳到井里去啦！"

"你,你说什么？"大妈急问。

"瞎老齐跳到井里去啦！"

"为什么事？"

"不知道。小契他们正在那儿捞他哩！"

大妈立刻向人声喧嚷的地方小跑着。王老好远远地跟在后面。李能牵着他的大黑骡子回家去了。他一面走一面带着怜爱的眼色望着他的大黑骡子,准备给它多多地加几把料,因为整整一天没有喂它,恐怕它早就饿得够呛了。

风声呜呜,黄沙弥天,看来并没有停息下来的样子。

第七章　来凤（一）

大妈赶到出事地点，小契他们已经把瞎老齐打捞上来。幸而井里水浅，又救得及时，没有酿成重大事故。那瞎老齐已是将近七十的老人，虽然没有喝多少水，但井下水寒，捞上来时，冻得浑身直打哆嗦，光张嘴说不出话。

大妈叫小契赶快把他背回家里，换上干衣服，盖上被子暖着。待了好半晌，瞎老齐才慢慢缓过气来。问明情况，才知道是轮流给老齐挑水的李能不负责任，水缸里一点水也没有了，他急着做饭，就提了一个桶磕磕绊绊地摸到井上，结果失足掉到井里去了。

大妈想起自己作为军属代表，竟发生了这样的事情，不由一阵难受；想起李能处处妨害工作，又不免气愤。她一面吩咐金丝给瞎老齐做饭，一面又问瞎老齐说：

"老齐哥，梅花渡那闺女这几天怎么没来？"

"她来干啥？"瞎老齐倔声倔气地说，"我让她回去了。"

"干吗让她回去？"

"干吗？"瞎老齐扭扭脖子，"一个没有过门的大闺女，就南跑北奔的，三天婆家，两天娘家，你瞅着这个像话？"

"哎，你这个老脑筋！"大妈笑起来，"你不是有困难嘛！"

瞎老齐又把脖子一扭，愣倔倔地说：

"我自个儿克服！"

"还'克服'呢，"小契哈哈大笑说，"你已经'克服'到老龙王那儿去了!"

"我自个儿克服!"他重复说,还用他失明的眼睛瞪了人们一眼。

正在烧火的金丝也温柔地微笑起来。

"老齐叔这老脑筋,可不是一天半天了,"她温和地说,"我当姑娘那时候,他就这样儿。有一回,他家引弟跟我们一块儿唱歌跳舞,他在台底下冷孤丁地把烟袋锅子一伸:'引弟!你给我下来!什么豆豆豆、索索索的!'"

"金丝,你别跟他算老账了。"大妈笑着说,"他那老脑筋,叫我看比我们家那个老东西还强多着呢。八路才来那时候,我已经是有了两个孩子的人啦,那老东西还死死地看着我。别说去开会,就是见你坐在门口做活儿,也不顺眼,动不动就把个死眼珠子一瞪:'你,你为啥单单坐在这儿做活儿?你瞧谁哩?'你要是还他两句,他亮着鞋底子就打上来了。我开头儿怕他,没少挨他的臭鞋底子。后来,我的胆子就壮起来了,给村里报告,妇救会开会斗争他,儿童团到门口啦啦他,这才把他斗草鸡了,到底向我承认了错误。看起来这封建堡垒、老顽固,还得不断地攻着点儿!你一松劲,他那气就壮起来了。你说对不对,老齐哥?"

老齐知道大妈编法儿说他,心里不同意又不好当面反驳,只好相应不理。

"老齐哥,"大妈又笑着说,"到明儿我还是把梅花渡那闺女叫过来吧!"

"不,不用。"他斩钉截铁地说。

"总得有人做饭才行啊!"

"有米我就能下锅。"

"看,还挺哩!"大妈笑起来,"那地也该耕了,你能瞎摸着把种儿撒到地里去呀?再说,你要出了三差两错,叫小堆儿在前方知道了,我们可怎么对得起他!"

瞎老齐不吭声了。

大妈回到家,天已经黑了。整整一天,就吃了这么一顿晚饭。第二天一早,又起身往梅花渡去。

梅花渡街当间,有一口水井。一个穿着素花粗布夹袄的姑娘,正在那儿打水。大妈眼尖,老远就瞅出那是来凤。大妈望着她那健壮而又秀气的背影,向她跟前笑眯眯地走着。走到她身边她还没发觉哩。人说这闺女像个假小子可真不假,只见她用扁担钩勾着桶鋬儿,三晃两摇,沉甸甸溜溜平一大桶水,就像闹玩儿似的提上来了。

"闺女,让我喝口水行不?"大妈在她背后逗笑地问。

来凤猛一转身,扬着眉毛说:

"咦,是你呀大妈!你怎么来啦?"

"你不去嘛我还不来!"大妈笑着说,"闺女,这几天你怎么不到婆家去?是不是害臊啦?"

"光明正大,这有什么可害臊的!"来凤带着气说。

"那你怎么不去?"

来凤把扁担哗啦一声往井台上一戳:

"我两头受制!那边儿不让我待,这边儿不让我去!"

"怎么,你妈也不让你去呀?"

"可不。"姑娘有气地说,"有些人吃了饭没事儿,专门瞎唧唧。什么伺候个瞎公公咧,什么图房没房图地没地咧,什么开天辟地没见过没出阁的闺女跑到婆家去咧,多啦。我妈耳根子软,就不让我去啦……我把人家动员到前线去了,说的话不算数儿,我多对不起人哪!我将来怎么见人家呀!"

大妈把昨天瞎老齐失足落井的事,讲了一遍。来凤听了眼角湿湿的,好半天没有言语。接着哗啦一声,把扁担勾住桶鋬儿说:

"大妈,咱们快家去吧,你也帮我说服说服去!要是我妈不愿意,我就远走高飞,两个家都不要了。"

说着,她担上两大桶水,扁担儿颤悠悠的,一溜烟儿走在前面,脚步又轻又快,就像没有好多分量似的。

来凤家住的,正是过去许家地主的三间东房。一个黄瘦的女人正盘着腿儿坐在炕上纺线。炕下放着一架被烟熏火燎变成黑色的破织布机子,机子上有织成一少半的方格花布。来凤母女正是靠着几亩薄地和这架织布机子支撑着这个贫农的家庭。

来凤妈见大妈进来,显出并不十分欢迎的样子。只平平淡淡地说了一声"来啦",就照旧低着头纺线。大妈见她心中不悦,就赔着笑脸说:

"嫂子,你也不歇一会儿,看把你累成啥模样儿啦!"

"光歇着,吃啥哩?"

来凤妈把纺车拧得嗡嗡直转,头也不抬一抬。

来凤斜了她妈一眼,正想发作,大妈使了个眼色,一跷腿儿坐在炕上,又笑着说:

"嫂子,你心里有什么不痛快的事儿,你就给妹子说说。我帮补不了你别的,姐妹们说几句贴心话儿,也能叫你心里宽绰一些。依我看,你守了大半辈子寡,可没少作难,在梅花渡也算个苦人儿了,要不是土地改革,还不定回得来呢。现时,苦日月总算熬出来了,孩子也拉扯大了,来凤又出落得这么好,你也该松松心,痛快痛快了。别为了值不值当的小事儿,愁坏了身子。"

纺车不转了,来凤妈的一滴眼泪悄然落在衣袖上。

"松心?我到哪儿找松心哪!"她神色凄伤地说。"几十年啦,我顾前顾不了后,顾左顾不了右,顾了家里顾不了地里。她爹头天死,第二天我就把小凤拴在枕头上,扛上小锄儿去耪小苗。头回下地,不知道哪块地是自己的,左问右问,到地里已经小晌午了。心里又惦着给孩子吃奶,一边哭一边耪,地垄沟可没少喝我的泪珠子。回来时候,心里迷迷糊糊的,又走到别的村子里去了。直到天黑才到了家,孩子已经哭不出声来,光能张着小嘴儿喘气。这孩子跟着我可没有享过一天福啊!……"她拾起破袄的前襟拭拭眼泪,"如今孩子长大了,我思谋着,怎么也得让她这辈子过个舒心日子,能找个人住到咱家,我早早晚晚也能见得着她。这下可好,一下就寻到了凤凰堡,还没过门,就得伺候个瞎公公!……她大妈,人都说你是个模范老婆儿,你为人做事,我样样儿赞成,可你干吗给我的孩儿找个瞎公公呢?……"

"你看,你看,又是这一套!"来凤有气地说。

来凤妈把手里的布缏往炕上一扔:

"我心里有话嘛,你还不让我说!"

大妈半真半假地瞪了来凤一眼,说:

"来凤,这就是你的不对了。老人家有话,你就得让她说出来。她一说出来,心里不就痛快了吗!再说,你听听你妈的哪句话,不是为了你好!"

来凤妈一听这话,气早消了一半,连声说:

"你可说的!你可说的!她要懂得这个不就好了?"

说着,大妈又连忙往来凤妈跟前凑了凑,亲热地说:

"嫂子,咱这闺女的亲事,你不知道我在心里虑过多少过儿了。人都说这个瞎公公不好,其实依我看,倒是睁眼的公公好找,瞎眼的公公难寻。怎么这样说?你瞧,这三里五乡,谁家里有那么有出息的小子?在家里是民兵英雄,在外头是战斗功臣,根底正,人才强,有胆有才,不说百不挑一吧,也是打着灯笼难找。再说她公公,眼是怎么瞎的?是为了咱们穷人瞎的。闹土改那时候,谢家小子带着还乡团,来抓领导土改的干部。干部跑不及,就藏到他家的堡垒里。咱们那亲家就让还乡团给抓住了,非让他找出堡垒口不行。咱们那亲家可不是软骨头,硬是梗着脖子一句话不说,气得还乡团要枪毙他。谢家的大小子说:'枪毙,太便宜了,不如给他留个纪念。'就命令人抓了两大把石灰往他的眼睛里一搲,生生地把他的眼揉搓瞎了……嫂子,今天咱们那闺女伺候伺候他,既是应分该当,也是为咱穷人做一份好事,为在前线上的女婿尽一份心。你说咱们可有什么不乐意呢?"

来凤妈低下头沉了半晌,没有言声。好半天才说:

"我不是说,咱那闺女不该去伺候他;就是外人的话难听呀,人都说,开天辟地也没听说没过门的闺女就跑到婆家去的!"

"光听蝲蝲蛄叫,你就别种地了!"来凤在一边咕嘟着嘴说。

"对呀!对呀!"大妈连忙接上说,"有些话听得,有的话就听不得!过去的老皇历已经不顶用了。我就愿当个新派儿。八路才来那时候,提倡放脚,好多妇女搞不通,你要去查脚,她伸出一只叫你检查,另一只还缠得紧紧的。我就不这样儿,一说放,我第一个响应,穿着袜子走得噔噔的。我还收了好多裹脚条子,给八路做了军鞋的底子。后来反扫荡,敌人来捉我,我跟着八路行军,百儿八十地走,一步队不掉。要是嫂子你这脚呀,早就当了俘虏,让人装上汽车运到'满洲国'去了。你说是当新派儿好,还是当老派儿好?"

大妈一边说,一边还伸出脚跟她比,弄得来凤妈也忍不住笑起来了。

来凤妈高兴了许多,瞅着闺女说:

"老傻呵呵地站着干什么,还不赶忙给你大妈做饭去!"

大妈连连摆手说:

"不啦,不啦。我是到县里去,商量成社的事儿,路过来看看你。你知道成社的事儿有多难哪。我想叫来凤早点去,也有这个意思:叫她给我搭个手儿!"

大妈说着,下了炕,往门外走,一面又回过头笑着问:

"来凤,你什么时候去啊?"

"明儿一早就去。"来凤说,"把铺盖卷儿也搬了去!"

"对,还是你那话:听蛐蛐叫你就别种地了!"

大妈一边说,一边向着县城的大道,扬长走去。

第八章　来凤（二）

凤凰堡人们吃早饭的时候，一件稀罕事儿轰动了这个村庄。

人们，尤其是那些老婆们、姑娘和媳妇们，都在津津有味地议论：

"你真看见了么？"

"看见了，看见了。"

"走的大路，走的小路？"

"小路？就从这大街上大摇大摆走过去的。"

"也没骑马，也没坐轿？"

"还骑马坐轿哩，干人一个，连个人送都没有。背着个大包袱，踮踮踮踮走得可快着哩！"

"哎哟，我的老天爷！她就不害臊么？"

"害臊？头都不低，谁给她打招呼，她就点点头儿，对你一笑。"

"咦，这疯闺女！可真给咱凤凰堡兴了新规矩了。"

"快看看去吧，老奶奶，快快！"

"走走！我刷了碗立时就去。"

瞎老齐家，只有三间小破坯屋，院墙塌得只剩半人多高。院里院外挤满了喊喊喳喳的年轻妇女们和老婆们。也有少数年轻小伙站在墙头外面观看。孩子们吵吵嚷嚷地从人群里钻到最前面去。

瞎老齐披着大破袄坐在院墙外一块大青石上，脸色并不十分高兴。来凤刚刚放下铺盖卷儿，人就挤了满满一屋。屋小人多，吵嚷的不行。孩子们趴了一窗台儿,把窗户纸也捅破了。来凤看见这阵势儿,就干脆走到院里。她坐在小板凳上,用一条新毛巾擦汗。

院里人越挤越多。姑娘媳妇们趴在伙伴的肩头上偷偷地议论:

"你看,连身新衣裳都没有换。"

"那不是,换了双新鞋,换了根新头绳儿!"

"她穿那小方格花布,倒挺是个样儿。"

"人家手不笨,自己个儿织的!"

"模样儿倒长得挺俊。"

"就怕缺点心眼儿,脑子少根弦儿。"

"你怎么知道?"

"看,有心眼儿还办出这事?一说来,背着大铺盖,噔噔噔噔就闯来了。你哪儿见过?"

人群里流过一阵低低的笑声。

这时,又赶来一批看新鲜的。后面的人往前涌,把前面的人都挤到来凤跟前来了。有几个孩子也挤倒了。

来凤把孩子们扶起来,说:

"看,婶子大娘们,你们到底挤啥哩呀?"

"挤啥哩,我们看你哩,看新媳妇哩!"人们纷纷笑着说。

"那你们就看吧,"她也笑着说,"慢慢看,别挤,反正我也跑不了呀!"

人们一阵哄笑。笑声里又是一阵喊喊喳喳地议论:

"看,人家一点儿也不害臊!"

"脸都不红一红!"

"我们过门那阵儿,头上顶着块大红布,把脸遮得严严的,在轿里都不敢掀一掀;这可好,你问一句儿,她答一句儿。"

"你没听人说,如今的闺女脸皮厚,迫击炮,打不透!"

这一句虽是低语,但声音不小,引得哄笑声立刻滚过全场。笑声才住,一个媳妇带有挑逗的意味笑着问道:

"妹子,你这就算过来啦?"

"可不过来啦!"来凤笑着说。

人们霎地静下来,听着她们的对话。

"我问你,"那个媳妇说,"等小堆儿兄弟回来,这喜事儿还办不办?"

"人都过来啦,还办什么!"

媳妇又惊讶又惋惜地叹了口气,说:

"说真的,连轿都没坐,你不觉着冤哪!"

"这冤什么!"来凤笑着反问,"你非坐在人家的肩膀头上噶悠噶悠才算不冤?你非叫人吹吹打打像耍猴似的才算不冤?"

人群哄地笑起来。有人说:

"你看这闺女可真能说!"

来凤见那媳妇脸刷地红了,又乘胜追击说:

"嫂子,你来时候坐轿了呗?"

"哟哟,看你倒找寻上我了!"那媳妇红着脸说。

"你坐了几里?"

"多不过半里,她娘家是小于庄的!"有人插嘴说。

"哟,才半里地!"来凤笑着说,"要是我,坐个百儿八十里的才过瘾哩!"

人们嘎嘎大笑起来。那个媳妇脸色绯红,动作慌乱,连声说:"瞧你这个闺女!瞧你这个闺女!"捂着脸往人群里一钻跑了。

"再坐一会儿吧,嫂子!再坐一会儿吧!"来凤说着,一面轻声地低低地笑。

　　为了摆脱人们的纠缠,来凤站起来,抓起靠在墙上的扁担,对人们说:"婶子大娘们,嫂子们,咱们干活儿去吧,等有工夫的时候,我再陪着你们拉闲篇儿。"说着,哗里哗啦挑起水桶,从人群里挤过去到井台上去了。

　　人们也都得到了很大满足,发着各式各样的议论,一路说笑着渐渐散了。

　　瞎老齐人口虽少,土改时候却分了一个能盛五六担水的大水瓮。平时很少挑满过,今天却被来凤挑得满当当的,那个破水瓢都快浮到外面去了。来凤放下水桶,又抄起扫帚打扫院子。这时候,几个老婆儿,还兴犹未尽地围着坐在大青石上的瞎老齐悄悄说话。

　　只听一个说:

　　"他老齐叔,依我看,这闺女也算行喽!"

　　"行喽?"老齐硬橛橛地说,"你听她刚才颠三倒四说了些啥!"

　　"疯是有点儿疯,可是模样儿挺俊。"

　　"俊不俊,能顶吃顶喝?"

　　"干活儿可真不赖。"

　　"不赖?不能光看眼皮子活!"

　　"唉唉,他老齐叔,"一个说,"你这瞎公公,有人伺候也该知足了。叫我说,你这命儿就算不错。"

　　"不错?"瞎老齐反驳说,"南跑北奔的,时间长了哪保得住?年轻人在家守着都不行,还说这!"

　　一个声音赶快制止道:

　　"别说啦,她在那边儿怕听见了!"

　　"听见就听见!"瞎老齐声音一点也不减小,"反正咱这坑养不了她那鱼!"

听到这里,来凤停住扫帚心中想道:"嘿,怪不得人说我这公公是个倔公公,真一点儿不假。往后,我得编法儿让他高兴才行。"

自此以后,来凤在老齐家两手不停地干活儿。长期以来,这个又孤又瞎的老人少人照顾,使这个家显得又穷又破,又脏又乱。院墙没有栅门,屋门没有门插儿。院里不是鸡粪,就是烂草。屋里这里一只臭鞋,那里一只烂袜。那炕上的被褥,不知多少年不拆洗了,就像黑铁皮似的。瞎老齐身上的衣裳,又脏又破,虱子爬得到处都是。大妈和金丝她们,尽管偷工摸夫地来拆洗整顿一番,时间一长又是老样子了。来凤一连忙活了好几天,院里院外,炕上炕下,旮旮旯旯,全打扫得干干净净。又买了几张白麻纸,把窗户糊得明光瓦亮。还抽空到野地里拾了几大筐柴火,烧了几大锅热水,把被褥都拆洗了,把瞎老齐满是虱子的衣裳,煮了又煮,烫了又烫。一时换不下来的棉衣,也让他脱下来,把虱子扫落到火堆里,把虮子一个一个地挤死。这家虽然还是那个缺柴少米的穷家,但因为添了这么一个人,却立时显得有条不紊,面目一新。

终于,在这个孤苦的盲老人的脸上,出现了若隐若现的笑容。来凤心里也畅快起来。可是为时不久,情况又发生了变化。由于来凤帮助大妈出去做了几天建社工作,瞎老齐嘴里没说,脸色却显得不大高兴。一天,来凤开会回来,看见他一个人盘着腿儿在炕上孤独地坐着,脸上显得虔诚而又神秘,两手捧着一个小圆木盒,在哗啦哗啦地摇着。摇了一阵,哗啦往炕上一倒,里面滚出好几个清朝时代的铜钱。然后,他瞎摸着,把铜钱一个个拾起,一共是六个,自上而下排成了一溜儿。接着又一个一个去用手指来辨认铜钱的正面和反面。随后脸色变得十分阴沉,低头不语。

来凤知道他正为什么事在算卦哩,也就没惊动他。把饭做好,就盛了一碗,端到公公面前,恭敬而柔顺地说:

"爹,你吃饭吧!"

"我不吃!"他气昂昂地说。

"爹,我今天有事儿,回来得晚了点儿,恐怕你早就饿了。"

"你放到那儿!"他把脖子一扭,"不吃就是不吃!"

来凤见他气大,正要耐着性儿解劝,还没有说完一句,老人把手里的小圆木盒儿往下一蹾,跳下炕,摸摸索索地到院里去了。

来凤一手端着碗,一手拿着筷子,在后面追着说:

"爹,当小的有什么不对,你只管说,说了我就改。可千万别饿坏了身子……"

瞎老齐站住脚步,回过头问:

"我问你,你来的那天是初几?"

"是四月四号。"

"不,你说阴历。"

来凤寻思了一阵,说:

"是三月初三吧!"

"你想想这是什么日子?"瞎老齐咆哮说,"这不是黄道,这是黑道!还是个寒食,鬼节!你你,你干吗单挑这个日子?"

"我没有多想。我……"

来凤正要分辩,瞎老齐立刻打断她:

"你没多想!哼,你那当娘的也没多想?怕你没存心多待吧,嗯?"

瞎老齐说着,把手一甩,又摸到门外那块大青石上坐着去了。

来凤只好把碗端回到屋里,往灶台上一放,哭啦。

她哭了一阵儿,转念一想,自己叫着自己的名字说:"尹来凤呀,尹来凤呀,你哭啥哩呀,你是一个青年团员,你连这点儿困难都经不起么!他老人家生长在旧社会,怎么能没有一点旧思想呢,他多少年来一个人独自生活,半路失明,心里哪能那么舒畅! 就是把这事放到我自己身上,我不是也会发脾气么! 再说,是我把人家的孩子动员走的,老人没有拦挡,也就很不错了,还能叫人家不发一点气么? 他在前方跟敌人拼命,每天不是子弹就是炮弹,我在后方连一点儿气都受不了么? 只要他们两方面高兴,受点气就受点气吧,这又算得了什么呢! 来凤呀来凤,瞧你的泪珠儿多不值钱哪! 恐怕还是你的锻炼很不够吧! ……"

她这么一想,自己又深感羞惭。待了一会儿,估计公公的气消了,才把饭热了热,重新盛在碗里,给老人端去。

清明过后,下了一场春雨。家家户户都忙着春耕播种。可是许多贫农家,不是没有牲口,就是没有农具,不是没有种实,就是没有吃的。老齐家就更是这样。幸亏大妈从县里给贫农们贷了一部分种子,来凤借了一个破耧,杨大伯又来相助,这才没有误了农时。

耩地那天,杨大伯扶耧,来凤拉耧。这来凤虽然像小马一般的健壮,可是近来缺少吃的,体力也就赶不上从前。最近以来,她看瓦罐里粮食不多了,就只给公公吃点稠的,自己喝点儿稀的。这天早晨,破例吃了两个饼子,开头儿还很有劲,等耩了一亩多地,就觉着饿得心慌。又硬撑着拉了一阵儿,忽然眼前一黑,腿一软,就向前扑倒在潮湿的田野里。

慌得杨大伯赶快撒了扶手,赶到前面扶起她说:

"闺女! 闺女! 你怎么啦?"

"不咋的。"她停了停,轻声地说。

杨大伯见她满头满脸的汗水,乌黑的短发湿漉漉地粘贴在前额上,不住地喘气,就说:

"闺女,是不是太累啦? 要累咱们就歇一歇。别说你一个闺女家,这种活就是两个大小伙子也够累的。"

"不,不,"来凤定了定神,勉强笑着说,"是我一时不在意,一个小坷垃把我给绊倒啦。"

说着,她站起身来,拍拍旧花格夹袄前襟上的湿土,跑到地头上端起大肚儿瓦壶,就着它的小嘴儿,咕咚咕咚一气喝下了一半,精神为之一爽。心想:"那在前方的人,不也常常饿肚子么?难道饿肚子就不打冲锋了?干!"这样一想,精神立刻振作起来,抹了抹嘴唇上的水珠儿,说:

"大伯!把它耩完。"

说着,跑上去,从湿垄沟里拾起绳套,套上肩头,又扑着身子拉起来。种子在耧里发出轻微的响声,和她那滴滴点点的汗水,一起落在未婚夫家的田土里。在中国的大地上,有着多少不知名的妇女们,她们用同样艰苦的脚步配合着前线上的步伐,用自己忠贞的心应和着丈夫们的杀声!

来凤勤苦的劳动,终于传到老人的耳朵里。一天,来凤从地里回来,听到屋里老人家正同一个人静静地谈话。

"写吧,你快给我写吧!"老人说。

"到底写什么呀?"另一个声音问。

"我知道你们有字眼的人会编。"老人笑着说,"你就说那孩子不赖,比亲闺女待我还强。"

"你不是嫌人家太疯了么?"

"唉,年轻人你不管严点儿还行?"

"老齐大伯,"另一个声音笑着说,"你不说人家是兔子的尾巴长不了么?"

"我,我,我什么时候说过这话!?"

"听人说,你在她面前连笑都不笑,表扬的话没有说过一句儿。"

"那，那倒是真的。"老人说，"这，你还不懂，年轻人不能夸，你一夸，就把她举上去了。"

这话引起另一个人叽叽嘎嘎的笑声。

站在窗外的来凤也几乎笑出声来。心里说："不夸你就不夸吧，谁指着你表扬呀！我比起人家前方的人还差得远呢，我连人家一个小指头儿还赶不上呢！只要你们父儿俩两头喜欢，也就是我的福分了。"

她捂着嘴儿，因怕笑出声来，一扭身子又跑到外面去了。

第九章　密计

凤凰堡的建社工作受到重重阻挠,杨大妈不得不到县里求援。县里派农业科长来亲自监督这一工作。春忙过后,开了一个支部委员会,在会上农业科长狠狠批评了李能一顿。李能善于看风转舵,只好乖乖答应带头入社,而心里对杨大妈却是说不出的痛恨。回到家里,他变得像饿狼一样疯狂,屋里窜到院里,院里窜到屋里,一连摔了好几个红花细瓷碗,踢死了两只小鸡,还跑到槽上挨个儿地摸着他那两匹骡子一头骡驹,失声痛哭。一边不住地骂:"你个臭老婆子!我算毁到你手里了!"

地主谢清斋自从去年反攻倒算,造谣破坏,被大妈和小契送到县里,一连管押了好几个月,最近才放回来。表面上似乎老实了一些。并且从金丝的院子里搬了出去,住到村南三间普通的农舍里。可是这天,他忽然显得十分兴奋,迈着他的两只小短腿儿跑回家里,把他那穿着破缎子坎肩的瘦小的身子往躺椅上一仰,就哈哈大笑起来。

"你笑啥哩?"谢家婆娘拐着两只小脚过来问他。

"有办法了!有办法了!"他摸了摸他的小兜兜嘴儿,仍然笑个不住。

谢家婆娘把大木瓜脸一扭,把她那一年到头老是耷拉着的肉眼皮微微一抬:

"这是啥年月!你还有心花笑哩。"

"你沏壶茶去,我慢慢说。"谢清斋摆摆手,"用我那把小瓷壶儿!"

那婆娘虽然穷了,但服饰穿戴仍然和一般农民不同。她那已经秃了的头顶,并没有妨碍她把剩下的头发梳得溜光,还挽着一个乡下很少见的香蕉纂儿,秃顶的地方,抹了些锅底烟子,所以乍一看,仍然是乌油油的。她扭搭到小柜那里,取出一把异常精致的小白瓷壶儿,有小酒壶儿那么大,续了点水端过来。谢清斋端详了端详那上面的山水和"富贵于我如浮云"的诗句,悠悠然呷了一口。

"你没给我续点茶叶?"他抬起头问。

"早就剩一点碎末末了,你还当是从前哩!"

"真他娘的!现在是一睁眼要什么没什么!"他恨恨地叹了口气,"要搁从前,我是要龙井有龙井,要雨前有雨前,连龙团珠、碧螺春我都喝得不爱喝了。"

那婆娘把肉眼皮一耷拉,不赞成地说:

"就是有好茶叶,清肠寡肚的,你有啥香东西可消化的?……提起这,我,我恨不得把他们一个个攮死!"

"好好,不说这。"谢清斋呷了几口茶,把小瓷壶儿往桌上一放,"我对你说,现在可是有办法了。"

"办法儿,办法儿,一天价说,也没见你那办法儿在哪儿!"那婆娘冷笑了一声,一双小脚前站站,后退退,"年上刚拿回咱们一个簸箕,一个小红柜儿,就让人家卡住脖子坐了几个月官店!差点儿没把脑袋给赔进去。"

因为她那双小脚儿老是站不稳,就干脆回到炕上盘着腿儿坐着去了。

"那事儿我是办得太性急了一点儿。"谢清斋笑了一笑,"那时候,我看美国人过来,也就是三两个月的事儿,也就没有稳住定盘星儿。没承想他们硬叫顶回去了。这就叫忙中有错儿。依我看,办法得改。现在我给你说,好机会可是到了。"

"什么机会?"

"这机会可是千载难逢:他们窝里反了。"他得意地哈哈大笑起来。

"谁们?"

"还有谁?大能人和臭老婆子呗!他们为成社闹翻天了。大能人说:'有她就没有我,有我就没有她!'"

谢家婆娘的大木瓜脸出现了一丝笑意,把下垂的眼皮翻了翻,可并没有翻起多少:

"这是听谁说的?"

"你问这干吗?"谢清斋瞪了女人一眼。

婆娘又转过话头:

"你倒是想咋办哩?"

"咋办?"谢清斋在躺椅上忽地坐直身子,小眼睛里迸出恶毒的凶光,"我看,得首先把臭老婆子除了!"

"那李能也不是个好东西!"婆娘咬着牙说,"土改时候,他也斗得咱们不轻!"

"对,对,"谢清斋一连点着他的小脑壳说,"可是,那坏根儿还是在臭老婆子那里。这共产党跟共产党也不一样,有人吃硬,有人吃软,这死东西软硬不吃,是个王八吃秤砣,铁了心的死共产党!我觉着在别人手里,还多少有点活泛气儿;她那两个眼盯着你,叫你浑身发毛,气都喘不过来。你想想这些年,咱们哪一天不吃她的亏,背她的兴!"他把声音又压低了一点儿,"咱想法儿把大能人拉过来,就能借他的手把臭老婆子除了。"

那婆娘把嘴一撇:"你说得容易!"

"依我看,也不甚难。"他摸着几根稀零零的黄胡子轻蔑地一笑,"这大能人你别看他咋呼得凶,他这种党员儿不过是红萝卜——红皮白心儿。你瞧他这几年闹了个小家业,一听成社就慌了神了。还搂着他的骡子哭哩,说他那'阶级兄弟'要吃他的'肉疙瘩户'! 哼,咱们谢家以前是什么家业,土改那时候我也没像他这么慌过。叫我说,这是活该! 土改那时候,你光顾的分东西哩,你斗得那么起劲儿,你就没想想我这个'肉疙瘩户'! 这回也该你尝尝这个滋味儿了。"他仰在躺椅上,哈哈笑了一阵,又坐起身子说:"这共产党就是怪。吃了饭没事儿,他就琢磨斗争。不斗这个,就斗那个,看谁的生活冒了点尖儿,就慌着把你掐掉。反正他是要弄得没穷没富才行。那世界上,有君就得有臣;有上就得有下;有人骑马,就得有人喂马;有人坐轿,就得有人抬轿。要光是骑马坐轿的,那谁喂马抬轿哩? 没穷没富还成个啥世界? ……好,我正愁着没法儿,这一下他们窝里反了。这才是东风自与孔明便咧!"

"你倒是想起了啥法儿?"婆娘微微抬起眼皮。

"这法儿是一试就灵。"谢清斋奸笑了一下,"他大能人再能,我叫他往西他就不能朝东。就看这法儿你肯不肯用了。"

"我?"婆娘吃了一惊,"我有啥本事?"

"嘻嘻!"他又是一笑,"你们女人的本事可大得很嘞。"

"你,你……"那婆娘抬起眼皮骂道,"我这么大年纪了,你还叫我去勾人哪?"

谢清斋哈哈大笑,连忙说:

"把你丢到十字街儿也没人要! 不不,我不是这个意思。"

"那你是什么意思?"

"我说的是,是,是咱那闺女俊色。"

那婆娘一听急了,跳下炕,指着谢清斋骂道:

"你这个老不死的,你说什么?她是我的亲闺女,也是你的亲侄女,她个黄花幼女,你就叫她去干这事!你倒是安的什么心哪!嗯?"

"你,你听我说……"

"去你的!"女人不许他还口,"自你哥死了,你跟我不清不白的,闲话就有几大篓了,你,你还要……"女人说着,呜呜地哭起来了。

"哎哎,你声音小一点儿嘛!"谢清斋长长地叹了口气,往躺椅上一仰,"人说,这妇道人家头发长见识短,真一点儿不假。"

"你见识长!"女人倚着炕沿,一面垂泪,一面反驳道,"反正你把我闺女送给个穷小子我就不干。我这闺女就不说是龙生凤养,也不是那般小家子女。找不见合适的,我就叫她等着。等我们家老大他们打回来再寻人也行。"

谢清斋叹了口气说:

"你哭了半天,还不知道谁死了呢!我不是要她结婚,我是要她去……"

"要她去勾人,是不?"

"真是!干吗要说得这么难听!"谢清斋把头一歪,"《王司徒巧施连环计》你听说过没有?《昭君和番》你听说过没有?没有,是吧!妇道人家什么也不懂。这都是上了书的,是古已有之!我就不懂这有什么不好,闺女还是你的闺女,又少不了一块儿!"

女人更有气了,把眼一瞪:

"不管你怎么说,我就是叫俊色等着,一直等到我们家老大打回来。"

谢清斋也有些急,但还是耐着性子,赔着笑说:

"你他娘的,真是擀面杖吹火,一窍不通!……你那脑子就不会拐一点弯儿。等！等！可你倒等得着哇！老蒋天天喊：'反攻大陆！反攻大陆！'喊得倒响，可就是光打雷不下雨。我也看透了，美国要不出兵，不起世界大战，怎么也是不行。可美国人又没出息，手里又是飞机，又是大炮，又是原子弹，你眼巴巴地等着他，倒让人家三戳两打地就推回去了。弄得我白白地坐了几个月官店！你，你瞧我这身上瘦的！"

他说着把他的破青缎子坎肩掀起来，让那婆娘看，又一连长叹了两声：

"等！等！谁都让我等！我不是不愿等，我是不能等，我是没法等呵！他们躲到台湾怪美，说大话也不费劲，说小话也不省劲，话专挑好听的说；可我是天天在人家的眼皮子底下，只要一个不经心，多说一句话，就会立刻挨一顿臭骂：'这个老地主，又不老实哩！'说不定马上会飞来杀身之祸。我出一回村，也得向那些毬干部请假；我串一趟亲，也得向那些毬干部报告；我说一句话，还叫我坦白坦白我的思想活动。我，我，一年到头，一天到晚，我是在爬刀山哪！只要稍微松松手，就会掉下来，落个粉身碎骨！我，我，他们还一个劲儿地叫我等着。等他们反攻回来，别说人，连咱们的骨头早就朽了。"

那婆娘蔫不唧地沉着个木瓜脸靠在那里，不言声了。

谢清斋神情激愤地站起来，把他那瘦小的躯体移动了几步，教训道：

"哼，你这个妇道，我的话你还不爱听哩。"他用一个手指头指着自己的脑瓜儿，"你懂不懂，我这个地方儿比你明白！你光想害了你闺女，你就不捉摸捉摸我这里面的意思。跟别人说话是一点就透，要给你说话，就非露个底朝天不结。让我告诉你：这大能人只要上了手，头一步，就可以把那臭老婆子除了；只要把臭老婆子赶下台,紧接着第二步,咱就可以改变成分;成分一改,把咱这地主帽儿一摘,接着第三步,咱那俊色就可以入团入党;入了团入了党,第四步不就可以当干部么?只要当上了干部,就是老大他们不打回来,不又是咱们的天下了么!你别慌,到了那时候,咱就可以打着共产党的旗号办事了。凡是斗争过咱们的穷小子,你看我一个一个地收拾!我给他们戴上反党分子的帽子,叫他们死了也没个地方喊冤去!你就等着瞧吧!"

说到这里,紧紧地闭起了他那小兜兜嘴,嘴角下垂,眼里又射出一股凶光。

那婆娘的肉眼皮这次略微抬得高了点儿,带着惊讶赞服的神情瞅了瞅他。沉了一会儿才说:

"那,那……勾人的事儿也不容易。"

谢清斋刚坐回到躺椅里,一听这话,往后一仰哈哈大笑起来。

"哈哈,不容易!哈哈……"他边笑边说,"叫我看,你要勾他,这一百个男的,有九十九个半搁不住劲儿。"

好半晌,他才停住笑声。

"给你实说吧,我这主意也不是平白无故的。"他又笑了一笑,"有好几回,我瞧见大能人一个劲儿地瞅咱们俊色,跟他娘的看见鲜鱼的馋猫似的。再说,他跟他老婆关系也不强。这事儿我早就研究了好多天了。"

"你他娘的也不是个正经东西!"

那婆娘骂了他一句,两个人都哈哈地笑起来了。

在笑声中,突然听得窗棂上有人"砰砰"地敲了两声,两个人吓得面如土色。谢清斋在躺椅里索索地颤抖起来。

只听外面说:"好哇!你们俩好狠心哪!"

接着风门吱咽一声,进来一个十八九岁的姑娘。这姑娘虽然长得不算十分出色,但身材苗条,衣服格外合体,尤其两条细长的辫子,结着粉红色的丝带,给她增添了不少的艳丽。她把提着的书包往炕上一掼,就咕嘟着嘴坐在那里。

"我的老天爷!你差点儿没把我吓死!"谢清斋长长地吁了口气,走上几步,笑着说,"俊色!刚才的话,你听见啦?"

俊色把脸一扭:"反正让我嫁个穷鬼不行!"

"穷鬼?哈哈,现在只有穷鬼才是好成分哩!"谢清斋挖苦地一笑,"何况,人家早就是凤凰堡的首户了,现在比你还穷?"

俊色又把脸往那边一扭:"人家有媳妇你不知道?"

"有媳妇没媳妇有啥关系!"谢清斋哈哈一笑,"我要是个女的,笑上三笑,要不叫他跟那个黄脸婆打离婚,就算我姓谢的没有本事!"

俊色把辫子一甩站起身来:

"不管怎么说,反正你没有为我着想。我爹死得早,我们娘儿俩跟着你,没想到你这么逼我。叔,你要再这么逼我,我就离开这个家!我死我活,你就别管了。"

俊色说着就往外走,谢清斋岔开步把她拦住,厉声说:

"好哇,你还给我颜色看哩!人家天天骂你是地主崽子你也不恼,骂你是财主羔子你也不恼,动不动查你的成分,查你的思想你也不恼,当叔的说你一句,你就恼了。你说我没有为你着想,你昧良心哩。我过去买房买地,人家说是搞剥削哩,就说是剥削吧,不是为了你们是为了谁?这会儿我一天到晚思前想后,劳心劳神,人家又说是反攻倒算哩,就说是反攻倒算吧,不是为了你们是为了谁?现在眼看黄土已经埋到我的脖子这儿了,我已经闻到土腥气了,就是受罪还能再受几天?我不是全为了你们吗,倒红口白牙地说没有为你着想!可是看看你,你平常说要为你爹报仇,叫你去干一件小事,你就不愿去了。你爹天天夜里给我托梦,说'兄弟呀!兄弟呀!我的仇你们啥时候才给我报哩!'我一醒就是一枕头眼泪。我还当孩子们有出息哩,不承想你早就把你爹的仇忘了……"

说到这里,谢清斋用双手捂着他那个皱褶重重的瘦脸,歪到躺椅上,张着老婆嘴呜呜地哭起来。又边哭边说:

"你们娘俩有本事,你们享你们的福吧,反正我是活不长了……"

那婆娘也泪汪汪地走上前来劝解说:

"他叔,孩子年轻不懂事,有话你只管说,你哭啥哩!"

"我说?我可说得了哇!"他边哭边说,"按你们说,俊色不是亲的,我才往火坑里推她。家骥那孩子可是我亲生亲养的吧,我不是把他派到朝鲜去了吗!在共产党窝里干勾当儿,又是火线,比这不危险吗?你们说话可不要屈心!"

俊色傻呆呆地坐在炕上,沉了半晌才为难地说:

"我也没说一定不去,可这样的事儿我真不知道该怎么办哪!"

谢清斋听得俊色的话有了活气儿,连忙止住哭声,擦擦眼说:

"这才是孝女哩!只要你乐意,那办法好说,你同你娘商量商量就知道了。"

这时候,在谢清斋像核桃皮一样的皱脸上,又恢复了刚才得意的笑容。

俊色的神情平静了许多,走到她叔身边悄声地问:

"我哥到了朝鲜有消息吗?"

"没有,没有,"谢清斋神秘而又得意地说,"不过,他是很会抓机会的。"

第十章　临津江畔

四月,临津江北,大军云集。

这是又一次新的大战役——第五次战役的前夕。也是志愿军战士们在朝鲜度过的第一个战斗的春天。东风吹来,一阵暖似一阵,那一树树的杏花、桃花、苹果花、梨花,在朝鲜人的茅屋前、古井旁,以至被炸毁的断墙边,依然开得很好。那漫山遍野的金达莱,就更不用说了。战士们的情绪,也正像这些耀眼的花朵一样,在"一夜催开花千树"的东风里,显得闹嚷嚷的。

至于说我们的主人公郭祥,恐怕还得加上一个"更"字。他在后方医院里经过了那么长难挨的日月,现在既然鸟儿出笼,鱼儿入海,还不好好地"干一场"吗!再加上后续兵团源源到来,确实令人兴奋鼓舞。当他随着部队向前开进的时候,一路上看到有多少部队呀!真是前不见头,后不见尾,人欢马叫,整个的公路就像汹涌的江流一般。这些新来的小伙子,个个生龙活虎,虽然背着很重的东西,仍然昂首阔步,恨不得一步跨上战场。郭祥心里暗暗赞美,一路上不断地同他们打着招呼:"同志们,哪一部分的呀?"对方也笑嘻嘻地回答:"胜利部的!"再不就是:"黄河部的!""长江部的!""珠江部的!"郭祥心里说:"好,你保守秘密吧,我也不问了,反正你是从鸭绿江那边来的,不久咱们战场上见。"

郭祥的连队,同样因为补充了许多新战士而显得生气勃勃。这些新战士全国各地都有,而独以四川省为多。这些四川兵,一个个全是小敦实个子,特别地能吃苦,能爬山;而且觉悟高,动不动就说:"我是经过剿匪、反霸来的!""我是经过土地改革来的!"郭祥真是从心眼里喜爱他们。而他们也同样地喜欢郭祥,见了他总是笑嘻嘻地问:"连长,什么时候有任务呀?""连长,战役什么时候才开始呀?"郭祥总是凭着老兵的预感和老经验回答:"快啦!快啦!"一说"快啦",这些战士就高兴得跳起来,好像他们的连长是什么总参谋部的决策人物。

终于,在战士们的渴盼中,部队从集结地向前开进了。经过连日行军,到达了临津江边。

这时,却发生了一桩意外的事件。

这天午夜,郭祥正在茅屋里熟睡时被推醒了。他一骨碌坐起来,睁眼一看,老模范像是刚从外边闯进来的样子,鞋也没脱,一面喘气,一面对着他的耳朵悄声地说:

"出事了!"

郭祥不由得眉毛一耸,摸了摸他的驳壳枪。

"教导员刚把我叫去了,"老模范说,"军部文工团的一个团员,把一个参谋打死,抢走一份机密文件,不知道跑到哪里。军部通报,要求每一个前线部队都要加紧盘查。"

"这事是几点钟发生的?"郭祥寻思着问。

"黄昏以后,可能在八九点钟。"

老模范接着叙述了关于这一事件的较为详细的情况:军部的一个参谋,带着一个通讯员到师里送作战文件,临出发前,一个文工团员和他同路。走到一个偏僻去处,这个文工团员忽然说他肚子疼,接着就倒在地上打起滚来,爹呀妈呀地乱叫,要求通讯员到附近的部队去请医生。参谋信以为真,就答应了。等通讯员请了医生回来,看见参谋倒在血泊里,胸口上中了好几粒子弹,头也被砸烂了。参谋的秘密文件、通行证和手枪全被劫去。通讯员向前追了好远没有追上,才回来做了报告……

"也忒麻痹了!"郭祥咕哝了一句,然后揭开雨布,推开门,抓过他那双粘满黄泥的胶底棉鞋,一面穿,一面问:

"这人叫什么名字?有什么特征没有?"

老模范说:"通报上讲,是个矮矮个子,瘦尖脸,戴着个黑边眼镜,围着条花围脖儿。叫谢……谢福畴……"

郭祥的脑海里立刻浮现出那个尖嘴猴腮、脸带三分笑、经常从眼镜边上看人的丑恶的形象来。他不由得把大腿一拍:

"就是他!"

老模范不禁一愣,说:

"啊?你认识他?"

"我在医院里见过他。"郭祥说,"那时候,我就看他很有点像是谢家地主的小子谢家骥,可是这小子从小就在北京上学,好多年不见了,不敢认。我还盘问过他一次,问他原籍是哪里人,他说他祖祖辈辈都是北京人。我看他的样子有点慌,形迹确实可疑,我就写了一封信给文工团,要他们查查。要不就是信没有寄到,要不就是他们忒麻痹大意了。他现在叫谢福畴,你听这个音,不是要向我们'复仇'么?"

郭祥说话间,把鞋带、腰带都系得紧紧的。把两个通讯员也喊起来。在黄昏的烛光下,他取出一条明晃晃的驳壳枪子弹,哗的一声全压在弹槽里。

"我先到前边哨位上看看。只要口子把住就有办法。"

郭祥说着,跨出门去。两个通讯员紧紧地跟着他,穿行在窄窄的山沟里。

夜很静,只有敌人的夜航机在天空不死不活地哼哼着。

他们约摸走了二十来分钟,来到本连最前面的哨位上。这里有一个班,正好卡在沟口。前面不远处就是临津江了。郭祥询问了战士们,战士们都说黄昏以后没有人在这里通过,才放下心来。

郭祥向战士们交代了任务,就坐在一块大石头上,警惕地望着周围的一切。江对岸的敌人,每隔十分钟左右,打几发照明弹,照得江水白茫茫的。照明弹熄灭,夜色就显得更加浓黑了。恐慌的敌人,还不时地打一两梭机枪,红色的曳光弹在江面上划着弧线,嗤嗤地落在江水里。

几个小时过去了。启明星已经在东方升起。郭祥心中想道:"只要今夜跑不出去,就好办。"正寻思间,忽然见一个黑影从北面急匆匆地走来,郭祥立刻掏出驳壳枪机警地等待着。等那黑影走到跟前,一看,原来是老模范。他对郭祥摆了摆手,叹口气说:"回去吧!已经跑了。"

"你说什么?"郭祥一惊。

"晚了。"老模范说,"刚才电话通知,在我们出来以前,他已经化装成侦察员,从另一个口子混过去了。"

这时的郭祥,紧握着枪把,默然望着对岸,心里恨恨地说:

"谢家骥!你跑吧!你复仇吧!总有一天,我要把你们这伙吃人肉、喝人血的家伙统统消灭!"

第十一章　溃灭

第五次战役,终于在四月二十二日下午五点三十分开始了。

当手表上的分针,刚刚指到6字,红色和绿色的信号弹霍然腾空而起,接着挂满了临津江北岸的上空。几乎是在同时,我方的大炮像怒涛一般轰鸣起来。对面陡峭的江岸上,一排一排像小坟包似的地堡,在金黄色的斜阳中,刚才还看得清清楚楚,顷刻之间,全笼罩在滚滚的黑烟里。

"好啊！打得好啊！"等待冲锋的战士们跳起脚欢叫着。

炮兵们今天特别来劲。头两次战役,敌人跑得快,他们没有赶上。第三次战役炮弹少,又打得很不解气。再加上步兵们的一些闲话,是够叫人窝火的。现在好了,他们满腔的怒火全发泄出来了。

不久,敌人的大炮也还击过来。炮弹落在江这岸和江心里。一条江水顿时波浪四溅,掀起一个个高高的水柱。敌人的战斗机和轰炸机也接着一架一架出现,沿江轰炸扫射。顷刻之间,江两岸宽阔的山谷里,火焰腾腾,硝烟弥漫,就像起了大雾一般。

一九五一年元旦,突破临津江的那次战役,郭祥没有参加上,已经够遗憾的。这次,他的劲憋得特别足,想把突破任务抓到手里。可是,事与愿违,没想到整个团都作为预备队放在后面。这位一向自称"突破口的干部"反而被扔到炮兵后面来了。

前面不远就是一个炮兵阵地。他看见这些身体高大的小伙子,把破棉衣扔到一边,有的穿着衬衣,有的穿着背心,光着两条黑黝黝的大膀子,抱着炮弹,汗也顾不得擦,一个劲地往里装填。炮班长们抖着小红旗,扯着嗓子喊:

"为保卫祖国——开炮!"

"为朝鲜人民报仇——开炮!"

"为毛主席增光——开炮!"

尽管敌人的炮弹不时落在附近,弹片和土块雨点般地落下来,他们就像没看见似的。只要炮弹不落到炮上,他们就一个劲儿地打出去,打出去!在所有的兵种里,郭祥最乐意干的还是步兵,但此时此刻却羡慕起炮兵来了。

天色渐渐暗了下来。陡然间,在我方阵地上空又腾起了三颗灿烂夺目的绿色信号弹。接着是两挺重机枪把红色的曳光弹交叉着射向空中。一刹那间,远远近近都响起了冲锋号声。冲击开始了!千万个战士从战壕中一跃而起,发着喊声,扑到滚滚的江水里。借着炮火的闪光,可以看到他们的身影,在急流中前仆后继地冲击前进。

时间不大,对面黑黝黝的江岸上,闪动着密集的手榴弹爆炸的火光,有一支部队已经占领了滩头阵地。一小时之后,对面的黑云岭上,接连飞起了三颗红色的信号弹,以它诱人的色彩告诉人们:敌人的防线被冲开了缺口。

正像战争中经常会有的变化那样,主要方向可以变成次要方向,次要方向也可以变成主要方向。郭祥所在的这个师,本来担任佯动,现在却首先突破了。

师里命令:作为预备队的这个团,立即渡江扩大战果。

郭祥率领他的连队,飞步赶到江边,奋身跳进齐腰深的江水里。虽然江水冰冷刺骨,没有一个皱眉头的。郭祥心中暗暗高兴。

到了江心,江水已经渐渐漫过人的胸脯。霍然,一个炮弹落在近处,激起的水柱像瀑布一般劈头盖脸地打下来,灌到人们的脖子里。有的人被冲倒了。郭祥一抹脸上的水珠,骂道:"你疯狂吧,看老子过了江再说。"他挥着驳壳枪,高声喊着口号:"同志们!跨过江去就是胜利!"跌倒的战士们又爬起来,高举着他们的枪支继续前进。

过了江,人们爬上一丈多高的江岸。这里一座座倒塌的地堡还冒着熊熊的火苗;战壕里和平地上到处是敌人横七竖八的尸体,破碎的军衣冒着烟,发出一阵阵焦煳的气味;不远处有几辆被击毁的坦克,履带断落在地上,长长的炮筒呆呆地指向北方;有一辆小吉普向南侧着身子歪倒在小沟旁,主人不知哪里去了,马达声还嗡隆嗡隆地发动着……

部队沿着黑云岭的山脚,向左拐进一条狭窄的山沟。这里林木茂密,有好几处树林着火,陈年的残枝败叶,在地上堆了很厚一层,也冒着烟燃烧着。人们绕着火在山坡上蜿蜒地行进。

拂晓时分,部队正在行进中,听到前面有人用响亮的声音问道:

"上来的是几营呀?"

郭祥一看,师长披着军大衣,坐在路旁一块大青石上。旁边站着几个参谋。警卫员牵着马。

郭祥立刻跑上去打了个敬礼,报告说:

"是一营。"

"哦,是郭祥呀!"师长笑着说,"你这个'突破口的干部',这回也落到后边去啦!"

"首长不给任务嘛!"郭祥咕嘟着嘴说。

"那是不到时候。"师长笑了一笑,"快把你们营长和各连干部找来,我等你们老半天了。"

不一时,营长孙亮和各连干部到齐。师长亲自带他们爬到山坡上,用手向西面山下一指:

"你们看,这就是现在的情况。"

大家在苍茫的晓色里,往山下望去,江两岸仍然烟火弥漫。右翼进攻部队虽然突过了临津江,但都在江南滩头阵地上趴着,正遭受着敌人炮火的压制,不能前进。

"从另一方面看,这也是好事。"师长指指西边的敌人说,"现在美军正向汉城败退,留下这个傻瓜英二十八旅担任掩护。他在这里硬顶,就说明我们还有歼灭他们的可能。"

师长说着,叫参谋把地图铺在草地上,指着英二十八旅后面的七峰山说:"你们要赶快迂回到这个地方,把这个口子卡死,争取把他们彻底消灭!"

大家的脸上,立刻充满了笑意,刚要离开,师长又叫住他们:

"这次发下去的反坦克雷,都带上了吗?"

"都带上了。"孙亮说。

郭祥眨巴眨巴眼说:

"全连才发了十个!"

"那就节省着打嘛!"师长把手一挥。

正像人们说的,"打过三八线,凉水拌炒面",每个人解开炒面袋子,吞了几口炒面,喝了半壶凉水,就又继续前进。这时大家的棉衣还是湿漉漉的,晓风袭来,就像披着冰甲。但是人们为新的胜利鼓舞着,这些似乎早就忘了。

天刚过午,就插到了七峰山。这是一条不过三五十米宽的窄山沟,两旁耸立着七座险恶的山峰,紧紧夹着一条二级公路。贴着公路有一个十几户人家的小村。村边是一片树林。林中还有好几棵参天古柏。孙亮查看了地形,就把队伍布置在七峰山上,并命令郭祥的连队抽出一个排,伏在树林里。

郭祥亲自带领这个排在树林里挖战壕。刚挖了不到半人深,就听见北面由远而近传来一片嗡隆嗡隆的马达声。

"是坦克!"郭祥把手里的小铁锹一扔,对排长疙瘩李和全排大声喊道,"准备战斗!"

话音未落,北面山梁上已经露出一辆草绿色的重型坦克。它跷着长长的炮筒,大模大样地沿着公路从山坡上奔驰下来。那隆隆的巨响,震得地面的小草都微微颤抖。

"报告!我先去炸!"

郭祥一看,爆破组里跳出一个四川来的脸色红红的新战士,他提着两个反坦克雷,跃出战壕就冲上去了。

坦克哗哗地向他射来一串子弹,他一时心慌,距离坦克四十多米,就把反坦克雷投出去了。轰隆一声,只在坦克前面掀起一团浓烟。说话间,坦克已经嘎嘎地来到面前,他把手臂一挥,这一次又用力过猛,投到坦克后面去了。

郭祥正要派第二个人去炸,坦克已经加快速度从公路上驶了过去。轻重机枪打了一阵,在坦克上就像敲小锣似的,只不过为它送行罢了。

新战士跑回来,满脸通红,眼里含着泪珠,难过地说:

"我没有完成任务!……"

"把两个反坦克雷也报销了。"不知是谁还低声地咕哝了一句。

不用说,郭祥也很懊恼。十个反坦克雷,已经少了两个。要搁过去,他一定会说:"你是怎么搞的!"可是想到老模范对自己一次又一次的劝告,话到嘴边又咽了回去,改口说:

"秦德让,没有什么,看下次的!"

接着对全排大声说：

"大家沉住气,不要慌！不见兔子不撒鹰,爆破手一定要接近了再打！"

郭祥最善于掌握战士们的情绪,几句话就使新战士们的情绪稳定下来。

说话间,北面山梁上出现了第二辆坦克,上面坐满了戴着钢盔的步兵。这辆坦克还装置着广播器,一边向山坡下开动,一边用生硬的中国话喊道：

"中国士兵们！跟我们到汉城去吧！那里有姑娘等你……"

"打这个狗日的！"郭祥大声喊道。

说着,他顺手从通讯员手里夺过一支冲锋枪来,瞄准坦克上的步兵,哗哗地打了一梭子。轻机枪接着也开了火。眼瞅着那些步兵从坦克上纷纷滚落下来。但坦克仍然继续向前开进。

"这个大家伙,要是再炸不住,对战士的情绪就有影响了。"郭祥在心里掂量着,正要派一个老战士去炸,只见班长花正芳晃了晃手里的反坦克雷,用恳求的声音说：

"连长,叫我去吧！"

郭祥点了点头,说：

"小花子！可要接受上次的教训哟！"

花正芳从壕沟里跃出,像一只小燕子似的迅速接近了坦克。手起弹落,轰隆一声巨响,坦克呼地蹿出一大团紫红色的火焰,顿时燃烧起来。坦克没有滚出几步远,就停住不动了。

"打中了！打中了！"战士们高兴得跳起脚喊。大家的情绪也像这红色的火焰一样呼地一下全起来了。立时有两个新战士跑过来说：

"连长,下次我去吧！"

"下次我去吧!"

郭祥见大家的情绪起来了,心里甚为高兴,立时笑着说:

"慌什么!坦克有的是,多着哩!"

紧接着从山梁上下来了第三辆重型坦克。坦克上满载着步兵。看来开这辆坦克的家伙技术高超,也比较沉着,它在山坡上略微停了停,似乎看了看形势,接着就一面打炮,一面打机枪,凶猛地扑了过来。看看接近了着火的坦克,它突然把车头一转,下了公路,想从稻田里冲过去。由于转得过猛,开得又快,一下子把坦克上的步兵全甩下来了。郭祥他们趁势一阵猛打,惊慌失措的敌人,已经忘了抵抗,只顾往坦克上乱爬。可是开坦克的家伙,根本不管这些,一个劲儿地往前猛跑。有好几个敌军步兵被轧断了腿。还有一个正在坦克的前面伸着手往上爬,忽然一声惨叫,坦克从他身上轧了过去。可以看到,他的整个身子被轧到污泥里,与地面平了,活像一幅照片上的平面像。只是头上的一撮黄毛,翘起在地面上,想是被坦克的履带挠起来的。

由于这辆坦克速度过快,眨眼之间,已经开过去了。大家就追着在后面猛打。一心想抓俘虏的傻五十,愣呼呼地跑到最前面,敌人一个步兵刚刚攀上坦克,就被傻五十抱住了腿,想把他抻下来。那个家伙死抓住坦克不放。疙瘩李擎着一个反坦克雷,想打又不敢打,急得什么似的连声叫道:

"傻五十,快撒手!快撒手!"

傻五十撒开手,不满意地往后看了一眼,疙瘩李的反坦克雷已经飞了出去,坦克立刻蹿出一大团火焰。驾驶这辆坦克的家伙似乎还不甘心,又带着火跑了一阵,终于吭哧吭哧地卧在那里不动了。

越过山梁的第四辆重型坦克,上面的人特别多,一层一层爬得满满的。郭祥他们用机枪一打,一个军官模样的胖家伙,立刻跳下来,喊了一句什么,接着步兵纷纷跳下坦克,向着树林子冲了过来。说话间,敌我相距只有十几米左右,郭祥喊了一声:"打呀!"立刻站起身子端着冲锋枪猛烈地扫射着。大家全从战壕里站起来了。双方面对面地猛烈对射起来。刚才一心想抓俘虏没有得手的傻五十,这时不知怎的,一眼瞅准了这个胖军官,抄起一把小圆锹就迎了上去。那个胖军官见他来势凶猛,举着手枪的手哆嗦了一下,一枪没有打中,傻五十已经扑到了他跟前,举起铁锹猛劈过去。不想旁边有一棵两搂粗的大树,那个胖军官一闪身子躲到大树后面去了。傻五十劈了个空,气更大了,就绕着树追。两个人围着大树转了好几个圈子。傻五十急中生智,猛地调转头来,那个胖家伙躲闪不及,被傻五十一锹劈下了半个脑袋,扑通一声,像个大口袋似的倒在地上。

冲过来的敌人,大约被打死一半,剩下十几个见事不好,掉过头向小村子跑去。

这时,停在那里的第四辆坦克,也掉头想跑,被几个战士追上去炸毁了。

郭祥正准备派一个班,去消灭逃到村子里的敌人,齐堆走过来说:

"我看搞点政治攻势吧,好抓几个活的!"

"对!你不提我倒忘了。"郭祥点了点头,一面扶着额头想了一下,问:"那个'缴枪不杀'怎么说?什么诺哈姆?"

罗小文立刻接上说:

"哈罗!葛弗阿普,诺哈姆!(Give up,no harm!)"

"对!就是这!"郭祥说,"小罗,你就领着喊吧!"

小罗立刻把两手圈成个喇叭筒,用尖尖的声音喊起来。大伙也跟着喊：

"哈罗！葛弗阿普,诺哈姆！"

"哈罗！葛弗阿普,诺哈姆！"

这一喊,果然有效,时间不大,就从向南的窗口里伸出一面白旗。白旗反复摇摆着,有一个重浊的声音传过来：

"图——向！（投降）……"

"图——向！（投降）……"

大家都很惊奇,纷纷说：

"他们怎么还会说中国话呀？"

郭祥笑着说：

"这有什么稀罕！谁要跟中国打仗,首先就得学会这两个字！"

大家都笑了起来。

俘虏们一个个低垂着头走过来,一面用惊惧的眼光偷看他们,一面不约而同地往下摘手表和大金戒指,抖抖索索地托在手掌上……

大家立刻摇手拒绝。

俘虏们互相看了一眼,又用惶惑不解的神情注视着战士们。仿佛说：这是怎么回事？为什么会有这样的事？在面前站着的,真是一支无法理解的奇怪的军队！

俘虏中有一个四十来岁的老兵,佩着下士军衔。他的手臂被打断了,用另一只手托着,显出十分痛苦和疲倦的样子。他看见近处有汪泥水,一屁股坐下,伏下身子就喝。郭祥制止了他,叫一个战士把水壶递过去。他一气就喝了多半壶,送还水壶时感激地望了战士一眼。郭祥又连忙找卫生员给他包扎伤口。俘虏们紧张不安的情绪渐渐消失了。

这时候,郭祥正要指定人把俘虏带下去,突然头顶上哇的一声,一架喷气式战斗机贼一般地掠过去了。接着又是一架,两架,三架,围着山谷盘旋起来。俘虏们十分惊慌,有的立刻卧倒,有的乱躲乱藏。

郭祥忽然灵机一动,指指飞机,对齐堆说:

"你看,能不能叫俘虏们发挥点作用?"

齐堆眨巴眨巴眼,笑着说:

"我看行喽!"

于是,郭祥立刻叫通讯员把后边阵地上的文化教员李风喊来。这位高个子戴着眼镜的大学生还真有两下子,马上就同俘虏们嘀里嘟噜地讲起来。俘虏们欣然同意。有一个俘虏取出一面英国国旗铺在稻田里,其余的人站在旁边。飞机过来的时候,他们就举起帽子向空中摇晃着。时间不大,几架敌机就转到别的地方嗡嗡去了。

这时,从山梁上过来的第五辆、第六辆坦克,也都被战士们用反坦克雷击毁。紧接着又驶过来第七辆。这辆坦克与众不同,不仅高大得出奇,而且凶神恶煞似的,一面走,一面向外喷火。公路旁边的几间房子,阵地前面的草地和灌木丛,顷刻之间都熊熊地燃烧起来。

可是在这节骨眼上,反坦克雷一颗也没有了。郭祥显然有些着急,高声问道:

"同志们!谁要这个大功?"

一时无人答话。在这紧急时刻,只见齐堆胳肢窝夹起一个大炸药包,不慌不忙地说:

"连长,这回你可该还愿了吧?"

郭祥连声说:"行,行,你去。"

这齐堆不愧是个老兵,他没有从正面去,三脚两步蹿到小村子里,然后借着房子冒出的浓烟,从背后迅速地接近了坦克。接着一个腾身就攀了上去。这时,坦克还继续喷着火,车身也摇摆得很厉害。只见他一只手紧紧地抓住坦克,一只手安好炸药包,用嘴咬着拉了火,一纵身跳了下来,滚了几个滚儿伏在地上。顷刻间,火光一闪,像响了一个大炸雷似的,整个坦克喷出几丈高的火焰燃烧起来。

阵地上顿时腾起一片欢呼声。

天色已近薄暮。这条山谷本来就窄,加上火盛烟大,强烈的汽油味和硝烟味,呛得人直打喷嚏。坦克上的火焰跳跃着,飞卷着,红通通的,在暮色里显得更加耀眼了。

北面的枪炮声,也一阵紧似一阵,像潮水一般由远而近直压过来。看来包围圈已经越来越小了。

这时,由两辆坦克作前导,一大群黑压压的步兵从北面溃逃下来。

郭祥指挥轻重机枪和六〇炮一阵猛砸,坦克停住,那群黑压压的步兵惊慌失措地散开,卧倒在稻田里。

郭祥心中想道:"这回来的人多,如果硬冲,免不掉有漏网的;何不再发挥点政治攻势的威力?"想到这儿,喊上李风,一起来到英国俘虏那里,用平和的语调说:

"现在,你们的部队已经被完全包围了。我们的上级已经下了总攻击令。在这个时候,你们愿不愿意喊喊话,多挽救几个人的生命?"

李风把话翻过去。几个俘虏面面相觑,犹豫了一阵。其中一个怯生生地问:

"可以不提自己的名字吗?"

"可以,可以。"郭祥点点头说。

那个负伤的下士看了别人一眼,神色有些激动地说:

"先生,我首先必须向您表示,对于共产主义我是一无所知的,不理解的,或者未尝不可以说,是不感兴趣的。但是,我也必须同时向您表示,我是参加过第二次世界大战的老兵,我见过许多国家的军队,可是从来没有见过像你们这样的军队。有两点印象是很明显的:第一,我认为,你们是世界上最勇敢的军队;第二,我还认为,你们是世界上最人道的军队。因此,我对先生您的建议,是乐意接受的。"

接着,又有两个俘虏表示愿意喊话。

郭祥鼓励了他们几句,就叫李风带着他们三个人到前面来。

他命令阵地上立刻停止射击。李风首先领着战士们喊了一阵"缴枪不杀"的口号,接着又用英语喊道:

"请注意!请注意!现在由你们的人讲话。"

那个英军下士,在大树后面站起身子,从口袋里掏出一张旧报纸,别人帮他卷了个大喇叭筒,他就用重浊的嗓音"哈罗,哈罗"地喊起来。其余两个俘虏,偶尔进行一些插话。

对方一声枪响也没有,在静静地听着。

下士讲完,停了好一会儿,对方答话了。

郭祥问:"大李,他们说的是什么呀?"

"他们问:有没有危险,能不能回家。"

"你们过来看看就知道了!"下士流露出不屑一答的声调,立时回答了对方;并且指着他那条伤了的手臂,激动地说:"我的伤口就是他们给绑扎的!"

隔了一会儿,就传过来英语夹着生硬的中国话:

"图——向!(投降)"

"图——向!(投降)"

这时,远远看到,那两辆坦克的顶盖也先后打开了,钻出好几个人,纷纷跳下坦克,跑到稻田那边。

等到郭祥派人过去的时候,一百多名英国兵,枪支已经扔在一旁,垂着头,跪在深浓的暮色里……

整个战场上,枪声稀落,战斗已近尾声。

郭祥爬上北面山梁一看,公路上到处是被击毁的坦克,燃烧的汽车,一丛一丛火光,总有十几里长。这个为掩护美军撤退而留下来的英国皇家二十八旅,它们的大部,包括这个重坦克营,就这样覆灭了。

战士们除吞了几把炒面,已经一天多没有吃饭。这时候,他们把新缴获来的罐头用刺刀挑开,一边吃一边谈笑着:"这个就是英国皇家二十八旅呀!"

"据说,还是精锐哩!"

"嘿,叫我看也稀松平常。"

"不过,武器确实不错。"

特别是那些新战士,高兴得像小孩一样,抱着新缴获的机枪,这里跑到那里,那里跑到这里,遇见郭祥就说:

"连长,把这个给了我吧!"

郭祥笑着说:"你背得动?"

"我咋背不动?"新战士说着就扛起来,哼着歌儿走了。

这时营长孙亮带着一些干部也下来了。大家纷纷说:"嘎连长,给点什么纪念品哪!"这郭祥平日常抽别人的烟,今天大方极了,一下拿出好多黄铁盒包装的英国的"555"牌香烟,每人好几盒。大家一边抽,一边说:

"今天的仗,打得可不错呀!"

郭祥满脸是笑地说:

"这回发下的反坦克雷真好使,一粘上坦克就燃烧。营长,以后再多发给我们几个吧!"

"说起这,还有点来头哩。"孙亮神秘地眨眨眼说。

"什么来头?"

孙亮喷了一大口烟,悄声地说:

"为了增加反坦克武器,主席曾经发过两个电报。这就是在那以后送来的!"

郭祥点点头,感慨地说:

"想起二次战役,打坦克有多难哪!战士们爬上坦克,干着急没有办法,花正芳就是那次被打伤的。当时急得我满身是汗,棉衣都湿透了,真恨不得替他咬开那个盖子……主席真是时时刻刻都想着我们。"

第十二章　控诉书

第二天,郭祥和他的连队在山坡上的小松树林里休息待命。

郭祥参加了班里的战斗检讨会回来,看见李风躲在一个大石崖下,坐在背包上,低着头,聚精会神地在写什么。他笑着问:

"大李,又偷着给你爱人写信了吧?"

"哪里!哪里!"大李把脸抬起来,也笑着说。

郭祥说:

"你们这些知识分子就是行。叫我三下五除二就完了,你们一提笔就没个完,写信还得描写个风景儿,什么山呀,水呀,云呀,月呀,像一部长篇小说。"

"连长,你的信不长,可是写得勤哪!"李风笑着说,"你给小杨写信,光我就碰到好几次了。"

郭祥哈哈大笑,用手一指:

"瞧,你的反击炮火比美国鬼子来得还快。今天不管怎么说,你得让我欣赏欣赏!"

郭祥说着,就过来抢信。李风并不躲避,嘿嘿一笑,说:

"连长,你又犯主观了!"

郭祥抓过一看,是一个黄皮硬壳的笔记本,已经在口袋里磨损了。一揭开,里面都是曲曲弯弯的外国字,还夹着一张西洋年轻女人的照片。郭祥问:

"这是谁的?"

李风说,这就是那个英国下士写的半本笔记。昨天夜里送他们上汽车到俘房营去,他很激动,掏出手绢,擦了擦眼泪。汽车开动后,才看到地下有这个本子,想是他掏手绢的时候失落的,送还他已经来不及了。团政委听说,命令赶快翻译出来……

"写的还有点儿意思吗?"郭祥问。

"有点儿意思。"李风说,"他们的装备那样好为什么打了败仗,叫我看这是一个很好的注解。"

"好,我也看看!"

郭祥说着,接过李风的译文,坐在松软的草地上,点着一支英国"555"牌香烟,一面抽着,一面看起来……

(一)

我本来深信:二次大战带来了持久的和平。那时候,我带着凯旋而归的心情离开了军队,与可爱的丽萨结了婚。我们相信,再也不会遭受另一次大战的不幸了。

然而,战争爆发了!今天我突然接到被征召入伍的通知。真是没有想到,没有想到……

晚上,我把这个消息告诉了丽萨。丽萨哭了。她问我:朝鲜究竟在哪里?朝鲜与我们有什么关系?我无法回答她,因为这同样也是我想不通的问题。而且特别使我愤恨的是:我的后备期只剩了一个月,也许到不了朝鲜就到期了。为什么他们一定要召回我,召回我这个已经结婚的人?

(二)

我拖着沉重的步子去报到。在那里我看到那些后备兵们,一个个脸色灰暗,没有话,比我的心情好不了多少。

军衣发下来了,我们谁也不理它,照旧穿着便服,又坚持穿了四天。

头天演习,雨打湿了军衣。第二天演习,我们又都穿上了便服,以致弄得演习不成。

(三)

一个礼拜后,举行了一次大演习。正在射击时,一个家伙大声哭叫起来,在射击场上乱跑乱钻,只好把他送入医院。终于以"战争恐怖病"而退伍。事后才知道他是装的。他和他的妻子在街上散步,被我撞上了。他说:"你们不要讥笑我,我实在没有旁的选择。我可以毫不惭愧地告诉你,我不愿到朝鲜去,因为我不理解为什么进行这场战争。"

这以后,很多人的病和伤口都"犯"了,为了不上船,尽量装得严重。

这种情形,我从来没见到过。

(四)

行前放了两个礼拜的假。签了一份保证书:如不按时回来,就受到军法审判。

在这期间,我到我父母的家里告别。我的妈妈哭了。我的父亲喝得醺醺大醉。他拍着桌子骂道:"这是一场该死的战争!应该让决定参战的混蛋们去尝尝炮火的滋味!"

虽然我和我的丽萨整天待在一起,并且出去郊游了两次,但已经没有任何乐趣。它仿佛已经被什么人夺去了。

(五)

启程的时间到了。

当我们到达扫桑浦敦时,有谣言说,我们不会离开英格兰,要留下来等待朝鲜事变的发展。这种看法,像肥皂泡一般很快地破灭。船只和军乐队都准备好了。

我们在这个可诅咒的日子——一九五○年十月二日十四时上船。

军乐队吹奏起来。通常他们总受到出国人的欢迎,可这次却挨够了臭骂。士兵们纷纷向他们头上掷便士,叫他们滚开点;还向他们喝倒彩;我听见不只一个人喊道:"如果你们这些家伙为这个感到愉快,那你就来代替我吧!"

再见吧,英格兰!

再见吧,我们的亲人!

但是,我们究竟是否还能再见呢?

我们十分难过地离开了我们的国家……

(六)

船没开到海面,谣言又传开了。说我们到第一个港口马耳他后就回来。我们每时每刻都在等着无线电广播——战争结束了!

可是哪有这样的事?我们不过是用自我欺骗来安慰自己的灵魂。

(七)

不久,又传来相反的消息,说后备兵在紧急关头,必须再服十二个月的额外役,仿佛在军人宣誓书上这样写着。可是谁也不记得这项条文,就拼命找宣誓书。最后找到一份,大家似乎在这时才发觉自己从来没有念过宣誓书,按照这个混蛋文件,可以无限制地把自己留在军队里。

那时我刚十八岁,选举还不到年龄;可是签订这个出卖我一生的法定文件时,我又是及龄了。

我的一生完了！完了！

(八)

黑云沉沉,白浪滔滔。

在船上,我们唱起了第一支歌——《后备兵的悲歌》：

　　在一个寒冷的十月天,

　　"温得拉西帝国"号运兵船,

　　离开了欢乐的英格兰。

　　向东,向东,

　　满载着打仗的后备兵,

　　他们像牲口一样地哀鸣……

　　咩！咩！咩！

　　我们是多么可怜的小后备兵！

　　咩！咩！咩！

　　有人领取五星上将的薪饷,

　　我们却向死亡深渊飘零！飘零！

　　咩！咩！咩！

　　英格兰请听我们的呼声：

　　咩！咩！咩！

　　究竟为什么,为什么啊,

　　要去参加这该死的朝鲜战争？

（九）

在海上，传来令人振奋的消息：联合国军突破釜山之围，在仁川进行了两栖登陆。谣言再度传来，说我们只要在朝鲜逗留一个短时期，就可以回国了。

接着，像晴天霹雳一般，传来了中国军队开进朝鲜援助北朝鲜人的消息。实在令人震惊，而又摸不着头脑。几乎我们每个人都朦胧地意识到，跟这个神秘莫测的大国打仗是非常不幸的。

（十）

一九五〇年十一月十二日到达朝鲜。接着乘火车到水原，控制细壁里游击区。

我们弄不清中国人的问题，加上无味的口粮，情绪很坏。谈话的大部分集中在中国人怎样干的问题上。有人说，中国只是为了保卫鸭绿江水电站，不会干预这场战争。我认为，这话是有道理的。他们的国家刚刚建立，为了另一个国家的利益，干吗要冒那么大的风险？

（十一）

一连几天，都是联合国军向鸭绿江推进的消息。

突然，让我们开赴前线。中国人已经真的参加了战争。

我们到前方时，看到美军正川流不息地撤退。真是怪事！为什么美国佬在撤退，倒让我们去担任掩护？士兵们人人心里都不痛快。

排里有三个士兵开了小差。可是大家说："祝他们一路平安！假若我不为老婆孩子着想，我也早跟着他们溜了。"

这是我第一次听到对逃亡者给予宽恕。

(十二)

在一座废墟上,我看见一个朝鲜少女,她的眼光一碰上我,手里的锅突然掉在地上,摔碎了,接着像野马般地逃去。

活见鬼!她是发疯了,还是有什么毛病?在这里看到的任何女人都会以为我要去强奸她。难道她不知道我是来这里保护他们的么?为什么他们不感谢我们从红色的威胁中把他们拯救出来?

(十三)

我渐渐明白了……

在撤退中,我们看到田野里的谷物、柴草和朝鲜人的房子,都被美国人点着了火。

这些美国佬见东西就抢劫,强奸更是常见的事。英国军队不知羞耻地也在这样干。这就是这个战争的真实情况!

难怪,这里的女人看到我们都感到害怕。

(十四)

在掩护美国人撤退中,我们祈祷着,希望中国人和朝鲜人不要来得太快。

深夜,我们在大山上担任警戒。我低下头来,一次又一次地向上帝祷告:

　　主啊,和我同在吧,
　　你看这夜色沉沉,寒意袭人,
　　我的勇气的小火花已经暗淡,

千万别让中国人来袭击我们!

生活的情调虽已改变,
我要生活,我并不是懦夫,
但我难以和我的亲人分离,
主啊,让我的心志牢固……

(十五)

我们向南撤退了二百哩,到了汉城。

在这些天里,"打背包"已成为后退中一句流行的话。连土耳其、泰国兵都学会了这句英语。只要班长一说"打背包",就立刻拿腿就跑。

这天我想到酒吧间里痛饮几杯,一看里面挤满了上级军官,我就恶作剧地高喊了一声"打背包",不料倒害了自己,因为连军官和酒吧间的伙计都惊走一空。

(十六)

我们在汉城北挖工事,同时准备逃生的路。

就在这时,我们收到了国内寄来的报纸。报上说我们都很想到朝鲜打仗。还说我们讲过这样的话:"假若到朝鲜去得太晚,赶不上寻开心,我们会很难过。"这些混蛋话立刻引起了骚动。如果那些记者在场,一定会被打得鼻青脸肿,叫他们干不成报道工作。

(十七)

十二月末,总部说:"不会再退了,这对士气是有害的!"

真他妈的见鬼! 战争是美国人挑起来的。我们是英国人,正相反,我认为只有撤退才对士气是有益的!

(十八)

一九五一年一月一日,我们守在脱离补给线的一个山地,大家管它叫做"死谷"。夜十七时突然接到命令:向水原撤退。多么叫人兴奋,这一下就可以撤退四十到五十哩了!一个伙伴说:"撤得越远越好,赶快离开这座死谷吧!"我说:"最好还是离开朝鲜,因为整个朝鲜都是一座死谷。"

(十九)

到水原后,计划又改变,决定进攻。

指挥官知道士气很坏,集合全旅讲话。他问:"你们要不要回家呀?"大家齐声回答:"要回家。"他接着说:"既然这样,那么你们就必须先向北去,然后才能回家。"

真没想到,这个私生子竟说出这样的话!

(二十)

在向汉江前进中,有两枚小小的迫击炮弹落在我们中间,伤了五个人。要在二次大战中,没有人会去注意这样的事,这一次却造成两个士兵的逃亡。

(二十一)

我们参加了连攻击战斗。我心里空落落的,确实就像缺少一件东西似的。中国人的一挺机枪,竟压得我们两个班不敢移动一下。昔日的战斗意志到哪里去了?士兵们对战争已经没有了胃口。

另一个排也是这样。他们攻击,并不是一直线地前进,而是每个人都想躲在最后。他们的班长是我的好朋友,我看见几乎只有他一个人在作战,我就喊起来:"你们如果不爬起来帮助他,我要打死你们这些贼种!"但是我们排何尝不是这样!

(二十二)

中国人撤回到三八线以北。

两天后,我们接受了埋伏巡逻。排长问谁愿去,全排二十九个人,只有一个年轻的正规兵报名。从此以后就只好派公差了。

(二十三)

倒霉透了!我们又回到三八线上的那座"死谷"里。

我在胡思乱想:假若我还能回到家里,我一定到狄望痛痛快快地过一个假日。我计划这次假日,将在我回到家乡一两个礼拜之后举行。参加的人将有格林夫妇、比尔贝夫妇、丽萨和我自己。

杰克、肯,还有他们的妻子,将在我们出发前一天到达伦敦。我租好汽车去迎接他们。

那天晚上,我们将见到麦菲和他的新娘子,一同出去游玩。

我们离开我住的地方,到什么地方去过夜,第二天早上继续往狄望前进,到艾克斯特用茶……

(二十四)

连日来,传说中国军队增加了。果然今天向我们开始了大举进攻。

美国佬部署在我们后面远远的地方,这些讨厌的家伙,是否又让我们英国人担任掩护?

不知怎的,这一次我老是摆脱不掉一种不幸的预感。昨天夜里,我做了一个噩梦,一群中国兵在猛烈地追击我,我拼命地跑着,跑着,忽然脚下出现了黑森森的深不见底的悬崖……

这是否是上帝给我的启示呢?

郭祥一口气读完译文,又点起一支英国"555"牌香烟,深有所感地说:

"可见士兵不愿意打,就是武器再好也没有用。我看这个矛盾他们不好克服。"

他把译文送还李风,又问:

"下面还有吗?"

"没有了。"李风说,"下面他只好到俘虏营再写了。"

郭祥笑着说:

"叫我看,他们旅长那句话倒没说错:'你们只有先向北去,然后才能回家',他以后倒是可以见到他的丽萨了。"

"不过,他得要首先感谢我们。"李风也笑着说。

这时,营里的通讯员跑来,要郭祥和老模范赶快到团部开会,准备接受新的战斗任务。

第十三章 将军渡

郭祥和老模范赶到团部,会议已经开始了。

会议是在松树林里进行的。在两棵高大的松树之间,牵着一道绳子,挂着一幅很大的军用地图。团政委周仆正在讲话。他总结了第一阶段的战斗,宣布了战役第二阶段的开始。

不过最使大家兴奋的,还是团长邓军的归来。他穿得整整齐齐坐在前面,静静地抽着烟,一向严肃的、被战火熏黑的脸上,流露着笑容。坐在草地上的干部们,也都望着他微笑着,似乎说:"又该打个漂亮仗了!"好像未来的胜利很快就要到手似的。他们对团长的这种信心,不是一朝一夕形成的,是经过多年战斗形成的。

这自然使郭祥十分高兴。但会上也出现了意外的事,周仆正在表扬七峰山打坦克的时候,顺便讲到,要把花正芳调到团里担任侦察排排长。并且当着大家问:

"郭祥,你有意见吗?"

"没,没意见。"

郭祥嘴里虽这么说,心里却不免舍不得。周仆像看出了这一点,立刻说:"心疼也不行啦,今天晚上就要到职。可不能犯本位主义!"

当晚,郭祥把剩下的罐头拿出来,请花正芳吃了一顿。临走,又帮他提上挎包,送了好几里远,才恋恋而别。

五次战役的第二阶段,是以东线为重点,西线为钳制方向。行动开始后,经过东线部队的勇猛突击,将李承晚的伪军第三师和第九师的后路切断,在志愿军和朝鲜人民军的亲密协同下予以歼灭。与此同时,我军向西线的美军也展开了进攻。但狡猾的敌人,一触即退,不到四天时间,我军即进到北汉江江边。

北汉江南接汉江,是朝鲜中部一条有名的江水。邓军和周仆所率领的团队,位于师的后尾,于昨天黄昏前到达北岸将军渡。这里江面很宽,总有四百公尺。有一座贮水、发电共用的水泥桥,横跨在江面上。桥东是深不可测的水库,桥西是一米多深的江水。像这样一个险要去处,本来预计要经过一场艰巨的战斗,哪知今天早晨经过兄弟团一个拂晓袭击,没有费多大事就夺取了。

在晓风残月中,邓军和周仆踏上这座长长的江桥。邓军的那只空袖管不时地被江风飘起。小玲子拉着他的那匹久经战阵的黑马,小迷糊拉着周仆的那匹漂亮的红马,远远跟在后面。

这时,邓军望望周仆,若有所思地说:

"老周,你看敌人是在搞什么鬼名堂呀?"

"你是说,敌人的抵抗很轻微,是么?"

"是呀!你看,这几天刚一沾上,他就跑。是不是在引诱我们?"

"我也有这个怀疑。"周仆点点头说,"朝鲜地形狭长,这是个特点。敌人总想诱我南下,然后利用他的海空优势,在我们后面登陆。这一点,毛主席早就指出过了。"

"看起来,我们要特别注意才行。"

过了长桥不远,山边有个岩洞,电话员们正在忙碌地架线。邓军和周仆进去一看,这个自然洞挺不小,能盛二三十人。虽然岩壁上长满青苔,头顶上不断噗嗒噗嗒滴水,也算是很堂皇的指挥所了。

中午,天色变得阴沉,不一时,下起了零星小雨。邓军和周仆正吃中饭,前面的枪炮声突然激烈起来。沉重的榴弹炮和清脆的坦克炮,就像打在近处的山头上似的。富有战斗经验的邓军,立刻意识到情况起了变化;正要叫参谋询问,响起了急促的电话铃声。二营营长在电话中报告:敌人的步兵,在二十多辆坦克的掩护下,向他们的阵地开始了反击。

"你们一定要坚决顶住!"邓军对着送话器大声喊道。他的话还没讲完,就被一片隆隆的飞机声淹没了。

"一架,两架,三架,四架……"小玲子站在洞口,仰着脸数着,"嗬,今天来得可真不少哇!"

邓军和周仆到洞口一看,敌人的野马式战斗机,总有二十多架,一架跟着一架在前面的阵地上俯冲着。

接着,敌人密集的排炮也打过来,在桥头上腾起一团一团的黑烟。

周仆一向很锐敏,望望邓军说:

"老邓,你看敌人是不是要夺这座桥哇?"

"唔,很有可能。"邓军沉吟说,"看样子,是企图切断我们的退路,把我们的部队消灭在江南。"

接着,师长来了电话。邓军接过耳机,只听电话里亲切地说:

"老邓呀,你们那里热闹起来了吧?"

师长对邓军一向很尊重,这分明是一句客气的问讯。邓军立刻笑着说:

"热闹点儿好嗷! 开的弹药铺,卖的子弹头,咱们干的就是这个买卖嘛!"

"可也不能大意哟!"师长提醒说,"现在其他部队前面也都出现了情况,很可能是敌人的全线反击。现在你们守的那座桥,是全师全军的退路,也是敌人进攻的重点。你们一定要坚决守住!什么时候,全师全军撤过江来,你们才能离开。"

"师长放心好喽!"邓军对着话筒响亮地说。

他那充满信心的声音,显然使对方感到快慰。师长沉了一下,又问:

"你们全团都过去了吗?"

"江北面还留了一个营。"

"那就不必过去了。"师长说,"我再拨给你们一个炮营,在江北支援你们,归你们统一指挥。"

邓军和周仆立即进行了研究,调整了部署。周仆给各营教导员打了电话,用他火热的语言做了动员,鼓励大家坚决守住江桥。

敌人封锁江桥的炮火,相当密集,隔一两分钟,就是一阵排炮打过来。小玲子在洞口观察着,忽然惊叫道:

"首长,把闸门给打开啦!"

"你喊叫什么!"邓军瞪了小玲子一眼,走出洞口一看,这座桥,原有五个闸门,关着两个,现在关着的那两个闸门,一个被炮弹炸开,一个被炮弹打穿了一个大洞,滚滚的江水像奔腾的野马一般向桥西倾泻着。原来桥西的江水就有一米多深,现在已经完全没有徒涉的可能了。

邓军点着一支"555"牌香烟,沉思良久,慢慢抬起头来,望着周仆说:

"老周,我有一个想法。"

"什么想法?"

"我看不一定合你的意啰,"邓军笑着说,"你是不是先到江那边去?"

"你这是什么意思?"周仆的黑眼珠一转。

"没有什么意思。"邓军连忙带笑解释说,"你看,江那边还有一个营,一个炮营,也要有人指挥嘛!"

"你别哄小孩儿啦!"周仆用手指点着他,鬼笑着。

"这怎么是哄你呢!"邓军分辩着,"待会儿电话线打断了,那边没有人好好组织也不行嘛!"

"算了,算了,"周仆把手一摆,"至少今天我不听你的!"

邓军显然有点生气,把那只独臂一挥:

"那好,以后你对我有什么建议,我也不听。"

说过,像孩子似的把头一扭,周仆笑了。

说真的,周仆不是不理解自己的战友内心深处的感情。他了解邓军正像熟悉自己手上的指纹。长期的革命战争,形成了邓军一个深刻的观念:是否经得起战争的考验,或者说怕死不怕死,几乎是他评价一个人的首要标准。周仆在跟他就伴做指导员的时候,就受过他那双毫不含糊的眼睛的检查。但是,当战争情况真正危急的时候,他自己又要理所当然地站在最危险的地方,而把较安全的地方让给自己的同志。就好像他当战士时把好的地形让给别人一样自然。今天的情况就是这样。而且,据周仆推断,他刚才一定经过反复思考,才找到这个借口。可是作为政治委员,怎么能够在危险的时候退到后面去呢?只好让他不高兴一阵罢了。

这时二营报告:击毁了敌人三辆坦克,敌人的第一次冲锋已经被打了下去。

可是,不到一个小时,敌人的炮火又密集起来,第二次冲击又开始了。一个年轻的参谋为了统计敌人炮火的密度,手里拿着一把黄豆,响一声炮,他就丢一个黄豆在他的茶缸里。开始一丢五六个,后来一丢十几个,再以后炮火打得呜呜地像刮风一样,已经分不清个儿,他不得不叹了口气,中止了他的工作。

邓军斜了他一眼,不以为然地说:

"王参谋!你老数那个干什么?"

"他是为了做战后总结。"周仆笑着,代为解释说,"大概是上级作战部门有要求吧。"

"是为了做总结,也是为了还账。"年轻的王参谋露出白牙一笑,"等咱们大炮多了,也叫龟孙们尝尝咱们炮火的滋味。"

半小时后,出现了紧张的情况。二营营长在电话中报告:有一个排的阵地失守。从这个阵地上只下来三个人,其中有两个是负伤的……

邓军立即命令:把失去的阵地夺回来。并且指示江北的炮营进行掩护。

半个小时后又恢复了阵地。

阵地就是这样一个一个地反复争夺着。下午四时,情况突然恶化:敌人避开正面,向东迂回,在十二架飞机和六十余辆坦克的掩护下,攻占了一连的阵地,已经到了团指挥所的侧后方。……

当一营营长孙亮在电话里报告到这儿,邓军严厉地说:

"你马上亲自组织部队给我夺回来!"

"团长不要动气。"孙亮在电话里说道,"我保证把阵地夺回来!但是我有一个意见……"

"什么意见?"邓军问。

"我请求你无论如何先过江那边去。我不瞒首长,情况实在是很紧急的。过了江也是一样指挥……"

邓军不等他说完,就打断说:

"过江不过江,这是我个人的问题;你赶快把阵地夺回来,这是全师全军的问题。你快点去!我马上让炮火支援你。"

"不管怎么样,我有这个意见……"

对方说到这里,邓军已经"卡嘚儿"一声把电话挂上了。

邓军点上烟,猛抽了几口,陷在深沉的思索里。他觉得自己刚才的话虽然无可指摘,却未免有点过分。如果是一个作风软的人,那就有理由怀疑,他催自己过江,是为了他自己好走。但孙亮不是这样的人。他像郭祥一样,都是十四五岁参军,曾经多次负伤,每一次都是伤不好就提前回来。他在指挥上也很机警,尤其在灵活巧妙上胜过自己。他刚才提出的问题,只能是出于对上级的深切关心。这是只有在革命的部队才有的啊!想到此处,心里一阵热乎乎的。他偷偷地望了周仆一眼,正好与周仆含笑的眼光相遇,那眼光似乎说:"老伙计,你怎么不到江那边去呀!?"他很不自然地把头转到一边去了。

时间不大,就传来了令人愉快的消息:一连失去的阵地已经夺回,而且在郭祥的三连参加下,又击毁了敌人五辆坦克……

石洞里的光线,渐渐暗下来。邓军看看手表,已经将近下午五点。也许因为炮声稀落的缘故,洞子顶上的滴水,又噗嗒噗嗒发出清晰悦耳的响声。

黄昏以后,这个军的所有部队,已经像蜿蜒的长龙一般,井然有序地从长长的水泥桥上撤回了江北。

周仆忙着组织部队运送伤员。运送完毕,已经后半夜了。这时候,这个保卫将军渡的团队才开始转移。

在石洞门口,邓军遇到孙亮。孙亮愉快地说:

"团长,现在你可该过江了吧!"

"那就用不着你说喽!"邓军望着他微笑一笑。尽管月光迷离,也可感觉出他的笑容是多么动人!

"那咱们就一块走吧!"周仆也笑着说。

"不行呵,政委,"孙亮说,"我们营还有十二个战士隔断在敌后了,我还得等一等他们。"

"当然要等,我们一个战士也不能丢。"邓军看看表,说,"时间还宽裕,我们干脆和你做个伴吧!"

两小时后,那十二个战士回来了。他们握着团长、政委和营长的手,兴奋地诉说着自己不平凡的经历。

等到邓军、周仆的脚步踏上江桥,已经又是晓风残月时候。邓军的那只空袖管又不时地被江风吹起。小玲子和小迷糊拉着一匹黑马一匹红马跟在后面。这一切都倒映在碧清的江水里,像来时一样。不同的只是两匹马不断地嘶鸣着,好像埋怨它们的主人没有让它们尽量驰骋似的……

第十四章　虎鸣山口

当我军撤过北汉江向北转移之际,敌人以美、李四个军共十三个师的兵力,用摩托化步兵、炮兵和坦克组成的"特遣队",向我展开疯狂追击,企图将我消灭在北汉江以北。我则坚决阻止敌人,掩护部队节节转移。在北汉江以北的漫长战线上,整日炮声隆隆,烟尘蔽日,战斗十分炽烈。

邓军和周仆的团队,由于连日战斗,过于疲劳,掩护任务已由其他部队接替,他们位于师的先头向北转移。部队简直是一面睡眠一面行进。

这天拂晓,部队刚刚到达宿营地,小玲子忽然听到一阵敌机的隆隆声,跟平时很不一样,就对邓军说:

"团长,今天恐怕要注意一点儿!说不定要轰炸什么地方。"

邓军正靠着一棵松树休息,一面抽烟一面满不在乎地说:

"你怎么知道?"

"你听这声音多沉!决不止三架两架,说不定还有重轰炸机。"

周仆已经在一块雨布上躺下来,这时也欠起身子,笑着说:

"既是小玲子发出警告,我看还是不要大意的好。"

话刚说完,四架F86型喷气式战斗机已经越过上空。接着,又有十余架大型运输机自南向北飞来。运输机刚过,后面又是四架战斗机。邓军和周仆觉得情况不对,连忙起身跑到山岗上便于观察的地方。只见运输机向北飞了一程,就掉过头盘旋起来,八架战斗机在上空掩护着。整个山谷都回荡着震耳欲聋的隆隆声。

"这些龟儿子,到底要搞什么名堂嗷?"

邓军话刚落音,只听小玲子叫:

"跳伞了!跳伞了!"

邓军和周仆顺着小玲子的手指向北一望,在那布满雨云的铅灰色的天空里,果然看见一个发亮的白点。接着,又是一个,又是一个。顷刻间,就有十几个小蘑菇似的降落伞在天空里飘飘摇摇地下坠着。每架运输机飞到那里都像拉屎一样撒下一批,不到一刻工夫,北面的天空已经被星星点点的白蘑菇布满了。

"赶快拿地图来!"邓军叫了一句,眼睛仍然没有离开北方的天空。

小玲子从图囊里找出一张附近的地图,邓军立即展开,铺在地上,周仆也赶忙蹲下来看。邓军皱着眉头,咬紧颚骨看了一会儿,用食指沿着公路向北,点着一个山口说:

"这些龟儿子,很可能要抢占虎鸣山口,切断我们的退路。"

周仆凝神沉思了一会儿,点点头,同意团长的判断;并且指了指山口以南的一大片开阔地说:

"跳伞的地方,很可能就在这里……你看这地方离我们有多远?"

邓军用他有经验的手指量了一下,说:

"也就是三十华里左右。"

"那怎么办?"周仆用眼色这样说。

邓军望望北方天空的伞兵,一部分已被远山遮住,一部分仍在高空飘摇下坠,立刻果断地说:

"我看马上派一个营,跑步前进,消灭敌人的伞兵。如果让伞兵占领了虎鸣山口,那就麻烦啰!那就不是我们一个团的问题,整个军都要被敌人切断了。"

周仆沉吟了一下,脸色严肃地说:

"一个营的兵力似乎不够。我们团的主力可以随后跟进。"

两个人计议已定,立即在电话里向师部做了报告。师长完全同意他们的意见,指示他们尽快行动。

两个人跑到一营,马上下达了作战命令。尽管部队已经十分疲劳,当他们了解到局势的严重,都立刻振作起来,胡乱吃了些干粮,做好伪装,一路小跑地向虎鸣山口急进。

敌人跳伞完毕,运输机已经纷纷返航。那八架战斗机为了掩护伞兵,仍旧在上空不停地盘旋。孙亮和郭祥唯恐耽误时间,一个劲儿地督促着部队。只是在敌机俯冲扫射时才略略隐蔽片刻。即使这样,到达虎鸣山口附近时,已经是两个小时以后了。

孙亮把部队隐蔽在山林里,随后带着郭祥等几个连长,还有随同执行任务的团侦察排长花正芳,到前面一座小山上观察情况。前面是一道东西大川,相当平坦开阔,距虎鸣山一带山岭,总有两千公尺。在宽广的开阔地上,多是荒废了的稻田,有不少星星点点的降落伞委弃在乱草里。一条笔直的公路延伸过去,有一座两山对峙的山口,那想必就是虎鸣山口了。在山口两侧的高山上,隐约看见有不少的人影在活动。孙亮心中暗想:"看样子,敌人把山口早抢占了。如果白天发起进攻,这样的开阔地,势必遭到很大伤亡;如果等到夜间攻击,又会影响到部队的行动。"正寻思间,只听山口右侧的一座村子里"哒哒哒哒……"响起一阵重机枪声。紧接着又是一声手榴弹响,然后又停息了。心里正惶惑不解,只听郭祥在一旁叫道:

"营长!你瞧村西出来人了!"

孙亮往村西一看,果然从村子里陆陆续续出来十几个人。走在前面的几个人个子高些,低着头走得很慢;走在后面的几个人个子低些,肩上好像扛着什么东西。他们出了村子,走了一节就拐上那条公路,奔向虎鸣山口去了。

"会不会村子里有我们的部队?"郭祥诧异地问。

"如果村子里有我们的部队,山上的敌人为什么不向他们打枪呢?"孙亮沉思着说。

"也许山上也是我们自己的人。"

"不一定,战斗哪会这么快就解决了?"孙亮说,"我看还是让花正芳先去侦察一下再说!"

说着,他马上向花正芳布置了侦察任务。

花正芳和几个侦察员立刻换上便衣,乍一看很像朝鲜农村中的青年。他们掖上短枪,就向那个村庄奔去。

孙亮留下郭祥观察情况,自己和别的干部回去做战斗准备。

郭祥蹲在小山头上,聚精会神地注视着村子里的动静。过了半个多小时,还不见花正芳他们出来,心里不免一阵阵烦躁。正想再派人去,远远望见花正芳和那几个穿便衣的侦察员,不慌不忙地从村子里走出来,后面还跟着三个穿军衣的。他们一面走一面还像在交谈着什么。看看走得近了一些,花正芳首先跑过来兴奋地说:

"报告连长!人民军的同志来了。"

郭祥兴奋地"噢"了一声,接着问:

"敌人呢?敌人的伞兵呢?"

"不到一个小时就被他们消灭了。"花正芳兴冲冲地说,"刚才是他们正在肃清残敌,剩下几个家伙也活捉了。"

"好快哟!"郭祥两眼放光,又是羡慕又是赞佩地说。

说着,几个人民军的同志已经来到山下。郭祥用眼一撒,为首的是一个个子高高的英挺俊秀的青年军官,肩上佩戴着上尉军衔,后面跟着两个背转盘枪的年轻士兵。郭祥立刻跑下山坡迎上前去。花正芳指着军官介绍说:

"这位是人民军的金连长!"

"苏古哈喜米达!"郭祥一连声用朝鲜话道辛苦,并且同他们热烈地握手。

花正芳笑着说:

"连长,你就同他说中国话吧,金连长的中国话说得熟练着呢!"

郭祥点点头,满口称赞说:

"同志,你们这个仗,打得实在太干脆了!"

"那是我们离得比较近。"金连长谦逊地说。

"你们是什么时候到的?"

"今天拂晓,我们就过了虎鸣山口。"金连长说,"一发现敌人跳伞,崔俊师长就对我们说,这是要切断志愿军同志的退路,我们不能向北撤了,赶快返回去消灭伞兵,就是拼剩下一个人,也要控制住这个山口。我们赶回来的时候,敌人刚刚占领这座村子,脚跟还没站稳呢。"

郭祥深为感动,立刻转过头对花正芳说:

"你赶快把这些情况报告营长,就说崔俊师长率领的部队在这里。"

说过,就拉着金连长和两个人民军的战士一块儿坐下,掏出烟荷包和小日记本,撕下几条纸来,给他们每个人卷了一个粗大的喇叭筒,来表示自己此时此刻唯一能表达的敬意。

郭祥一面抽烟,一面端详着这位年轻军官,觉得有些面善,但又想不起在哪里见过。突然脑海一亮,想起刚出国的一个夜晚,漫天的火光,北撤的人流,在一个桥头上,有一个人民军的少尉,神色十分激动,无论如何也不肯向北移动半步。当时把郭祥和许多人都感动得淌下了眼泪。后来还是团长邓军亲自劝说了一阵,那位少尉才向后去了。郭祥记得那个少尉的名字叫金银铁,面庞很像这位连长,但又不敢确定。就试探地问:

"你认识金银铁同志吗?"

"你怎么认识他?"金连长惊愕地说。

郭祥把上面的情况说了一遍,赞叹地说:

"我对这个人印象很深。当时我想,一个国家要有这样热爱祖国的革命战士,这个国家就是打不败的!"

金连长笑着说:

"那你也过于夸奖他了,像他这样的人在人民军里多得很呢!"

"噢,看起来你就是金银铁同志吧?"

金连长粲然一笑。郭祥激动地攥攥他的膀子说:

"想不到我们在这里又见面了。"

金银铁也激动地说:

"我们北撤以后,在中国边境休整了一个时期,很快就赶上来了。这几个月可真打得痛快!"

郭祥笑着说:

"现在不过是暂时后退,过些时我们一定要再打回来!"

"好哇,我们一块儿好好地干哪!"

两个人谈得十分亲热。接着,郭祥就掏出了他的小日记本子。说起他的小本子,还真是有些特点。这里面鼓鼓囊囊地夹了好多同志们的照片,简直像个大肚子的孕妇。至于本子,记的东西倒并不太多。朋友们的名字、签字和通讯处几乎占了半本。入朝以后,新的历史行程又增添了大量的朝鲜同志。其中有朝鲜人民军的战斗英雄,人民军医院的女护士,里、面①的劳动党委员长,郡委员会的厨师、警卫员等等。只要他打开这个日记本,各种各样微笑的面孔,就会闹嚷嚷地呈现在眼前,而且还似乎在说:"郭祥同志,你怎么好久不来信哪?"现在,郭祥又把这个本子笑嘻嘻地递到金银铁和那两位战士的面前了。

"金银铁同志,现在咱们就算认识了,签个名儿留个纪念吧!"

当这几位新认识的朋友,正在彼此签字留念时,孙亮已从那边兴冲冲地赶来。他紧紧握着金银铁的手激动地说:

"金连长!我已经把你们的胜利向上级报告了。我们师团首长,都非常感激你们,要我们很好地学习你们的国际主义精神。现在请到我们营部坐坐吧。下午我还要亲自到你们团里去,向你们表示感谢。"

说着,几个侦察员一窝蜂地拥上去,拉着金银铁和那两个战士,走向一片密林去了。

---

① 相当于区一级的行政组织。

第十五章　黑云岭（一）

自从撤过北汉江后,敌人继续向我追击。郭祥所在的第十三师,奉命转移至黑云岭一带进行阻击。

一九五一年春季雨水多,突过临津江以来,三天两头落雨,许多战士的鞋子都走坏了。指导员老模范夜晚行军,白天就给战士们补鞋。他的挎包里,装着麻绳、锥子、碎皮子、钉鞋工具,简直就像个鞋匠。郭祥的几双鞋也送给了战士们。在临到黑云岭的这天夜里,他自己穿着朝鲜老大伯送给他的一双草鞋。这双草鞋开始穿上很得劲,后来就在跋山涉水中,碎断在一个山坡上了。郭祥干脆打着赤脚走了半夜。直到天蒙蒙亮,坐在路边小休息时,人们才发现他赤着脚,裤管挽得高高的,两腿黑泥,有一个脚趾头还碰得血糊糊的。通讯员小牛不禁惊叫了一声:

"呀!连长,你,你没有穿鞋呀?"

郭祥把脚一伸,笑着说:

"这不是穿着哩吗!你瞧,一双又黑又亮的高勒儿大马靴!"

大家轰地笑起来。但是小牛却不免有点心疼和惭愧。他想起花正芳在连部时,给连长补袜子,做袜底儿,甚至做鞋子,而自己昨天夜里竟没有发现,真是太粗心了。想到这里,他涨红着脸说:

"你怎么就不说呀!我还缴获了一双黑胶鞋给你存着呢。"

郭祥看出他的心情,连忙笑着说:

"好,好,拿来试试!"

小牛急忙从背包里面抽出来,郭祥接过鞋,到路边炸弹坑里涮了涮脚,往脚上一登,特意夸奖道:

"嘿!这个合适!就跟比着我这脚做的一样!"

小牛这才宽心地笑了。

部队继续行进。郭祥回头一望,老模范走在连队的后尾,不知替谁背着个大背包,架在自己的背包上,像个小驮子似的。郭祥看在眼里,疼在心里,想起他这么大年纪了,白天给人缝鞋,晚上行军当收容队,心里老大不忍。想抢过他的背包吧,明知道这倔老头不干。这么想着,他就往路边石头上一坐,把头一低,装作无精打采的样子。

老模范过来了,走到他身边,关切地问:

"嘎子,你怎么啦?"

"光往后撤!我这思想可能有毛病了。"

老模范一听,严肃起来:

"你当连长,还闹思想,怎么带一连人?"

"我这只是个人闹闹,不影响大家。"

老模范用手一拉,说:

"快走吧,到宿营地我们好好谈谈。"

"我走不动啊,老模范。"郭祥苦笑着说。

"来,我给你背上背包。"

"那我也走不动啊。我这两条腿像灌了铅似的,拉都拉不起来。"

老模范叹口气说:

"我连你也背上。"

"你别打喜谆了,老模范,"郭祥又苦笑了一下,说,"你已经背了两个背包,还怎么背我?"

"这好办。"老模范说,"我把背包卸下来,你先背上,然后我再背你。"

"这办法许行。"

郭祥勉强点了点头。等老模范把两个大背包卸下来,他往身上一背就一溜烟跑了。

"这嘎小子!"老模范在后面追着说,"你跟他在一块儿,一个警惕性不高就得上当!"

东方已经透出一派青紫色。在朦胧的晓色里,看到前面有一带大岭,黑森森地横在半天云里,就像铁城一般,俯瞰着这条公路。郭祥猜想着,这大约就是黑云岭了。

到达山脚下的宿营地时,天色已经大亮。敌人的早班飞机开始在头顶出现。南边传来了隐隐的炮声。为了防止敌人空袭,只由指导员老模范领着炊事员到村里做饭,其余的人就隐蔽在山坡上的松树林里。

这时,大家饿得肚子咕咕直叫,把目光都集中到小牛的半袋炒面上去了。郭祥就笑着对小牛说:

"小牛!别保守啦,你就把那半袋炒面共了产吧!"

小牛省下的这半袋炒面,是为了连首长在最困难的情况下用的。有好几次他自己饿得吐酸水,都没有舍得吃。今天哪里肯拿出来。但又不好明说,就支支吾吾地咕哝了一句:

"你们忍忍吧,快开饭了……"

"小牛,"有人开玩笑说,"你要拿出来,将来战争胜利了,回到祖国,我好好请你!"

"他才不肯哪!"又有人笑着说。

郭祥把手一摆,笑着说:

"小牛,阶级兄弟有祸同当,有福同享,你就拿出来算了!"

小牛这才拧拧支支地、慢吞吞地把炒面袋子解开,倒给每人一小把儿。有人吞得过急,一下呛到嗓子眼里咳嗽起来,引起一阵哄笑……

"小牛!"郭祥嘱咐道,"你多倒给大个儿一点!他干活儿多,不抗饿。"

这乔大夯平时能吃两三个人的饭食,昨天只喝了两碗粥,已经饿得可想而知了。但他却不接受,还笑着说:"我倒不觉着饿,留着让小牛吃吧!"

"大个儿!"郭祥说,"你要不接,别人谁肯吃呢?"

乔大夯推脱不过,才带着羞愧地伸出一只大手来。小牛刚倒了一丁点儿,他就把手收回去,连声说:"行了,行了。"

小罗无限香甜地吃了一小把儿炒面,跑到小河沟里喝了几捧凉水,就精神起来了。他坐在背包上,仰着下巴颏问:

"连长,你说咱们这个艰苦劲儿赶得上长征么?"

"你说呢?"

"叫我说,许差不多了。"小罗闪着一双明亮的大眼,美滋滋地说,"人都说,'打过三八线,凉水拌炒面',现在炒面也没有了,这两天净吃野菜,就差没有煮皮带了。昨天我喝了两三碗野菜糊糊,刚喝下去还挺舒服,没走上二十里路,肚子就咕咕地提抗议啦。这时候,我就想起红军战士们。过去我老觉着,没有赶上当红军,没有赶上长征,是很大的遗憾;现在一想,咱们的困难快跟红军差不多了,就高兴起来啦,觉着背包也轻啦。后来我还唱了两遍《三大纪律八项注意》歌儿呢。"

"小罗,你这精神倒挺不错。"郭祥笑了笑,亲切地说,"可是要比起革命老前辈来,我看咱们还差远哩。听咱们老团长讲,长征那时候,苦就苦在失去了根据地,一直被敌人追着,没个落脚的地方。

现在呢,有个伟大的祖国站在咱们后面,还怕什么！不过就是敌人的飞机疯狂一些,东西一时运不上来,以后慢慢就会改变。你说是不？"

小罗点点头。忽然想起了什么,又问：

"连长,在最苦的时候,你心里是怎么想的呢？"

"哈哈,你这个小鬼！"郭祥鬼笑着,用手一指,"你这个文艺工作者,是向我搜集材料儿吧？"

"我搜集材料儿干什么！"小罗红着脸说。

"好,好,你只要不是搜集材料儿登报,我就告诉你。"郭祥笑着说,"说坦白点儿,刚参军,我也觉着有点苦。那时候我才十三四岁,一走一百多,哪受得了？有一回,我脚上打了五六个血泡,实在走不动了,就坐在路边哭起来。后来,一位首长把我抱在马背上,我才把眼泪一抹笑啦。那时候,我为什么觉得苦呢？因为我没有政治觉悟,不懂得为什么吃苦。后来经过党的教育,我才渐渐明白,我们生活在世界上到底是为了什么。我看人活一辈子,不能像小家雀似的,给自己造一个小窝窝就算了事；更不是积累点资本,好爬上去出人头地。我们的目的,就是为了把吃人肉、喝人血的旧制度彻底砸碎,建立起一个崭新的世界,没有剥削、没有压迫的世界！要说幸福,人民的幸福就是我们的幸福！除了人民的利益,我们没有别的期求。"

"那么,你个人最大的快乐是什么呢？"

"我最大的快乐么,"郭祥笑笑说,"就是在战场上消灭敌人！只要把敌人的堡垒炸塌,把敌人的防线冲破,把敌人彻底消灭,然后把俘虏一牵走下阵地,我就比别人娶亲还乐！"

小罗眯细着眼,蛮有兴致地听着,又问：

"连长,昨天夜里,你两只脚碰得血糊糊的,也不觉得苦么？"

"我可以告诉你,小罗,"郭祥笑着说,"只要我想起过去,就觉得不苦。我从家里跑出来,给地主当小做活的,就很少穿鞋。冬天两只小脚丫冻得像红萝卜,实在吃不住劲儿,就把脚伸到牛粪里取暖,看见老母猪尿尿,也赶快把脚伸过去。这是什么生活?这是鬼也不愿过的生活!"他的眼睛射出火光,声音里充满着愤恨,沉了沉又说,"这苦和苦可不一样:以前那种苦,是给人当奴隶,受屈辱的苦;现在我们是堂堂的革命战士,是为人民吃苦,这种苦多吃一点,就越接近胜利。这样一想,也就不觉得苦了。我觉得这种苦再大,也比让别人用鞭子赶着强!你说对不,小罗?"

小罗正听得津津有味,营部通讯员来传郭祥,叫他跟营长看地形去。

郭祥往起一站,觉得裤子松嘟噜的,想往紧里煞一煞,一看皮带上眼眼不够了,就问:

"谁有锥子呀?"

一个战士在挎包里摸了一阵,把一个锥子递过来,笑着说:

"入朝以来,我已经钻了好几个了。"

"那不要紧,"郭祥一面扎眼儿,一面笑着说,"祖国东西有的是,丹东车站上堆得像山似的,等运过来,恐怕你还得往另一边扎眼眼呢!把你这锥子好好保存着吧,可别丢喽!"

"那敢情好!"那个战士也笑着说。

郭祥把他那细腰煞得紧紧的,嗖嗖地往山上爬。

孙亮早在一座歪脖山上等候多时。他平时是个活跃分子,今天的神色却相当严肃。郭祥从他的脸色上已经看出情况严重。

等各连连长到齐,孙亮招呼大家席地而坐,然后说:

"你们都知道,敌人正以十三个师的兵力,组成了一个'特遣队',向我们疯狂追击。现在的情况是,我们东线的部队还没有完全撤回。敌人的企图,就是要从我们这里打开缺口,来迂回包抄他们。所以,情况是相当严重的。我们的任务,就是在这里坚决阻住敌人,来掩护他们安全转移。什么时候东线部队转移完毕,我们的任务才算完成。"

说到这里,他又加重语气问:

"你们听清了没有?"

"没有问题!"郭祥把头一摆,"战士们早就想打一打了!"

"老往后撤,心里真不是个味儿。"其他连长也说。

"可也不要大意!"孙亮扫了大家一眼,"我们当面的敌人是美军骑兵第一师。据说,这个师有一百多年建军历史,是由骑兵改装成机械化的。再说,我们当前也有些实际困难。因此,一定要用点脑子才行。"

区分任务的时候,郭祥的眼睛睁得大大的,一个劲儿地望着孙亮。

"你是又怕摊不上任务吧?"孙亮微微一笑。

"不不,我不是这个意思。"郭祥笑着说。

"这回不让你当预备队就是了。"孙亮说,一面回过头指了指那一带弥漫着云气的高山,"那一带就是黑云岭,团的主力和团指挥所就在那里。我的位置就在这里。"说过,他又用手指了指前面靠右边的那座山,说,"郭祥,那座像狮子头的山你看到了吗?"

郭祥看了看,那座山确实像一只昂着头的狮子,还向两边伸出了两条前腿。一条南北公路到这里正好转了一个弯子,转到东边去了。孙亮说:

"那就叫狮子峰,就分给你们吧。"

"行,行。"郭祥愉快地说。

郭祥回到连队时,老模范和几个炊事员抬着两大行军锅饭正

好来到松树林里。战士们眉开眼笑地围过来,目光都集中到饭锅里啦。调皮骡子还用筷子敲着小洋瓷碗,愉快地说:

"嗨,真没想到还是八宝饭呢!"

郭祥一望,果然饭锅里除了绿盈盈的野菜,还有大米、小米、玉米、豇豆、绿豆,稠糊糊的,就高兴地问:

"老模范!怎么今天的饭这么全乎哪?"

"这可不是容易的。"老模范一边用他那条破旧的毛巾擦着汗,一边说,"咱们可得好好地感谢朝鲜人民哪!他们看见我们挖野菜,心疼得不行。有一个朝鲜老大娘还流着眼泪说:'中国孩子们来帮咱们打仗,怎么能光让他们吃野菜呢!'这就是她们东家一把,西家一捧凑起来的。要不是他们,我看今天的饭是吃不成了!"

一个战士感动地说:

"指导员,咱们吃了饭可得好好干哪!"

"对,好好干哪!"战士们大呼小叫地应和着。

每个人都狼吞虎咽地吃了几大碗,气氛马上活跃起来。调皮骡子还拍着肚皮说:

"咱们这当战士的,不要求别的,只要肚里有饭,枪里有弹,就能消灭美帝王八蛋!"

有人反驳说:

"你这话不对!我们饿着肚子就不干啦?"

"当然,你这话也有一些道理。"调皮骡子说,"不过,一般地说,我这话也是攻不破的!"

大家掀起一阵哄笑。

吃过饭,郭祥和老模范做了战斗动员。大家的战斗情绪又处于那种"嗷嗷叫"的状态。战士们纷纷嚷着:

"我早觉着该好好打一下了!"

"咱们打过三八线,现在又退回去,朝鲜老百姓跟着咱们往北撤,叫人看着心里多难受啊!"

在一片沸腾的热情中,郭祥和老模范把这个久经战阵的连队带上阵地。一场艰苦壮烈的搏斗又要开始了。

第十六章　黑云岭（二）

接火的第一天,敌人只对狮子峰作了试探性的进攻;第二天,就以一个连的兵力,集中攻击两个山腿。进攻三次均被击退。当晚,山下车灯闪闪,马达隆隆,运兵卡车频繁来往,直闹腾了半夜。这些征候都说明,次日将有更大的战斗。

第三天一早,太阳刚刚露出东边山嘴,战士们唤做"老病号"的炮兵校正机,已经来到了头顶。接着四架"黑寡妇"也围着山头盘旋起来。经过半个小时的轰炸扫射,敌人的炮火就开始了集中轰击。战士们隐蔽在猫耳洞里,身子震得不断地颠簸着。敌人的炮火刚刚延伸射击,郭祥就从工事里钻出来,只见满山蒸腾着烟火,松树枝干落了一地,整个山顶山谷雾气沼沼,天昏地暗。尽管战士们已经纷纷钻出工事,他还是叫司号员吹了一声长号音,警醒人们注意这个万分重要的时刻。随着硝烟的稀薄,可以看到,满山遍野的敌人已经佝偻着身子,像羊群一般爬上山来。粗粗望去,总有一个多营的兵力。看样子不仅要攻占两个山腿,而且要直取主峰。

按照郭祥的一贯打法,爱把敌人放得近近的。这次却改变了主意,首先命令三门六〇炮,向两个山腿之间密集的敌人射击。他还鼓励战斗兵中岁数最大的炮班班长说:

"老广东!你光在旧军队就当了十二年的班长,技术是大家都知道的,今天你可要为抗美援朝做出点贡献哪!"

这个老爱把军帽戴得低低的老兵,并不答话,只略点了点头,把眼一眯缝,一个急速射,一连五六发炮弹像小黑老鸹似的飞上晴蓝的天空,一个接一个正正地落在密集的敌群里爆炸了。其他两门也接着打起来。一大团一大团蓝色的烟花顿时在这个小山谷里连成一片。拥挤在两条山腿中间的敌人,惊慌地惨叫着,乱糟糟地分向两边卷去。刚刚跑到两个山腿上,郭祥又大声喊道:"向两边打!"

"吭!吭!吭!"蓝色的烟朵又立刻开放在两条山腿,敌人不得不再次卷到中间。这时候,主峰上的重机枪和两条山腿上的轻机枪,一齐猛扫过去。敌人鬼哭狼嚎,丢下几大片死尸,向山下溃退。

"同志们!反击啊!"郭祥高喊了一声,夺过小牛的冲锋枪跳出了战壕。在激越的冲锋号声里,战士们一窝蜂似的追了下去。一阵手榴弹和冲锋枪,又把敌人打死了大半,只剩下少数敌人连滚带爬地向山坡下逃去。

当大伙追到山腰时,郭祥急忙叫司号员发出停止信号。疙瘩李急火火地说:

"连长,怎么刚出击就停止啦?"

"快回到工事里去!"郭祥把手一摆,"我说我傻,疙瘩李,你怎么比我还傻呀?"

大家刚刚进入工事,敌人的排炮已经猛烈而密集地盖了过来。仿佛带着一肚子失利的怨恨,不断地在头上咆哮着,咆哮着。

这一天击退了敌人三次冲锋,打死打伤的敌人总有好几百人。整整一面山坡和两条山腿上,布满了敌人横躺竖卧的尸体。山上的工事,也被敌人的炮火打得稀烂。山坡上黑乌乌的。一片片山草和松树的枝干还在燃烧着,冒着一缕一缕的青烟。

黄昏时分,郭祥正在山坡上督促战士们整修工事,小牛兴冲冲地跑过来说:

"连长！师长要你接电话呢！"

"什么？你说什么？"郭祥有点不相信自己的耳朵。

"师长给你来电话了。"小牛又说。

郭祥连忙回到猫耳洞,只听耳机里说：

"你是三连连长吗？是郭祥吗？"

郭祥一听,果然是师长的声音,连忙回答说：

"是我。首长,你很好吧？"

"我很好。"师长愉快而亲切地说,"最辛苦的还是你们哪！"

"还是首长辛苦。"郭祥笑吟吟地说,"我们蹲在前边的人最痛快啦！特别是今天！"

师长在电话里哈哈大笑：

"对,对,就是要这个劲头！你们今天打得很顽强,又很灵活。我看火力的组织和反击都比较好。我代表师党委,慰问你们全连同志。"

"好好,我一定把首长的鼓励传达给大家。"郭祥说,"不过我们也有许多缺点,现在还没有发动大家来总结呢！"

"这次同美军骑一师交手,战士们有什么反映？"

"大家都说,他们看起来很凶,其实也没有什么了不起的。要是倒个过儿,叫我们攻他,有十个狮子峰也攻下来了。"

电话里又传过来一阵笑声：

"他是反革命军队嘛,跟我们怎么能相比呢！"略沉了沉,师长又问,"你们现在有什么困难？"

郭祥在长期革命战争中,形成了一个牢固的观念：愈是战斗危急,就愈是不能叫苦。他响亮地回答说：

"我们没有困难。"

"同志,你在说假话啰！"师长说,"这么激烈的战斗,怎么会没有困难？我知道,你们人不会太多了,弹药恐怕也很少了。"

"今儿晚上,我们准备到敌人死尸堆里搜集弹药。"

"我也准备再给你们抽一些去。"

稍停了停,电话里又问：

"你们现在忙什么呢？"

"我们在加修工事,准备明天敌人进攻。"

"光这个恐怕不够吧,"师长说,"敌人来了,你们'欢迎',晚上恐怕还得搞点'欢送'吧？"

郭祥布满红丝的眼睛,霍然一亮：

"首长是不是说,晚上去袭扰他一下？"

"对啰！"师长笑着说。"但是兵力也不必多,一个加强班就可以了。我们的目的,就是从精神上去折磨他！压倒他！使他明天进攻的能力减弱。"最后,他又以有力的声音说,"尽管这是防御战,也要下决心把这个骑一师打成残废！"

电话上这一席朋友式的交谈,使得郭祥感到特别温暖和愉快。他拍拍打打满是战尘的帽子,擦了擦脸上的泥土,立时召开支委会,传达师长的指示。谈到袭扰敌人的任务时,话没落音,几个班长都抢着要去。齐堆不慌不忙地说：

"干什么事,都不能凭主观愿望,应当客观地看。"

"客观地看,应当由谁去呢？"人们问他。

"当然是我喽！"齐堆笑着说,"打麻雀战,是我的老行当嘛。"

人们笑起来。

郭祥和老模范都笑着表示同意。

夜静时,随着熟悉的手榴弹声,山下的敌人就像乱了营似的,机枪、步枪胡乱地射击着,直闹腾了半夜。其实,齐堆他们早睡到战壕里打起呼噜来了。

这个"欢送"的办法实行以来,不但有效地迟滞了敌人的进攻,而且使得敌人渐渐精疲力竭。随着各个部队这种小型反击的加强,敌人进攻的势头大大不如以前。据经常参加夜袭的齐堆回来报告说,敌人在帐篷里累得像死猪似的,动都不愿动了。邓军得知这种情况,给师长打电话说:"师长啊!你能不能给我点兵力嗷?你如果能给我一个完整的营,我可以马上给你抓两千俘虏来,当面交货!"可是师长只能在电话里长长地叹口气。这对指挥员也许是最大的遗憾和惋惜,看到面前满盘香喷喷的猪肉,就仅仅因为缺少筷子硬是夹不到嘴里。

哪知第五天,情况发生了变化。这个精神沮丧、遭到巨大伤亡而残废了的美国老牌部队被撤下阵地,由另一个师接替,向黑云岭继续猛攻。

这时,阵地上的人数已大为减少。郭祥的连队名义上还是三个排,实际上每个排只不过十几个人。尤其是扼守左边山腿的三排,只剩下调皮骡子王大发等三名战士。黄昏,郭祥和老模范踏着大大小小的弹坑来巡视阵地,看见这三个战士,眼睛都是红的,浑身血迹和泥土,就像从土里钻出来似的。可是,他们仍然蹲在工事里,警惕地守卫着阵地。郭祥心里深为感动,同时也思虑着,明天如何应付敌人的进攻。

他把老模范拉到旁边,坐在炮弹坑的边沿上,悄声地说:

"你看这个阵地,明天怎么个守法?"

"我看,再拨过来几个人也不行,这样力量都单薄了。"老模范思忖了一会儿说。

郭祥点了点头。

"要不我过来吧,我也当过几天机枪射手。"老模范捋捋袖子。

"不不,"郭祥把手一摆,"正在节骨眼上,政治工作没人掌握哪里能行?"

"你就说吧,嘎子。在这个时候,你还客气什么!"

郭祥舐舐干裂的嘴唇,试探着说:

"你看我们能不能唱出'空城计'呢?"

"空城计?"老模范惊问,"你是说把人撤了?"

"我说的是这个山腿儿。"郭祥解释说,"我们不是缴获了好几箱迫击炮弹吗,把它全埋在这个山坡上,再配合上六〇炮消灭进攻的敌人。这样免得人地两亡。"

老模范沉吟了一阵子,点点头说:

"兴许能行。不过可得请示营里。"

他们回到主峰,在电话上请示了营长。营长表示同意。可是,派小牛去撤回这三个战士时,却发生了麻烦,其中自然是以调皮骡子为首。

"撤退?……这是谁的命令?"他红着眼珠子,大声地问。

"连长的命令。"小牛说。

"连长?"调皮骡子梗着脖子,"军长也不行!"

"那你听谁的呢?"

"我听毛主席的!"他说,"毛主席叫我撤,我就撤!"

"哈哈,你这个调皮骡子!"这话刚到了小牛嘴边,怕影响完成任务,又咽回去了,连忙改口说:

"我到哪儿给你请毛主席去?毛主席不是叫我们'一切行动听指挥'吗?"

"反正动摇的命令,我不能执行!"

幸亏这时候老模范来了,详细地解释了这次的计划,他才哼哼唧唧地答应了。临离开山腿时,他还不断地回过头去望了又望,眼泪刷刷地流下来:

"老模范！我不是不愿执行命令啊。许多同志都在这儿牺牲了,不给他们报仇,我哪儿有脸下阵地呢！"

"我们一定要给他们报仇！"老模范像老妈妈对孩子似的温言相劝,才把这个浑身血迹和泥土的老兵拉回到主峰去了。

当晚,郭祥派人把几十发迫击炮弹搬下去,每个炮弹的引信都和手榴弹绑在一起,埋在左山腿的山坡上。然后把手榴弹弦拴上一根长绳子,牵到一侧隐蔽的地方。由一个战士埋伏在那里。

初升的太阳迎来了第七个激战的日子。这一天敌人轮番进攻两个山腿。当敌人在炮火的掩护下,两次攻上左边的山腿时,都被郭祥指挥着几门六〇炮,劈头盖脸地砸了下去。第三次,敌人的指挥官似乎发了狠,用了一个多连的兵力,像羊群一般密密麻麻地爬了上来。这时主峰上"嘟——嘟——嘟——"响起了三声长号音,接着那面山坡上伴着轰隆轰隆的雷声,腾起大团大团的火光和浓烟,把整整一条山腿都掩盖住了。浓烟过后,只见山坡上又盖上一层横躺竖卧的尸体,剩下的少数人发出一阵阵惨叫,滚滚爬爬地跌下山去。

由于阵地上人员过少,在防御战的第八天,郭祥不得不收缩兵力,固守主峰。狮子峰的两条山腿,遂被敌人占领。这时候,阵地上出现了一种奇怪的胶着状态:进攻主峰的敌人,由于几天来挨打挨怕了,攻到主峰之下五六十米的地方,既不前进,又不后退;郭祥的连队,时时准备应付意外,剩下很少弹药,也不敢轻易射击。

在这危急的时刻,忽然听见前面左山腿上广播喇叭一阵嗞嗞啦啦的怪响,接着是一个中国人喊话的声音:

"中共士兵们！中共士兵们！……"

"这不是谢家骥么！"郭祥的耳朵猛地支楞起来,眼珠子立刻红了。

果然,那声音继续说:

"我叫谢福畴,是原中国人民志愿军第五军的文工团员。因为我也是一个中国人,现在我愿站在同胞的立场,对你们讲几句话……"

老模范首先挥着臂高声喊道:

"你是什么中国人哪?你是汉奸!"

"你是条狗!是美帝的走狗!"小罗也用尖尖的声音跟着喊。

"对!"郭祥说,"就是要把他骂倒,不能叫他压住我们!"

谢家骥继续在广播喇叭里叫:

"你们的情况我是很了解的。你们的炒面已经没有了,子弹也不多了,你们已经尝够了美国——不,联合国军飞机大炮的滋味,你们已经面临绝境,再也没有生路啦。你们何苦再守下去呢?……"

"为了消灭你这个狗杂种!"小罗的反驳,引起大家一阵哄笑。

谢家骥显然有些发急,在广播里又继续叫:

"你们如果再执迷不悟,我们的飞机大炮马上就轰你们。你们知道联合国军的飞机大炮是够厉害的,你们的破武器是没有用的!"

郭祥捋捋袖子,用高嗓门喊道:

"飞机大炮厉害,你为什么不敢露面呀?把你那个狗头露出来,试试我的破武器!"

对方没有答话,也没有露头,大家又是一阵哄笑。

广播喇叭里又嗞啦了一阵,无可奈何地叫:

"中共士兵们!不要再受共产党的欺骗了。他们是嘴甜心苦。他们把别人的土地分给你们,为的是叫你们给他卖命……"

"闭住你的臭嘴吧!"调皮骡子红着眼,立即答道,"我们不是为几亩地革命,是为了消灭你们这帮吃人肉喝人血的王八蛋才来革命!"

"好好,调皮骡子你说得对。"郭祥连声称赞着,"你再问问他,他是地主崽子不是?"

"喂,喂,谢家骥!你是地主崽子不是?"

对方没有答话。待了好半晌,又恫吓道:

"你们如果再不醒悟,是没有好下场的!蒋委员长就要反攻大陆了,很快就要回来,到那时候就晚了。你们还是快打死你们的干部,缴枪投降吧!……"

"你们别做梦啦!"小罗又尖声喊道,"蒋该死的骨头变成灰也回不来!"

"缴枪?缴给你几个子弹头吧!"调皮骡子乒乒乒向着喊话的地方一连打了三枪。

"那不顶事!"郭祥连忙制止,一边又转回头问老广东,"剩下几发炮弹了?"

"三发。"老广东低声说。

"那个大喇叭你看准了没有?"

"看准了。"

郭祥把手一挥说:

"那你就打上一发,别叫这个地主崽子穷嚷嚷了。"

老广东眯细着眼,测好距离,十分精心而又慎重地打出了这发炮弹,一团蓝烟立刻盖住了那个大喇叭,当它刚刚又叫喊"中共士兵们"的时候哑巴了。

敌人由于占领了两条山腿,我们打枪又很少,再加上刚才广播的叫嚷,一时来了劲,有人竟哇啦哇啦地唱起歌来。

"连长!"小牛说,"你听敌人唱歌哩!"

郭祥一听,脸都气紫了。在长期革命战争中,使他养成了这种性格:只能压倒敌人,绝不能被敌人压倒。敌人在他面前的任何狂

妄行动,都会使他不能容忍。他高声说:

"同志们!我们是共产党的部队,是打不垮、压不倒的!他们唱,我们也唱!"

"对!他们唱,我们也唱!"老模范也放大嗓门说。

"唱个《东方红》好不好?"郭祥问。

"好!!!"大家齐声回答。

郭祥用他那因连日激战略显嘎哑的嗓子,带了一个头,立刻,在冒着一缕缕蓝烟的狮子峰上,响起了《东方红》的歌声……

这是一支中国人民最熟悉也最心爱的歌曲。多年以前,当一个普通农民用高亢的陕北民歌的曲调,唱出他创作的歌词时,他也许没有想到他是代表了中国大地亿万人民的心声。由于他对党和领袖深沉的热爱和朴实而宏大的感情,这支歌已经成为人民心中的歌和心中的诗。人们经常在各种场合唱它。但是此情此景却似乎有一种特别强烈的东西在感动着自己。当这首歌从他们干裂的嘴唇发出的时候,他们心潮激荡,热血沸腾,似乎看见伟大领袖就在自己身边,就在自己眼前。顿时周身充满了力量和勇气,当前的敌人和困难都显得更加渺小了。

午后,在左翼友邻阵地上,枪炮声突然激烈起来。不一时,营里电话通知说,情况可能发生变化,命令留下少数兵力,其余的撤退到二线阵地。郭祥好说歹说,老模范才率领连的主力撤下去了。郭祥只带着乔大夯、小牛等十几个战士担任掩护。

半小时后,有八架敌机在阵地上狂轰滥炸。通营里的电话线已被炸断。接着,左翼友邻部队的阵地被敌人突破。当面的敌人也攻了上来。把敌人击退时,每人剩下的子弹已不过三五发、十几发了。乔大夯的轻机枪和老广东的六〇炮俱被炮火打坏,他们都拿起阵亡者的步枪坚持战斗。

郭祥看到这种情况,正要组织转移,敌人一扑面子又攻了上来。郭祥知道子弹不多了,就高声喊道:

"同志们!用石头砸呀!"

说着,从垒工事的石头堆里捡起了一块,向离他十几米的敌人劈脸打去,一个家伙惊叫了一声,抱着满脸是血的头滚下去了。

同志们也都纷纷捡起石块,劈头盖脸地向敌人砸去。这时有五六个敌人已经快扑到乔大夯身边,高大有力的乔大夯,竟把一块四五十斤的大石头高高举起,向着敌人猛力砸去。在一片惊叫声里,有两个敌人躲闪不及,登时被砸得脑浆迸裂,倒在地上。由于乔大夯用力过猛,那块大石头顺着山坡猛滚下去,敌人惊叫着闪向两边,就像打开了一条人胡同似的。敌人竟一时忘了打枪,望着这位天神般的勇士被惊呆了。

显然,这种局面已经不能恋战。郭祥正要准备向后撤退,听见后面响起了激烈的机关枪声。回头一望,黑压压的敌人已经占领了侧后的山头,正用密集的机关枪弹封锁了他们后撤的道路。很明显,从预定的道路撤退已经没有可能。于是他立即指挥部队向右翼的玉女峰转移,打算绕路过去向团的主力靠拢。

连郭祥在内,这时只剩下八个人。他们边打边退,撤到了玉女峰上。敌人见他们没有子弹,气焰顿时嚣张起来,哇哇乱叫着,紧紧追着他们,也不打枪,一心想抓他们活的。

这时,又发生了意外情况,走在最前面的小牛,突然回过头,有些惊慌地说:

"连长!后面下不去了……"

"你慌什么!"

郭祥瞪了他一眼。赶过去一看,下面是一座黑森森的断崖。断崖上长着一些乱草、枯藤和杂树,离下面的山坡总有五六丈深。

郭祥心里立刻明白:为党,为祖国,为朝鲜人民最后献身的时刻已经到来。

"就是死,也不能慌慌乱乱,叫敌人瞧不起我们。"

他一面想,一面从容地转过身来,坐在一块大青石上;然后摆摆手,把大家招到身边。

"同志们!最后考验我们的时候到了。"他的神态严肃而又深沉,"我们都是劳动人民的子弟,是自觉自愿出来跟着共产党毛主席干革命的。虽然有的是党员,有的还不是党员,大家都受过党的教育。我们无产阶级誓死不做敌人的俘虏!今天就是我们跳崖牺牲了,也要让敌人知道:共产党的战士是不可征服的!……"

"对!我们只能为祖国增光,不能给祖国抹黑!"小牛紧握着冲锋枪,用他年轻的尖音响亮地说。

乔大夯一向说话简单,今天仍不例外,他望了大家一眼:

"我看这没有啥,咱们跳吧!"

"跳吧!!!"人们都抢着说。

郭祥脸上走过一丝笑纹,显然对大家的表现感到满意。他接着说:

"你们还带着什么文件、笔记本没有?都拿出来烧了。叫狗日的什么也摸不着。"

大家从口袋里把文件、笔记本、家信、入党志愿书等等都掏了出来,堆在石崖下。小牛刚划了一根火柴点着,只听山顶上监视敌人的战士喊道:"敌人上来了!"

郭祥知道只有小牛的枪里还有十几发子弹,就把他的冲锋枪抢过来,三脚两步爬上山顶。几个战士也跟了上去。只见敌人大呼小叫地攻上来。郭祥略略把帽檐儿一歪,用跪射姿势,乓、乓、乓、乓,一连打倒了五六个敌人。其余的敌人马上卧倒在那里不动了。

郭祥回过头问：

"小牛！烧完了没有？"

"还没烧完哪！"小牛蹲在石崖边拨着火说。

"你不要慌。他上不来！"

这时，只听山坡下喊道：

"中共士兵们！快快投降吧！你们再也跑不了啦！"

郭祥一听，又是谢家骥的声音。他的目光从左到右搜寻了两遍，才发现谢家骥穿着一身黑裤褂，戴着窄檐草帽，在远远的一块大石头后面探出身子，举着一个轻便的扩音喇叭喊着。郭祥一双眼睛登时红得像要淌出血来，刚要瞄准，谢家骥又闪到大石头后面去了。气得他愤恨地骂：

"姓谢的兔崽子！你有种，到前面来吆！"

对方显然也看出他是郭祥，举着喇叭说：

"姓郭的嘎小子！你今天已经跑不了啦！我马上就要来审判你：你们为什么要分别人的土地？"

"那是因为你们吃人太多了，喝血太多了！你等着吧，我们还要审判你哪！"郭祥一搂扳机，乓乓两枪，只见谢家骥举着的喇叭，跌落在地上，谢家骥哎哟了一声，抱着右臂，扭头就跑。

郭祥死死瞄准他，又一搂火，只打了个空机。原来刚才打出的已经是最后两发子弹。

这时，只听小牛在山崖下叫道：

"连长！已经烧完了。"

郭祥望望谢家骥歪歪斜斜的背影，长长地叹了口气。他带着最大的遗憾，缓步走下山顶。

在山崖下，他带着极其热烈的情感，跟每个同志亲切地握了握

手,然后对大家说:

"同志们!死对一个革命战士不算什么。今天我们是为祖国人民、朝鲜人民而死,是为无产阶级、共产主义事业而死。这个死是光荣的、愉快的。"他走到小牛身边,把小牛腰里仅剩的一个反坦克雷拿过来,交给乔大夯说:"大夯同志!你是共产党员,你到山顶上去掩护大家,我先来跳!"

说过,他走到石崖边,从容地摘下帽子来,拍了拍土,把它戴正,又把脖子里的纽扣扣上,风纪扣也扣好。这一切,就像平时要出操一般。小牛激动地扑上去,拉住他的手叫了一声:"连长!"似乎想要说什么。郭祥推了他一把,把右臂举起来,高声喊道:

"共产党万岁!毛主席万岁!"接着,一纵身就跳下去了……

"共产党万岁!!!毛主席万岁!!!"小牛和几个战士也跟着连长高呼着,接着跳了下去……

这时候,敌人哇哇地叫着攻上了山头,乔大夯投出最后一颗反坦克雷,顿时山顶响起了一声震天动地的雷声。这雷声在峭壁深谷中不绝地滚动着,回荡着,就像为我们的英雄唱的颂歌一般。在烟雾还没有消散的时候,乔大夯那个高大的身影一闪,也消失在黑森森的断崖之下……

第十七章　黑云岭（三）

黄昏。团指挥所笼罩着一片严肃的气氛。

邓军话也不说,只是坐在那里一支接一支地抽烟。

周仆刚放下电话,就又拿起耳机来:

"摇观察所?"

观察所摇通了。周仆焦灼不安地问:

"前面下来人了没有?"

"没看见有人下来,政委。"

"狮子峰没有下来吗?"

"没有。"

"玉女峰呢?刚才不是响了一阵枪声吗?"

"枪声早就停止了,政委。还是一个小时前向您报告的那样。"

"那几条小路,你们注意观察了没有?"

"都注意观察了。"

"我说的是每一条小路!都没有忽略吗?"

"政委,我们都反复地看了。到现在为止,连个人影儿也没有。"

"不要松懈。要继续注意观察!"

"是。"

周仆放下耳机,看看表,长长地叹了口气:

"已经一个小时二十分了。我就不相信,他们一个不剩地被消灭了。难道敌人会抓了他的俘虏？这不可能！"

邓军没有答话,喷了一口浓烟;把那只空袖管一甩,从石崖下走了出去。

小玲子看他又要到山顶上去亲自观望,就连忙挎着望远镜跟了出去。周仆和小迷糊也离开洞子。其实,他们从山顶上下来至多不过二十分钟。

在长期革命战争中,他们没有计算过,实际也无法计算从自己的身边倒下了多少可爱的同志。每当一个战友牺牲时,自然都引起他们内心的痛楚,但这种痛楚都默默地化为对敌人的仇恨,深深地埋入心底。表面上则很少过多地流露出什么。尤其邓军,他是最反对那种"婆婆妈妈"的了。他认为,那是与革命者的刚强性格不吻合的。可是,今天他却不能解释,郭祥的迟迟不归竟引起他如此的不安。

邓军和周仆登上山顶。刚才狮子峰和玉女峰上空,有一大块火烧云,赤红鲜亮,就像刚刚从熔铁炉里夹出的铁块一般;现在似乎已经冷却了,只在边沿上还有一层暗红。整个的天空,被越来越重的暮色染成了铁青。狮子峰和玉女峰也变成墨绿色了。邓军和周仆都举着望远镜往来寻觅。他们总希图忽然之间在什么容易忽略的地方,发现几个人影。尽管在这苍茫的暮色里,他们已经没有可能发现什么,可是还不停地望着,望着……

"首长下去吧,望不见了！"经过小玲子的一再催促,两个人才勉勉强强地收起望远镜,沉默地、缓缓地走下山去。

回到指挥所,周仆慢慢地燃起烟斗,说：

"老邓！你看要不要派一个侦察班去接接他们？也许他们隐蔽在什么地方,白天不便行动。"

邓军点了点头。

不一时,年轻的花正芳被喊来了。他在石崖外面打了一个敬礼。尽管环境艰苦,他依然穿得很整齐。身上剐破的地方,都由他那一手好针线精细地缝补过了,显得十分干净、利落。而且可以看出,自当了侦察排长之后,也显得更加沉着和老练了。

周仆简单地介绍了前面的情况,随后交代任务说:

"今天夜里,你亲自带一个班,到狮子峰、玉女峰一带,去找郭祥他们。三连可以派一个人,充当向导。他们是死是活,一定要搞清楚。是活,就要接回来;如果牺牲……"

"把尸体也要运回来!"邓军把左臂一挥。

"如果实在有困难,"周仆连忙补充说,"也要掩埋妥善做上记号。"

"我一定完成任务!"花正芳说。

在黄昏暗淡的光线下,看不见他脸上的表情,但从他的声音里,略微听到一点嘶哑……

天黑以后,花正芳率领着一个班,下了黑云岭,潜行在黑黝黝的山谷里。

这一行总共是八个人。其中有三连派来的老战士调皮骡子王大发。要搁平时,他见到花正芳,一定会同年轻的排长开开玩笑,但今天却因郭祥他们的生死未卜而显得格外严肃。他走在最前面,领着这支小部队在山径上快步行进。

当夜,银河横空,星光明亮。这些惯于夜行的人,脚步轻捷,行动神速,就像一条小蛇在草叶上沙沙地飞行。即使这样,花正芳还是觉得行动不快,恨不得一步跨到狮子峰下。在他眼前,不断浮现出郭祥亲切熟悉的面影,仿佛看见他正负着重伤,伏卧在那边的草窠里。

前面就是狮子峰山脚。花正芳叫大家停下来,观察了一下动静。山谷静悄悄的,只在山顶上传来时断时续的铁锹声,像是敌人正在挖掘工事。他看看没有什么情况,就吩咐大家在山坡上下搜索寻觅。直找了半个小时,也没有发现什么。花正芳轻轻地叹了口气,又领着人们朝玉女峰的方向去了。

刚刚摸到玉女峰下,突然间,山顶上响起了一阵"哒哒哒……"的机枪声。因为离得过近,就像在头顶上震响似的。人们不由得伏倒在草棵里。花正芳沉着异常,注意到红色的曳光弹直向谷底飘去,知道这不过是敌人一种惊恐的表现,并不是真的发现了什么,就摆摆手,叫大家不要理会。人们按照预先划分的两个小组,开始在草丛中分头寻觅。

这里的枯藤、野草总有一人多深。花正芳用手拨开草丛,睁大了他那双明亮的猫眼,特别认真地搜寻着,唯恐有丝毫的遗漏。正搜寻间,断崖下的那个小组,向这边发出一闪一闪的暗淡的红光。那是红布包着的电棒所发出的联络信号。花正芳一阵惊喜,连忙大步赶了过去。只见调皮骡子呆呆地站着,凑到他的耳边,声音嗄哑地说:

"找到了一个,牺牲了。"

"是连长吗?"花正芳心里一阵发紧。

"不是。"

花正芳拨开草丛,用手捂着电筒一照,一位烈士静静地卧在草丛里。仔细一看,认出是本团百发百中的神炮手老广东。他的帽檐儿仍旧像平时那样戴得低低的,神态安详,半眯缝着眼,就像瞄准一般。他的手里还紧握着摔断了枪托的枪支。花正芳俯下身子,用手摸了摸他的胸口,已经冰凉。看来已经牺牲多时。

花正芳正要继续寻觅,忽然山顶上打起一颗照明弹,在空中晃晃悠悠,照得满地雪亮。大家赶快隐伏在草丛里。直到照明弹熄灭,大家才又继续找寻。

不一时,又找到了四位烈士的遗体。经过调皮骡子仔细辨认,这里有在七峰山因打坦克未成而难过万分的四川新战士秦德让,有党支部的组织委员陈兴国,还有给乔大夯充当弹药手的李保田、王东林。但是郭祥、小牛和乔大夯却仍然找寻不到。花正芳更加焦灼不安,心头一阵阵酸楚,暗暗想道:"如果是一齐跳崖,连长怎么可能不跳呢?如果他还活着,人又在哪里?就这样离开吧,连长根本没有找到;在这里继续蹲着,又怎么办?……"

一个侦察员见他怔怔地站着,在他耳边催促着:

"排长,快下决心吧!"

"再找一遍!"他声音嘶哑地说。

于是,大家又拨开草丛仔仔细细地搜寻了一遍。仍然没有找见什么。调皮骡子建议道:

"依我看,还是先把烈士掩埋了再说。"

花正芳表示同意。他们就分别把几位烈士背到我方阵地的山坡上。掩埋前,花正芳他们把烈士的军衣上上下下整理了一番,还用手绢蘸着溪水给他们擦净了脸上的血迹。调皮骡子砍了几个木橛,刮了一刮,用歪歪斜斜的字迹记下了他们的姓氏,插在他们的墓前。大家在默默的悼念中,把自己的战友托付给朝鲜的山水。

这时候,花正芳仰起头来,望望三星,还不到午夜,就宣告决心说:

"现在连长生死不明,我们怎么能回去呢?你们看,是不是到玉女峰南边抓几个俘虏,带回去讯问一下?至少有点头绪才好。"

"我看行喽!"调皮骡子说,"根据现在的情况,这办法还是比较好的。"

其他人也都表示同意。于是这支小队紧紧装束,沿着玉女峰右侧的山沟又出发了。

花正芳派出两个侦察员走在前面。自己带领其余的人,隔了一段距离随后跟进。这一带,是花正芳他们经常活动的地方,轻车熟路,行动迅速,不到一个小时,就接近了沟口。

花正芳让大家停下来,隐蔽在路边的草丛里。过了十几分钟,还不见前面两个侦察员回来报告。正要亲自到前面察看,只见对面并排奔过来三条黑影。待黑影走近,才看出是两个侦察员架着一个俘虏。花正芳从草丛里钻出来,挥挥手让他们停住。

一个侦察员指指俘虏,轻轻地说:

"是个哨兵。这老先生正在那里打瞌睡呢!"

花正芳见这个俘虏又瘦又小,嘴里塞着一条大毛巾,一个劲地筛糠,贴近一看,原来是个十六七岁的李承晚兵,不禁失望地说:

"抓这么个小崽儿,他能知道什么!还是抓个美国兵才好。"

说过,他让这两个侦察员一边看守俘虏,一面在沟口担任警戒。自己带着其余的人继续前进。

出了沟口,见玉女峰下,有一大片帐篷,少数点着暗淡的灯火。山坡上有一座独立家屋,距帐篷总有五六十米的样子。一个哨兵在帐篷那边,也离得较远。花正芳心中暗喜。他留下四个人警戒和封锁帐篷里的敌人,自己亲自带着一个侦察员向独立家屋摸去。

花正芳用猫一样轻的脚步,摸上了台阶,听了听没有动静,就把门轻轻一提,慢慢向外拉开。屋子里黑糊糊的,什么也看不见,只传出一阵呼噜呼噜的鼾声。他让那个侦察员端着冲锋枪,自己用蒙着红布的电棒一照,在昏暗的光线下,看见有六七个敌人,枪支靠在一边,全钻在北极睡袋里,像死猪一样酣睡着。他把一个睡袋的拉锁轻轻拉开,一看,是一个满脸皱纹的老兵。他觉得太老了,怕路上跑不动,倒惹出麻烦,就把拉锁又轻轻拉上。当然,花正芳这样做,倒不是怕他伤风感冒,为的是他惊醒了也一时爬不出睡袋。花正芳接着又拉开了第二个睡袋,这个人看去年轻精干,花正芳比较满意,立即确定为当选的对象。第三个虽然年轻,脸色苍白,很像是刚患过重病的样子,花正芳嫌他太衰弱了,没有理他。第四个满脸大胡子,尽管年纪略显大些,看去却颇为粗壮,花正芳认为也将就了。对象选定,花正芳立即让侦察员叫进两个人来。他们这时是四个人,两个人对付一个,看准"对象",一声极轻微的口哨,很快把毛巾塞进两个人的嘴里。然后抓起睡袋口,像背死狗似的扛到了外面,往地下一丢。接着用冲锋枪对准他们的胸口,逼他们剥去温暖的睡袋。这两个家伙完全吓呆了,不停地哆嗦着。花正芳一挥手,由两个侦察员押着他们向沟口跑去。

花正芳和调皮骡子等四人在后面担任掩护。估计他们已走出很远,就分别在独立家屋和帐篷里投了几个手榴弹。敌人登时乱了营,一片鬼哭狼嚎,乱跑乱窜。花正芳和调皮骡子他们用冲锋枪干了个痛快。等到敌人架起机关枪还击的时候,他们已经远远地消失在如海的夜色里……

他们回到团部,天色已经大亮。周仆听说仍未得到郭祥的下落,迫不及待地立即在山坡上对俘虏进行了讯问。

首先被讯问的是那个自称吉斯的大胡子老兵。因为其余两个一直惊魂不定,完全是一副吓瘫了的样子;他则比较活泼,流露出一种欣幸脱离战场的欢快。

周仆通过联络干事,首先向他了解了一般情况,接着问他:是不是参加了进攻狮子峰的战斗。

"什么狮子峰?"吉斯惶惑不解地问。

联络干事把那座山峰指给他。

"噢,您原来说的是小直布罗陀呀,军官先生。"吉斯恍然大悟说,"这些天,我们都是用这个诨号来称呼它的。因为在我们看来,它也许是地球上最狭窄、最难通过的地带了。我们的司令官说,我们必须通过它来包抄你们的部队。可是,我并不认为这样做是聪明的。因为当这个遥远的目标还是未知数的时候,我们自己的航船已经在礁石上被撞碎了……"

周仆发现他是个问一答十的健谈者,怕他扯远了,连忙提醒他:

"你是否参加了这场战斗呢?"

"参加过。我的确参加过,军官先生。"吉斯坦然承认,并深有所感地说,"而且我不无根据地认为,这是我所有参加过的包括第二次大战在内的一次最残酷的战役。骑兵第一师和我们二十四师在这一带至少伤亡了八九千人。仅仅在小直布罗陀,伤亡的也有近两千人。我自己的连队只剩下六七个人,这并不是什么奇事。我要永远感谢上帝的是,我就是这六七个幸存者之一。而且,即使像我这样的人,也已经累得筋疲力尽,连骂人、说开心话的力气都没有了。你们昨晚把我抓来,应该说,绝不是偶然的。"

周仆急于了解情况,又问:

"你参加了最后一天的攻击吗?"

"是的,先生。"吉斯点头说,"我最幸运的地方也在这里。如果我早几天就参加对小直布罗陀的攻击,那也许就没有我们之间现在这次谈话了。因为最后两天,守军的弹药已经不很多了。这对我这个老兵来说,是显而易见的。因此,我和我的同事的心理是:最好等我们的炮火把他们消灭得一个不剩,我们再冲上去占领阵地。可是,当我们看到山头上没有动静,鼓起勇气冲上去的时候,我发现你们的士兵真是沉着得令人吃惊!直到距离十几码远,他们才好像突然间从地底下钻出来,向着你的胸脯开火。真是可怕!

先生,我应该对您说,直到现在我也不能理解:为什么我们那么厉害的炮火,他们就硬是不怕?他们哪里来的那么高的勇气?我当时的确认为,这恐怕是有上帝保护他们的缘故。说不定在这次战争里上帝是站在你们一边,尽管你们是无神论者。"

周仆微微一笑,插话说:

"不是上帝,是人民!是人民站在我们一边。"

"当然,这是你们的看法。"吉斯耸耸肩膀,把手一摊。

这时,联络干事给了他一支烟。吉斯点着,更高兴了。周仆又接着问:

"昨天的战斗,你看到我们的人有什么行动吗?"

"噢,我的确遇到一些不可思议的奇事。"吉斯说,"昨天,我清清楚楚听到你们的士兵唱歌。我敢保证这不是传闻,是我亲耳听到的,而且是被我们包围的时候。最后他们还向我们——在我想是他们已经没有了弹药——抛下几十磅重的石块。特别是他们面临生命危险的时候,在小直布罗陀的右翼跳下了悬崖绝壁。当时的确把我们都惊呆了。坦白地说,我从来没有见过这样勇敢的军队!我确实做过严肃的考虑:和这样的军队作战,是毫无希望的。在任何情况下,我们还是不要同中国人打仗的好。"

周仆笑着说:

"我相信,你的这个结论是很宝贵的。"

由于他一心想知道郭祥的下落,没有多谈,接着又问:

"我们的人跳崖以后,你们下去搜索过吗?"

"没有,我肯定没有。"吉斯连连摆手说,"当时我想的只是,赶快把我轮换下去,以便离开这个可诅咒的地方。而且我确实认为,我们只是在他们没有弹药的情况下才侥幸占领阵地的。我们干吗还要去搜索呢?……"

吉斯的谈话虽然提供了不少情况,但对郭祥的下落,仍然没有答案。这使周仆的心情不仅没有得到宽舒,反而更加挂心了。郭祥既然没有被俘,又找不到他的尸体,那么,他究竟到了哪里?……

周仆把敌人的混乱和被削弱的情况告知了邓军,并且说:

"现在时机多好!如果手头有兵力,出击一下该抓多少俘虏呵!"

邓军沉思了一阵,坚定地说:

"至少也要把阵地夺回。我们可以把机关人员和轻伤员再组织一下。"

当他们把自己的决心报告给师长的时候,师长在电话里显得并不着急,并且有些神秘地说:

"不要慌嘛,同志!据我看,快了!快了!"

第十八章 雨中

事过两天,师长打的哑谜就清楚了。原来另一个军要来接防,争强好胜的师长在接防前举行了一次较大的反击。在这次反击里,他们组织了一切可以组织的力量,全部恢复了失去的阵地。然后才办理交接,奉命转移。遗憾的是,虽然进行过多次搜寻,郭祥他们还是没有下落。

在向后方转移途中,三连只剩下三十多人,仍然精神饱满地行进在这个英雄部队的战列里。当然,这是由于指导员老模范进行了很好的工作。在这些日子里,郭祥的失踪,不能不引起他特殊的系念。读者知道,当郭祥还是一个不懂事的孩子,就跟他像父子般地生活在一起,参军以后两个人又共同生活在一个战斗的家庭。他对郭祥是怀着一种何等深厚的阶级兄弟之情。但是,想到当前的情况,他不能不把自己的感情压到心底,尽力把担子挑得更好。

说起老模范,实在与那些爱说空话的人毫无共同之处。他是一个说一句走两步的共产主义的实践家,是一个甘愿把自己的骨头磨成碎粉只要对革命有用的人。他当指导员和别人的道路也有些不同。别人一般是由班长、排长、副指导员到指导员;或者是由宣传员、文化教员、副指导员到指导员;他则是由炊事员、炊事班长、上士、司务长到指导员。只是在入伍后当了几年机枪射手,以后因为年纪大就到炊事班了。而且他的发展阶段,是很难划分的。当他当上士的时候,还做着炊事班长、炊事员的工作;当了司务长,又做着上士和炊事班长的工作;当了副指导员,又做着司务长、上士的工作;及至当了指导员,也断不了跑到厨房里去给病号做饭。连他的装束打扮在内,仍然是一个老炊事员的形象。

　　三连是一个历史悠久的老红军连队。连队里还留下来一口红军时代的大铜锅,同志们管它叫"红军锅"。这只红军锅究竟是什么时候到三连来的,恐怕全师甚至全军也没有人能说清楚了。根据邓军的回忆,长征时炊事班就背着它;过雪山前,还喝过这锅里煮的辣椒汤呢。长征到达陕北时,这个炊事班的人全部都牺牲了,只有一个司务长在背着它。抗日战争爆发,红军东渡黄河。此后,这只红军锅就落在老模范这个河北平原老长工的肩上。他背着它,穿过了说不尽的风霜雨雪,走过了说不尽的无名山水,终于用自己的脊背驮着它跨过了中国历史上两个重要的时代。今天这口红军锅又随着他们越过鸭绿江来到朝鲜战场。尽管他现在是指导员了,由于他体会到炊事工作的艰辛,行军中一有机会,就又把这口大铜锅抢过来背上它,迈着坚实有力的脚步,继续在崎岖的山路上前进。

　　今年的雨季似乎有提前到来的样子。部队转移以来,仍不时落雨。这天黄昏出发,天还晴得蛮好,落日的余晖照得山头明晃晃的。队伍刚爬上山顶,天又阴沉起来,一个星星也不见了。不一时就飘下了零散的雨点。这时候,老模范正帮一个战士扛着一挺轻机枪兴冲冲地走着。刚刚转过一段山间隘路,就听后面有人惊叫了一声,接着是大铜锅在石头上磕碰的声音,当啷当啷地滚到山坡下面去了。老模范见出了事,立刻把机枪交给那位战士,来到连队后尾。因为夜色已浓,只能模模糊糊看见几个人在悬崖边站着,就急火火地问:

　　"谁掉下去了?"

　　"我们班长。"一个炊事员说,"他许是得了夜盲症了,还瞒着我们。刚才转弯,一脚蹬空就跑了坡了!"

老模范对着黑魆魆的深沟,拉着长声喊道:

"老吕头!——老吕头!"

下面没人应声。老模范急了,一手打着电棒,一手抓着灌木的枝条,下了陡坡。一个炊事员也放下担子跟了下去。大约下了二十多丈,才看见老吕头背着大铜锅倒在一块梯田里,正挣扎着往起爬呢。老模范连忙把他扶起来,说:

"老吕头!把你摔坏了吧?"

"不甚咋的!"老吕头在密密的雨丝里仰起斑白的头,"刚才我好像睡了一小觉似的。"

老模范上前去解铜锅的背带,一面又问:

"摔伤了没有?"

"不甚咋的!"老吕头挣扎着站起来,抻了抻胳膊腿,又说。

老模范扒开他的袖子、裤腿一看,见碰了好几处伤,连忙解开急救包,给他扎好。接着就抓起那口几十斤重的大铜锅,熟练地背起来。那个炊事员要来抢,老模范一挥手说:

"你搀着老吕头吧!"

他们往山上爬着。老模范边走边告诫说:

"老吕头啊!你干吗老跟别人抢这口铜锅呢!你这么大年纪,又得了夜盲症,以后可该接受教训了。"

"你比我也年轻不了几岁!"老吕头一面吭吭哧哧地喘气,一面不服气地说。

"可是,我比你壮实多啦!"老模范说,"再说,我当炊事员比你时间也长。"

那个炊事员接上说:

"指导员,叫我看,你们谁也甭争论了。我们班长这么干,也是你留下的作风嘛!"

两个老家伙哈哈笑起来。老模范说:

"不能说是我留下的作风,我还是跟老红军学的哩!"

三个人爬上公路,几个炊事员争着来抢铜锅,老模范哪里肯放,连忙摆摆手说:

"快,快,快点赶队伍吧,别麻缠了!"

一个炊事员叹口气说:

"老模范哪老模范哪!你就不想想,你这么大岁数了,老这么干能行吗?"

"怎么不行?"老模范把脖儿一梗,"我摔打出来了!"

"我摔打出来了!""我吃苦吃惯了!"这就是老模范抢挑重担时的一句老话。

老模范背着大铜锅,一个炊事员用小棍牵着老吕头,其他炊事员挑起了担子,又在无边的风雨里快步前进了。

午夜过后,雨停风息。队伍下了山,行走在宽阔的公路上。老模范和老吕头一边走一边谈心。老吕头说:

"老模范!咱们连这几仗都打得不错。可现在又剩下三十几个人,要下来什么任务能完成吗?"

"你别担心。"老模范说,"祖国人民支援着咱们哪!咱们到后面一补兵,呼啦一下子又是一百多人,到时候又够你老吕头忙乎的了。"

"这我倒不怕。"老吕头笑着说,"我就是怕人少。过去做几大锅饭,现在一锅都吃不完。一看吃饭的人少了,我这心就像泡在醋缸里似的,酸得难受。"

"不要这样,老吕头!"老模范说,"过去我当炊事班长那时候,也是这样。后来我就明白了:这革命是需要代价的。你就买个锅碗瓢盆,不花钱也不行啊!就说咱们这个大铜锅吧,在这锅里吃过饭的人,伤亡的、残废的是不少,可是咱们不是换来了一个新中国吗？听咱们邓团长说,毛主席上井冈山,开头人很少,吹一声哨子就集合起来了。你看今天多少个军！多少个兵团！革命事业发展得有多大！"

"这倒也是。"老吕头点点头,隔了一会儿又问,"咱们的连长有消息吗？"

"现在还没有。"老模范宽解地说,"不过他肯定没有被敌人抓去。我看一定有希望回来。"

"这可是个好人哪！"老吕头说,"到现在也不知道他是死是活。这些天,全连同志都吃不下饭,多盼望他能回来啊。我看他不光打仗好,心地也好。他平常见了我,不笑不说话,就像我是他的长辈似的。你做错了事,他就批评你,批评过就完了,从来也不记恨人！就是你顶撞了他,他也不记恨你。他那心就像一潭清水,一眼就看到底了！"

老模范一时没有说话。老吕头忽然意识到,谈这个话题会引起老模范的伤感。停了一会儿,又问：

"老模范！白英子现在不知道怎么样了？"

"有小杨照顾她,我想不会错吧！"

"以后再有朝鲜孤儿,你们别再托给我了！"老吕头显然有意见地说,"刚熟一点儿,你们就领走了。"

"那不是因为要打仗么？"

"那倒也是……可是现在休整了,你们谁也不提把她领回来叫我看看。"

"到后方去许有机会,老吕头。"

"我还用降落伞给她做了一条小裙子呢,一直在我小包袱里包着,你们谁到后方医院去,给她捎去吧！眼看天也热了。"

老模范连连点头答应。

拂晓,他们赶上了自己的连队。

部队正坐在路边休息。

这时,有一个掉队的战士,正步履艰难地从他们面前经过。老模范用眼一撒,看见他的一只鞋子前后都张了嘴儿,用一条带子和两条破电线勉勉强强地捆着,脚趾头也碰破了。老模范亲热地打招呼说:

"小伙子!你是哪个单位的呀!"

"军部通讯营的。"他说。

"你穿的是什么鞋呀?"

"人家穿的是新式凉鞋!"调皮骡子打趣地说,"前面是蛤蟆张嘴儿,后头是鸭蛋出气儿!"

大家笑起来。小伙子低头看看,也忍不住笑了。

老模范招招手说:

"小伙子,来!你坐下歇一会儿,我给你缝缝!"

"你会缝呀?"小伙子迟疑地说。

"你就快脱下来吧!"人们乱哄哄地说,"这是老模范的补鞋铺,有名的了。"

小伙子眯细着眼,望着老模范刻满皱纹的赤红脸,好大阵子,才说:

"噢!你就是老模范哪!"

老模范亲手帮他解开带子和电线,把鞋脱下来。接着从背包里拿出钉鞋工具。细麻绳在那根一寸多长的大针上是早就纫好了的。他用两腿紧紧夹住那只不像样子的布鞋,穿锥引线,简直像老鞋匠一样熟练,不一会儿就缝好了。最后又嘴里含着小钉子,举起小锤子,结结实实地钉上了一个前掌。用手又摸了摸,把钉子尖砸得平平的,这才递给那个小伙子,说:

"试试,看怎么样?"

小伙子往脚上一蹬,乐了。他向老模范招招手,留下一个极其动人的笑容,迈开轻快的大步赶队伍去了。

"老模范!你的鞋铺又开张了?"

老模范一看,原来是团部的王参谋,挎着一个皮图囊,挂着一根小棍儿,从后面赶上来。老模范笑着说:

"怎么,你这个作战参谋也掉队了?"

王参谋走到老模范身边,扶着他的肩头坐下来,说:

"我这胃不争气。昨天出发前一点也吃不下,到后半夜就饿得撑不住了。你这儿有什么吃的没有?"

他说着,就来捏老模范的挎包,并且鬼笑着说:

"我知道你这个老习惯!"

的确,老模范自当炊事班长起,就有这么个习惯:总要留点什么吃的,例如剩饼、剩饭、锅巴、山药蛋之类,装在自己的挎包里。这些东西他自己一点不吃,纯粹是为了给同志们应急。同样的,他自己并不抽烟,却有一个专门装烟的大口袋。每发下零用费,他几乎全部买了叶子烟,装在口袋里,偷偷地打在背包里面。平时不露,专门来解救那些焦躁不安、嗷嗷待哺的"烟民"。在本连当过战士的王参谋,对他的这个"老习惯"自然是知道的了。

老模范用审查式的眼光,看了一下王参谋的脸色,认为情况属实,就把王参谋的手一推,笑着说:

"别趁火打劫了,还是我自己来吧!"

说着,他从挎包里掏出一大包黄灿灿的锅巴,分给王参谋一大块。其余的人也都纷纷围上来,一大包锅巴顷刻就分完了。老模范乐呵呵地望着大家噶崩噶崩地吃着。

"你也吃点嘛,老模范!"人们说。

"不行!"他连忙摇摇手,"这东西太硬,我这胃受不了!"

这时候,忽然有人在那边半哼半唱起来:

> 熬了一宵又一宵,
> 没有坦柏①好心焦;
> 无奈何来把噢包②叫,
> 噢包又说噢不扫③……

老模范一看,是调皮骡子,正在那边靠着背包半躺着唱呢,就说:

"又是你!你怪腔怪调地唱这个干什么?"

"我这是引起领导的注意嘛!"调皮骡子笑着说,"老模范!快救济救济吧,我是实实在在瘾得够呛了。"

"对,对,老模范,把你的小仓库打开,救济救济!"人们纷纷响应着。

"喝!怎么你们全知道我有存货呀!"老模范笑着说,"这回你们可判断错误,没有了。"

"不,不,我们不信!"人们说。

"你要说没有,我们就搜!"调皮骡子说。

"可只有一小把儿。"老模范让步说,"你们抽了,可不许再要!"

"行,行。一个人抽一口也行。"

于是,老模范从背包里伸进手去,摸索了好半天,掏出一大把黄灿灿的烟叶子。"烟民"们兴高采烈,纷纷从小本上撕下卷烟纸,卷起喇叭筒来。顿时,山岗上飘起了烟草的香味,驱散了一夜的辛

---

① 朝语:烟。
② 朝语:喂。
③ 朝语:没有。

劳,唤起了笑声与歌唱。

这时的老模范却坐在一边,笑眯眯的。

临到宿营地,天又落起雨来。部队住在一个小村里。战士们坐在温暖的地炕上,和朝鲜的老大爷、老大娘们用半通不通的中朝混合语亲热地叙谈着,和孩子们说笑着,就像到了家里似的。一夜行军的疲劳顿时去了一半。

老模范查看了各班。他对群众纪律抓得特别紧,看到大家的衣服被雨淋湿,怕乱烧老乡的柴草,就集中买了来分给各班烤衣服,还把战士们穿破的鞋子收了来准备缝补。正在这时候,小罗匆匆忙忙地跑来说:

"指导员!有一个战士抱老乡的柴火。"

"谁?"

"不知道是哪个连的。"

"你没有制止他吗?"

"制止了,他不听。还说,头都不要了,烧一把柴火算什么,我也不能从家里带来。"

"你没有问他是哪个连的?"

"问了,他说,你管不着!"

老模范心中甚为不安,立时陷入严肃的思索。他感到这不是个别战士拿了一把柴草的问题,而是最近环境变得艰苦以来,有些干部对纪律抓得不是那么紧了。有些人进门不注意脱鞋了,出发以前,也做不到水满缸了,甚至地也不扫了。在这个时候,如果不提起团党委的注意,发展下去是不好的。

饭后,老模范挽起裤腿,披上雨衣,冒着雨赶了十多里路来到团部。

周仆光着两只脚,正坐在老百姓的小屋里看文件。一看老模

范来了,他马上放下文件,笑着说:

"老模范！这一阵儿没把你累垮呀?"

"累不垮!"老模范也笑着说。随即向政委打了个敬礼,脱了两只大泥鞋,挂起雨衣走进来。

周仆见他穿了身褪色的旧军衣,补了好几个大补丁,摸了摸,还是湿的,就说:

"你怎么也没换身干的?"

"我还没来得及换呢。"

"没来得及?"周仆一笑,"你别哄我了。你把新衣服都给了别人,开个英模会,还得跟别人借。你也做得太过分了。"

"嗐,还是叫小年轻的穿吧。"老模范说,"我胡子拉碴的,穿那么新鲜干什么!"

周仆拉他坐下,老朋友似的凝望了他好大一会儿,关切地说:

"老模范！你可有点瘦了。我听说前几天,你那老病又犯了。人都说:老模范是越生病,干得越邪！我看,以后还是注点意好。"

"我只要不躺倒,病就撂不倒我。"老模范笑着说,"要是一松劲儿,可就起不来了。病就是这么个东西:你千万要拿住它!"

"那也要看具体情况嘛!"周仆笑着说。

"不,总起来说,松劲不行!"老模范坚持说,"抗日战争那时候,摆子快来了,我就爬山,一顶就把它顶回去了。这也不是一次两次的经验。"

周仆知道老模范冒雨前来,必定有事,就说:

"老模范！你是不是来探问郭祥的事?……临下阵地,师长又派侦察连去找了一趟,还是没有下落。"

老模范沉默了一会儿,说:

"不,我是来给党委提个意见。"

"提什么意见哪?"政委笑着说。

老模范把刚才发生的事和最近观察到的问题说了一遍,周仆脸上的笑容消失了。老模范接着说:

"这可是个原则问题。咱们的军队一建立,毛主席就提出三大纪律八项注意;临出国又发了指示,叫我们爱护朝鲜人民的一山一水一草一木。可是现在有人倒说,我们来到这儿,头都不要了,烧把柴火算什么,这是什么思想?……"

"好,好,你讲下去。"周仆的神色严肃起来。

"问题是为什么会发生这样的事?"老模范继续说,"政委,你是我的老上级了,你知道我说话不会拐弯抹角。依你看,最近在这方面抓得怎么样?"

周仆的脸有点红,但依然微笑着说:

"我最近在这方面确实抓得不紧……本来是想召开一次党委会的。"

"确实该讨论讨论了。"老模范说,"咱们团平时纪律还不错,环境一艰苦,就抓不紧了。为什么?我看主要是有温情主义。一看战士们太艰苦,就想马虎一点算了。其实这是害了战士,也害了革命。政委,我可是吃扁担,屙扁担,直不笼统一下子,对不对全说出来了……"

周仆心情激动,紧紧握住老模范的手说:

"谢谢你,我的好同志!我认为,在这个节骨眼上,你击中了我的弱点,给了我一个很重要的帮助!……今天下午,我们就开党委会。"

他一直把老模范送到门外,在濛濛细雨里,久久地望着这个老长工出身的指导员略略驼背的背影。他觉得,这背影在眼前越来越显得高大,而自己却多么渺小啊!他发现自己,虽然比老模范多读过几年书,受党的教育更多,职位更高,但在关键时刻,老模范却常常比自己坚定得多,看问题明确、尖锐得多。想到这里,他颇有一点惭愧之感。他觉得,自己对这位模范人物的认识还是很不够的。表面上看,这个人物的模范事迹,只是一些平凡的生活琐事。联系起来看,就会发现他有一个多么美丽的灵魂!十多年来,你从他身上里里外外都找不到一点是"为我"的东西。周仆清楚记得,在抗日战争最艰苦的年头,有人告诉老模范,他的妻子在敌占区要饭,他听到后,没有一声叹息,没有一滴眼泪,仍然精神奋发地工作。那时候每个月一块钱的零用费,他也大部分给同志们用了。他确确实实是从来不想到自己。在他那口大铜锅里吃过饭的一些同志,早已经是团长、师长甚至是军长了,而他却仍然心安理得地、十分愉快地背着他的大铜锅在满是风雨的道路上前进。他是只低头拉车、不抬头看路吗?不是。他对同志是无比的热情和谦和,但是当他看到谁损害党的利益,就把他那斑白的头一摆,毫无顾虑地进行严肃的斗争。今天的事,就是其中的一例。周仆觉得,老模范是那种把自己的一切一点不剩都献给革命还嫌不够的人,是真正有着共产主义觉悟的"毫不利己专门利人"的典型。对于这个人,自己是应该如何认真地向他学习啊……

老模范那坚强的、肩宽背厚而又略显驼背的背影,已经隐没在山谷的烟雨中了。可是周仆却还站在那里呆呆地望着……

"老周,你老在雨地里站着干什么呀?"

周仆从沉思中惊醒,回头一看,原来是团长回来了。两个人到了屋里,周仆把老模范提意见的事说了一遍,最后激动地说:

"老邓,我看这样优秀的同志,应该增选为团党委的委员,这对加强党的战斗力是大有好处的。"

邓军欣然同意。在下午的党委会上就通过了。

第十九章　洪水

这一时期,在后方也是很艰苦的。

由于敌人"空中绞杀战"的加紧,铁路时断时修,运送伤员的列车,有时要六七天才能到达丹东。大批伤员不得不临时安排在朝鲜的民房里,临时搭成的棚子里,甚至桥洞里。杨雪她们每个人常常要护理一百多人。跑到这个屋里,又惦着那个屋里;跑到那个屋里,这个屋里又有伤员呼叫。真是忙得脚不沾地。打饭打水,常常肩上挑着一副桶,手里还拎着一个桶,总是一溜小跑。每天能睡上两三个小时,也就很不错了。再加上物资十分缺乏:伤员下来没有小碗,她们就找一些罐头盒子,砸巴砸巴,给伤员使用;没有绷带,她们就把自己的被单扯了,消消毒,给战士们裹扎伤口。真是恨不得身上长出一百只手来,应付当前的一切。直到大批重伤员运送到祖国去了,小杨她们这才缓了一口气,躺下来安安静静睡了一觉。这一觉可不短,一下就睡了三天。第四天,这群年轻的姑娘们才真正醒来,跑到溪水边好好地洗了一个脸,梳了梳头。小杨还特意把那面裂了纹的包着红边的小圆镜子掏出来,大家都抢着照了一照,又嘻嘻哈哈地笑着,说着,唱着,投入了新的工作。

黑云岭阻击战开始以后,又有大批伤员下来。医院的条件,仍然没有显著改善,再加上三天两头下雨,更增添了新的困难。这些天,不断有这里那里桥梁被冲断的消息,重伤员仍然无法转运。小杨她们除了护理伤员,还要到山上割草打柴,怕天气连阴下去,烧水做饭都难办了。

这天,滂沱大雨整整下了一日,吹了熄灯号,还没有停的样子。杨雪安置白英子睡下以后,就抓起两个凉窝窝头,一边啃着一边上了夜班。为了不惊动伤员,她蹑手蹑脚地摸到灶火间里,悄悄地坐下来,模模糊糊听见里间屋还有人在时断时续地谈话。声音很低,雨声又大,一时听不清楚。她侧起耳朵来,听见一个声音说:

"嘻,今天又没吃饭。这样下去受得了吗?"

杨雪蓦地一惊,心里想道:"这里住的八个重伤员,每一个都是自己刚才喂过饭的,怎么说没吃饭呢?"

正在纳闷,只听屋里又谈论说:

"吃饭?照看那么多伤员,哪还有时间哪!"

"有一回,我看见她叼着半块窝窝头就睡着了。"

"嘻!别说是一个姑娘,就是三个棒小伙也累垮了!"

"粮食也恐怕不够,你瞅人瘦多了!"

停了一会儿,谈话又继续着:

"下次,叫她跟咱们一块儿吃不行吗?"

"不行啊!那是人家医院的纪律!"

"纪律?咱们就不会来一个……"

"来个突然袭击!"

刚说到这里,有人"嘘——"了一声,谈话就中断了。

杨雪听到这里,禁不住偷偷笑了。原来他们在订秘密计划哩,警惕性还挺高呢。这时候,杨雪真想冲过去对他们说:"喂!你看我不是很好吗?哪里有你们说的那么严重!"

接着,又听见一声深沉的叹息:

"嘻!这么些天了,她一天价围着咱们转,喂水喂饭,接屎接尿,还哄着我们,我们简直成了小孩子了!"

"我比你们来得都早。"另一个声音说,"小杨怕我生褥疮,还给我做了一个褥垫儿。我那时候还昏昏迷迷的。等我清醒了,才发现她的棉衣大襟鼓鼓囊囊的,跟别人很不一样。我一摸,里面装的尽是稻草。我说:'你怎么装这个呀?真成了草包将军了。'她也跟我开玩笑说:'当个草包将军怕什么呀,这里装的是金丝草,赛丝绵,又挡风,又挡寒。'后来别人才告诉我,我的褥垫儿就是她的一条单裤和她大襟上的棉花做的。"

"听说,她的被子也给了伤员,"另一个接上说,"大衣给了那个朝鲜小姑娘了,最后只剩下一个枕头,晚上睡觉就盖点儿草。"

"嗐,"又是一声长长的叹息,"直到现在我身上还装着她二百CC血呢!一个女同志,怎么受得了啊!抽了血回去就喝两碗盐水……"

谈话又中断了。他们仿佛都沉到深深的感动里。

沉了一会儿,一个声音用坚决的语气说:

"一定得让她跟着咱们吃!哪怕咱们少吃一口呢。"

"我考虑过了,你们说的那个突然袭击不行。"另一个接上说,"我倒有一个办法……"

"什么办法?"一个声音急火火地问。

"下次我们挤住她,就说:你要不吃,就是嫌我们脏!——这个办法准行,因为她就怕你给她提到原则高度!"

人们低低地笑起来。

这边的杨雪,被战士们美丽的灵魂深深地震撼着。她感到战士们真是太可爱了!太可爱了!她真想跑过去说:"同志们!亲爱的同志们!在这个伟大的战争里,我不能变成个男的,亲手到第一线一枪一刀地杀敌人,就够让人惭愧的了。我在后方做了这么一点点微不足道的事,又算得了什么呢!你们那样感动,只是因为你们的心地好,并不是我的工作有什么了不起的。只有你们,才是决定胜负的人,也是付出最大代价的人。而我,只不过是用自己的手洗去你们身上的血迹罢了,哪里值得你们这样称道呢?"

里间屋已经传出匀称的鼾声,杨雪也倚着灶台打起盹来。外面的大雨,却一阵紧似一阵,并且滚动着坦克炮一般的雷声。但是因为杨雪太困倦了,竟然像没有觉得似的。

睡梦间,小杨模模糊糊觉得有人推自己的肩膀:

"小杨!小杨!你醒醒!"

杨雪听声音像是徐芳,揉了揉眼说:

"是小徐吗?出了什么事啦?"

"小杨姐,你快去吧!"徐芳拉着她的膀子说,"我整不了啦!"

"到底什么事啊?"

"有一个伤员闹得厉害,非要我马上找他们连的指导员不行!你快看看去吧!"

这徐芳虽是文工团下来的,看见护士少,经常参加值班。但是遇见情况,还是不知道怎么处理。杨雪见她这么着急,就连忙扯起裙子后裾往头上一蒙,冒着大雨来到五号病房。

她们刚刚脱了鞋,把门拉开,就听见里面喊道:

"你们是谁呀?站在门口的是谁呀?有我们班的人没有?你们快给我找指导员哪!快找指导员哪!"

在昏黄的烛光下,杨雪看见那个挨墙躺着的三十多岁的班长。他是这里伤势最重的一个,因为头部还有弹片没有取出,有时昏迷,有时又处于亢奋状态。杨雪怕头发上的雨水滴到伤员脸上,摘下帽子来拧了一拧,趁势擦了一把,走上去,伏下身子轻柔地说:

"李班长!你好好地睡一会儿,等天亮了,我们给你找指导员去。"

这话丝毫没有发生作用,那位伤员还是照旧喊着:

"不行呀,我心里难受得很哪!你们快给我找指导员哪!"

"你找指导员干什么呢?"杨雪又轻柔地问。

"我要向指导员做检讨呀!我打下来阵地没有守住呀!我是一个共产党员,我对不起祖国,对不起党,对不起毛主席呀!……我心里难过得很哪,你们快给我找指导员哪!……"

杨雪见他那昏暗不清的眼睛里,涌出满满的两眶泪水,滔滔不绝地滚下来。她急忙掏出小手绢给他擦泪,被他一手掌就挡回来,继续喊道:

"你们不给我找,我要自己去!我要到前方去!我要到前方去!……"

他那像小泉眼一般的眼泪,顷刻就在枕头上湿了一大片。杨雪和徐芳也被这个战士的伟大的革命责任感所激动,止不住飘下了几点泪水。杨雪擦了擦眼睛,极力压住自己的感情,并且用带有几分威严的语调说:

"李班长,你听我说。毛主席的好战士都是听命令的。你在前方听命令吗?"

"我听啊!"伤员回答,声音显然小得多了。

"那么在后方呢?毛主席的好战士要不要听命令呢?"

"听。"他几乎带着几分温柔地答道。

"对嘛,这才是好同志嘛!"杨雪又换成温和的调子说,"你不是要找你们指导员吗?我就是上级机关派来的,跟你们指导员一样。你对我们检讨了,也就是对你们指导员检讨了。李班长,你是一个好同志。你在前方打得很好。你不是还立过功吗?……"

"立功不立功有什么!"他反驳道,"为的是祖国嘛!你们说对不对?"

杨雪听到他反驳,更高兴了,这说明他有几分清醒了,就顺着他的话茬说:

"是嘛,你说的对嘛！我们并不是为了立功,是为了保卫祖国,为了朝鲜人民,为了消灭帝国主义才打仗的。你看这样说对吧？"

"对,这样说才对。"他认真地说。

感情的高峰过去了,谈话已经进入一般讨论的范围。杨雪很是高兴。这时只听他又说:

"你是政治处的张干事吧？"

"对,对,我就是张干事。"杨雪随口回答。

"你坐下来,我还有话跟你说呢！"

杨雪本来是一条腿跪着,连忙坐在他身边,给他擦了擦眼泪,又整了整枕头。叫徐芳舀了一小罐头盒水,一匙一匙地舀给他喝。

伤员喝完水,又亲昵又郑重地说:

"张干事！你回去一定要告诉指导员:我的伤不重,我就快要回去了。有什么任务,我一定保证完成。你叫他把那支冲锋枪给我留着,我那支枪挺好使的。张干事,我给你说,我有一条经验:什么敌人都是搁不住打的！……"

五号病室的伤员几乎全被吵醒了。杨雪逐个地巡视了一遍,把被子都给他们披好。刚要离开,那边一个截了下肢的伤员,又叫住她:

"你过来！小杨！"

杨雪连忙走过去。

"小杨！"他几乎是用孩子在母亲面前说话的声音说,"我今儿个怎么一天没有看见你呢？"

"我来的时候,你睡着了。"杨雪笑着亲切地说。

"你在我这儿稍微坐一会儿不行吗？一分钟也不行吗？"

"行,行。"杨雪连忙在他身边坐下来。

"小杨!"他望着杨雪,"我真不知道该怎么感谢你。……我截肢以后,不能再到前方去,真是太难过了。经过你给我做解释,我这思想才像开了一扇小窗户似的敞亮多了。我们祖国,真有那么一位无脚拖拉机手吗?"

"当然有。"杨雪笑着说,"我还能哄你吗,小陈?"

"我也相信你不会哄我。"小陈说,"这些天,我一合眼,就好像真的坐在大拖拉机上,呜噜呜噜地开起来,比我有脚的时候还走得快呢!"

杨雪笑了。走到门口时,还听见他在后面说:

"小杨!到明天你可一定来呀!"

"好,好,我一定来!"

杨雪连声答应着,在廊檐下登上她那双黑胶鞋,在泥水里吱哇吱哇地走了。

"真神!"徐芳望着杨雪的背影暗自钦慕地说。刚才自己手忙脚乱的事,杨雪一来很轻易地就解决了。看来还是杨雪对战士的思想感情体会得深啊!

杨雪回到灶房间,打了个盹儿。陡然间,一个炸雷像打在房顶上似的,把自己从梦中惊醒。走到门口一看,闪电一个接着一个,照得外面明晃晃的。急风挟着暴雨,像瀑布一般倾泻下来。

"像这样大雨,不知道河里的水涨得怎么样了?"杨雪心中不安地想着,正要到所部去问,只见雨地里走过一个人来,气急败坏地喊:

"小杨!小杨!快到所部去!发大水了!"

杨雪听见是所部通讯员小王的声音,连忙吩咐护理员把伤病员喊起来,接着急火火地向所部跑去。这时院子里和街道上的水已经有脚脖深了。

所部点着一盏马灯。已经谢顶的老所长坐在那里,全身像从水里刚刚捞出似的。看样子,他刚从外面回来。几个班排长围着他,正在请示什么。气氛显得十分紧张。

杨雪刚踏上台阶,老所长就问:

"小杨!你们院里进了水没有?"

"已经脚脖深了。"杨雪说。

"情况很严重!"他严肃地说,"中午我到堤坡上去看,河里的水还只有半槽,现在已经出了槽了!西边山洪也下来了!现在村子已经处于被洪水包围的形势。这鬼天气!简直是配合美帝向我们进攻。"

"怎么办呢?"人们纷纷地问。

"最重要的是保住伤员。"他说,"中午,分部就通知我们,如果情况严重,就用火车把伤员转移出去。已经派人到铁路上去看,大概快回来了。"

说着,扭头看了看那个旧马蹄表。表针正指着凌晨一点。平常这只表,滴答滴答走得很清脆,现在已经完全被外面的风雨声、雷声掩盖住了。

不一时,司务长披着雨衣,拿着电棒从外面回来,在院子里就摇摇手说:

"不行了!铁道已经叫水淹了!"

这时的老所长,脑门上出现了几粒黄豆大的汗珠;但是声音仍然很镇定地说:

"同志们!现在是考验我们的时刻。我们一定要对伤员同志的生命负责,还要保证村里老百姓的生命安全。你们回去立刻把门板、铺板卸下来,扎成木筏子,把他们转移到山上去!"

杨雪往回返时,急风暴雨之势已过,雷声也渐渐远去,水势却越来越大。这时震人心魄的,倒不是暴雨声,而是山洪滚动的沉重的隆隆声和河水暴涨的怕人的哇哇声。这两种声音搅成一片,像要立刻把这座小村庄吞噬下去。迎着闪电四外一看,这座离河不远的村庄,已经完全泡在白茫茫的大水里。站在当街,就像站在滔滔的大河里一样。暴涨的河水和下来的山洪正汇合起来向村庄逼近。

杨雪回到院里,水已经有膝盖深了。轻伤员们和护士们见杨雪回来,都围过来问:

"小杨!怎么办哪?"

"所部决定往山上转移。"杨雪说,"大家赶快卸门板,扎木筏子!"

一声令下,大家立刻丁丁当当地干起来。木筏子倒是钉成了,就是往水里一放,浮不起来,经不住人。

一个伤员提议说:

"咱们还是上房吧!"

杨雪果断地摇了摇头,说:

"不行!现在水还涨呢。房子叫水泡塌,损失就更大了。"

"那可怎么办哪?"

这时,几十双眼睛都盯着杨雪。杨雪把一缕乱发往帽子里塞了塞,沉着地说:

"办法倒有,就是还要请示一下。"

这杨雪自幼生长在大清河边,对应付发大水有过一些经验。刚才她从村边经过时,就注意到那一片粗大的栗子树了,她想,把伤员送到树上,不是很好的待避所吗!

正好所长出来巡查,杨雪同他一说,所长同意;于是就立刻动员大家把门板摞在树上。

　　这时虽雨停风息,水势却继续猛涨不已。河水和山洪搅成一团,像千万头狮子吼叫着要扑过来。但是因为有了明确的办法,大家反而镇静了许多。等树上的门板摞好,他们又立刻分了工,女护士把伤员背到树下,男护士在树上接。轻伤员互相搀扶着,在激流中转移。村里的老百姓,也扶老携幼,向着那一片大栗树林子拥去。

　　杨雪正要找白英子,给她在树上安置个地方,看见她扶着一个伤员,头上顶着东西在水里走呢。这个小姑娘自来到医院,就是这么积极、勇敢,总是抢活儿干。杨雪到山上打柴,她就抢斧头、镰刀;杨雪到伙房打饭打水,她就抢瓷盆、水桶;杨雪到病房去,她也在后面颠颠颠跟着,端盘子、拿镊子,给伤员喂饭喂水,简直成了一个小看护员了。而且她学了许多汉话,中朝混合语说得很是熟练,跟伤员一聊就是老半天的。现在杨雪看见她在这么深的水里搀扶伤员,很不放心,就上去一把拉住她说:

　　"瞧!大水都淹到你的小胸脯子了,你能行吗?"

　　白英子翻翻眼,用熟练的中朝混合语说:

　　"小杨姐!我的怎么的不行啊?关系的没有哇!"

　　杨雪不容分说,把她头上的东西抢过来,紧紧拉着她,和伤员一起向栗树林走去。到了树下,杨雪抱着她,高高地举起来,男护士在树上接着,把她拉到树上去了。杨雪临走,还带着几分姐姐的尊严嘱咐说:

　　"小英子!你可不许再下来了。"

　　白英子坐在门板上,悠打着两条小腿儿,一面拧着小裙子上的水,歪着短发齐眉的头,笑着说:

　　"小杨姐!你的去吧,关系的没有哇!"

"不管关系的有没有,你都不许再下来了!"杨雪沉下脸儿,再一次郑重地说。

杨雪把房东老大娘也搀扶着越过激流,送到树上,接着就去背重伤员。那位李班长,这时却颇为清醒,见杨雪要来背他,十分难过地说:

"小杨啊!听说我前半夜给你找了麻烦,弄得你没有休息,这会儿又来背我!"

杨雪笑着说:

"这有什么呀,李班长!你负了这么重的伤,我能够背你,还觉着是光荣呢!"

杨雪一面说,一面动手来背。这位班长是个山东大汉,身躯高大,为了不使他的腿拖在地上,杨雪将他的两条腿紧紧抱在胸前。李班长连声叹着气,在背上说:

"唉唉,小杨呵,我长了这么大个子,你个女同志,怎么背得起哟?"

"你看,这不是背起来了吗!"

杨雪背着他,顽强地跨过激流。他在背上一直"唉唉"地叹着气,直到把他送到树上,他还难过地说:

"小杨啊!叫我怎么报答你呢?我原来有一块表,也叫炮弹给炸坏了……"

"这个好办。"杨雪在树下仰起脸笑着说,"李班长,等你伤好了,再到前方去,多牵几串俘虏来不就行了!?"

李班长含着泪笑着说:

"这个,我办得到!我办得到!"

这杨雪一向体力强健,像小牛犊子似的充满了使不完的精力。在军的小报上,曾被称为"铁打的姑娘"。过去背伤员,常常三十二十地背,并不觉得怎样。可是毕竟前一时期劳累过度,不久以前又两次输血,所以背到第八个伤员时,就觉着浑身无力,两腿发软,竟两次跌在水里。伤员在背上看见她的头上满是泥水,难过地说:"小杨!看把你累成什么样儿了,快让我下来走吧!"这话使她比受了最严重的责备还要难过,终于以最大的毅力,跨过激流,把伤员送到树上。

等全部伤员、群众都上了树,水已经漫过了胸脯。徐芳又跑回去拿她的提琴。杨雪在树下站着,一直等到她来,连声说:"快快,小徐!我的老天爷!这是闹着玩的吗?"说着,就让徐芳踩着自己的肩头攀上去了。这时的杨雪已经没有一丝力气,攀着树,好几次都上不去。一个男护士从树上跳下来,用力举着她,才勉勉强强上去了。

东方已经发白。放眼望去,四外一片汪洋。当那浑浊的黄流,漫过村庄,从战士们的脚下汹涌滚过时,尽管快要舐着栗子树的绿叶,但却奈何不得那些坚强的人们。这时候,在栗子树繁茂的枝叶间,传出一阵阵悠扬的琴声。它在这样的清晨响起,显得特别清亮而又激越,像一首战歌似的,以不可战胜的调子,越过水面,飘向远方,飘向远方。——这是徐芳应战士们的请求,把那支《刘胡兰》选曲又高高地奏起了……

黄流滚滚,琴声袅袅。徐芳今天琴拉得特别有感情,特别深沉动人。因为自她到医院以来,她有许许多多感受。她曾在日记上写道:"真是不到医院,不知我军士气的深度;不到医院,不知我军医护人员的伟大!"在徐芳心底沉积的感情,今天怎么能不从她的手指上泄露出来呢!

第二十章 金妈妈

　　这次洪水,据朝鲜老人说,是几十年来所罕见的。幸亏时间不长就消退了。满地都是烂泥浆,房屋倒塌了不少,自然又给朝鲜人民增加了很多困难。杨雪她们,除了护理伤员外,还帮助朝鲜人民盖房垒屋,工作就更加繁忙了。

　　关于郭祥失踪的消息,尽管大家极力瞒着杨雪,但她还是零零碎碎地听到了一些,使她陷入严重的不安和焦思苦念之中。这天,从朝鲜人民军转来了一个伤员,正是三连的通讯员小牛。这意外的消息,使整个医院为之轰动,大家纷纷去打听郭祥的下落。杨雪不好马上去,等人们散去,才悄悄来到小牛的病房。

　　小牛的两条腿都已摔断,内脏也受了重伤。他的精神本来挺好,可是一见小杨,没有说上两句话,就哭了。

　　杨雪抚慰地说:

　　"你不是回来了吗,小牛,还哭什么呀?"

　　"小杨,我对不住你!"他抽抽咽咽地说,"我没有跟连长一块儿回来……"

　　杨雪立时热泪满眶,背过脸去擦了一擦,勉强压制住自己的情感说:

　　"你是怎么回来的呢?"

　　"跳崖以后,我也不知道自己什么时候醒的,一睁眼就满天星了。"小牛说,"我动了一动,浑身的骨头像酥了似的,疼得满身是汗。

我强忍着爬过去找同志们,摸摸他们,一个一个,都牺牲了……"

"你找着你们连长了吗?"杨雪着急地问。

"没有。"小牛摇摇头说,"我在草棵里爬过来爬过去找,就是没有他。乔大个也没见。我没辙了,才往回爬。爬到小河边,要搁平时,我一步就跳过去了,可这时候怎么也过不去。幸亏遇到朝鲜人民军的侦察员,才把我救了。"

听到这儿,杨雪又问:

"小牛,跳崖是你先跳的,还是他先跳的?"

"是他先跳的。"小牛说,"他跳的时候,我一把拉住他,本来想跟他说:咱们俩一块跳吧,如果我摔不死,还可以照顾你。他误会了,当我要说什么软话,把我一推,就跳下去了。"

"敌人到底来过没有?"

"我不知道。"

"你就一点动静也没听见?"

"仿佛是两声枪响,把我惊醒了似的。其余的我就什么也不知道了。"

杨雪看实在问不出什么,只好作罢。最后察看了小牛的伤势,安慰小牛说:

"小牛,你就好好养着吧。你年纪轻轻,我看你的腿是能养好的。"

"你看我还能上前线么?"小牛睁大着眼问。

"能,能。我看没有问题。"

同小牛的谈话,没有带来一丝宽慰,反而更引起她对郭祥的渴念。在郭祥离开医院的这一段时日里,她常常觉得对不起郭祥。这不仅因为郭祥对她始终如一的爱情,长期没有被她察觉;而且她深深感到,在纷纭的生活之流中没有辨出一片真金;再加上过去自己虚抛的感情,更使人多么地愧悔啊!杨雪的这种心情老像一团乱丝似的在心头缭绕不去,总想有朝一日能对郭祥痛痛快快地倾诉一番。可是郭祥如今却生死不明,他此刻究竟在哪里呢?有谁能告诉她一个可靠的信息呢?……

　　亲爱的读者,要交代我们主人公这一时期的经历和下落,恐怕还要费较大一段文字。

　　前文已经叙明,那天玉女峰的跳崖,乔大夯是最后一个。这个身躯高大的机枪射手,如果要落在平地上,恐怕就没有生还的希望了;但他没有落在平地,而是被峭壁上的一棵小树架住。那时幽谷中暮色渐浓,晚烟腾起,天还没有完全黑下来。他就抱住小树定了定神。看看下边还有一两丈高。他听见敌人占领阵地后,胡乱吆喝了一阵,向下打了一通枪,并没有下来搜寻,才放了心。等到天黑,他就抓住壁上的葛藤,攀缘下来。他心里结记着那些跳崖的同志,就轻轻地爬到他们身边,一个一个地察看,见他们都牺牲了。小牛的两条腿已经摔断,叫了好几声,也没有回应。最后,他在一片灌木丛上,发现了郭祥。郭祥已经昏迷不醒,摸摸胸口,还有些热气,心脏也似乎在微弱地跳动。大夯喜出望外,就紧紧贴着他的脸,附在他的耳边,轻轻地叫:"连长!连长!"只听郭祥哼了一声,再叫又没回应了。大夯就把他带木壳的驳壳枪轻轻取下,佩在自己身上。然后,就把郭祥背起来,一只手在后面托着郭祥,一只手提着他那支带刺刀的步枪,下了山坡。

　　下到谷底,向北走出不远,忽然听到前面有咔咔的皮鞋声和"哈罗、哈罗"的呼唤声。大夯知道是敌人,就警觉地隐伏下来。接着,对面响起了哒哒的卡宾枪声,像飞蝗一般的子弹,从头顶上咝咝地穿过。大夯看到敌人发现了自己,唯恐再伤着连长,就紧紧背着郭祥绕道向西走去。

　　大约走出三十米远,敌人又大着胆子追了过来。大夯回头一望,有三个家伙,已经离得只有几步远近,看样子想要抓他活的。他一看脱身不得,只好把连长轻轻放下,端起枪,大喝了一声,向着最近的一个敌人猛力刺去。这个敌人猝不及防,当即"扑哧"一声被刺进肚子里去,随着惊慌的惨叫,倒在地上。那两个回头要跑,也被大夯赶上去,捅了个透心凉。其余的敌人,早已吓得魂飞魄散,不敢再追。大夯也生怕敌人追赶,连忙背起郭祥,甩开大步急火火地向西猛奔。

　　这乔大夯本来想往西走,再绕路向北,不意山径曲折,迷失了方向,竟沿着向西南的一条小公路走下去了。由于心里急,步子快,一下就走出二三十里。大约走到半夜,觉得口干舌燥,正好路边有一道山溪,就将郭祥轻轻放下,摘下小搪瓷碗,舀了大半碗水,端到郭祥嘴边,一口一口地喂着,谁知竟喝下去了。大夯非常高兴,自己也喝了个痛快。正要继续上路,只见公路上扫过来一派贼亮的汽车灯光,说话间,一辆辆的卡车呜呜地飞驰过来。大夯一望,车上坐的都是戴着钢盔的美国鬼子,不禁暗暗吃了一惊,才知道路走错了。他急忙用一丛茂草遮住郭祥,自己也伏在草丛里。卡车一辆接一辆地从他们身边飞驰而过。大夯心中想道:"不管怎样,总要先离开公路才好。"车队过去了,大夯就背起郭祥,沿着山溪拐进一条窄窄的山沟。

　　这条山沟草茂林密,人烟稀少。大夯沿着一条羊肠小路,曲曲弯弯,又行了数十里,才看见山坡上有两三户人家。此时天色已近破晓。为了防备意外,大夯首先将郭祥隐蔽在草丛之中,悄悄来到一所独立家屋附近,藏在一棵大树后面观察动静。大约等了半个小时左右,茅屋的门才"哗嗒"一声打开,出来了一个朝鲜老妈妈。

看去她有五十多岁年纪,面容消瘦,鬓发斑白,穿着破旧的白衣白裙,打着一双赤脚。她在廊檐下略站了一站,就登上船形胶鞋,走到牛棚里去。接着,牵出一头已经衰老的黄牛,架开柴门,到下面小溪边饮牛去了。

　　饮牛回来,老妈妈又到小溪边顶了一瓦罐水,接着就弯着腰在院子里劈柴。她那粗筋隆起的老手举着斧头,劈了几下就显出很吃力的样子。大夯见她的房舍、穿着和举止,都像一家贫农,就轻轻地走进院子,叫了一声:

　　"阿妈妮!让我来帮你劈吧!"

　　尽管乔大夯怕惊着她,当她抬起头来,看见乔大夯那一身的血迹和泥土,还是着实吃了一惊,手里的斧头也"乓哒"一声跌落下来。

　　大夯见她惊慌,赶快指指自己的帽子,用生硬的朝鲜语轻轻地说:

　　"阿妈妮!我是'急文衮'哪!"

　　一声"阿妈妮",一个"志愿军",比最周详的介绍信还灵,比电流还快,立刻稳定了朝鲜老妈妈的情绪,沟通了他们之间的感情。她把乔大夯上上下下打量了一番,就紧紧攥住他的一只大手,抖抖索索地哭了。

　　大夯把郭祥背到屋里,老妈妈看见他衣服破烂,浑身血泥,昏迷不醒,一种无限的痛惜之情,深深地激动着她。她一面"哎呀,哎呀"地叹息着,一面慌慌忙忙地铺上被褥,取出枕头,安置郭祥躺了下来。她伏下身子,垂着斑白的头,眼泪扑嗒扑嗒跌在郭祥的胸脯上。在这中间,她说了许多话,乔大夯都听不懂,听懂的只有"阿德儿"[①]一词。

[①] 朝语:儿子。

老妈妈稍稍平静下来,就到外面把柴门紧紧闭上;回来从柜子里取出两身男人衣服,叫他们换了;把他们的枪支和带血的军衣都藏到牛棚里。接着就去给他们烧水做饭。

老妈妈给大夯做了大米干饭,给郭祥做了大米粥,又从坛子里夹出一些朝鲜酸菜,都用大铜碗盛着,用小炕桌端了过来。她一面亲热地招呼大夯吃饭,自己坐在郭祥身边,拿起小铜勺儿亲自来喂。此时郭祥仍旧处于昏迷状态,白米粥放到嘴里也不知道下咽。老妈妈无可奈何地叹了口气,又来喂水,倒是喝了不少。

此后一连三天都是如此。郭祥好像永远睡不醒似的酣睡着。尤其是他一口饭不吃,使老妈妈忧心如焚。这天,老妈妈出去了好半天,然后用裙子包着点什么笑微微地走回来。一倒出来,原来是五六个大红苹果。她连忙跑到厨房里煮成了苹果酱,兴冲冲地端到郭祥嘴边,拿起小铜勺儿来喂。她想郭祥一定会顺顺利利地吃下去,谁知郭祥只吃了两小口,就咽不下去了。眼瞅着老妈妈脸上一度出现的喜色消失了,怔怔地端着铜碗,不知怎样才好。大夯也急了,附在郭祥耳边轻轻地叫:

"连长!连长!阿妈妮给你东西吃呢!"

只听郭祥哼了一下,再叫又不应声。这时老妈妈再也抑制不住,把铜碗往炕上一放,哭了……

但是第四天,老妈妈正给郭祥喂水的时候,郭祥哼了一声,接着慢慢地睁开眼睛,醒了。老妈妈高兴得拿着铜勺儿的手都轻轻地战栗着,说:"我的——'阿德儿'——醒来了——哟!——"这句话大夯虽然听不懂,可以听出她是在拉着长声唱着说的。大夯也满脸是笑凑上前去说:

"连长!你可醒啦!"

郭祥望望老妈妈,望望大夯,又望望这所朝鲜小屋和自己穿的

朝鲜服装,眼光里显出一种惶惑不解的神情。他问:

"这,这是什么地方?"

大夯见他开始说话,更高兴了,连忙笑着说:

"这是敌后啊!连长。"

"敌后?"他仿佛对这个词儿很生疏而又费解的样子,重复地问,"什么敌后?"

"我们来到敌人后边了。"大夯认真地解释着,向周围一指,"这里四外都是敌人。"

"我怎么到这儿来了呢?"他又问。

"因为我们跳崖以后,走错路了。"

"跳崖?什么跳崖?"他又显出惶惑不解的样子。

大夯看出他得了脑震荡,尽管恢复了知觉,但是记忆并未恢复,就把这一段战斗历程,详详细细地叙说了一遍。当他听到大夯刺死了三个敌人的时候,还微微一笑,望望大夯,显出满意的样子。他沉吟了片刻,又接着问,

"跳崖的同志们呢?"

"都牺牲了。"

"小牛呢?"

"也牺牲了。"

只见郭祥的眼里,像有一粒火星似的闪动了一下,接着又问:

"我们的阵地呢?"

大夯见他有些着急,连忙说:

"恐怕早恢复了。"

老妈妈觉得他刚刚苏醒,不宜说话过多,就向大夯使了个眼色;又连忙把昨天熬好的苹果酱端过来喂他。郭祥竟然吃了不少。老妈妈给他擦了擦嘴,几天来第一次松心地笑了。

从这天起,郭祥的精神一天比一天见好。由于他同朝鲜老百姓接触多,会的朝鲜话也多,就同老妈妈不断地谈叙家常,亲昵得如同母子一般。从这些叙谈里粗略得知:老妈妈姓金,年轻时嫁给一个贫苦的农民,因为逃避地主的债务,迁居到这个名叫金谷里的小村庄已经几十年了。她生了一个女儿,两个儿子。女儿在十二岁的时候被卖去当了童工,至今还在釜山的一个纺织厂里。大儿子早年就参加了金日成将军的朝鲜人民革命军,在长白山一带与日本军队作战中牺牲了。二儿子结婚不久也走了他哥哥的道路,两年前偷越过三八线,投奔北方,现在是人民军的一位排长。家里只剩下老两口和一个儿媳。美国鬼子向南撤退时,要把她的儿媳拉走,老妈妈的丈夫抓起铁锹跟敌人拼命,两个人都被打死在当院里。老妈妈说到此处,指了指山坡上的两座新坟。

　　像一般朝鲜的母亲那样,老妈妈又问起郭祥的家世。郭祥比画着,粗略地说了。当说到自己的父亲被地主开膛破肚时,老妈妈流着眼泪,深有感触地说:

　　"中国的,朝鲜的,一样!"

　　老妈妈又问起郭祥的母亲多大年纪。郭祥把两只手翻了五番,又伸出了两个指头。老妈妈说:"噢,比我还小一岁呢!"

　　"不过,头发也花白了。"郭祥说着,轻轻地抚摩了一下老妈妈的鬓发。

　　"中国的妈妈好。"老妈妈不胜感叹地说,"她们的孩子在朝鲜大大的辛苦!"

　　郭祥不等她说完,就连忙接上说:

　　"中国的阿妈妮,朝鲜的阿妈妮,汉戛基①!中国的阿德儿,朝

―――――――
① 朝语:一样。

鲜的阿德儿,汉戛基! 阿妈妮,你同我的妈妈汉戛基!"

老妈妈笑了。

说话间,已经过去了一周。但对乔大夯说,这日子却过得令人难熬。这倒不是因为他在敌人窝里担惊受怕,而是担心自己食量过大,怕老妈妈粮食少,以后难以度日。而且,他早就发现老妈妈不同他们一起吃饭。每到开饭,她不是说吃过了,就是借口有事要等一等才吃。这乔大夯像实心的竹子那么老实,但也还是有个心眼儿。这天中午,他吃过饭,就装着睡了。老妈妈把通厨房的门,"噶哒"一声关上。不一会儿,就听见厨房间有碗筷响动的声音。他悄悄地爬起来,在门缝里偷看。这一看不要紧,乔大夯登时难过万分,热泪滚滚,抱着头坐在那里半天没有言语。这时,正好郭祥醒着,连声地叫:

"大个儿!大个儿!你怎么了?"

大夯一时说不出话,抽咽了好半响才说出了一句:

"阿妈妮在那儿吃野菜呢!"

郭祥心中也十分难受,用袖子擦擦眼说:

"我们还是早点走吧!"

"这怎么行?"大夯说,"你头部、腿部的伤还这么重,怎么能通过敌人的封锁线呢?"

"不不,"郭祥说,"我似乎觉着有点儿力气了,头也没有那么痛了。就是腿不争气,你明天扶着我锻炼锻炼!"

正在这时,听见外面有推柴门的声音。大夯顺着窗上的破洞往外一看,只见一个鬼鬼祟祟的人,戴着平顶窄边的洋草帽儿,留着小日本胡子,已经推开柴门闯了进来。老妈妈也似乎听到了响动,一溜小跑地迎上去,用身子将那人拦住。两个人站在那里说了几句,那人才假笑了一声,勉勉强强地走了,一边走一边还回头向院子里偷看。老妈妈等那人走远,把柴门紧紧闭上,慢慢地回到屋里。

大夯把刚才的情景告知郭祥。郭祥指指外面,用朝语问:

"阿妈妮!刚才什么人来了?"

"一个地主。"老妈妈面带愁容地说。

郭祥暗暗吃了一惊,又问:

"他来干什么?"

老妈妈比画了半天,郭祥才明白:那地主说自己的猫丢了,到这里来找一找。郭祥心里登时焦灼不安起来,不知什么迹象引起了敌人的怀疑。很明显,敌人虽然走了,决不会就此罢休。如果地主把治安队或美国人勾来,自己的生命事小,老妈妈可怎么办?

郭祥想到这里,就说:

"阿妈妮!我们走吧!"

"什么?你说什么?"老妈妈惊愕地扬起了眉毛。

"我们,北面的'卡'哟!"

老妈妈听到这话,激动地张开两臂把郭祥抱住,用半通的中国话说:

"这个的不行!不行!"她指指自己的胸口,又指指郭祥和乔大夯,"有阿妈妮,就有你们!……办法的我有。"

这天,老妈妈提前做了晚饭,喂了郭祥,又硬逼着乔大夯把两大铜碗饭吃下去。大夯不吃,她就拿起铜勺儿来喂,弄得大夯脖粗脸红,怪不好意思,只好把两大铜碗饭都吃下去了。饭后,她又找出一条绳子,把被褥捆好。等天色黑下来,就叫大夯背起郭祥,带上枪支,自己顶着被褥,把屋门、柴门全都锁了,自己在前面引路,上了屋后的山坡。

山坡上有两座新坟。绕过新坟,有一条弯弯曲曲的小径。因为草深路小,小径几乎被掩盖得看不见了。大夯紧紧跟着老妈妈的脚步,穿行在山腰里,向着一条更幽僻的山沟走去。

约摸走了十几里路,在迷离的月光下,看见前面有一座高高的悬崖,上面长着两三棵古松。悬崖旁边是一个陡坡,被长年的流水冲得坡坡坎坎。老妈妈走到这里停住脚步,打打手势,叫乔大夯要小心一点。接着,就攀着灌木丛,上了陡坡。大夯也跟了上去。没提防,有几只宿鸟,从脚下惊起,扑棱棱地飞到山那边去了。大夯不由得打了一个趔趄,定神一看,悬崖旁边,有一个自然洞,洞口有半人来高。老妈妈把包袱放下,叫大夯把郭祥也放下来。两个人就猫着腰钻了进去。大夯划了根火柴一看,里面地方倒不小,完全可以直起腰来,中间还有一块平平的石头,像一盘大炕。老妈妈用裙子拂了拂上面的土,又钻出去,抱了一抱蒿草铺上。接着又展开被褥,铺得平平的,让大夯把郭祥抱进来躺下。

老妈妈临走,抚摩着郭祥的头说:"阿德儿,好好睡吧!关系的没有。"说过,慈祥地笑了一笑,就出了洞口走了。

第二天天还不亮,老妈妈就把饭送来。还拿来了两个铜碗,两把铜勺儿,一把砂壶。饭和酸菜都很多,足够一天吃的。砂壶是供他们烧水用的,这个洞子角里就不断地滴答着清洌的泉水。老妈妈为了在天亮以前赶回,没有停多久,就下山去了。

"这样下去,总不是个办法。"郭祥心中想道。"阿妈妮一早儿就送了饭来,她想必过了半夜就得起床。做了饭,又得摸着黑,爬山过岭。就是自己的亲生母亲也不过如此。何况阿妈妮已经这么大年纪,长此下去,有个三长两短,可怎么办呢?……"想到这里,他的泪蛋蛋就滚到枕头上去了。再加上洞子里丁冬丁冬的滴水声,也更使他难以入睡。

天还没有大亮,大夯就轻轻地起了床到外面观察动静;刚转回

来,郭祥就挣扎着坐起来说:

"大个儿!老这样子可不行啊。你今天扶着我走几步吧!"

"连长,"大夯笑着说,"叫我看还不行呢。"

"怎么不行?"郭祥说,"老这么躺着,就是块铁也生锈了。"

大夯从洞角的水汪里,舀了半铜碗水,给郭祥湿了手巾,让他擦了擦脸。郭祥显得更精神了,扶着大夯,就要下来。大夯劝他不听,只好用力搀扶着。哪知他的左脚刚一沾地,疼得"哎哟"了一声,差点儿跌到地上。脑门上的汗珠子也乓乓地落了下来。

"逞强不行啊,连长。"大夯轻声地埋怨着,"老百姓常说,伤筋动骨要一百天呢。"郭祥一时无话,只好在铺上老老实实地坐下了。

哪知进洞的第三天又出现了意外情况。

这天早晨,老妈妈没有来山上送饭,郭祥他们还以为有事误了,并不在意。可是晌午过后,大夯出去望了多次,也不见踪影。郭祥就怀疑,是不是出了什么变故。天黑以后,他正要派大夯前去探问,老妈妈来了。她把盛饭的瓦罐往地上一放,一面喘气,一面抱歉地说:

"阿德儿!把你们饿坏了吧?"

郭祥划了根火柴一看,见老妈妈头上扎着绷带,白衣上还有几缕血迹,吃惊地问:

"阿妈妮!出了什么事了?"

老妈妈摇了摇头,笑着说:

"没有什么,你们快点吃吧!"

郭祥和大夯,都着急得什么似的,向阿妈妮表示,如果不讲,这饭就不吃了。老妈妈才告诉他们:昨天晚上,治安队突然闯到她的家里搜查,问她的儿子是否回来了。最后,没有搜查出什么东西,就把她打了一顿,抢了一些东西走了。

郭祥和大夯听了,心中十分难过。郭祥觉得,自己作为一个革命战士,不能保护人民,反而使阿妈妮受了连累,怎么还能住下去呢?就拉着阿妈妮的手说:

"阿妈妮!我的伤也好得差不多了,你就让我们走吧!"

老妈妈听郭祥又说要走,显然生了气,好半天没有言语。待了一阵,才咕哝了一句什么,接着站起身来,一面撩起裙子擦泪,一面钻出了洞口。

"阿妈妮!阿妈妮!"

郭祥一连叫了两声,见老妈妈没有答言,就对乔大夯说:

"大夯!快,快去喊大娘回来!"

大夯猫着腰出了洞子,又叫:

"阿妈妮!阿妈妮!你回来一下。"

可是老妈妈已经下了陡坡,头也不回地走了。

"真糟!"郭祥捶着床铺,后悔不迭地说,"我又犯了主观主义……"

第二十一章　朴贞淑

这乔大夯真是一个忠诚的战士。他每天天不亮就起来,站在那几棵古松下,观察动静,守卫洞口。

昨天晚上,老妈妈生气走了,也使他深为不安。总盼望老妈妈今天能早点来,好同她解释解释。谁知天色已经发白,还不见她的踪影。正狐疑间,只见那边小路上,出现了两个人影。因为山谷里还很幽暗,一时看不清楚。待走得切近,才看出前面走的那个,穿着白衣白裙,顶着瓦罐,正是老妈妈;后面跟着一个年轻妇女,穿着黄衣黑裙,顶着一个白包袱,两只手轻快地摆动着,晨风吹拂着她长长的飘带翩翩走来。

大夯一面告诉郭祥穿衣起床,一面到陡坡下去接。老妈妈把瓦罐交给大夯,兴奋地说:

"阿德儿,我给你们带了客人来了!"

说着,就把那个年轻妇女引进洞来。老妈妈指指她,笑着对郭祥说:

"你们走的事,就对她说吧!"

那位年轻妇女放下包袱,掏出小手帕擦了擦汗,热情而大方地赶过来与郭祥、大夯握手,并且用比较熟练的汉语轻柔地说:

"同志,你好!"

郭祥连忙请她们坐下,大夯端来两铜碗泉水。那位妇女一边喝水,一边反复地打量着郭祥,忽然问:

"你,是不是连长东木？我们见过面吧？"

郭祥仔细望了望她,觉得确实在哪里见过,但又一时想不起来。

"苍鹰岭,你的到过？"她问。

"到过。"郭祥点了点头。

"苍鹰岭南面,有个小村子,美国人、治安队杀人大大的,你的到过？"

"到过。"

"有个女人,在万人坑里刨她的孩子,你的见过？"

"噢！是你呀,朴贞淑同志！"

郭祥猛然间想起来,她就是蹲在土坑旁边刨孩子的女人。不过那时候,她的面容消瘦,头发散乱,两眼射着仇恨的火光;现在则是双颊绯红,神情开朗,举止老练。她原来的头发还挽着圆髻,现在已经剪成短发了。

"那件事我的不会忘记。"朴贞淑说,"那是我跟志愿军第一次见面哪！"

郭祥怕引起她的痛苦,没有往下谈,接着问:

"朴同志！你怎么到了这里？"

"那时候,我一心想拿起枪报仇,郡人民委员会留我在后方工作,我没有同意,就参加游击队了。"

郭祥见她的汉语说得如此流利,惊异地说:

"你的中国话,说得很不错呀！"

"我是侦察兵。"她笑着说,"志愿军侦察队的常去。'中国马鹿'①小小的会！"

"嘿,可不是小小的,是大大的咧！"

---

① 朝语:中国话。

她笑了。喝了半铜碗水,她正正身子,显然要把话纳入正题:
"听阿妈妮说,你们要走?"
郭祥点了点头。
"真的要走?"
"真的。"
"北面的去?"
"对,回部队去。"
朴贞淑指指老妈妈,笑着说:
"真的要走,找她的不行!"
"那我们可找谁呀?"
"找她的领导。"
"她的领导?"郭祥一愣,"怕就是你吧?"
"不不,"她连忙摇摇头说,"我,小小的!"
"那,可找谁呀?"
"金日成将军!"
"哎呀呀,朴东木!"郭祥苦笑着说,"你可真能绕弯子!"
朴贞淑弯着腰笑了一阵,然后收住笑说:
"连长东木! 你们的来,我们队长的知道。走不走,听他的说话。"
"你们的队长,怎么说呀?"
"他说:伤好了行;不好,坚决的不行!"
"我早就好得差不多了!"郭祥对乔大夯挤挤眼说,"是吧,大夯?"
大夯既不否定也不肯定地憨笑着。
"不,你说的不行,"朴贞淑笑着说,"我要亲自的看。"
说着,她挽起郭祥那肥大的裤腿。右腿比较正常,左腿还粗得

像根柱子似的,而且有一处显然变形。她指指那只粗腿叫了一声:

"哎呀!你看,这怎么的能行?至少一百天的要啊!"

"哎哟,我的老天!"郭祥把嘴一咧苦笑着。

朴贞淑用她那双小手轻轻地抚摩着他的左腿,像医生似的眯细着眼思量着。探察了一会儿,就两只手掬着捏了一阵。然后从包袱里取出一瓶樟脑酒,用棉花蘸着擦了一遍。最后,取出两条薄木板儿一夹,就要用小绳缠起来,郭祥用手一拦,说:

"朴东木!这个的不要!"

"缠上的好!不缠的不好!"朴贞淑不听他,一面缠,一面开玩笑说,"腿坏了,将来媳妇的困难!"

乔大夯憨厚地笑着说:

"连长已经有了。"

"他的有?"朴贞淑笑着问,"哪里?什么的干?"

大夯讲起杨雪,郭祥咧着嘴儿笑微微地听着,心里美得不行。朴贞淑望着郭祥笑着:

"将来带我去,一定的看!"

说到这里,夹板儿已经结结实实地捆好了。

老妈妈过来,摸摸夹板儿,看来十分满意,望着郭祥胜利地一笑。

郭祥摸摸被捆上的夹板儿,苦笑着说:

"朴东木!不是我们不愿意留在这里;阿妈妮的生活多困难哪!她给我们做大米干饭,自己偷偷地吞几口野菜,叫我们怎么能住下去呢?"

说到这里,大夯深深地垂下头去。

"这个,关系的没有。"朴贞淑摆摆手,说,"我们游击队粮食大大的有。"

"这个倒是其次,"郭祥又说,"阿妈妮这么大年纪了,爬山过岭送饭不说,还担着多大的风险哪! 前天夜里,她就被治安队打了。要是以后……"

朴贞淑掠掠她的黑发,带着轻蔑的神态说:

"治安队,关系的没有。我们游击队办法的有。阿妈妮,我们的保护。"

接着,她身向前倾,眼里充满笑意,无限温和地说:

"这些问题的不想,好好的养。回去的问题,办法的有。"

说着,她的两个黑眼仁,放射着光彩,撩开长长的黑裙,腰里露出一支二号手枪。并且指指北方,压低声音,有些神秘地说:

"那里,我来来往往地常去。伤养好了,我送你们北方的'卡'哟!"

经她这么一说,郭祥和大夯的心都松快了许多。她又转身把包袱解开,从里面取出了一二十个大红苹果,一木盒鸡蛋,一些零星药品,特别是还有一大把金灿灿黄烂烂的烟叶。

"这是我们游击队小小的慰问。"她笑盈盈地说。

郭祥知道,她们这时的物质条件多么困难,何况又处在地下状态! 这些东西还不定费了多大劲找来的呢。郭祥一连声地感谢,嘱托她向游击队的同志们问好。

烟叶这东西,郭祥已经多天没有见过它了。今天一见,不自觉地老是瞅着它。女人观察问题总是很细,早被朴贞淑看出来。她连忙挑了两个大叶,用小手揉碎,放在铜碗里端过来。郭祥的小本儿已经在玉女峰上烧了,摸了半天没有摸出一块纸头。还是乔大夯从自己的小本儿上撕下几片纸来,郭祥卷了一个特大号的喇叭筒点着。那淡蓝色的烟环在这个小洞子里撞击着,愉快地舞动着,就像演员们在空中表演她们婀娜动人的舞姿似的。郭祥立刻显得精神起来,同朴贞淑活泼而愉快地交谈着。

"朴东木!"郭祥一面抽烟,一面笑着说,"你那支枪是什么牌的,可以让我看看吗?"

"怎么不可以?"朴贞淑立刻撩起黑裙,从腰里掏出来,递给郭祥。

郭祥展开包枪的红绸子,端在手里一看,是一支崭新的"枪"牌撸子,擦得明光锃亮,枪上的烧蓝简直能照出人影来。他在手里掂量着,不由得赞美道:

"这种牌子很好!能顶上两把盒子的威力。我们的同志也很喜欢它。"

"这还是李承晚的一个侦察排长送我的哪!"她笑着说。

"是你把他俘虏了吧?"

"对啦!"朴贞淑笑着说,"那还是敌人向南撤退的时候,领导上叫我俘虏的抓。没想到,他就碰到我手里啦!"

乔大夯也接过枪去,玩赏了一会儿,交还给她。她用红绸子爱抚地擦了一擦,装回到枪套里;一面兴致勃勃地谈起这段故事。在敌人向南撤退的时候,李承晚吓唬老百姓,说美国人就要丢原子弹了,不往南跑,就得通通炸死。又是骗,又是逼,弄得非常混乱。她就混在逃难的人群里,寻找机会。正走着,人民军的迂回部队把前面的桥梁炸断了。这时候,有一个男侦察兵走过来说:"你看桥过不去了,我家离这里不远,你就到我家里歇歇去吧!"她一打量这个男侦察兵,身上穿着人民军的服装,里面套的却不是人民军的绒衣,怀疑他是傀儡军装扮的,就笑着答应了。他们一同走了十几里路,经过一个村庄,她就说:"你看太阳快下山了,路上不好走,咱们就在这里安歇了吧!"那个男侦察兵同意了。她就偷偷跑到联络处报告。联络处的人就顺着她雪地上的脚印,把她同那个男侦察兵一同逮捕了。这个男侦察兵,果然是傀儡军的侦察排长。

"这支手枪,就是他的吧?"乔大夯问。

"对啦。"朴贞淑笑着说,"要是那时候这个的有,才用不着费这么大事呢!"

郭祥异常赞赏地听着,接着又问:

"看起来,你是常在敌占区活动的了?"

"对啦!"朴贞淑把一缕黑发掠过绯红的面颊,笑着说,"敌人的心脏,就是我们的岗位。"

郭祥瞅了一眼她的黄褂黑裙,说:

"你出发侦察,多半都是穿便衣吧?"

朴贞淑点点头,说:

"不过,有时候我农民妇女的扮,有时候学生的扮,也有时候军官太太的扮。有一次我难民的扮,找了一个孤儿背着,跑到敌人的厨房里要饭吃。虽然被打出来了,可是厨房里摆了几摞碗,每一摞多少,我眼一撒,早看清楚了,我就根据这个向上级报告了敌人的人数。"

"你恐怕遇到不少危险吧?"郭祥笑着问。

"小小的,小小的。"她谦逊地笑着,说,"不过,有一次倒是紧张一些……"

她说,人民军准备攻打三八线南一座县城,叫她了解这个县城的敌情。可是这里敌人戒备异常森严,没有法子进去。后来打听到,敌人这个部队里有个姓李的司务长,是邻县的人,家里有妻子和两个孩子。她就大胆决定,冒充这个司务长的妻子。她找了两个孤儿,背上一个,牵上一个,装作逃难的样子,向着敌人的防线闯去。敌人的岗哨盘查她,她说得头头是道,装得惟妙惟肖,敌人的岗哨就半信半疑地将她放过去了。她一连闯过了六七个岗哨,一路上观察了敌人的碉堡、工事和兵力情况。最后敌人把她安置在一个地方,告诉她,李司务长到几十里以外的地方去了,明天一早就赶回来;并且派了一个老头监视着她。她无法脱身,时间又一点一点地迫近。她心生一计,就偷偷地把房门涂上肥皂。直到后半夜老头睡熟,她才背上小的,拉上大的,悄悄地跑出来了……几天后,人民军就向这个地方发动了进攻,消灭了敌人。为这件事,授给了她一枚二级国旗勋章。

郭祥望着她那温柔、谦和的神态,听着她这惊人的英雄事迹,真不知道这两种性格和品质,是怎样奇妙地糅到一起来的。郭祥从许许多多朝鲜妇女的身上,都看到了这样的结合。几个月前,郭祥见到她时,还是一个普通的劳动妇女,想不到今天已经变成这么英勇机智的女战士了。革命战争,是以多么神奇的速度催促着人们的成长啊!

想到这里,他以衷心敬佩的心情,高高地竖起大拇指说:

"朝鲜妇女,大大的好!"

"中国妇女,大大的好!"朴贞淑连忙说。

"你的成绩很大啊,朴同志!"郭祥又说。

"小小的!小小的!"朴贞淑的脸涨得更加绯红,头深深地低下去了。

老妈妈见他们无尽无休地谈着,把双手一拍说:

"这饭的还吃不吃啦?"

大家这时才发觉阳光已经射进洞口,总有九十点钟了。朴贞淑抱歉地笑着说:

"怨我,怨我,吃饭的忘了!"

说着,端过瓦罐,给郭祥盛饭。因为碗不够,只好轮流来吃。饭后,他们又继续亲密地谈着。朴贞淑除了问起郭祥、乔大夯的经历和战斗,还问起他俩详细的通讯地址,并且说:

"以后,胜利了,我的中国的看看!"

"我们太欢迎啦!"郭祥和大夯一齐热烈地说。

为了保守秘密,朴贞淑和老妈妈直到天黑方才离去。

从此,郭祥的情绪渐渐稳定下来。不久,乔大夯提出不要老妈妈送饭,而由自己在洞里做饭的建议,也在几番争论之后被接受了。这就使他们的情绪进一步稳定。经过一个多月的休养,郭祥已经能在户外行动。这时候,他就又提出回队的要求。双方经过一场激烈的争论,最后以再留半月作为双方可以接受的折中方案。

洞中的日子尽管慢得烦人,预定的行期终于到来。这一天,老妈妈和朴贞淑都来得很早。她们还带来了雪白的朝鲜打糕,朝鲜冷面,一大瓶米酒和几样酒菜,简直像举行小小的宴会一般。朝鲜人像湖南和四川人那样爱吃辣椒。其中的一样菜就是整个的青辣椒,裹上面糊用油炸的。郭祥特别爱吃,没有吃上几个就满头大汗。大夯因为食量大,吃东西一向很拘谨,这次也在大妈不断地劝促下,大大地饱餐了一顿。

黄昏时分,诸事准备妥善。郭祥和大夯那两身满是血泥的军衣,老妈妈早已洗得干干净净,细细密密地缝缀好了。郭祥他们要换,朴贞淑为了防备万一,还是叫他们照旧穿着朝鲜便衣,准备以后给老妈妈捎回。为了保障郭祥他们的安全,游击队还抽出了一条子弹,高兴得郭祥把他的驳壳枪擦了又擦。朴贞淑除了手枪外,还另带了几个小甜瓜手榴弹,挂在裙子里面。临行前,郭祥和乔大夯提出要将洞里的锅碗家具给老妈妈送回,被朴贞淑拒绝,督促他们赶快上路。

老妈妈一直送他们下了陡坡,出了小沟,到了前面的岔路。这一整天,她都是强颜为笑,一直压抑着自己的情感。直到这时再也压制不住,一只手拉着郭祥,一只手拉着大夯,哭出了声。郭祥和大夯来到这里整整五十八天,想起这五十八天里老妈妈的深情厚谊,真是百感交集。三个人一时都啜泣着说不出话。朴贞淑也鼻子酸酸的,因为任务在身,不住地督促着:

"快点走吧!快点走吧!"

郭祥抱着老妈妈说:

"阿妈妮!你就跟我的亲娘一样,我一直到死也忘不了你!……"

老妈妈抽抽咽咽地说:

"阿德儿,我们还能再见面吗?……"

朴贞淑把这句话翻过来,郭祥心头火辣辣的,立时宣誓一般地说:

"阿妈妮!我们一定要打回来!您老人家多保重吧!"

郭祥和大夯走出很远,还不断地回头张望。尽管夜色迷茫,他们不可能看见什么,他们还是望望老妈妈站立的地方,望望那高崖上两三株古松掩蔽的洞口。……

郭祥的情感有如大海的潮水一般,不断地卷着汹涌的浪涛。他的心似乎在低唱着:

  阿妈妮啊,我朝鲜的母亲!
  你的恩情我感谢不尽。
  我本是普通的中国战士,
  为人民打仗是我的本分。

  毛主席的嘱咐谨记在心,
  国际主义的大旗要牢牢掌稳。
  普天下的工农都是我的父母,
  我要为你们永远献身。

>我的贡献是多么微薄,
>并没有尽到战士的责任。
>而你对我像亲生的儿子,
>你的恩情就像江水滚滚。

>再见吧,亲爱的好阿妈妮,
>再见吧,难忘的朝鲜母亲。
>报答你只有复仇的枪声,
>我一定要在雷霆中降临!……

朴贞淑轻快地走在前面,郭祥和大夯随后,沿着深草掩盖的小径,穿行在夜色里。这朴贞淑经常往来于敌我之间,路途很熟。一路上尽量避开敌人占据的交通要道、大小村镇,走的尽是些荒山野岭,偏僻小道。

大约走了三十余里,正要下一个山坡时,远远望见山坡下有两三盏明亮的灯火。再走近些细看,原来是座洋灰桥。桥头上一座碉堡,正好卡住路口。桥上有两三个人影,端着枪踱来踱去。郭祥正盘算着如何通过,朴贞淑停住脚步,回过头摆摆手说:

"关系的没有。下面的过!"

说过,领着郭祥、大夯从一侧下了山,向东斜插过去。他们沿着河岸走了半里多路,朴贞淑指指河水说:

"这里水不深,我们就从这里的过!"

说着,她把裙子一撩,就跳到哗哗的河水里。郭祥和大夯也紧跟着徒涉过去。他们沿着一条田间小道,走了十几里路,朴贞淑停住脚步,回过头说:

"就在这里歇歇吧!"

几个人在田塍上坐下。朴贞淑笑着问:

"连长东木！你的腿不疼？"

郭祥把那只伤腿一伸，笑着说：

"这些日子，确实把它养娇了。到目的地还有多远？"

"一半的有哇！"

"那一半不好走吧？"

朴贞淑指了指前面两座黑魆魆的大山头，说：

"那两个山上敌人的有，不过离得远，关系的没有。最后，麻烦小小的有。一定要拂晓以前的赶到。"

"那我们还是赶快走吧！"

三个人快步过了前面的山口，又走了二十多里，已可看到火线的景色。山上燃烧着一片一片的火光。照明弹此落彼起。山谷间不时像打闪一般闪动着红光，随后是炮弹的出口声，显然是敌人的炮兵阵地。再往前走了一程，连零落的枪声也听见了。从东到西，这里的天空都是红蒙蒙的。朴贞淑所说的最后一道关口，大约就是敌人的前沿。

朴贞淑尽量避开大小道路，绕过敌人的纵深阵地，来到最后一座山口。她停住脚步，附在郭祥耳边悄声地说：

"你们这里的等等。前面敌人哨兵的有，我前边的看。"

"如果遇上敌人呢？"郭祥低声问。

"我办法的有。"

她在星光下微微一笑。

郭祥不听她的，拔出驳壳枪，说：

"我们还是一块去吧！"

"不行！"朴贞淑十分决断，"这个——我的任务，你的任务的没有。"

说着，她不由分说地把郭祥、大夯摁倒在草窠里，撩开裙子，掏出她那把二号手枪,向前面摸去。

说实在的,如果让郭祥自己去执行这个任务,那倒没有什么;现在由一个女同志去替他侦察情况,却不免为她的安全担心。他全身的血液都好像停止了流动,全部注意力都集中在听觉上了。时间在无声的静寂中难忍地度过。几分钟以后,只听敌人的哨兵用朝语大声喝问道:

"谁?……"

朴贞淑没有应声。

"口令!"接着是拉枪机的声音。

郭祥陡地一惊,在草棵里挺起身来。

"我是老百姓。"朴贞淑声音不高地说。

"老百姓?来干什么?"

"我老娘病了。"是朴贞淑沉着而温和的声音,"放我过去吧,官长。我送你钱!"

接着是几秒钟的静寂和咔咔的脚步声。就在这一瞬间,忽听朴贞淑用威严的尖声喊道:

"不准动!举起手来!"

"乒哒"一声,是枪支落地的声音。

几分钟后,草棵哗哗地响动着,朴贞淑挺着她那支手枪,把一个战战兢兢的李承晚兵押了下来。

"快走!"她极其果断地向郭祥把手一摆。

三个人押着俘虏,越过山口猛跑起来。走了还没有五十步远,后面响起了枪声,敌人追过来了。

郭祥把驳壳枪一扬,笑着说:

"你们先走,这回可该轮着我了!"

"这个的不行!"朴贞淑仍然十分决断,"我的任务的有,你的任务的没有!"

说着,她坚决地挥挥手,让郭祥他们先走,自己伏卧在路侧。

敌人一面打枪,一面顺着公路猛追过来。朴贞淑擎着小甜瓜手榴弹等待着,看看离得近了,就猛力投了过去,"轰轰"两声,手榴弹像她青春的生命一般开放出明亮好看的花朵。敌人暂时被阻止住了。

朴贞淑追上郭祥他们。正行进间,忽然听到前面响起一阵嚓嚓的脚步声。郭祥蹲下身子一看,发现有十几条黑影迎面走来,正要拔枪迎击,朴贞淑抢上来拦住道:

"可能是我们的人到了!"

说着,她击了三下手掌。对方也击了三下,并且用朝语喊道:

"噢包!是朴贞淑同志吗?"

"是我。"

朴贞淑一边答应,一边迎了上去。不一时,一队背着转盘枪的朝鲜人民军走过来。朴贞淑指着为首的一个对郭祥说:

"这是人民军的侦察排长,他专门的接哟!"

那位排长抢上来同郭祥、大夯热烈地握手,并且说:

"连长东木!你的大大地辛苦!"

郭祥一连声说:

"谢谢同志们!谢谢同志们!"

这时候,后面的敌人又追了上来。侦察排长摆摆手,说:

"连长东木!巴利巴利,后面休息的去!"

当山谷里响起激烈的枪声,朴贞淑他们已经押着俘虏安详地走上山坡。她同郭祥和大夯愉快地谈笑着,步子显得特别轻快。晨风吹拂着,她的双颊越发红艳,衣襟上的飘带不断高高地扬起,简直就像飘飘的仙子似的。她的护送任务确已完成,前面再走不远,就是朝鲜人民军的阵地了。

第二十二章 浪滔滔

郭祥和大奤回到部队，真好比从天而降，同志们奔走相告，上上下下都欢喜不尽。郭祥的老战友们，近的挤空儿来看望他，远的也在电话上讯问。大家见了他，少不得在他的胸脯上亲热地擂上几拳，欢迎这个"嘎家伙"的意外归来。郭祥也少不得一遍一遍地把这一段经历讲给同志们听。大家听了金妈妈和朴贞淑对待志愿军的那种感情，都感动得掉了热泪。有谁能说出中朝人民所结下的生死之谊是多么深厚啊！

以上这一切，读者都是会想象到的。如过多叙述，反而要浪费笔墨了。令郭祥惶惑不解的是，大家向他叙说了许多别后的情况，却没有一个人提到杨雪。再说，他的归来，几乎成了轰动一时的新闻，杨雪怎么会不知道呢？可是既没有她一个电话，也不见只字片言到来。这都不能不使他感到奇怪。因为自己在人前又不便动问，就钻到闷葫芦里去了。有一次，他实在忍耐不住，就问老模范：

"咱们连这一次负伤的有多少人哪？"

这个问题，他本来早已问过；老模范以为他忘了，就重述了一遍。接着，他又问：

"这些人都送到哪里去啦？"

"大部分送回祖国去了。"

"其余的呢？"

"其余的送到了军的野战医院。"

"医院的情况怎么样?"

"医院的情况么,不错,很好。"

老模范不再往下谈了。郭祥实在忍不住又问:

"白英子那孩子现在还好吧?"

老模范的眼睛暗了一下,神情有点慌乱,支支吾吾地说:

"那孩子还好。"

说过,假托有事,就忙别的去了。

郭祥更加狐疑起来,不知出了什么变故。

部队自移防到西海岸以来,补充了大批新战士,正在加紧练兵。郭祥想给杨雪写封信,也没有写成。这天早晨,部队在海边上演练完毕,收操回村。郭祥坐在一块大石头上歇了一会儿,正望着滚滚的浪涛出神,听见后面有轻轻的脚步声,郭祥扭头一看,见徐芳穿着连衣裙,垂着双辫,背着背包和小提琴,正蹑手蹑脚地走过来。她见郭祥已经发现了自己,就停住脚步笑着说:

"您躲在这儿想什么呀?"

郭祥马上立起身来,笑着说:

"小徐,你怎么搞起突然袭击来啦?我刚才一点也没有看见你。"

"我可老远就看见是你。"徐芳赶上来同他热烈地握手,笑着说,"郭祥同志,你这一次可真把大家都急坏了。我们还以为你真的去见马克思了呢!"

"不会!不会!"郭祥笑着说,"我本来到马克思那里去报到了。可是他老人家捋了捋大胡子,摩摩我的脑瓜儿,笑着说:'你这个小伙子干吗老抢先哪,回去!回去!你的任务还没完成哪!'这不是,我就又回来了。"

徐芳格格笑了一阵。郭祥笑着问:

"小徐！你这次下来有任务吧？"

"我就是奔你来的。"徐芳笑着说。

"找我干什么呀？"

"因为你是我们那个剧本的主人公嘛！"徐芳把背包、提琴放在大石头上,坐下来。她摘下帽子,一面擦汗,一面说,"你的事迹,我们文工团早听说了。我们本来想好好采访一下,有的同志性急,说这样怕赶不上趟了,还是先编起来再说。结果一夜之间就突击出来了。又连着排了几天,就给首长们审查。谁知道首长和机关的干部们一看,都不满意。说根本没有写出英雄的思想感情,在中朝友谊方面也没有写出深度来。这才又重打锣鼓另开张。大家下定决心:一定要把英雄的思想感情挖出来……"

"你也参加了这个集体创作？"郭祥笑着问。

"也就是敲敲鼓边儿。"徐芳说,"我主要是为了配曲。主力是几个有经验的老同志,他们随后就到。我们已经商量好:这次一定不惜时间、精力,一天不成两天,两天不成三天,不把你们的思想感情、精神境界挖出来,决不罢休!"

郭祥听到这里,登时出了一脑门汗,勉强笑着说：

"徐芳同志,叫我看,你们就别编了,我这次没有完成任务,心里就够难受的了。就说跳崖吧,我们不做敌人的俘虏,这是革命战士最起码的了,有什么可写的呀！如果一定要写,也别拼死命来'挖'。上次就有个记者来挖乔大夯的思想感情,大个儿端端正正地坐在那里,风纪扣扣得又紧,不一会儿工夫就汗流浃背,把两层军衣都湿透了。事后,大个儿跟我说:'我的老天！这还不如打仗轻松呢!'"

徐芳忒儿的一声笑起来,说：

"这一次,你们可以充分准备准备!"

郭祥怕再说下去打击徐芳的情绪,当然更想了解杨雪的情况,就转了话题,问:

"小徐,你从后方医院回来多长时间了?"

徐芳听到他提起后方医院,眼里立刻出现了慌乱的表情,慢吞吞地说:

"总有一个来月了。"

"你在后方医院,情况还很好吧?"

"好,好。"她含含糊糊地回答着,提起背包要走,"我先到连队看看去,以后再细谈吧。"

郭祥越发觉得可疑,上前把她拦住,说:

"小徐,你再稍待一会儿。我问你,小杨现在怎么样了?"

这话不问还好,提起小杨,徐芳眼圈一红,立刻低下头去,不言声了。

郭祥更着急了,忙问:

"你快说呀,她到底怎么样了?"

"她,她牺牲了。"徐芳抽抽咽咽地说。

"什么?你,你说什么?"

"她已经牺牲一个月了。"

郭祥一听,登时全身一震,两眼发黑,脚下的土地直往下沉,好半天没有言语。海风呜呜吹着,只听见一阵一阵哗哗的浪声。

"郭祥同志,我知道这消息对你意味着什么。"徐芳拭着泪说,"来以前,我本来决心不告诉你。可是,你是一个久经锻炼的人,有坚强意志的人,我觉着,老是瞒着你,也不是个办法……"

"你说吧,小徐,我受得住!"郭祥略略抬起头说。

"那是在一个月以前,"徐芳的声调稍许平静了些,"我跟小杨姐姐在车站上转送伤员,回来的时候,天已经亮了。我们刚刚走到村边,看见有四架野马式飞过来。这本来是平常的事。可是,这时候,特务分子从山背后打起了几颗信号弹,飞机就围着村子转起来了。小杨一看不好,就赶快敲钟报警。轻伤员纷纷往防空洞里猛跑。敌机接着开始了轰炸。又是扔汽油弹,又是打机关炮,好几处房子都着火了。小杨是情况越紧张她越沉着。她见我在地下趴着,就说:'小徐!不要慌,咱们赶快背重伤员去!同志们在前方没有牺牲,决不能叫他们死在后方。'说着,就飞跑到着火的病房去了。我也跟着她跑去。我从来没看到她的腿脚这么快,弹片、子弹、泥块、石头像雨点似的落着,她全不在意。她一连背出了七八个重伤员。这时候,在防空洞口上,她忽然想起了什么,就问我们:'小英子呢?你们谁见小英子了?'一个护士说:'她跑去搀伤员了。'小杨着急地说:'哎呀,你们没有拦住她呀?'那个护士说:'你可拦得住呀!她把小脑瓜一歪,就跑出去了。'一个伤员说:'你们到四病室看看吧,她把我刚刚搀出来,就一溜烟跑回去了。'小杨一听,立刻箭也似的向四病室猛跑。这时候,四病室已经起火,像火车头似的冒着一团一团的黑烟。门窗也烧着了,小杨就从火门子里扑了进去,把白英子背了出来。原来这孩子被塌下来的木头砸伤了。小杨背着她一面跑,一面昂起头看着敌机。这时候,一架敌机俯冲下来,扔了一个炸弹。炸起的黑烟尘土把她们遮盖住了。黑烟过去,我们看见她们还在地上趴着,我们都一连声喊:'小杨!小杨!快跑呀!'她还是纹丝不动。我们就知道不好,跑到跟前一看,才看见小杨伏在小英子的身上昏过去了。她身上中了好几块弹片,身边流下了好几摊血。小英子正搂着她的肩膀哭呢……

"这时候,敌机已经飞走了,伤员们,医院的人们全围过来看她。我轻轻地把她往起一扶,她睁开了那双像启明星样的两眼,望着大家有点不好意思地笑了。她那本来有点红黑的脸,这时却像一朵白牡丹似的。医生们欢喜地说:'不要紧,快抬去抢救!'我们就把她抬回到住处。因为伤势过重,她又昏迷过去。手术包扎以后,我和小英子一直守着她。等到后半夜,我给她喂水,她才慢慢地睁开了眼睛。她望望我和小英子,微微一笑,安详地说:'小徐,你们歇一会儿吧,我这伤太重,不一定能支撑到明天了。'小英子一听,眼泪汪汪地说:'你会好的!你会好的!'我也急了,我说:'小杨姐,你怎么说这个呀!我还等你好了,一块儿给伤员们演节目呢!'小杨姐就抚摩着小英子的头说:'小英子!你是个好孩子。朝鲜战争早晚要胜利的。你要好好学习,等胜利了,好好建设你们的国家。'说过,她又拉着我的手说:'小徐,咱们俩虽然在一块儿时间不长,就像亲姐妹似的。你替我写一封信,好好安慰安慰我爹我妈。我们村阶级斗争很复杂,我妈在村里工作很难。叫她遇见事不要着急,好好保重身体,不要难过。也告诉我弟弟,不要老是贪玩,将来有机会,可以到部队去。'说过以后,我看她老是深情地望着我,好像还要说什么,嘴张了几张没有说出来。沉了好一阵,才说:'小徐,你把我那挎包拿来。'我从墙上取下挎包,放在她头前,她翻了翻,取出她常用的一个小红梳子,一面包着红边的小圆镜子,还有一个一直保存着舍不得用的笔记本。她把那个笔记本递到小英子手里,然后又拿起红梳子说:'小徐,我也没有别的东西,这个就留给你吧。'说过,又拿起小圆镜子,眼圈一红,说:'直到现在,我也不知道他是死是活。他要回不来,那就不要说了;要是他活着回来,你就把这给我嘎子哥留个纪念吧。你对他说,他是一块真金,我,我对不起他……'说到这儿,她的泪刷的一下流下来,再也止不住了。小英子和我全哭了。我说:'小杨姐,你不要想得太多,你一定会好起来的!'她摆摆手,又从口袋上取下自己的钢笔,说:'还有这支钢笔也留给他吧,我记得他那支笔老漏水儿,已经不好用了……'她把笔递到我手里不久,就咽了气。"

徐芳说到这里,又掏出手帕拭泪。接着从挎包里取出一个红绸包儿,递到郭祥手里。郭祥展开,里面包的就是那支杨雪用过多年的黑杆金星笔和那面包着红边的小圆镜子。那面镜子看来比水晶还要晶莹,比雪还要洁白,比银子还要明亮。郭祥本来在极力地克制着自己,嘴唇上咬出了一排血印,现在睹物思人,泪如泉涌般地倾泻而下……

"把她埋在哪里了?"待了好大一会儿,他问。

"就埋在松风里旁边的小山上了。"徐芳说,"我们把她的全身都擦洗得特别干净,然后用白布裹了。头也给她洗了,梳了。小杨姐姐样子一点没有变,就像她睡着了似的。埋葬那天,到了很多人,除了工作人员、伤员,还有松风里的群众和郡里的干部。白英子和朝鲜的妇女们哭得特别哀痛。郡人民委员会的干部说:小杨是一个伟大的国际主义战士,是中朝友谊的象征,他们还要呈报金日成将军……"

郭祥深深地垂下头去。

徐芳又是安慰又是感叹地说:

"郭祥同志,不要说你,我们谁不喜欢她呀!伤员们要是一天不见她,就要问:'小杨呢?她到哪儿去啦?'我乍到医院,看到战士的血就害怕,到病房里也觉着气味难闻,给战士端大小便,还戴着厚厚的口罩。可是小杨姐姐呢?她的一生,都是守着伤员度过的,我就从来没有见过她嫌脏的时候。她对战士的感情多深厚啊!……什么时候,我才能锻炼得像她那样呢!"

郭祥心潮澎湃,思绪如麻,徐芳刚才的话他大部分没有听清。他略略抬起头,说:

"小徐,你先到连里歇歇吧,我随后就回。"

徐芳知道他心中难过,想独自待一会儿,就叹了口气,背起背包、提琴,独自回村里去了。

大海正起着早潮。暗绿色的海水,卷起城墙一样高的巨浪狂涌过来,那阵势真像千万匹奔腾的战马,向着敌人冲锋陷阵。当它涌到岸边时,不断发出激越的沉雷一般的浪声。郭祥望着大海,默默地想着他少年时的伙伴,他的同志和战友的一生。他仿佛看见这个矫健的女战士,短发上戴着军帽,背着红十字包,面含微笑,英姿勃勃地踏着波浪向他走来,对他亲切地说:"嘎子哥!你在这儿傻待着干什么呀?我是一个贫农的女儿,一个人民的战士,一个共产党员,今天我所做的,不过是自己应尽的一份责任罢了。有什么可伤心的呢?你自己不是也常说,为普天下的劳苦大众流血牺牲是我们的本分么?……只要你在战场上多杀敌人,为被害的人民报仇,使人民早日得到解放,那就是我的心愿了……嘎子哥,快快回营去吧!……"这时候,郭祥的泪不绝地倾泻到咸涩的海水里。奔腾的海水啊,世界上一切形形色色的反动派们,它们吞噬了多少人民优秀的儿女!它们在这大地上,在他们亲人的心里造成了多么深的伤痛!但是,人民的伤痛都将化成仇恨,人民的仇恨都将化成勇敢,就像这漫天的海水一样,终将冲毁一切反动派的统治。今天,郭祥的胸中,就像面前这大海的狂涛一般不断地奔腾着,翻卷着……

第二十三章　伤痛

失去亲人是人生最大的伤痛之一。也许能医治它的只有时间,而它需要的时间又是多么漫长。

杨雪牺牲的消息,不仅夺去郭祥大片大片的泪水,而且那种惘然若失的情感一直在心之深处据留不去。可叹这个一向乐观顽皮的人,第一次尝到此中苦味。他很想到松风里杨雪墓前看看,但又难以启口。杨雪的形象总在他面前时隐时现。白天领着战士们出操上课,心里还好一些,到了晚上便又难以入睡。这天,他随同连队打了一天野外,着实有些疲劳,回来吃过晚饭便躺倒了。

矇眬间,他沿着一条清清的溪水走着,在溪水边,看见杨雪正睡在平平的白石头上。她的短发散落着,枕着自己的手臂,仿佛睡得很熟。他走上前去推了推她,她才睁开那启明星般的眼睛,慢慢地坐起来,笑着说:

"我刚要歇一会儿,你怎么就把我推醒了?"

郭祥非常抱歉地说:

"小雪,人都说你死了,我是来问问,到是真的还是假的?"

杨雪笑着说:

"我怎么会死呢!我是累了,想歇一歇,躺在这儿就睡着了。"

郭祥看了看溪水边,她洗好的血衣,果然摞得像小山似的,还有几条绷带在溪水里牵得老长老长,就点了点头,说:

"那人们怎么都说你死了呢?"

"嘎子哥,那是人们在哄你哩,看你对我的心真不真!"她笑着说。

"噢!要是这样,我也就放心了。"郭祥说,"小雪,你不知道,我在敌人后方,藏在一个大山洞里,乔大个在洞口守卫着我;那时候,我真是天天想你,夜里还梦见你,只是怕乔大个笑话我,从来没有对他说过。"

"我不也是这样!"杨雪叹了口气,说,"人说你在玉女峰跳崖了,可是又没有你的尸首,我的心天天都在悬着。我到玉女峰去了好几次,把那里的草都翻遍了,也没有找见你。我想就是死了,给我个确实的消息也好,可是谁也不知道你是死是活!后来我就飞过了敌人的阵地,找啊,找啊,好不容易才找着你藏着的山洞。你那山洞口不是有好几棵大松树吗,我就到了那里,看见乔大个守卫着你,你在洞子里睡得甜甜的,我怕惊动你,也就没有进去。有时候,我还站在山洞口上边望你呢!……"

"小雪,"郭祥也坐在那块白石头上,"我心里有几句话,老想对你说说。几年以前,咱们俩在红叶沟,一起走了十里路,我也没有对你说成,今天我还是想对你说说。"

杨雪笑着说:

"那时候你为什么不说呢?"

"我不就是害臊么!"

"前后一个人都没有,你还怕谁听见呢?"

"还有树,有水,有山,叫它们听了,我也觉着害臊啊!"

"嘻,嘎子哥,你真傻呀!"

"是的,我的确很后悔;可是今天我真要对你说了。"

"今天又用不着说了。"杨雪笑着说,"你的心我看见了,我的心你也看见了,还说它干什么呀!"

"不过,我要不说总是一块心病。"

杨雪嫣然一笑,大大方方地仰起下巴颏说:"那你就说吧!"

"可我还是想到红叶沟去说,咱俩一起到红叶沟吧!"

"行,咱俩到红叶沟去。"杨雪说着站起来,"我现在会飞了,我就带着你飞到红叶沟吧!"

杨雪说着,挽着他的胳臂就飞了起来……很快很快,下面已经可以望见那条终生难忘的碧水潺潺的红叶沟了……

霍然一阵巨响,把郭祥惊醒。他仔细听了听,原来是敌人的夜航机在邻近村镇的轰炸声。郭祥回想刚才的情境,又觉得似梦非梦,望望窗隙间透过的月光,听听风吹树叶的沙沙声,心头更觉凄绝。

郭祥想起明天还有工作,本想强迫自己再睡一会儿,可是院子里又响起了持续不断的"嗵——嗵——"的捣米声。郭祥看了看表,还不到凌晨三点,房东大嫂已经起来舂米了。朝鲜的臼臼不像中国,是用一节粗树干中间挖成个深窝窝。杵也是木杵,两头粗中间细,倒很好看。可是当这位阿妈妮的木杵一声声响起时,郭祥的心就隐隐作痛。原来这位朝鲜大嫂,三十刚过,丈夫就被美国飞机炸死了。给她留下了两个孩子,一个五六岁,一个两三岁,还有一个小叔子,不过十一二岁,头上还长着一个大疮,整天疼得龇牙咧嘴。前几天郭祥才将她的小叔子领到卫生所开了刀,略略好一些。可是家里田里全部生活的重担,都压在这个中年女人的肩头。谷子刚刚成熟,她就在田里把谷穗掐下来,用丈夫留下的木架背回来,把谷穗放在一个大木盆里,光着一双脚踩着。又是烧火做饭,又是到河边顶水,从早到晚,忙个没完没了。就是这样,两个不懂事的孩子,还一天哭闹。她走出门去,孩子就哭着追出门去;她进得门来,孩子就哭着追进门来。两个孩子都光着屁股,头发锈成了一个疙瘩,身上很脏,也没有时间调理他们。一次她从田野背着一捆柴火回来,那个三岁的小女儿哭得没法,她的心软了,就放下柴火,扯开胸前的小白褂,小女儿就从她的胳肢窝下钻过来吃奶,一只小手还把另一个奶紧紧捂住,仿佛怕那只奶会跑走似的。看见这些,郭祥觉得她的日子过得多么艰难! 今天,这位阿姊妈妮天不亮又起来了。她那木杵一声一声都是这样沉重,仿佛敲在自己的心上一样,听来觉得格外酸楚。他觉得她平时少言寡语,并没有说过什么,有时甚至还笑着打个招呼,可是她心中的伤痛,恐怕正与自己相同。而怀着这种伤痛的人家,又何止千家万户,万户千家! 这不都是帝国主义者造成的吗! 它们给予人们的苦难,其凄惨处,还不仅仅是血肉模糊的尸体,而且还有留在人们心上的长期难愈的创伤。想到这里,郭祥又增添了对帝国主义的一层憎恨。恨不得马上结束整训,再次狠狠地拼杀一场。

这些天,老模范见郭祥一天天消瘦,心中不免忧虑,虽然劝慰他多次,情绪也没有转过来。这天忽然接到军里一个通知,让郭祥去参加志愿军政治部召开的英雄模范大会,老模范心想,这一下好了,让他出去活动活动,见见世面,心里畅快一些,情绪兴许能好起来。这样就很快地通知了他。本军的英雄模范人物很多,参加这次会议的仅有二三十人。大家乘着一辆卡车,奔驰了一个通夜,才来到志愿军总部。

这郭祥虽然平时说话随便,不拘小节,本质上却是一个谦逊的人。他在典型报告会上,看到这么多的英雄人物,听到这么多惊心动魄的事迹,觉得真是山外有山,天外有天,各有千秋,群星灿烂。其实聚在这里的,不过是其中的代表,要说起整个志愿军的英雄,那就真像是银河一样宽宽的光带。郭祥越听越有兴致,就特意把他平时不舍得用的小本儿拿出来,用歪歪扭扭的字记下别人的长处。他确实地钻到会议中去了。可是,有一天,他听了几个女护士的报告,那些事迹同杨雪大同小异,特别是来自东线的一个女护士,她的年纪同杨雪相仿,也留着一头齐耳短发,当她报告到如何在风雪弥漫的长津湖畔,把战士冻肿的双脚揣在自己的怀中时,郭祥顿时又想起杨雪,想起杨雪给自己暖脚的情景,别人都在热烈地鼓掌,他却低下头涕零不止了。从这时起,杨雪的形象又不绝地在他眼前时隐时现,又是几个晚上没有睡好。

这天上午,郭祥正在松树林里参加小组座谈,被带队的组织干事叫出来。那个干事很高兴地说,彭总准备找一些战斗英雄分别谈谈,现在就让他到彭总那里去。郭祥一听这突如其来的消息,就愣了神儿,不禁抓耳挠腮地说:

"现在就去?"

"对对,现在就去。"组织干事点点头,指指旁边一个很敦实的挎手枪的战士说,"他是彭总的警卫员小张,你就跟他去吧!"

这郭祥一向很放得开,可是他见过的最大的"官"就是他们军长了,今天听说人民解放军的副总司令,又是赫赫有名的志愿军的司令员要见他,他就不知道怎么好了。这时,他觉得自己是这样的平凡和渺小,简直没有做出什么事,见了司令员可说什么好呀!他这样想,神色上就不免有些迟疑和慌乱,红着脸说:

"我,我可是一丁点儿准备也没有。"

"不要准备,随便谈谈。"小张笑着,宽慰地说,"彭总也随便得很,他听说你在敌后一个山洞里藏了几十天,主要是想看看你。"

郭祥一听主要是"看看"他,更不自然了,他可有什么可看的呀!无奈小张已在前面走了,郭祥只好随着他向一面山坡走去。

彭总依旧住在那间依洞而建的小房子里,房子外开出一小块平地,周围有好几株大树,给予这里浓密的绿荫和鸟声。尽管地上掉了几片早落的黄叶,但是天还不算冷,彭总光着头、穿着一件白衬衣,正坐在一张小圆桌旁边看电报。这也正是他们几位领导人下象棋和打克郎棋的地方。那边克郎棋的棋盘上还散落着不少的棋子。

郭祥跟在小张后面,轻手轻脚地上了山坡。

"报告司令员,那个战斗英雄来了!"小张走到彭总身边说。

本来郭祥一路上拼命压制自己的激动,想平平静静地、大大方方地给彭总打一个敬礼,万没想到小张却冷孤丁地说出这样的话。他的脸登时红了起来。"战斗英雄",这是随便说的吗?在这位身经百战、千战者的面前,也能随便说吗?他确实太不好意思了。可是这时彭总已经放下电报,摘下老花镜,笑微微地站了起来,郭祥只好红着脸,用力地磕了一下脚跟,打了一个十分标准的敬礼。

彭总紧紧握住郭祥的手,用一双深邃的眼睛,足足打量了他好几秒钟,才撒开手,指指旁边的小木椅说:

"坐吧!"

两人坐下,彭总又让小张拿烟。小张对郭祥特别热情,从屋里拿出一包"大中华",还抽了一支递给郭祥。郭祥觉得在彭总面前抽烟不大合适,就小心地放在小圆桌上,说:

"我不大会抽。"

"不大会抽?"彭总望了望他那被大喇叭筒熏得发黄的手指,哈哈大笑着说,"恐怕还是个老资格哩!"

郭祥也不禁笑起来,立刻点着,头一口就吸下了小半截子。

"你那个连,在二次战役中间打得不错。"彭总说,"报上的通讯我也看了。那个记者说,仿佛你们没有多少伤亡,这真实吗?"

"那次我们连,加上炊事员只剩下三十几个人了。"郭祥答道。

"是嘛,所以我多次说,写新闻报道一定要真实。像那样写法,把敌人都写成了豆腐,也就不能让人民正确地理解战争。"

彭总很有兴致地望着郭祥,接着又问:

"听说你在敌后一个山洞里藏了好几十天?"

"五十八天。"

"那你是怎么生活的呢?"

"有一个朝鲜老妈妈,给我们天天送饭。"

"她有粮食吗?"

"很困难。开始她让我们吃粮食,她吃野菜;以后就靠游击队接济。"

"那里游击队好活动吗?"

"也很困难。游击队很小,主要采取隐蔽活动。不过他们很坚决,我们就是靠一个女游击队员领着,穿过敌人的战线才回来的。"

彭总听到这里,一面点头,一面深有感慨地说:

"朝鲜妇女很伟大,这一点我感触很深。她们在战争中失去了丈夫,失去了儿子,忍受着最大的痛苦,还默默地承担着艰苦的劳动。我每次坐车外出,看到她们在冷风里穿着单薄的衣裳,背着孩子在那里修路,心里就有一种说不出的滋味。"

这时,金妈妈,朴贞淑,还有最近那位朝鲜大嫂的形象,都一个一个地闪现在郭祥的心头,使他沉入深深的感动之中。

忽然,彭总抬起头,望着郭祥问道:

"你们住的那一带,老百姓还有粮食吃吗?"

"粮食早就很困难了。"郭祥皱着眉头说,"我看到不少老百姓,每天到地里找早熟的棒子,掰一些回来舂舂,加上一些野菜吃。我住的那家房东大嫂也是这样。我们连每次做饭都要多做一些,因为一到开饭,孩子们就围过来了,我们怎么也不能叫孩子们看着。……"

"你们这样做很好。"彭总点点头说,"今年朝鲜水灾很大,据说是几十年来少有的。我们参加战争的目的就是为了朝鲜人民的生存,今天怎么能够看着他们饿饭呢?郭祥同志,假若我们志愿军全体人员,每天每人节省一两粮食,你看有困难吗?"

"我看没有困难。"郭祥立刻挺挺腰板响亮地说,"战士们都会拥护。"

"不过,战士们也有困难。他们体力消耗很大,粮食也不算很足。"彭总思忖着自言自语,仿佛他已思考过多次。他停了停,又望着郭祥,"部队得夜盲症的人还多吗?"

"已经比以前少了。我们连还有几个没有治好。"

"主要是营养不足,维他命缺乏。你可以让他们吃点野菜,熬点松针水喝。这办法很有效,我调查了好多人。"

彭总沉吟了一会儿,很认真地说:

"虽然军队和人民都有困难,我们总是比老百姓好些。为了人民,我们也应当苦一些。挨饿这个滋味我是知道的。我十三岁那年,有一天天还不亮,我就光着两只脚,踩着露水上山砍柴,因为没吃饭,砍了一会儿饿得实在砍不动了,就倒在地上睡着了。父亲上山来找,一看我睡在地上就有了气,他扯了一根柴棍子,吆喝着:'你偷懒,我要打死你!'我心里十分难过,我哭着说:'昨天晚上我只吃了一碗糠粑粑,今天早晨也没吃饭,我全身发软,哪里还有力气砍柴呢!'我父亲也哭了。……挨饿那个滋味可不好受啊!"

彭总说这些话时,感情很沉重。显然他对自己童年和少年时的悲惨生活,印象很深。因此,他对人民的疾苦,有一种特殊的敏感和关切。今天谈起粮食,又不禁忆及往事。也可能他发觉自己谈得远了,就把话收回来,望着郭祥说:

"你今年多大了?"

"二十五了。"

"多大参军的?"

"十三岁,是赖上的。"

"噢,你还是个年轻的老干部哩!"彭总笑着说,"有对象了吗?"

由于彭总平等待人,郭祥渐渐活跃起来,虽未恢复常态,"大中华"的香烟,也抽了好几支了。万没想到彭总忽然问到这个,一时觉得很难回答。就红着脸慌慌张张地说了真话:

"我,我不准备结婚了……"

"怎么?"彭总对他的回答颇感诧异,又笑着问,"结婚晚一点可以,怎么不结婚了?"

"我本来有一个朋友,她牺牲了。"郭祥心里酸酸地低下头去。

"是志愿军的吗?"

"是,是我们军的一个护士,她是为救朝鲜儿童牺牲的。朝鲜政府给了她'国际主义战士'的称号。"

"我仿佛在《志愿军》小报上看到过,是叫杨雪吗?"

郭祥心中一震,如果不是在首长面前,他很可能抑制不住自己的情感,勉强回答了个"是",又低下头去。

"看来,你是很爱她的!"

郭祥点了点头。

"当然,你会很痛苦。"彭总说,"我们参加革命的人,许许多多同志都有过这种痛苦。拿我说,我的两个弟弟都让蒋介石杀了,我心里能不痛苦?长征以后,我们许多红军家属,都让国民党反动派斩草除根了,这些同志心里能够好受?可是有什么法子来医治这种创伤呢?办法只有一个,就是把精力全部放在工作上、作战上,这样你的痛苦就减轻了。你钻到痛苦里就会脱不出来。我的体会,只有革命的胜利,工作的进展,可以弥补个人的伤痛。"

郭祥认真地听着,吟味着老一辈的生活经验。

"毅力也很重要。"彭总又继续说,"我这个人就是有股犟脾气,既吃了它的亏,也沾了它的光。我在湘军当兵,有一次派我当侦探,被抓住了,刑法很厉害,有一次实在受不住了,想承认,可是第二天又坚持起来,到底让我挺住了,最后闹了个取保释放。"

彭总说到这里不由哈哈大笑,郭祥也笑起来。

谈话结束时,彭总一直将郭祥送下山坡。一个摄影员正在山坡下徘徊观望,拿不定主意是否采取行动。平时彭总一直反对摄影记者给自己照相,他常常说:"你'咔嗒'一下,得值几斤小米呀!"有时甚至会转过脸去,把摄影记者弄得很窘。所以摄影员犹豫了很长时间,没有敢贸然走上山坡。谁知这次不同,彭总面含笑容,远远地就跟摄影员打招呼说:

"小李,来给我们俩照一个吧!"

这时,小张正在旁边,看见彭总的举动有些不同寻常,就跟彭总开玩笑说:

"司令员,你不说'咔嗒'一下几斤小米啦?"

彭总瞪了小张一眼,训斥道:

"乱弹琴!给英雄模范照相,我什么时候这样讲过?"

摄影员小李兴奋异常,用摄影记者才有的那种敏捷步伐跑过来,十分精心地给彭总和郭祥照了一张合影。

拍完后,小李与小张偷偷地相视而笑。

第二十四章　阴谋

杨雪牺牲的消息,已由部队的政治机关正式通知了她的家属。凤凰堡的人们也很快就知道了。

这消息使凤凰堡的革命群众深为悲痛,而对阶级敌人则简直是一个难得的喜讯。

地主谢清斋得知此事,可以说比一般群众还早。因为他的反革命策略已经得到实现,他的侄女同村长李能不仅关系暧昧,而且已经有了七八个月的身孕。村中的各种消息,包括农业社甚至党内的各种争论,各项工作措施,都能早早地传到他的耳朵里。他的思想和意志也能经常地和及时地在社委会、支部委员会中通过李能反映出来,不过改一改名词和说法罢了。

凤凰堡的阶级斗争,已经进入了短兵相接的阶段。

这天,当谢俊色把杨雪的牺牲告诉家里,谢清斋全身都感到舒畅,他往躺椅上一仰,拍掌大笑说:

"又少了一个!又少了一个!"

"都炸成肉酱才好哩!"那谢家婆,两个肉眼泡也笑成一条缝了。

"这就叫:不是不报,时辰不到。"谢清斋拉着长声说,"我早就说过,白分人家的土地,天老爷是饶不过的!"

"你也别忒高兴了。"那婆娘抬抬木瓜脸说,"眼下咱们还不是照样受制!"

"你别急嘛,咱们一步一步地来。"他低下秃脑瓜想了一阵,压低声音说,"我瞅准了,这当儿,那臭婆子心里不定多难受哩,就抓住这个机会来打击她!叫她不死也脱层皮!"

"也不那么简单。"俊色腆腆她的大肚子说,"那臭老婆听说她闺女死了,泪都没滴一滴儿。还跟人们说:'我闺女在朝鲜牺牲得值!要退回几年,我也报名到朝鲜去!'"

"你别听那个。那是装英雄叫人看的!"谢清斋把小兜兜嘴一撇,"以前金丝的男人叫日本洋狗啃了,她当着人就没有流一滴泪,还带着笑跟人说话呢,可是家去把门一插就哭个没完。……再说,这闺女是臭老婆的心尖儿,她怎么会不心疼?这机会,可是打着灯笼也难找啊!"

那谢家婆娘抬抬肉眼皮,说:

"有什么办法没有?"

"办法有的是。"谢清斋得意洋洋地一笑,"不是吹的,我这脑瓜特别灵,只要略微一转,就够他们喝一壶了。"

接着,他从躺椅上起来,迈着小短腿走到门外,像老鼠出洞一般看看左右没人,就进来压低声音说:

"现在不是正秋收吗,瞅个空儿,把社里的粮食,偷着背上两口袋藏在那臭婆子家里,她就跳到黄河里也洗不清了。"

"那叫谁去?"俊色望着他叔。

"谁去?当然是叫大能人找人去。"谢清斋说,"我们一露头儿,不就露了馅儿了。"

"不知道他肯不肯办?"

"他咋不肯?"谢清斋说,"这次入社,把他的三条大骡子一牵,就像剜了他的心似的,把臭老婆早恨透了。趁机会把社搅散,我看他乐意干。再说,你现在同他那关系,"他睃了一眼俊色鼓起的肚子,"他也不敢不肯。他要敢说半个不字,你就对他说,你准备到县里去坦白,看他勾结阶级敌人该当何罪?——你说他敢不敢?"

"你可真是个老狐狸!"俊色咬着她那细长的辫子笑了。

谢清斋忽然想起了什么,又睃了睃她的大肚子,有些不满地说:

"俊色,你可千万不能蒙头转向啊!我原来叫你拉他,是为了给咱家报仇,是为了改变咱的成分,入了党把权抓到手里,并没有说要搞真的。没想到你弄成这样,连门也出不去!等办了这件事,还是把肚子里的东西打掉才好。"

"叔!你咋说起这话?"俊色伤心而又气愤地说,"我弄成这样!是为了谁?到这会儿又怨起我来,这拉人的事就那么容易?"

"算了,算了!先不说这个。"谢清斋摆摆手说,"还是把刚才说的事儿,快快办吧!"

果然,几天以后的一个早晨,发生了不愉快的事件。

正当凤凰堡这个艰苦创业的小社,迎接第一个金色的秋天,社员们喜气洋洋准备分取劳动果实的时候,人们发现社里少了两口袋谷子。看场的又正好是大妈的儿子大乱和另一个社员。他们说,夜里没有发现任何情况,只是在天快亮的时候,他们打了个盹儿……

场上乱哄哄地挤了很多人。有本社的社员,也有本村的群众。社里的干部,差不多都在场。只有小契几天以前就到县里开会去了。

今春以来,创业的艰难和党内外复杂而激烈的斗争,使得大妈一下子老了几岁。她现在变得又黑又瘦。当她的心正在承受巨大的悲痛时,今天又出了这事,急得像着了火似的指着大乱骂道:

"你这个没出息的东西!你知不知道这是咱们社头一个收成?

哪儿睡不了觉,你跑到这儿来睡觉了?"

"老虎也有打盹的时候。"大乱嘟嘟囔囔地说。

大妈见他还嘴,更加有气,顺手抽了根棒子秸要打,被众人拦住。李能蹲在那儿摆摆手,说:

"算啦,算啦!打孩子能解决多少问题?"他接着冷笑了一声,"我就纳闷儿:咱们这儿是老解放区,好多年没出这种事了,怎么成了社倒出些稀罕事儿?"

大妈冷冷地看了他一眼,还没有接话,他悠闲地吐着烟圈儿,又慢条斯理地说:

"咱们平常是怎么跟群众讲的?建社的优越性呀,共同富裕呀,夺高产呀,结果粮食还没分就丢了,大伙儿生产的还不够偷的!"

"李能,你可不能这么说。"大妈尽力地按住火气,"这建社是走社会主义道路。个别坏人偷东西,我们要严肃处理。怎么能硬拉到一块儿?"

"反正我不背这个黑锅!"李能说,"问题查不出来,咱们人人有份,特别是咱们这些当干部儿的!"

"你看怎么个查法?"

"搜!"李能站起来大声说,"咱们挨家挨户地搜!"

群众一听也恼了,乱纷纷地说:

"搜就搜吧,谁怕这个!"

"搜不是好办法。"大妈沉吟着说,"我们应该慢慢调查。"

"肚子里没病,就不怕吃冷黏糕!"李能扯着嗓子叫,"我是副主任,先搜我那儿,我不怕搜!"

"你不怕,别人就怕啦?"大妈气愤地说,"要搜,就先到我家去!"

李能巴不得大妈说出这话,心中暗暗高兴,但嘴里却说:

"这怎么行!你是模范,还是先搜我好。"

大妈不理他,在前头领着向自己家里走去。李能紧紧跟在后面。众人簇拥着来到大妈的小院里。这时又来了一些看热闹的,挤了满满一院子人。

"婶子!"李能奸笑着说,"今天咱们是为了弄清问题,可不是故意给谁难看。"

"你就开始搜吧!"大妈把头一扭。

"嗐,真是没法子!"李能显出十分为难的样子,"既是这么说,也只好警察打他爹——公事公办了。"

说过,他先到屋里看了一看,又在房前房后转了一转,最后来到柴草棚里,把乱柴火一扒,就露出了圆鼓鼓的两个大口袋。大家登时一惊。大妈和大伯的脸变得煞白。原来绝大部分群众的心理,都是出于对李能的气愤,想急于证明大妈没事,却不料被这意外的事件惊呆了。

"这可怎么说呀!"李能冷笑了一声,"我那婶子!我那社主任!真叫人想不到哇!你是咱全县、全省都鼎鼎有名的模范,你是咱解放军非常爱戴的拥军模范,你怎么办出这种事呀!你要是真揭不开锅,只要张张口,跟大家说一声儿,跟我说一声儿,多的没有,借个三斗五升的,谁能不给你?谁能眼睁睁地叫你饿着?唉呀呀,你怎么就……"

"这是有人栽赃!有人报复!我会查出来的!"大妈气得浑身战抖,眼也红了。

"婶子,叫我说,你就别犟嘴啦!"李能故意显得心平气和地说,"你说栽赃,那栽赃的是谁呀?要说报复,你办社辛辛苦苦的,群众感谢还感谢不及,谁来报复你呀?干吗要报复你呀?我的婶子,别觉着面子上过不去,我也知道你有你的难处。特别是我那大妹子死在朝鲜,连个囫囵尸首也没有落着,全村的人谁不心疼,谁不可怜你?我就为这事几天几夜都没合眼。我早想提出建议,讨论一下对你的救济问题。没想到还没讨论,就出了这事!"

这些话比煨了毒药的刀子还要毒辣,大妈气得脸色苍白,浑身战抖,嘴张了两张,哇地吐出一大口鲜血。金丝上前扶住她,哭了。来凤指着李能气愤地骂道:

"李能!你说的是人话吗?"

"不要这样,来凤!"大妈用袖子擦擦嘴说,"你叫他把毒水吐完!"

"我吐的是毒水,你吐的是什么呀?"李能冷笑道,"为人不做亏心事,不怕三更鬼叫门。婶子,你没有偷,干吗着这么大急呀?"

这时,人群里有一个十分魁伟的老汉,在鞋底上磕了磕烟灰,气昂昂地挤过来。大家一看,是社里的副主任许老秀。他虽已须发斑白,但双颊赤红,眼睛像儿童一般明亮,一副紫铜色的胸膛袒露着,显得十分坚实有力。他走到李能面前,站定了脚步。

"李能!你今天也欺人太甚了。"他用旱烟袋一指,"你从光屁股眼儿就跟着你爹要饭,你老根上也是一个贫农。是共产党、毛主席领导你分了地,翻了身,杨大妈和村里的群众都帮助过你。没承想你今天变了,你把阶级兄弟当做仇人。你说那话就跟地主老财一样恶毒。我看你那心里里外外都变黑了。你咬定说,偷粮食的是杨大妈,叫我看,她压根儿不是这种人。为了成社,她把命都豁出去了,把心都操碎了,她今年还不到五十,头发就变白了。她为的什么?还不是为了社会主义,为了咱们群众!相比之下,你怎么样?你是一个心眼儿赚钱,贱买贵卖,投机倒把,放高利贷,发家致富。为了你那两头骡子,你哭爹骂娘,恨不得马上把社搅散……"

"老秀叔,你可不能屈枉好人!"李能打断他说,"把社搅散,我从来就没起过这心。"

"你有没有,你自己明白。"老秀冷笑了一声,继续说道,"革命不是光凭嘴说。我们是干革命,不是说革命。你看看人家杨大妈是怎么待人行事:刚成社那当儿,大家伙粮食缺。有一天正耪小苗,王合群昏倒在地头上了。杨大妈就问他:'合群!你是不是病了?病了就歇一歇。'合群才眼泪汪汪地说:'大妈,说实在的,我不是病,是我还没有吃饭呢!'大家听了都很难过。人家杨大妈立时就说:'合群,你怎么不早说,俺家还有红高粱呢,你先背一斗去。有咱们社就不能叫你饿着。'合群说:'这不行,大妈,你日子过得窄卡,我借了你的,你又没吃的了。李能家粮食多,我不如去摘借几升。'可是你李能是怎么对待他的?你连门都不让他进。你在屋里听见他的声音就往外跑,好像祸水一下就泼到你头上,急得你连门限都忘记迈了,一下绊了个狗吃屎。"

人们哄堂大笑。李能涨红着脸,嗫嚅着:"这,这……"

"我这不是说瞎话吧?"许老秀接着说,"合群跟你说了半天好的,大叔长大叔短地叫你,你一个粮食粒儿都不借给他。这就是你干的好事!后来,还是杨大妈把粮食给合群背到家里,自己一家子去吃野菜。李能!我问问你:像杨大妈这样的人,会不会去偷社里的粮食?你要有一丁点儿党性,怎么会说出这话?"

"对,对!老秀大伯说得有理!"人群里有人喊道。

"大妈不是这样的人!"人们纷纷地应和着。

李能的势头大减,两个大眼珠骨碌骨碌地转了几转,立刻撇撇嘴笑着说:

"她是啥样的人,不由你说,也不由我说。那两口袋粮食怎么解释呀?它是从天上掉下来的?它是长着翅膀飞过来的?……不错,我这婶子办社是很积极,可是为了什么呀?这事我一直不明白,噢!现在我才清楚了:原来各人有各人的目的!这就应了那个古话:'人为财死,鸟为食亡','人不为利谁肯早起'呀!像这样办社,谁还有信心哪!"

"李能!你不要血口喷人。"大妈用手指着他说,"我总要弄个水落石出!"

"哈哈,这还不算水落石出?"李能又指了指那两口袋粮食冷笑起来,"算了,算了,叫我看,这事已经够清楚了。至于怎么处理,由我们党内讨论决定。大家先回去吧。不过有一条,大家一定要注意保密。俗话说,家丑不可外扬,何况我婶子是一个有名的模范,传出去对她的威信是有影响的。一定不要再向外传了!千万千万……"

"乡亲们!你们等等再走。"大妈向大家招招手,沉着地、镇静地走到人群前面。她望了望大家,然后盯着李能说,"你的话说完了吧?"

李能不敢正视大妈的眼睛,把头扭到一边去了。

"你要是没有说完,你就接着说;你要是说完了,我就来说两句。"大妈见他没有回话,就望着人群说,"今天的事,我心里明白,大伙心里明白,那些打击陷害我的人,也心里明白。我看今天的事,还不是两口袋粮食的问题,这是有人想把社搅散,这是一场阶级斗争!这些坏家伙,你们听着:我们走的是社会主义的道儿,这是毛主席、共产党的指示,我们走这条道儿是铁了心的,是粉身碎骨不回头的!你们的如意算盘是要落空的!"大妈冷冷地望了李能一眼,又接着对大家说:"乡亲们!你们不要为我伤心难过。战士们在前方冲锋陷阵,免不了流血牺牲;咱们在后方搞阶级斗争,也不能不拿代价。以前,环境残酷那当儿,日本人,国民党,他们的势力多大,他们悬赏钱捉拿我,追我,搜我,捕我,放火烧我的房子,用枪堵我的洞口,都没有压倒我。这会儿,他们想用造谣、诬蔑、打击、陷害来压倒我,更是做梦!依我看,他们不过是一些老鼠,苍蝇,蚊子,跳蚤,他们老觉着钻在黑窟窿里搞阴谋别人不知道,其实他们比猪还蠢,撅撅尾巴我就知道他拉什么屎!让他们跳吧,蹦吧,瞎嗡嗡吧,跳到半天云里才好呢,摔死了可没人来可怜你!……"

李能的手指抖动了一下,涨红着脸,竭力装出若无其事的样子。大妈盯了他一眼,又继续说:

"有人想趁我闺女牺牲来打击我,他们觉着可找到好机会了,只要三拳两巴掌就能把我的情绪打下去。依我看,他们又想错了。闺女牺牲了,我是难过;可我并不伤心,还觉着光荣!因为她是响应毛主席的号召去朝鲜的,是为了打美帝死的,是为了掩护朝鲜儿童死的。她死得值!死得有骨气!她不是怕死鬼!毛主席没有白教育她,党没有白引导她。我这老鸹窝里飞出了一只凤凰,我这当妈妈的也觉着光彩。我不要谁来救济我,可怜我,更不要李能这样的人来可怜我。请乡亲们放心吧,我决不能因为这事灰心丧气。我要是泄气了,就对不起党,对不起大家,也对不起我闺女!我就不配做她的妈妈!今天的事不算完,我要请求党,请求上级彻底追查处理,叫那些躲在黑窟窿里搞阴谋的坏家伙现现原形,骑驴看唱本——咱们就走着瞧吧!"

大妈说完,人群里掀起一阵热烈的掌声,就像快要熄灭的火堆陡然泼上汽油一般熊熊地燃烧起来。人们纷纷地呼喊着:"讲得好!讲得好!""大妈讲得有理!"许老秀等一伙贫农社员,人人眉开眼笑。金丝因为过于激动,睫毛上闪动着一大颗泪珠。来凤尖着嗓音喊:

"这事不算完,一定把栽赃的坏家伙抓出来!"

"把坏家伙抓出来!"群众纷纷地喊。

李能的脸一阵红,一阵白,两条腿索索地颤抖着。

来凤眼尖,她看见支部书记王老好蹲在一个小旮旯里,正要趁机溜走,就三脚两步上前拦住说:

"也让咱们的王书记说几句吧!"

"好,好。"大妈说,"老好!你也说几句吧!"

"这这这……我可有什么说的!"他神情慌乱,舌头像打了结似的,左张张,右望望,不知怎样才好。那架势真叫人哭笑不得,全场的人都望着他。

李能也不满地斜了他一眼,着急地说:

"咱们村发生了这样严重的问题,你这当领导的就没有一个态度?"

"你叫我可怎么说!可怎么说!"他张皇地望望李能又望望大妈,"我不能站在你这一边儿,也不能站在她那一边儿。你说有人陷害栽赃,我没抓住谁的手,你说你没有拿,那粮食又明明就在这里。叫我可怎么说?我看还是'和为贵',大事化小,小事化了,粮食先背回去,以后慢慢再说,千万别伤了和气……"

"老好,你又来这一套了。"大妈指着他说,"叫你放屁都不会放个响的!"

"叫你这一说,偷东西就白偷了。"李能也指着他说,"像这样办社还能办下去吗?"

王老好两颊上的肌肉哆嗦着,显出十分为难的神气。他把两只手一摊:

"看,看,你们又把我夹在中间了。总是两个磨扇夹一块肉,这个日子可叫我怎么过呀!"说着,不管人们拦阻,硬是从人群里逃出去了。

由于大妈的坚决请求,几天后,区里下来一个干部。这个人外号叫"醉死狗"。因为他专爱住在地主、富农和李能那样干部的家里,有好吃好喝的来招待他。有一次,他在一个地主家里吃得醺醺大醉,一出门就吐了一大摊。两只狗抢着去吃,一只一只都醉倒了。所以得了这个名儿。这次到来,李能和他是老酒友,早就亲亲热热地迎到家里,喝了半夜。第二天上午就开始了所谓调查。下午就把大妈找去,酒气扑人地说:

"杨大妈!你是咱们区的一个老模范了,怎么做出这种事呀?咱们共产党员,不怕犯错误,就怕不承认错误。那粮食明明在你家里,这是不容否认的事实,你怎么反咬一口说是陷害呢?你办社积极,这是附近都知道的,可是千万不能带着私心干革命啊!你还是好好检查一下,在全体社员面前做个检讨,我可以说服大家从宽处理……"

"满口胡嗳!"大妈把手一摆,"你说的这个不算!"

她扭头就走,回到家里时浑身发烧,大伯摸了摸她的额头,烫得就像火炭儿一般。

第二十五章 城市

邓军的妻子贺华,这时随部队的留守处,住在北京西南郊的长辛店镇。邓军知道杨雪的牺牲会使大妈万分难过,就给妻子来信,叫她把大妈接到城里小住,好散散心,度过那些难挨的日子。为此她专门到凤凰堡来接大妈。谁知大妈一心牵挂着村里的斗争,并没有到城里来的意思。经过小契、老秀、金丝、来凤等一伙人的一再劝说和督促,才勉勉强强到长辛店来了。

大妈是第一次来大城市。实在说,她坐火车也是初次。过去,她随游击队行动,也到过铁路附近,但只听见过火车的隆隆声,却不知道它究竟是什么样的怪物。一九四四年,她到山里参加英模会,曾经越过铁道。那天深夜,敌人的一辆铁甲车阻住去路,是部队掩护着硬从敌人的子弹下冲过去的。那时候,提起火车,简直像凶神恶煞一样,充满恐怖和神秘之感。今天,当她坐上人民的火车,觉着又新鲜又美气,就像刮风似的,一展眼就是几十里路,心里着实高兴。到了北京,贺华首先领着她游览了天安门和故宫。她看到那雄伟的城楼,巍峨的宫殿,金瓦红墙,垂杨绿水,一处处都使她不绝地赞叹。出了故宫,她在天安门前的金水桥上坐了很久。她深情地望着毛主席的巨幅画像,望着毛主席亲手升起的第一面五星红旗,不禁流下了热泪。她抚摩着汉白玉栏杆,在心里喃喃自语地说:"毛主席呵毛主席!您老人家辛苦了。多亏您的好领导,我们才有了今天!同志们的血没有白流,大家的辛苦没有白费,这些统统都是我们的了！我们决不能叫敌人再夺过去,哪怕再流这么多的鲜血！"

大妈究竟心中有事,只游览了两天,就推说累了,要回到凤凰堡去。贺华死乞白赖地劝她再游游颐和园,大妈才勉强答应。

这天早晨,贺华领着大妈,向公共汽车站走去。长辛店大街,平日并不热闹。这座曾经震动过全中国的古镇,除了铁路工厂那个年代久远的老烟筒之外,许多地方还保留着古老的风貌。街上青石铺地,两旁是小饭铺和骡马大店,平日还有骆驼队缓缓走过。可是今天却显得热闹非凡。大妈她们刚走出胡同口,街道两边已经挤满了人。其中大部分是穿着蓝制服戴着大盖帽的铁路工厂的职工,还有他们的家属、市民和戴着红领巾的孩子。他们手里有的拿着红红绿绿的三角小旗,有的拿着鲜艳的花束。商店门口还拥挤着青少年组成的腰鼓队、秧歌队和别的文艺宣传队。他们的脸上都涂着油彩,男孩子头上包着羊肚手巾,女孩子腰里系着红绿彩绸,细长的红色的腰鼓,在早晨的阳光里红得耀眼。他们人人脸上都带着欢笑地期待着,不断地踮起脚向北张望。

大妈问一个女孩子:

"今天这是欢迎谁呀?"

"你还不知道哇?"女孩子笑着说,"最可爱的人就要来了!"

"来三个志愿军!"一个男孩子插嘴说,"里头还有一个英雄哩,一个人就活捉了六十多个美国鬼子!"

大妈一听志愿军归国代表要到,就对贺华说:

"你看挤也挤不过去,要不今天就别去颐和园了。"

话音未落,街北头第一道彩门处,响起了噼噼啪啪的鞭炮声。人们一片声嚷:"来啦！来啦！"接着锣鼓和腰鼓敲了起来。乐队奏起《中国人民志愿军战歌》。人们举起红绿小旗和鲜花高呼着:

"欢迎志愿军归国代表!"

"欢迎最可爱的人!"

"坚决支援志愿军!"

大妈在人丛里拥挤着,看到的只是鲜花、红旗和挥动的膀臂。她和贺华做了几次重大努力,才挤到前面。往北一看,三辆小吉普车已经缓缓驶过第一道彩门,被一支男女少年组成的腰鼓队拦阻住了。鼓声咚咚,红绸飘飘,腰鼓队就在当街人们围成的大圆圈里表演起来。戴着高顶礼帽的"杜鲁门"和打着八卦旗的"李承晚",装作抱头鼠窜的样子在前面跑,扮成朝鲜人民军和中国人民志愿军的孩子,端着步枪在后面追。"杜鲁门"和"李承晚"不时地被绊倒在地上,大呼救命,引得大家一阵阵哄笑。腰鼓队一面龙腾虎跃地击着腰鼓,一面用鼓槌指着他们,高声唱道:

> 嗨啦啦啦啦,嗨啦啦啦,
> 嗨啦啦啦啦,嗨啦啦啦,
> 天空出彩霞呀,地上开红花呀,
> 中朝人民力量大,打败了美国兵呀,
> 全世界人民开口笑,帝国主义害了怕呀!
> 嗨啦啦啦啦,嗨啦啦啦……
> …………

这歌子人人会唱,人人爱唱。孩子们一唱,全场都跟着唱起来,并且击掌打着节拍。加上场上的"杜鲁门"和"李承晚"不时地现出丑态,更使人精神百倍,愈唱情绪愈高。小吉普车上的几个志愿军战士,满脸是笑,也不自禁地击掌应和着。整个的长辛店镇就像沸腾了一般。

街中心有一个身躯高大的中年人,他穿着褪了色的灰布工人装,手里拿着一面小红旗,脖子上挂着一个哨子,跑前跑后地忙碌着。他是二七铁路工厂的工会主席,是今天活动的组织者。人们不断地招呼他:

"大老郝!他们占的时间太长了,还有我们哪!"

"知道,知道。"大老郝笑笑说,"我掌握着哪!"

大老郝跑过去,向小学老师指指手表,咕哝了好一会儿,腰鼓队才停下来。可是小吉普还未开动,腰鼓队的少年们就拥到车前,争着跟志愿军代表握手。有的还爬到车上去。大老郝急得满头是汗,连劝说带扒拉,好容易把人支使开,一个年轻妇女举着一个两三岁的小男孩,挤到车边说:"同志!同志!跟我们的孩子握握手吧!"小孩子也举着两只小手往车上扑。为首的志愿军嘻嘻笑着,就把他接过来抱在怀里。"志愿军叔叔!志愿军叔叔!"小孩儿一边叫,一边用小手摸志愿军的脸,抠志愿军的奖章。志愿军代表亲了亲他,刚要送还给他的母亲,没想到孩子张开小嘴哇的一声哭了。一边哭一边还说:"我要志愿军叔叔!我要志愿军叔叔!"大老郝埋怨那个妇女说:"唉,你怎么把他弄到车上去啦?今天的节目还多着哪!"那个年轻妇女红着脸说:"是他要去嘛!"大老郝没法儿,满口袋乱摸,还问旁人:"你们谁装的有糖?"小孩把小嘴一撅说:"我不吃糖!我要到朝鲜去!"这时大老郝幸亏一低头,看见自己脖子上挂着的哨子,就摘下来,嘟嘟一吹,对孩子说:"你要这个不要?你拿着它,咱们俩一块到朝鲜打鬼子去!"小孩儿一接,大老郝乘势把他抱过来,交给他的母亲。小吉普车才缓缓地开动。口号声又震天动地地喊起来:

"坚决支援朝鲜人民!"

"打倒美帝国主义!"

"抗美援朝胜利万岁!"

小吉普车缓缓地开进了第二座彩门。其实也不过走了十多丈远,又被一个新的节目拦截住了。

　　这个节目离大妈不算远,看得更清楚了。只见一阵锣鼓过后,从人丛里出来一只华丽的旱船。彩色的船篷下,坐着一个年轻姑娘,红色的船舷垂着绿绸。扶着船头的老艄公白发苍苍,垂着一尺多长的白胡子,穿着青衣,扎着黄色丝绦,就像旧戏《打渔杀家》中的肖恩一样。当他把船引进场内,喊了一声"开船哪!……"接着拉开架势,挥动木桨,那船就轻快地跑动起来。绿绸飘呀飘的,就像真的在水波上行驶似的。这场舞蹈没有对话,整场都是由轻快的管弦乐伴奏着。演唱的曲调是《妇女自由歌》。随着曲调的情感,船只时快时慢。最后叙述到解放一段时,船只就像要在平地飞翔起来。人群中发出雷鸣一般的掌声。

　　大老郝看看表,好几次向老艄公和年轻的姑娘使眼色,但他们仍然忘情地划着,愈划愈快。大老郝无奈,只得把小红旗一摆,他们才停下了。年轻的姑娘从船里钻出来,老艄公也把木桨一丢,摘下假发和白胡子。这时候,大家才看出,原来扮演者是两位五十多岁的老太太。她们一面笑着,一面跑上去同车上的志愿军握手。人们欢声雷动,又是一阵暴风雨般的掌声。

　　大老郝也赶上去笑着介绍:

　　"这两位都是俺们厂的家属。这位姑娘,不多不少,今年整整五十,老艄公眼看快六十了!……"

　　三个志愿军异常感动,紧紧拉着老太太的手说:

　　"老大娘!刚才把你们累坏了吧?"

　　"不累!不累!"扮演年轻姑娘的老太太一面擦汗,一面笑着说。

　　"我给同志们实说吧,"扮演老艄公的老太太说,"一解放,我就像年轻了十多岁似的;听说同志们在前方打胜仗,我这心劲儿就跟二十几岁的姑娘们也差不多!"

人群里有一个年轻姑娘,又使眼色,又打手势,嘟哝着说:

"妈!你就别说了。"

人们都哄笑起来。大妈也笑了。

小吉普车又缓缓地行进,渐渐驶近了大妈身边。她睁大眼睛望着那几个代表:第一辆车上坐着的那位,约有二十几岁,像个年轻干部;第二辆车上的那位则简直是一个孩子,脸上还长着嫩嫩的茸毛;第三个面孔黧黑,身体粗壮,看去有三十来岁,他时时流露出一种羞怯的神情。这第三位正是郭祥连队的刘大顺,不过大妈不认识罢了。大妈望着他们,想着他们在朝鲜的艰苦斗争,不由一阵激动,眼睛立刻被泪水模糊住了。如果不是初次到大城市的那种拘谨,她真要冲上去拉住他们,抱住他们。等到她用袖子擦干泪水,想再仔细看看他们的时候,车子已经驶过去了。

在第三座彩门前,车子停住。三位志愿军代表和陪同人员都下了车。刚走出几步,人丛中不知谁喊了一声,一伙年轻工人一拥而上,把三个代表都抬了起来。长辛店的妇女代表尖声喊着:"不行,不行,还有我们哪!"硬从工人手里夺走了一个抬着。这几个志愿军代表,大约是第一次遇到这种场面,局促不安地喊着:"不行!不行!不能这样!不能这样!"尤其第三个代表,脸色涨得像红布一般,连声哀求道:"同志!同志!把我放下来吧!"可是没有人听他们的,事实上沸腾的人潮和喧闹的锣鼓早已把他们的声音掩盖住了。在他们的脸上,已经分辨不出是滚动的汗珠还是大颗的热泪。为首的一个举着膀臂激动地高呼着:

"共产党万岁!"

"祖国人民万岁!"

"光荣归于伟大领袖毛主席！"

大老郝也领着工人们喊：

"中国人民志愿军万岁！"

"抗美援朝胜利万岁！"

这时，夹道欢迎的人群，文艺宣传队，已经汇成一股洪流，可街筒子地向前涌去。他们狂热地呼着口号，敲打着锣鼓，抬着志愿军代表前进。这座古老而光荣的市镇，这座在二十八年前工人阶级与敌人进行英勇搏战的市镇，确确实实是沸腾起来了。

大妈和贺华也随着人群的激流，卷过长辛店车站，卷过当年血战的火神庙遗址，卷过铁道，到了二七厂附近的广场。

大会开始了。工会主席大老郝致了欢迎辞。抗美援朝分会的负责人也讲了话。接着就是几个志愿军代表做报告。他们英勇斗争的事迹，不断引起热烈的掌声和狂热的欢呼。尤其是那位活捉六十多个美国鬼子的代表，讲到那些鬼子跪下缴枪的时候，人们的掌声持续了好几分钟之久。青年人兴奋地举着拳头高呼口号，老年人激动地流着热泪。百余年来深受帝国主义压迫的中国人民，听到这些是何等地扬眉吐气啊！

大会的最后一个项目，是给志愿军献礼和捐献飞机大炮的活动。大老郝刚一宣布，人们就纷纷拥上台去。有的手里拿着红绿纸包，有的手里拿着慰问袋，都要亲手递到志愿军代表的手里。附近村庄的农民，把一大筐一大筐的鸡蛋也抬上去了，弄得台子上放不下，大老郝他们只好又帮助抬下来，放在台子附近。农村妇女们也手里拿着她们自己做的鞋子，你推我拥地走上去。有一个青年妇女，还当场念了她绣在鞋上的四句诗：

英勇志愿军，

人人爱在心；
　　穿上这双鞋，
　　踩死美国兵。

　　念完以后，还要求一个志愿军当场穿上她的鞋子。为首的那个代表，不愿辜负她的热情，就立刻登在脚上。会场上登时响起了一阵热烈的掌声。

　　掌声过后，一个上了年纪的面孔黄瘦的女工走到台上。她手里小心翼翼地托着一个木盒，神色激动地对着麦克风说：

　　"同志们！我也是咱们长辛店的。我父亲就在二七那天，被反动派打死在大街上了。我男人后来也被国民党杀害了。全家就剩下我孤零零一个。我隐姓埋名，才到一个纱厂里上了工。那时候，我怕就怕死了没有棺材，落得个狼拉狗啃；就省吃省喝，攒下一点钱来。这不是，我攒了十几年，才攒下这三十块白洋。现在多亏毛主席、共产党救了我，全国解放了，我的生活有保证了，再也不用担心死了没棺材了。志愿军在朝鲜一口炒面一口雪，跟敌人拼命，才保住了我们的好生活，我怎么能不感激他们呢！今天我要把这三十块白洋全捐献出来，给志愿军买飞机大炮，狠狠打击美国强盗，保卫住朝鲜人民，保卫住我们的国家！"说过，她双手托着木盒，颤巍巍地递给志愿军代表，说："同志们！你们就收下吧！"

　　几位志愿军代表的神色十分激动，迟疑着没有马上去接。为首的那个用手拦着说：

　　"老大娘！你的心意我们领了。你还是留下一些自己用吧！"

　　大老郝也在一旁说：

　　"嫂子！你再考虑考虑，别拿这么多啦！"

　　她涨红着脸说：

　　"我现在有吃有喝，你还叫我考虑什么?！"

说着,她把那个木盒子往志愿军手里一塞,就走到台下去了。人群里响起一阵激动的掌声。

　　接着上台的是一个满头银发的老工人,留着整齐的白胡子,双目炯炯有神,带着几分倔劲。他抱着一个一尺来长的粗大的竹筒,庄严地往桌上一竖,向台下望了一眼。

　　大老郝笑着站起来,正要介绍他,他把手一摆:

　　"用不着介绍,长辛店的大人小孩都认得我。"他捋捋白胡子,庄严地说,"刚才我那个侄女提到二七罢工,我跟他爹都是那时候闹开辟的。他爹死在长辛店大街上,我被那些王八蛋关在保定大狱里。他们把我们吊在大梁上,用烙铁烙我们,用皮鞭抽我们,打得死去活来。"他说到这里,把怀一敞,露出一条一条紫色的斑痕,又提高声音说:"同志们！为什么我们会吃这么大亏？为什么我们的人被杀的被杀,被抓的被抓？还不是因为我们没有枪吗！没有自己的军队吗！现在,咱们有了枪,有了自己的军队了,敌人在朝鲜一露头,就把它打了一个稀里哗啦,屁滚尿流！"说到这儿,台下卷过一阵笑声。他回过头望了望志愿军代表,又接着说:"可是我们的军队武器不好。我听说咱们的志愿军在朝鲜吃不上饭,钻防空洞,我这心就难过。我们工人阶级,应当把他们装备起来！把我们的小老虎插上翅膀！毛主席号召我们增产节约,支援志愿军,我们要坚决响应！我们每个月,一定要多出几台'黑小子儿'①,前方战士不怕流血,我们还怕流汗吗？为了捐献飞机大炮,我和我老伴、孩子开了个家庭会,决定每个月拿出工资的十分之一。这不是,我就找了这么个竹筒,钻了个小眼儿,每个月一发工资,就先把捐款装到竹筒里。谁也不能乱花！现在,我代表全家向大伙宣布:

---

　　① 长辛店铁路工人对火车头的爱称。

我们这个捐献,一直到抗美援朝胜利那一天为止!"

说过,他双手捧起竹筒,以半鞠躬姿势,献给志愿军代表。一位代表激动地举起竹筒高呼着:

"向工人阶级学习!"

"工人阶级万岁!"

这口号立即激起下面狂热的雷鸣般的欢呼:

"志愿军英雄们万岁!!!"

"毛主席万岁!!!"

"坚决打倒美帝国主义!!!"

"抗美援朝胜利万岁!!!"

在中午的阳光下,鲜艳夺目的红旗又高高地举了起来,口号声像大海的波浪直传到远处。从他们的声音中,可以感到一种与敌人血战到底的强大意志,一种一往无前的英雄气概,就好像战场上冲锋陷阵的呐喊,要立刻把面前的敌人扑灭似的。这一切,都使大妈深深感到:中国人民确实是站起来了!站起来了!

大妈和贺华回到工厂左近的家里,心潮久久不能平静。直到夜深仍然不能入睡。

秋风拍打着纸窗。电焊的银光,照得窗纸一明一暗,就像打闪一般。工厂的喧嚣声,比白天还要激越。那机器隆隆的响声,沉重的汽锤声,像机关枪一样的哒哒的铆钉声,铁锤的敲击声,以及火车头粗憨的吼声和喷汽声,汇成一片。这里简直就是一个名副其实的战场,不过在这儿作战的不是拿枪的兵士,而是穿着油腻工作服的挥汗如雨的人们。

大妈躺在床上,在她眼前,仍然不断地闪动着鲜花,红旗,喧嚣的人流,挥动的膀臂,以及志愿军代表和男女工人激昂的面影。尤其是那个满头白发的老工人怀抱着竹筒的形象,那个又黄又瘦的女工托着木盒的形象,在面前不断出现。大妈还是第一次同城市的工人阶级接触,他们那种大公无私的品质,有我无敌的英雄气概和开阔的胸襟,给了她很深的印象。这一切都使她兴奋激动,更引起她深深的不安。她知道邓军夫妇要自己出来散散心,是一片好意;可是村子里的斗争是那么紧张,敌人的阴谋还没有查清,自己的心揪成了一个疙瘩,怎么能住下去呢?

夜已经很深了。大妈听见邻家老是发出"嚓——嚓——""嚓——嚓——"像是金属摩擦的声音,间或夹杂着笑语声,不知在干什么。搅得大妈更觉心烦。贺华睡了一觉醒来,听见大妈老是翻身,就说:

"大妈,你怎么还没睡着呀?"

"你听听,"大妈说,"隔壁这一家里干啥哩呀,老没个完。"

贺华一听,笑了,说:

"他们是给志愿军炒炒面哩。一听前方干粮接济不上,咱们的周总理就马上发出号召:家家户户炒炒面。他老人家还亲自到处视察,把袖子一挽,抄起铲子就同大伙一块儿干起来了。你瞧瞧,把大伙的劲儿鼓得多足!"

"咱们的总理,真是走遍天下也难找啊!"大妈赞叹地说,"管理咱们这么大个国家,一天得有多少事,又是国内,又是国外,又是打仗,又是建设,哪件事不从他心里过呀,真是把心都操碎了。"

"可不是么,"贺华说,"真是儿行千里母担忧哇,连战士们吃饭穿衣的事,都在他心上挂着哩。刚出国,他听说有的部队冬装来不及补充,就一天打两次电话催问:工厂做出来了没有,上了火车没有。为了搞好后勤工作,今年一月份,他还到了沈阳。听说战士们戴大盖帽不方便,他就叫改成解放帽;听说套头式的单衣负了伤不好脱,他就叫改成对襟的;朝鲜丛林多,行军作战棉衣容易剐破,他就嘱咐后勤部门把棉衣轧上绗线。……"

"有这样的好领导,怎么会不打胜仗呢。"大妈感慨地说,"总理对前方的战士,真比亲娘结记得还周到哩!"

听了这一切,大妈的心情越发不能平静。她觉得从领导到群众都在拼命干,自己躲在这儿,倒成了个大闲人。这样对得起在前线上牺牲的孩子么?想到这里,她从枕头上欠起身说:

"闺女,我明天要走。"

"不是还要到颐和园吗?"

"不,我哪儿也不去了。"

"大妈,再待一天也不行吗?"

"别说了,闺女,我已经定了。"

第二十六章　聚歼

谁也没想到,大妈这么快就回到凤凰堡来。

来看望大妈的人很多,夜深时才纷纷散去。小契刚起身要走,大妈叫住他,说:

"你先别走。有点事咱们还得商量商量。"

"明天说吧。"小契笑着说,"你今天也够累了。"

"坐了几十里马车,哪就累着我了?"

大妈说着,又瞪了大乱一眼:

"你在这儿干什么!去!到外面瞅着人去。上次要不是你,也不会出这么大事!"

"犯了点儿小错误,没完没了!"大乱嘟哝着,下了炕。

"披上件褂子!"大妈在后面说。

大乱相应不理,走出去了。

这时屋子里只有大妈、大伯和小契三人。小炕桌上放着一个烟笸箩,一盏棉籽油灯。大妈盘着腿儿坐在炕上,拧了一锅烟,在灯上吸着,然后低声说:

"小契,你刚才不是说,镇反运动布置下来了么?"

"布置下来了,可是村里纹丝不动。"小契说,"我问大能人这个工作怎么办,他说:'咱们村有什么可镇压的?地主、富农都挺老实。谢清斋出过点儿问题,是过去的事了。现在表现不错,恐怕要考虑给他摘帽子了。不能再搞唯成分论。翟水泡虽然当过汉奸,现在劳动很积极,将来选劳动模范恐怕是个对象。'我又去问老好。老好说:'唉,现在的运动怎么这么多呀?一个没完,又接上了一个。先看看别的村怎么做吧。'这就是他们的那点儿积极性!"

"积极?"大妈从鼻子里冷笑了一声,"革命革到他头上了,他还积极? 你说李能有没有点儿恐慌?"

"里紧外松。"小契笑着说。

大妈停了一下,又问:

"那偷谷子的事,有点儿头绪没有?"

"有人说,那事发生头两天,翟水泡到李能家里喝了大半夜酒。"小契说,"最近翟水泡花钱很冲。三天两头到小铺里吃喝,一开口就是:来上半斤!……不过证据还没有抓着。"

大妈低着头沉思了一阵,又问:

"谢家那闺女怕快生产了吧?"

"已经几个月不出门了。据说人一去就盖着大被子装病。"小契抓抓头皮,说,"这事我得向党做检讨。"

"你做什么检讨?"大妈一笑。

"我没尽到责任哪!"小契说,"她跟李能的关系,我早就看出来了,也费了不少工夫,怪! 就是抓不着他。不知道是在什么黑窟窿里干的。"

"那种事儿也不是好抓的。"大妈表示谅解,又拧了一锅烟,沉思着问,"小契! 你看这些事应该从哪里下手?"

"我早盘算好了。"小契鬼笑着说,"从今天起,我豁着不睡觉了。我看她把孩子生出来往哪儿放,只要抓住就是证据。"

"这也是一方面。"大妈点点头,说,"我们要发动群众。还要叫他们里头的人起来揭发。"

"叫谁起来揭发呀,嫂子?"小契笑着说,"这可不是容易办的。"

大妈笑着问：

"你看，李能的媳妇怎么样？"

"不行。"大伯插嘴说，"那人胆小得厉害。"

"再说，你也进不去。"小契说，"那李能对她看得严极了，根本不让出门。"

"就不会想办法么！"大妈笑着把烟灰在炕沿上磕掉，"我们先把李能叫出来开会，然后叫金丝到他家去……我看那媳妇三天两头挨骂受气，也够受了。"

"那就试试吧。"小契说。

第二天下午，乘李能出去开会，金丝拿着鞋底子，低头做着活儿，来到李能门首。

这金丝和李能的媳妇，都是飞龙镇的娘家，乡亲近邻，从小就是一块儿打草拾柴的姐妹。土改时候，又是贫农团朝夕过从的伙伴。可是自从李能成为这村的首户以后，她就渐渐来得少了。说实在话，她看到李能的两扇大黑梢门，就像看到李能冷酷的脸色一样，觉得扑出一股阴森森的冷气，叫人心里发怵。特别是自今年起，李能不知从哪里弄了一只狼狗，更使金丝感到厌恨。前文早有交代，金丝的男人就是被日本人的这种狼狗咬死的，平日见了狗都不愉快，何况是这种狼狗！所以每逢走到这里，就远远地避开。今天是奉了大妈之命，不得不再三克制。

"桂珍姐在家吧？"她在踏进梢门洞时喊了一声。

话还没落音，就从里面窜出一只尖耳黄毛的大狼狗来，汪汪地嗥叫着，两条前腿跷得有一人来高。幸亏金丝早有准备，顺手扯起一根棍子抵挡着，那狗才没有扑到身上。

随着狼狗的吠声，竹帘一掀，走出一个面孔黄蜡蜡的女人。她一面喝退狼狗，一面笑着说：

"是你呀,大妹子,多少日子不见你了。"

"你们家养了这么只大狗,谁还敢来呀!"金丝勉强笑着说,"刚才我差点儿没叫它给吓死!"

那女人脸红红的,带着几分歉意说:

"都是他叫养的。为了这,不知道得罪了多少乡亲!"

看样子,这女人犹犹豫豫的,决不定是往屋子里让好,还是不让好。因为按照李能的嘱咐,这类客人统统都应该拒之门外。可是金丝毕竟是一块长大的姐妹,她犹豫了好一阵,才怯生生地说:

"还是到屋里去吧!"

"你要不怕沾上穷气儿,我就去歇一会儿。"金丝笑着说。

桂珍掀开竹帘,把金丝让进屋里。屋里也和一般农家大不相同。一般农家,都是当屋放着一张破床,床上放着案板瓢盆一类杂物。这里倒很有点地主家的派头,中间放着条几、八仙桌子,两边各放着一把太师椅,椅子上还铺着红布椅垫。条几上那座大自鸣钟,擦得明光锃亮。两边的隔扇门都挂着雪白的门帘,里间屋的摆设就被遮挡住了。

那女人让金丝在太师椅上坐下。金丝觉得还是先说明来意为好,就说:

"桂珍姐,我要没有事儿,也不会来麻烦你。前几天我爹病了,叫我给他捎几个钱去。我盘算来盘算去,还是你手头宽绰一些,不知道能不能先借我几个,等我祟了粮食,就马上还你。"

那女人一听借钱,叹了口气,十分为难地说:

"这,恐怕还得跟他说。说实在的,我是一个钱也不能做主……前些时,我娘也是病了,没钱抓药,我给她捎去了两块钱,就把我打了个臭死。我就是给他家当牛做马,也得给我个草料钱吧……"

说到这里,那女人把头一低,眼圈红了。

"桂珍姐,你也不要作难。"金丝劝慰地说,"我今天来,一是跟你借钱,也是为了来看望你。咱们姐儿俩,多年都没有说过知心话了。"

金丝见这女人脸色蜡黄,双眼无神,就像枯木死灰一般,已往的神采竟一点也不见了,不禁难过地说:

"桂珍姐,这几年,你怎么老成这样?是不是有什么病呀?"

桂珍像触动了心事,眼圈一红,说:

"我也不知道是不是病,老觉着心口像压着块大石头似的……妹子,说实在的,我怕活不长了。"

桂珍说着流下泪来。

"唉,你怎么年轻轻的就说这话!"金丝说,"你还是叫我大哥请个先生看看才好。"

"还请先生看?他巴不得我早死哩!"桂珍拾起衣角拭着泪说。

"唉,他怎么会有这个想法?"金丝说,"你们两口儿以前感情不是挺好吗?现在日子过好了,对你应该更好才是。"

"才不是这样呢,金丝。"桂珍气愤地说,"要说以前,感情是挺不错的。可是自他跑买卖,有了钱,就把我不当人看。动不动就是:'你这个蠢东西!''你这个死土鳖!''你这个榆木疙瘩!'有一回,他请人吃饭,我给他忙活了一天,饭都没顾上吃,他连问都没问。可是有一回我忘了喂他那只狼狗,他就瞪着眼说:'你这人就是不安好心,成心想把我的狗饿死!'说着就甩了我两耳刮子,打得我顺嘴流血……在他家我真还不如一条狗呢……"

说到这儿,她用双手捂着脸哭出声来。哭了一阵,又接着抽抽咽咽地说:

"我在他家真是坐大狱啊!他给我规定了三条:第一条不准我出门;第二条不许人来串门;第三条不准我跟乡亲们说话。有一回,我出去使碾子,跟来凤说了一会话儿,回来他就追问我:'你跟她说什么了?你不知道她跟杨大妈是一伙吗?'我说:'我是你娶来的,不是你买来的,我说什么你管不着!'一句话惹恼了他,抓住我的头发就往墙上磕,还恶狠狠地骂:'过去的女人讲三从四德,现在的女人都成了小霸王了。'到了晚上,还把我扔到院里,不让我进门。整整冻了我一夜,那是十冬腊月天哪,金丝……要不是我还有个小锁,我早跳井死了……"

桂珍说到这儿,放声大哭。金丝一阵火辣辣地难受,急忙掏出手绢,给桂珍擦泪,自己的鼻子一酸,也掉下泪来。

这时候,院子里"啪哒"一声响,桂珍陡然一惊,当是李能回来了,登时吓得面如土色,马上止住哭声。金丝隔着帘子一看,原来是那只狼狗在院子里跳跃嬉戏,把几只鸡吓得飞到房檐上去,扁担也碰倒了。

"我大哥也忒价不像话了!"金丝气愤地说,"咱们老解放区,哪有这样对待妇女的!要搁头几年,咱们把他拉到妇救会说理去。"

桂珍见不是李能回来,定了定神,才接着说:

"还说理呢,他从今年开春起,就跟我要打离婚。他说:'你要是有困难,我可以给你几个钱。好狗不挡道,咱们好离好散!'"

"他是不是有外心啦?"金丝瞅着她问。

"他,他……"桂珍怯生生地把话停住,不敢往下说了。

"你就只管说吧,"金丝鼓励她,"有我们给你做主。"

"我,我……"桂珍眼泪汪汪地嗫嚅着,"他不让我说呀,金丝。我要说了,马上就活不成了……"

金丝再往下问,还是这几句话。再加上时间不早,那女人坐立不安,时时彷徨四顾,生怕李能回来,金丝也只好安慰了她几句出门去了。

她回去向大妈做了汇报。大妈说：

"金丝，这就是成绩。咱们一次不行两次，两次不行三次，四次，五次。就像八路军打炮楼似的，非把它攻破不可！"

大妈的烟锅子，在炕沿上磕得乓乓地响。她脸色红润，神采飞扬，就像战争年代，她披着衣服和指挥员们商议军机大事的那种神态。斗争越激烈，她的精神劲儿就越足。她在斗争中锤炼的这个性格，大约是不会改变的了。

几天后的一个夜里，谢家发生了麻烦的事：俊色的孩子生下来了。

屋子里点着昏暗的油灯，窗上蒙着厚厚的棉被，谢俊色躺在床上呻吟。

谢清斋变得异常烦躁，不断地唠叨着：

"看，早听我的话，哪有这事！"

孩子不知趣地在床上呱呱地哭起来。谢清斋瞪了谢家婆一眼，凶狠地骂道：

"你还不快把他的嘴捂住！还像个没头的苍蝇似的乱跑什么？等天一亮，我看你把他藏到哪儿去！"

"你说怎么办吧！"谢家婆坐在炕沿上，没有主意。

"我早就说过了。"谢清斋说，"要是叫村里人知道了，就得把李能追出来。他也完蛋，咱们也完蛋！快！趁早把他弄死，趁天不亮弄出去一埋，俊色装几天病，也就过去了。别人抓不住把柄，就没有事。"

"我早就知道你没安好心。"俊色在炕上嘤嘤地哭起来，"你把我一块儿弄出去埋了算啦……"

"你那心思，我也早看出来啦。"谢清斋气愤地说，"我原来叫你去搞个表面儿，你就干成真的；我早就叫你把他打掉，你哼哼哈哈地拖到现在;现在生下来了,你又想保住这个孽障。你那心早就变了。李能说跟他老婆离婚,你就信了。你是想跟他过一辈子!你要向共产党投降,你就投降去吧!你爹的仇也别报了。我真想不到受了你这个连累……"

"这都是叫你害的!"俊色从炕上仰起头说,"到这会儿弄得我人不人鬼不鬼的!"说过,呜呜地哭起来。

"唉!"谢家婆把手一拍说,"我看谁也别怨谁了,还是快想个办法吧!"

这时外面鸡叫头遍。谢清斋把腿一拍,就离开躺椅站起来,决断地说:

"这不是,天就快亮。我是一家之主,得听我的!"

说着,就走到炕边来抢孩子。那俊色早有准备,推了他叔一把,挣扎着坐起来,把孩子抢在怀里,哭着说:

"我不连累你们!我自作自受!"

说着,下了炕,登上鞋就往外跑。谢清斋和谢家婆一下没有拦住,已经跑出门去。

谢清斋和谢家婆一下慌了神,气急败坏地喊:

"俊色!俊色!"

"不行,不行,你快回来!"

只听大门哐啷一声,俊色已经跑出去了。谢清斋跳出门就追。那俊色虽是产后不久,身子虚弱,但是一股怒气撑着,竟跑得很快。谢清斋在门限上又跌了一跤,爬起来时,俊色已经出了胡同口,向野地里跑去。

"俊色!俊色!"谢清斋又不敢大声嚷,一路小声喊着,一边向前追赶。一直追到村外,追了小半里路,见俊色并没有停下来的意思,就着急地喊道:

"俊色！俊色！你回来,我依着你！"

俊色的脚步慢下来,但是并未停住。谢清斋又说:

"俊色！我依着你还不行？咱们快回去吧！"

俊色迟迟疑疑地停住脚步。谢清斋连忙赶上去,说:

"唉唉,你这傻孩子！我刚说了句玩笑话,你就当成了真的！来来,快把孩子递给我,我给你抱着,咱们快回去吧！要是碰见人,那可不是闹着玩儿的！"

俊色因为刚才跑得过急,已经喘成一团。一个冷不防,怀里的孩子被谢清斋一把夺了过去。等她急忙上前去抢夺时,那孩子的脖子已被谢清斋紧紧掐住,连哭都没哭出一声,已经断了气了。

谢俊色像鬼似的尖叫了一声,乓乓地打了她叔两个耳光,然后往地下一坐放声大哭起来。

"算了,算了！"谢清斋忍住气说,"你这闺女也忒死心眼了,这还不是为了你好！"

说过,他拎着那个死孩子,离开大路,向着一大片柳子地急匆匆地走去。正在这时,从柳子地钻出两个人来,兜头将他拦住,大喝了一声:

"谢清斋,你干什么？"

谢清斋听出是小契的声音,大吃一惊,一连倒退了几步,抖抖索索地站住。原来小契和一个民兵早在谢家门口守候多时,看见俊色和他往外跑,就闪在一旁,随后绕着路追了过来。

"说！你要到哪里去？"小契又喝问了一声。

"我,我……我跟孩子拌了几句嘴……她跑出来了……"谢清斋说。

"你手里提的什么？"

"几,几,几件衣服。"

谢清斋说着,直往后退。小契上前一看,吐了一口唾沫,冷笑了一声:

"走!抱着你的衣服,到村公所说理去吧!"

此时,天色已经发亮。这消息一传十,十传百,闹哄哄地来了许多人,拥到村公所去看。小契命令民兵站好岗,前来报告大妈。大妈说:

"快,快去堵住李能。今天他是唱主角的,别让他跑了。把王老好也喊来,咱们一块审讯!"

说着,大妈和小契一起奔李能家来。那李能刚出了梢门洞,就被他们拦住。李能披了件黑夹袄,一面舒袖子,一面故作镇静地问:

"这是干什么呀,街上乱哄哄的?"

"你还不知道哇?"大妈笑着说,"村里出了事了,咱们快到村公所看看去吧!"

"不,不,"李能把两个眼珠一转,"我的一个亲戚病了,我得去瞧瞧他。"

李能说着,闪身要走,被小契一把拦住。大妈笑着说:

"村长,村长,你是一村之长。村里没有主事人,怎么能处理呀!"

李能明知脱身不得,只好随着他们往村公所来。院子里乱哄哄地挤满了人。小契把人吆喝开,让民兵维持好秩序,然后进了屋子。屋子里早已摆好两张桌子,桌后放了四把椅子。大妈让王老好和李能坐在中间,自己和小契坐在两边。来凤坐在一头担任记录。首先由小契简要说明早晨的情况,接着就开始了审讯。

先带上来的是俊色。大妈叫她坐在桌前的矮凳上。那闺女头发散乱,用双手捂住脸哭个不住。李能看了一眼,就连忙看着别处,脸色变得煞白。他的两只手本来搁在桌上,因为一直抖个不住,就欠欠身子放到下面去了。

"谁来问哪?"小契说,"我看还是村长问吧!"

"你是治安员,你问。"李能满面怒容地说。

"我问也行。"小契满不在乎地说,"俊色,你知道共产党一贯是宽大政策,对于地主、富农的子女更是区别对待。既然村里出了这事,就不能不弄清楚。我问你:这孩子是谁掐死的?"

"是我叔掐死的。"谢俊色哭着说。

"孩子是谁的呢?"

俊色只是哭,不言语了。

小契又一连问了几遍,俊色最后才哭着说:

"你去问我叔吧!都是他叫我干的。"

小契看问不出什么,就叫她下去,把谢清斋带了上来。

谢清斋熟练地鞠了一个躬,翻起黑豆眼瞅了一瞅,低下了头。小契叫他坐下,厉声地问:

"谢清斋!你在村里搞阴谋活动,你知罪吗?"

"这可屈死人了!"谢清斋掀动着他那小兜兜嘴说,"自从上回我犯了错误,坐了几个月看守所,我后悔得不得了。回来以后,我在家劳动,出去请假,凡事一概不问,我搞什么阴谋活动了?"

小契厉声说:

"那孩子是不是你掐死的?"

"那孩子一生下来就是死的,"谢清斋说,"一个活人我掐死他干什么!"

小契用手一指,说:

"你侄女已经承认了,你还赖账?"

"我,我……"谢清斋说,"她要那么说,我有什么办法!"

小契又问：

"这孩子究竟是谁的？你要老实交待！"

李能在座位上颤抖了一下，定定神，把桌子猛地一拍，说：

"谢清斋！你一定要老实交待！如果胡说八道，小心你的脑袋！"

谢清斋抬起头，和李能暗暗地交换了一下眼色，又低下了头。大妈眼尖，早看在眼里，略略欠起身子，说：

"你要照实说！"

"快说！有什么可犹豫的！"小契也加了一句。

"我，我……我不是不愿说；"谢清斋的眼珠骨碌了一阵，"我是不敢说。"

"有什么不敢说呀？"大妈问。

"他在村里有权有势，"谢清斋说，"我要说出来，我这命也完了。"

"天皇老子犯了法也不行，你就快说！"小契把手一挥。

"要说这事，快有一年工夫了。"谢清斋说，"他天天夜里拿着枪在俺家窗户前头转悠，一瞅见俺睡觉了，就摸进俺家来找俊色。那闺女经常鼻涕一把泪一把地啼哭，可是俺们这被管制分子谁敢吭一声呀！"

"你到底说的是谁？"小契厉声问。

"你别着急呀，治安员。"谢清斋带着三分笑说，"究竟是怎么回事，你比我还清楚哩！……今天早起，你跟我一块到柳子地里，你不是还说：'快埋了吧，可别让人知道！'……"

"你这个毒蛇！"小契没忍住，一下愤怒地叫出声来。

"你着什么急呀，小契！"李能轻松地笑着说，"不是讲的实事求是么，你可叫他说呀！"

"对啦,我们讲的就是实事求是,差一分一毫都不行!"大妈从座位上立起来,吩咐把谢清斋带下去;又向外叫了一声,"金丝!"

金丝拿着鞋底子走了进来。

"证人来了没有?"大妈问。

"来了。"金丝说,"在外头等着呢!"

"请进来说吧!"大妈招了招手。

屋子里进来一个面色蜡黄的女人。正是李能的老婆桂珍。她头上缠着一条白布,渗着血水,摇摇晃晃地走了进来。李能一见大惊失色,指着她骂道:

"你,你来干什么?快给我滚!"

李能说着,离开座位要来推她。大妈一把拦住,笑着说:

"李能!这可不是你打老婆的地方。她自己要来说话,你可着什么急呀?"

李能傻瞪着两只大眼,无可奈何地坐下来。大妈又笑着说:

"来来来,桂珍,你先坐下。有什么话,你就对大伙说吧,不要害怕。"

做记录的来凤,往旁边挪了挪,亲切地扶着桂珍坐在身边。

桂珍由于过分激动,紧张,刚张嘴要说,李能又指着她叫:

"这是谈公事的地方,不是谈家务事的地方。你要随便混说,你要负责任的!"

"你别吓唬我,李能!"桂珍的声音虽不很高,但显得极其坚定,"说实在的,我往常是很怕你。怕你跟我离婚,怕你宰了我。可是这会儿我不怕了。过去,是我瞎了眼,没有看透你。现在,我不能跟你这只狼在一块过了。"

"你们大伙听听,她净说了些啥!"李能把两手一摊。

"我说了些啥?"桂珍说,"我现在后悔话说晚了。什么事我都替你包着、瞒着,为了不伤你的脸面。没想到你越来越坏,我真对不起乡亲们。"

李能把桌子一拍:

"我做的事都光明正大,没有什么可隐瞒的!"

"光明正大?"桂珍从鼻子里冷笑了一声,"今年春上,你就跟地主的闺女勾搭上了。我们家她也来过,她那狗窝里你也去过。后来,你怕小契他们发现,就专门叫翟水泡在自己家里给你挖了一个地洞,干那见不得人的事。这就是你那光明正大!……谁要不信,就到翟水泡家里看看去吧!"

在场的人都不禁吃了一惊。李能的脸像块白纸似的,浑身瑟瑟地抖个不住。

"李能!有没有这样的事啊?"大妈瞪着他。

"这,这……"李能的头低到桌子下面去了。

"他跟俊色勾上以后,就拿我不当人看,提出跟我离婚。"桂珍接着说,"我不愿离,他就打我、骂我,想把我折磨死。他跟俊色有了孩子,就逼得我更紧了。他还跟我说:'要搁过去,允许有三房四妾的,你要愿意在我这儿,也没有什么。可是现在不行啊,现在是一夫一妻制,我跟她已经有了孩子,你也得为我着想着想!你要真有困难,给你几个钱也行。'这就是他说的。这几天,眼看地主的闺女快生产了,他一看包不住,这才慌了神,又来央告我:'你说不离就不离吧,咱们也是老夫老妻的了。可是有一个条件:俊色把孩子生下来,就抱到你这儿,你就说是你生的。你也别出门,装做坐月子的样子,事情也就过去了。'我没有理他。昨儿晚上,他又来逼我,真把我气急了,我就说:'我不能养那个见不得人的狗杂种!'这一下可气恼了他,就揪住我的头发,把我的头使使劲往炕沿上磕,后来我就昏过去了。你们大伙瞅瞅吧,我这头就是昨天夜里叫他磕的……反正我是活不长了……"

桂珍说到这里,放声大哭起来。正在做记录的来凤,也停住了笔,泪珠滴到纸上。大妈气愤地问:

"李能!你说有没有这事?"

李能深深地低下头去。

"到底有没有呀?"小契又问。

李能的嘴唇动了动,几乎像蝇子哼似的应了一声。

众人好容易把桂珍劝住,她喘了一阵,才接着说:

"你们看他平常对人嘻嘻哈哈的,在官面上也像个人似的,不,他不是人,他是吃人的狼!瞅准了谁就狠狠地叮你一口。他在村里最恨的就是大妈,还有小契和一伙贫农们。他说大妈成社是故意共他的产,掐他的尖儿,生活再也没有奔头了。他头一个就想先把大妈除掉。那两口袋谷子的事就是他栽的赃……"

"桂珍,你怎么越扯越远了?"李能抬起头,瞪着她说,"那天我到他姥姥家去了,根本就不在家,这事你不知道?"

"你别蒙人了。"桂珍接着说,"那是你故意去的。头两天你就把翟水泡请到家里喝了大半夜酒。你答应事情办成,给他五十块钱,还答应发展他入党。以后把大妈换掉,就由他来当支部委员。你还打算下一步搞掉小契。大妈和小契都搞掉了,你就给谢清斋摘掉地主帽子,然后发展俊色入党,让她来担任支部书记……他确确实实地是想要变天!"

李能听到这里,猛然站起来,脸上的肌肉抽搐着说:

"这纯粹都是胡编乱造!我再也不能听下去了。"

李能迈步要走,被小契双手拦住,按在座位上。大妈带着笑说:

"是真是假,不是还要订对么?你着什么急呀!"

"我没有胡编,也没有乱造。"桂珍沉着地说,"那些话都是你跟翟水泡和俊色亲口讲的。"

李能又站起来,走到大妈面前,显出一副万分委屈的样子,捶胸顿足地说:

"婶子,你可千万不能相信这个泼妇的胡言乱语呀?我承认,我偶然不慎,在生活作风上出了一些毛病,但这都是生活小节的问题。我对党,对人民是非常忠实的。尤其对你,婶子,我一贯是非常尊敬的。我在背后从来没有议论过你,没有说过你一句坏话。那泼妇说的什么栽赃,什么变天,完全都是造谣诬蔑!我真想不到,我在家里拍了她两下,她就这样地陷害我。婶子,别人不了解我,你了解我。我从小就跟我爹逃荒到凤凰堡来,住在村东头的破庙里,吃没吃,喝没喝,要不是共产党……要不是你……"

李能说到这里,两手把头一抱,伏在桌案上干嚎起来。

大妈望了大伙一眼,然后对李能说:

"我看你也不用忒委屈了。你都干了些啥,大家心里清楚,你心里也明白。今天下午,县委书记就要到咱村来。还要专门开会来讨论你的问题。到时候还有你发言的机会。我们也会尽量来挽救你。不过,你的态度一定要端正,不要耍两面派。确实,你过去要饭,受苦,土改那阵儿也表现不错。可是这几年你变了,你那立场,思想,感情全变了。你跟党走的不是一条路,跟党也不是一条心了。你爱的是地主、富农,恨的是贫下中农。地主富农放个屁,你就赶快去办。我看你成了他家的'穆仁智'了。老实说,你比谢清斋那样的人还要危险!因为他们没有共产党的帽子,你戴的是共产党的帽子;他们拿的是黑旗,你是打着红旗骗人。那些坏蛋,就是靠着你这样的人来兴风作浪。李能!我看你还是好好地想想,把你那一套见不得人的事都端出来吧!"

"你这话,我坚决反对!"李能红着眼,面目狰狞地望着大妈。

"那就会上解决吧!"大妈说着,又转向王老好,"你有什么意见没有?"

王老好还是那句老话:

"没有。"

第二十七章 送别

　　果然,县里的张书记当天下午就来到凤凰堡村。经过半个多月的调查研究,这场复杂而激烈的阶级斗争和党内斗争总算闹清楚了。最后宣布开除了李能的党籍。一贯搞调和主义的王老好,受到严厉的批评,在支部改选时也落选了。党内外的领导班子进行了改选和调整。由杨大妈担任党支部书记。小契和许老秀担任党支部副书记。小契仍兼任公安员,许老秀担任村长。金丝和来凤也被选到支部委员会,金丝担任组织委员,来凤担任宣传委员兼青年团的支部书记。此外,还选了一个残废军人担任民兵连长。整个领导班子面目一新,朝气蓬勃,大大增强了党的战斗力。对于作恶多端的老地主谢清斋和汉奸翟水泡宣布送县法院严加处理。谢家婆在村中进行管教。此外,张书记还召集了许多县区干部到凤凰堡来参观翟水泡家偷偷挖的地下室。在那个地下室里,青砖铺地,裱糊得雪洞一般。床上铺设着大花被褥,绣花枕头,摆着茶几茶碗,暖瓶酒壶。壁上还贴着一副过去在地主家常见的对联:"美酒饮至微醉后,好花看到半开时。"参观者人人触目惊心。活生生的阶级斗争给大家上了生动的一课。经过这一番处理,凤凰堡的革命群众,人人拍手称快,斗志昂扬,前进的步伐更快了。

　　接着,抗美援朝的参军运动又布置下来。杨大妈已经早有算计,当天晚上,等大乱入睡,就笑着对大伯说:

　　"老头子,咱们商量个事儿。"

大伯听她的语调很少有这么温和,就知道有事,忙问:

"你想说什么呀?"

大妈笑着说:

"人都说,你这人老实巴交的,没啥能耐。叫我看,你在大事儿上可不糊涂。党的号召,你总是带头响应。就说抗战那时候吧……"

"你今天怎么啦?"大伯打断她的话说,"你要叫我干什么,就直说吧!"

"也没别的事。"大妈笑着说,"参军的事,县里布置下来了。我思谋着,这个事儿咱可不能落后。"

"你是说叫他……"大伯望了望炕上睡着的大乱。

"对啦。"大妈说,"我想送他参军。"

大伯沉吟了一阵,说:

"他太小了吧?"

"你看,你看,"大妈说,"我就知道你要扯后腿。"

"不是扯后腿,"大伯涨红着脸声辩,"我是说再等一二年……"

"再等一二年,美国鬼子打出去了,还要你干什么?!"大妈把头一扭,声音提高了。

"他今年才刚刚十五。"大伯说,"你叫他当战斗兵吧,他走不动路,背不动东西;你叫他当通讯员吧,他屁事不懂,调皮捣蛋,没个稳当劲儿。你瞅着,去不了几天就得叫人家首长送回来……"

"谁说我走不动路?谁说我背不动东西?谁说我调皮捣蛋?"大乱冷孤丁地从炕上坐起来,梗着脖子,瞪着两只猫眼。原来这机灵鬼刚才打呼噜是假装的。

大妈乐了,笑着问:

"你这嘎小子,没睡着呀?"

大乱不理会他妈,只管冲着他爹进攻:

"你别隔着门缝看人。我偏偏要当战斗兵！等我弄个大功回来,看你说什么！"

大妈哈哈大笑。

"你有这份志气,那敢情好。"大伯也笑着说。

"就这么着吧。"大妈用做结论的语调说,"明天一早,叫你爹领着你报名去！"

几天以后,凤凰堡也像中国大地上的千千万万村庄一样,掀起了轰轰烈烈的参军热潮。这个热乎劲儿,和土改翻身后那种热火朝天的参军劲头不相上下。不过那时候是为了保田保家,这时又增添了出国作战的新荣誉。母亲送儿,妻子送郎,兄弟争相参军的佳话,真是数不胜数。凤凰堡本来只要五名新兵,结果一个星期之内,就超过了三倍。而且,在凤凰堡还真出现了一件新鲜事儿,村东头一对新婚夫妇,结婚还不到一个月,新娘就送她的丈夫到村公所报名来了。当然,这和来凤的现身说法,深入动员也是有关系的。战争的正义性,正以它无比深厚的力量激励着伟大的人民。

参军的新兵们,准备明天就要到县城集中。晚饭过后,大妈正在家给大乱拾掇东西,只听门外自行车铃响了几声,接着有人喊道：

"大妈在家吧？"

大妈一看,县里的张书记推着车子走了进来。大妈赶忙把他让进屋里,笑着问道：

"老张,你怎么这时候来了？"

"我跟你商量点事。"张书记坐在炕沿上说,"我们县委几个同志研究了一下,都觉着你家大乱是不是不要去了。"

"这是为什么？"大妈一愣。

"我们觉着,一来孩子太小,二来……"张书记本来想提到杨雪的牺牲,但说到这里又改了口,"根据你的具体情况,我们看大乱还是不要去了。"

"我有什么具体情况?"

"你这种精神当然是好的。"张书记说,"可是你的两个孩子已经出去了一个,而且为国牺牲了。你们家对革命已经做出了贡献。这一点乡亲们和组织上都很清楚。如果跟前一个不留,将来家里生活也会有些困难。"

"有什么困难?"大妈笑着说,"我们老两口也没有七老八十的,身子骨都还硬邦着呢!"她凑近张书记的身边说,"老张!我给你说心里话:自从我闺女牺牲,你不知道谢清斋、李能那些王八蛋多得意!他们觉着这一下可把我的情绪打下去了,再也起不来了。从那时候起,我就下了决心:一定要让我的第二个孩子参军!我要叫他们看看,我们共产党,我们贫下中农是压不倒的!前面死一个,后面就要补上一个,前面倒下一个,后面就要冲上一个!他们想变天,是变不了的!"

"对,对,就要这样。"张书记频频点头。

大妈给他拧了一锅烟递过去,又接着说:

"我越想越觉着朝鲜这个仗不平常。我们还没出国,谢清斋就天天看报纸,探消息,造谣言,气一下高起来了。为什么?因为他觉着变天有指望了。嘎子给我来信说,谢清斋还把亲儿子派到朝鲜去,跟我们斗。这不是想借外国人的力量把我们打下去吗?我早就看透了:这个仗是非打不可,还一定得打胜!为了胜利,我献出一两个孩子算什么!老张,你就别再劝了吧!"

张书记沉在深深的感动里,见她如此坚决,也就不便再劝。

第二天,是个响晴的秋日。早饭过后,凤凰堡的群众纷纷奔赴村南的大场,去欢送出征的人们。村庄的小街两旁贴满了红红绿绿的标语。广场上早已经搭好了台子。"欢送子弟兵抗美援朝出征杀敌大会"的红色横标,在秋风里不断地翻卷着。台下站满了参军战士的亲属和本村的群众。台上坐着杨大妈、许老秀等村干部。小契今天是司仪,手里拿着大喇叭筒,跑上跑下地忙碌着。参军的新战士有二十余名,在台上坐了两排。他们每个人都蒙着崭新的白羊肚手巾,背着小包袱,那里面多半是一双家做的布鞋和一些零碎用品。会议开始后,杨大妈和许老秀代表本村的群众,给他们每个人胸前都挂上了一朵瓷盘大的红花。他们每个人都笑微微地也带着几分羞怯地承受了这份光荣。杨大妈和许老秀代表党和行政讲了几句勉励的话。家属代表和新战士代表也讲了话。他们差不多都是第一次在这么多的人面前讲话,讲得既简短又朴实。讲话完毕,小契就冲着柳树林子高喊了一声:"把马带过来!"会场上顿时锣鼓声起,鞭炮齐鸣,一伙小青年把二十多匹各色马匹、骡子,牵到台前。小契一个个扶着他们上马。个子小的,他就摆个骑马势,让人登着腿跨上去。一边还笑着对他们的亲属说:

"有什么体己话,快来说说吧!"

人群里的那位新娘翠玲,既不靠前,又不靠后,羞羞答答地站着,立时成为大家注意的对象。人们纷纷说:

"翠玲!有话快去说说!"

"对,再去嘱咐几句。站那么远干什么呀!"

"人家昨天晚上早就说了!"

这一下弄得翠玲面红耳赤,进又不是,退又不是。大妈上前拉住她,笑着说:

"闺女!过来!别脸皮薄。说说就说说,那怕什么!"

说着,她把翠玲推到马跟前,把缰绳交到她手里,又笑着说:

"这才叫送郎上前线呢!"

人群里立刻掀起一阵哄笑。

人们正待起身,人丛中有人喊道:

"别走!你们等等!"

大家一看,见瞎老齐扶着拐杖在人群里挤着。来凤急忙跑过去把他搀过来。

"老齐叔!你有什么事啊?"小契问。

"叫他们给我家齐堆捎句话。"老人说,"就说他媳妇待我不错,叫他在外头放心。"

"爹,你别说了。"来凤红着脸说。

"看,这怕什么!"老人反驳了一句,又接着说,"叫他在外头给我狠狠地打!碰上美国鬼多抓几个,问问他们:为什么到别国杀人放火!……"

"行行,老齐爷!我们一定给你把话捎到。"参军的小伙们在马上说。

小契见诸事齐备,指挥几个小青年"嗵,嗵,嗵"放了三声喜铳。接着锣鼓队在前面开道,新战士乘马紧跟,亲属们分别左右,全体群众随后跟进。小契领着人们边走边呼口号:

"欢送子弟兵上前线!"

"抗美援朝,保家卫国!"

"打倒美帝国主义!"

送行的队伍,前呼后拥,穿过村庄,直送出一里多地,方才停住脚步。大妈走到大乱身边说:

"大乱,我说的话你都记住了吧!"

"娘,我记住了!"大乱在马上说。

"你可千万别给咱国家抹黑啊!"

"娘,你就别唠叨了。"大乱有点不耐烦地说,"我不立上大功,就不回来见你！"

阳光灿烂,蓝天如洗。在宽广的旷野上,可以看到每座村庄,都有一支乘着骏马、戴着红花、面含微笑的小队,向县城奔去。从八年抗日战争,到三年解放战争,又到这次抗美援朝,这块久经战争考验的土地,送出了多少英雄的儿女啊！今天,在祖国和东方人民遭受严峻考验的时刻,她再一次表现出对革命的无限忠诚。那一次又一次的胜利,正是从这里来的。